Le secret écarlate

ERICA SPINDLER

Le secret écarlate

Roman

MIRA

Collection
MIRA

Titre original :
BLOOD VINES
Publié par SAINT MARTIN'S PRESS, NEW YORK

Traduction de l'américain par CAROLE BENTON

Photo de couverture
Bougeoir : © ROYALTY FREE/FOTOLIA
Réalisation graphique couverture : T. SAUVAGE

83-85 boulevard Vincent-Auriol 75646 PARIS CEDEX 13.
Tél. : 01 42 16 63 63
Service Lectrices — Tél. : 01 45 82 47 47
www.harlequin.fr

ISBN 978-2-2802-3270-8 — ISSN 1765-7792

A ceux qui tirent de la vigne le nectar des dieux.

Prologue

San Francisco, Californie
Mardi 9 février 2010
1 h 05

Il n'y avait pas à dire… Tim savait vraiment y faire! Oh, oui… Le dos cambré, les seins offerts à la caresse de ses mains expertes, Alex laissa échapper un gémissement de plaisir. Pourtant… Pourtant, Tim n'aurait pas dû se trouver là, chez elle, dans son lit. Et elle, pauvre sotte, n'aurait pas dû lui ouvrir, lorsqu'il était venu sonner à sa porte. Depuis quand, en effet, deux personnes séparées et sur le point de divorcer continuaient-elles à coucher ensemble? Mais Tim était comme un boomerang, il revenait toujours et elle ne savait pas lui dire non.

Incapable de résister plus longtemps à l'insupportable et délicieuse tension qu'il faisait naître en elle, elle enroula ses jambes autour de sa taille, le suppliant de venir en elle, et s'abandonna aux merveilleuses sensations qui l'envahissaient. Ce n'était vraiment pas raisonnable, mais tellement agréable…

Tout à coup, sorties de nulle part, des images traversèrent son esprit comme des étoiles filantes : une silhouette enveloppée dans une robe longue, le visage caché sous une capuche; des bougies, des flammes vacillantes, des volutes de fumée; des corps nus qui se tordaient ensemble.

Et, tout près de ces corps, un bébé sans visage qui criait.

Alex s'immobilisa, paralysée par une peur irrationnelle, son excitation brusquement retombée. Tim, apparemment inconscient de sa soudaine passivité, continuait à s'activer sur elle.

Il l'écrasait, l'empêchait de respirer. Une terreur primale s'empara d'elle, décuplée par la certitude de sa mort imminente.

— Arrête! lui cria-t-elle, en le repoussant.

En fait, elle n'avait réussi à émettre qu'un murmure étranglé, à peine audible, auquel son partenaire ne réagit pas. Affolée, elle se débattit alors, le martelant de ses poings.

— Lâche-moi! hurla-t-elle cette fois, retrouvant sa voix.

— Qu'est-ce que...

Tim roula sur le dos, le souffle court.

— Merde, Alex, c'est quoi ton problème?

Saisie de violents tremblements et incapable de comprendre d'où lui venait une telle réaction, la jeune femme s'assit et ramena ses genoux contre sa poitrine, comme pour se protéger d'un danger invisible.

— Mon problème, c'est toi apparemment. Va-t'en...

— Avec plaisir!

Tim se leva d'un bond et, sans plus argumenter, attrapa ses vêtements.

— Tu es vraiment une drôle de fille, tu sais, lui dit-il.

Alex pouvait difficilement lui donner tort. Elle appuya son front sur ses genoux. Mais qu'est-ce qui lui avait pris, exactement?

La porte de la salle de bains claqua et elle frissonna. Tim avait raison : c'était *quoi* son problème? D'accord, il avait sonné à sa porte sans invitation, mais il ne s'était pas imposé et c'est de son plein gré qu'elle l'avait accueilli dans sa maison et dans son lit.

Pourquoi s'évertuait-elle toujours à tout gâcher?

Un faisceau de lumière tomba sur le lit, quand Tim ressortit de la salle de bains. Elle releva la tête. Sa silhouette sombre se découpait à contre-jour. Elle ne pouvait pas lui reprocher sa colère.

— Je ne sais pas ce que j'ai... Je suis désolée, Tim..., dit-elle doucement. Je me sens tellement stupide.

— Tu vas bien?

Elle fit « oui » de la tête, sans être cependant certaine de dire la vérité.

— Je peux faire quelque chose pour toi?

Oui. Changer sa vie. Combler les vides. La transformer en une femme ordinaire, avec une vie ordinaire, traversée de soucis et de joies ordinaires... C'était en partie la raison pour laquelle elle l'avait épousé : elle avait cru sincèrement qu'il pourrait faire d'elle cette femme-là.

Il n'y était pas parvenu. Ce n'était pas sa faute : personne ne pouvait rien pour elle.

— J'ai bien peur que non. Merci quand même.

— C'est ma faute, dit-il, en s'approchant du lit.

— Une partie de jambes en l'air ratée. Je te préviens, ça sera porté à ton débit !

— Je te promets que nous allons réussir notre divorce, fit-il avec un sourire.

Il passa tendrement la main dans ses cheveux et glissa une mèche derrière son oreille.

— On se voit plus tard, sur le campus…

Elle entendit la porte se refermer derrière lui. Une boule se forma dans sa gorge. Bon sang, quelle idée, aussi, de tomber amoureuse d'un de ses professeurs ! Et d'un prof de psycho qui plus est ! Un vrai cas d'école. La fille sans père qui s'éprend d'un homme plus âgé. Elle l'avait épousé. Il l'avait trompée. Très convenu, là aussi, comme situation…

Pourtant, découvrir son infidélité ne l'avait pas vraiment blessée. Ce qui en disait long sur leur relation. Et sur elle-même. Le genre de choses qu'elle aurait préféré ignorer.

Tim ne se trompait pas sur ce point : elle était vraiment une drôle de fille…

Elle se leva et enfila sa robe de chambre. Passant dans le salon, elle s'approcha de la fenêtre. Dehors, des gens déambulaient sur les trottoirs, certains tranquillement, d'autres d'un pas plus pressé. San Francisco ne s'arrêtait jamais.

Alex toucha la vitre, fraîche sous son doigt. D'où sortait cette silhouette encapuchonnée qui s'était imposée à son esprit avec une telle précision ? D'un livre ? De ses recherches sur les religions et les sectes ? Probablement, d'autant qu'elle venait juste de se remettre à sa thèse de doctorat.

Ce qui l'étonnait en revanche, l'inquiétait même, c'était la violence de sa réaction, cette peur qui l'avait envahie d'un seul coup.

Elle s'écarta de la fenêtre, incapable de se débarrasser de son trouble. Son état s'était amélioré pourtant ces derniers temps. Ses cauchemars avaient disparu et elle n'avait pas souffert de dépression ni d'insomnie depuis plusieurs mois. Qu'est-ce que cela voulait dire, alors ? Qu'est-ce qui lui arrivait encore ?

Elle s'était reprise en main et, grâce à son travail de barmaid, avait réussi à économiser suffisamment d'argent pour reprendre ses études. Et elle avait fait la paix avec sa mère.

Jamais encore elle n'avait eu ce genre de visions. Elle se frotta les bras, glacée. Allons… Ce n'était rien… Probablement un simple jeu de son esprit en lien avec le sujet de ses recherches. La preuve qu'elle avait réussi à se détacher du monde physique pour se concentrer sur ses sensations et laisser son esprit « vagabonder ». Un peu comme dans cet état de transe ou d'extase utilisé en chamanisme ou en bouddhisme pour fermer l'esprit logique et s'ouvrir à la vérité.

Elle retrouverait sûrement l'origine de ces images dans ses notes. Il n'y avait pas à chercher plus loin.

Pourtant, un fond de malaise subsista en elle, qui l'empêcha longtemps de trouver le sommeil, cette nuit-là.

1

Sonoma Valley, Californie
Vendredi 12 février 2010
10 h 05

Daniel Reed se gara sur le bord de la route, derrière une voiture de patrouille, et descendit de son 4x4 Chevrolet Tahoe, soulevant sous ses bottes un petit nuage de poussière orangée. Autour de lui, les vignobles s'étendaient à perte de vue sur les coteaux en pente douce. Le jaune vif de la moutarde en fleur offrait un violent contraste avec les vignes endormies, telles des pierres tombales noueuses dans un immense cimetière.

Les Indiens Miwoks avaient surnommé cet endroit la « vallée de la Lune », leurs légendes voulant que la lune se soit levée ici. Ce qui, d'après Reed, pouvait expliquer pourquoi tant de dingues — gourous de religions farfelues et criminels complètement déjantés — choisissaient de s'installer dans ces lieux. Sans parler de cette étrange atmosphère qui semblait toujours peser sur la région.

Mais, pour l'instant, son travail, en tant qu'inspecteur à la criminelle, consistait à déterminer qui avait enterré quoi dans ce vignoble torturé.

Le véhicule de la police scientifique vint se garer juste derrière lui. Le bureau du shérif disposait de sa propre équipe pour l'examen des scènes de crime, tous des professionnels assermentés. Les membres de cette unité travaillaient en tandem avec les inspecteurs de la Crim, les deux parties étant responsables de l'affaire.

Reed se réjouit en voyant Barbara Tanner descendre de la voiture. Cette belle femme blonde paraissait dix ans de moins que ses cinquante ans et traînait derrière elle une réputation de femme déterminée. Réputation qu'il respectait, contrairement à certains de ses collègues.

Sa propre renommée de rude cow-boy ne lui avait pas valu non plus que des amitiés. Ils formaient donc tous deux une bonne équipe.

Refermant la porte de son 4x4, il s'avança à sa rencontre.

— Tu travailles en solo maintenant ? lui demanda-t-il avec un grand sourire.

— Sûrement pas, puisque je t'ai, toi.

— Belle et chanceuse en plus !

— Va raconter ça à mon psy, à mon chirurgien esthétique et à mon connard d'ex-mari…

Reed éclata de rire. Ils échangèrent encore quelques boutades, puis retrouvèrent tout leur sérieux professionnel.

— Tu sais de quoi il s'agit ? demanda Reed.

— Quelqu'un aurait trouvé des ossements.

— Je parie qu'il s'agit de ceux d'un chien.

— Ou d'un coyote !

Ils rejoignirent la scène de crime où Reed salua l'agent de faction qui lui tendit une écritoire à pince. L'inspecteur signa les documents avant de les tendre à sa collègue de la scientifique.

— Qu'est-ce qui s'est passé, ici ? demanda-t-il, en constatant l'état désolant du vignoble.

— Le phylloxéra. Les ceps doivent être entièrement arrachés.

Barbara laissa échapper une exclamation attristée.

— Quel dommage de voir disparaître ces vieilles vignes !

— Ne m'en parlez pas, renchérit l'officier de police. Ça me rend malade.

Reed jeta un coup d'œil aux pieds de vigne tordus, une plantation centenaire qui ne donnait plus guère de fruits, mais dont le jus avait un bouquet inimitable. Rien ne ressemblait au vin qu'ils produisaient par ici.

— En ce qui me concerne, je préfère la bière, déclara-t-il.

— Tu sais que tu es un drôle de zèbre, toi ?

Barbara l'avait dit avec un sourire, mais sa réflexion ne manquait pas de fondement. Dans la région, tout tournait autour de la vigne et du raisin. La couleur d'un vin, son bouquet, le classement des crus dans le magazine *Wine Enthusiast*. Les conversations portaient essentiellement sur la viticulture et le terroir, rarement sur la politique ou la religion. Et qui ne se situait pas dans le mouvement passait pour original, voire suspect.

Mais Reed avait tourné le dos à tout cela depuis bien longtemps.

— Ouais, je sais, répondit-il en riant. Mais j'assume !

— Je n'en doute pas. J'imagine que les os ont été découverts au cours de l'arrachage, ajouta Barbara à l'intention du policier, qui acquiesça d'un signe de tête.

Il leur indiqua ensuite de la main un groupe de travailleurs assis sur la plage arrière d'une camionnette cabossée.

— Ils ont déterré une caisse de bois. Tout excités, ils ont d'abord cru avoir trouvé un trésor. Mais ils ont vite déchanté.

— Vous corroborez ?

— Je ne voulais pas contaminer la boîte. Aussi, je me suis contenté de jeter un coup d'œil aux ossements.

— Humains ? s'enquit Barbara.

— Sais pas… Pas mon domaine… Mais un sale truc, ça oui.

Barbara Tanner leva un sourcil parfaitement arqué, visiblement amusée.

— S'agit-il là d'un avis éclairé, officier ?

— J'en ai bien peur, reconnut l'homme, amusé.

Reed et Tanner passèrent sous le ruban jaune et s'avancèrent vers le lieu de la découverte. Les racines de la vigne séculaire étaient profondément enfoncées et l'arrachage avait laissé une belle pagaille en surface.

Après avoir enfilé des gants en latex, Reed s'approcha de la caisse passablement décomposée. Dans leur enthousiasme à faire sauter le couvercle, les travailleurs l'avaient à moitié écrasée.

— Une caisse de vin, constata-t-il. Ou ce qu'il en reste. Ce qui exclut le coyote.

— Oui… Et enterrée depuis un bon bout de temps.

— Le couvercle a été cloué, fit observer Reed, en indiquant les clous rouillés. Tu as un crayon ?

Barbara lui en tendit un qu'il utilisa pour soulever un coin du plastique à l'intérieur. Il se prépara à recevoir au visage une odeur pestilentielle, mais, bizarrement, il n'en fut rien.

Barbara fut la première à identifier le contenu de la boîte.

— Seigneur Dieu! « Sale truc » me paraît un peu faible pour décrire ça!

Ce n'étaient pas les ossements d'un chien, ni ceux d'un coyote. Et ce n'étaient pas seulement des os non plus. C'était le cadavre d'un enfant. Un cadavre momifié.

Reed fixa les restes, le ventre soudain tordu par un mauvais pressentiment. Cette journée de rêve au pays de la vigne et du vin venait brusquement de tourner au cauchemar.

2

Vendredi 12 février 2010
11 h 45

Pendant que Barbara Tanner appelait les renforts, Reed examina le cadavre — un squelette en partie momifié, aux pieds et aux mains désarticulés et au crâne en trois morceaux, conséquence probable des travaux d'excavation.

Il s'accroupit. Une véritable momification exigeait que le corps ait séché — la chair se ratatinait alors sur les os, se parcheminait et prenait une couleur brunâtre. Ici, le corps s'était au contraire saponifié, produisant ce qu'on appelle du gras de cadavre.

Reed écarta le plastique. Celui qui avait enterré l'enfant avait pris toutes les précautions. Le petit corps avait été enroulé dans une couverture, dont certains morceaux partiellement décomposés s'accrochaient encore aux os, puis enveloppé dans une feuille de plastique épais.

Le plastique et la profondeur de la tombe, à un bon mètre vingt sous la surface du sol, témoignaient d'une volonté de mettre le corps hors de portée des charognards, mais aussi des employés chargés de l'entretien du vignoble. Sans l'épidémie de phylloxéra, la petite victime n'aurait jamais été découverte.

Barbara le rejoignit.

— Le légiste est en route, lui annonça-t-elle.

— Celui de Sonoma ?

— Oui. Un petit jeune. Et Cal.

Cal, un autre membre de la police scientifique. Un snob patenté qui concevait sa mission à la manière des films hollywoodiens des années 1960.

Reed ne put s'empêcher de sourire.

— Lui, je vais essayer de lui faire salir ses Cole Haan[1] !

— Cinq dollars que tu n'y parviendras pas !

— Tenu. Qu'en penses-tu ? lui demanda-t-il ensuite, en indiquant la victime.

— Il ne s'agit pas d'un cas de mort subite, déjà… Regarde…

Du doigt, elle lui indiqua des traces de coups bien nettes sur le petit crâne.

— Inutile de chercher plus loin la cause de sa mort…

— Depuis quand est-ce que tu vis dans la Vallée, Barbara ?

— Quinze ans.

— Dylan Sommer… Ce nom te rappelle-t-il quelque chose ?

Elle réfléchit un instant, avant de secouer la tête.

— Il y a un rapport avec les Etablissements vinicoles Sommer ?

— Oui. Dylan Sommer était le fils du propriétaire. Il a été enlevé en pleine nuit dans leur maison, en 1985.

Son regard se posa sur les restes macabres.

— A l'époque, l'affaire a fait grand bruit, remettant en cause la notion même de sécurité dans la Vallée. Le possible et l'impossible. Le gamin a été arraché de son propre lit, alors que ses deux sœurs, dont l'une était une adolescente, dormaient de l'autre côté du couloir. Tout le monde a immédiatement pensé à un kidnapping, mais aucune rançon n'a jamais été réclamée. Et l'enfant n'a pas été retrouvé.

— Et tu penses que ce pourrait être lui ?

— Oui.

— Mais il ne s'agit peut-être même pas d'un…

— Garçon ? Je crois que si. Regarde…

Coincée dans un pli du plastique se trouvait une tétine bleue.

— Rien ne prouve encore qu'il s'agisse bien de Dylan Sommer.

— C'est vrai. Mais nous avons un enfant mâle, enterré dans une caisse de vin, non loin de la maison familiale.

— Les parents n'ont jamais été suspectés ?

1. Marque américaine de chaussures et de tenues de sport.

— Non. Ils avaient un alibi en béton.

— A savoir ?

— Ils dînaient chez leurs meilleurs amis, ce soir-là. Mes propres parents…

3

Vendredi 12 février
13 h 20

L'estomac de Reed émit un bruyant gargouillis et Barbara Tanner compatit, car elle savait qu'ils n'auraient pas l'opportunité de manger quelque chose avant un bon bout de temps. Les renforts étaient arrivés : enquêteurs du légiste, équipes de la Crim et de la police scientifique, chapeautées par leurs sergents respectifs. Le site grouillait à présent de monde.

Sans surprise, Reed et Tanner s'étaient vu confier l'affaire, tandis que les autres officiers s'éclipsaient. Sûrement pour aller déjeuner, les veinards, pensa Reed.

Le collègue de Barbara, « California » Cal Calhoon, arriva à son tour. A l'exception des surchaussures en caoutchouc qu'il avait pris le soin d'enfiler, il semblait sortir tout droit d'un magazine de mode.

— Notre pari tombe à l'eau, dit Reed à Tanner, en la poussant du coude.

Elle suivit son regard et sourit en apercevant les chaussures de son collègue soigneusement emmaillotées.

— Ah, non! Désolée, mon pote! Mais il fallait lire les petits caractères. Les détails techniques ne remettent pas en cause le pari.

Calhoon s'arrêta près de Reed qui le dominait du haut de son mètre quatre-vingt-cinq, l'obligeant à lever la tête pour le regarder.

— Qui est ce gamin? demanda-t-il, en désignant le légiste, accroupi près du trou d'où l'on avait extrait la boîte.

— Le Dr Pete Robb.

Cal révéla ses dents blanches parfaitement alignées, dans un sourire ironique.

— A mon avis, ce jeunot ne doit même pas faire la différence entre ses fesses et ce trou dans la terre.

— En tout cas, c'est un casse-pieds. Quand il s'est finalement pointé, il nous a demandé de reculer pendant qu'il « évaluait la découverte ».

— Laissez-lui une chance de faire ses preuves, protesta Barbara. Nous étions tous comme lui au départ, inexpérimentés, enthousiastes et désireux de plaire.

— Parle pour toi, marmonna Reed. Bon, ça suffit…

Et d'un air décidé il fonça sur le médecin.

Cal et Tanner lui emboîtèrent le pas. Robb ne releva même pas la tête quand ils s'arrêtèrent près de lui.

— Avant que *je* ne me momifie, avez-vous quelque chose à nous dire ?

— En fait, nous avons là un parfait exemple de saponification, répondit le médecin. Savez-vous de quoi il s'agit ?

Aucun doute, pensa Reed, c'est un *vrai* jeunot ! Et qui les prenait pour des imbéciles, en plus.

— C'est un mot drôlement compliqué, ça, doc'. Comment vous avez dit ? Vous pourriez peut-être nous l'épeler…

Cal sourit et Barbara lui jeta un regard amusé, mais l'autre ne réagit pas au sarcasme.

— C'est un processus engendré par l'humidité au cours duquel la graisse du corps se transforme en une substance qui ressemble à du savon : l'adipocère.

— N'est-ce pas ce qu'on appelle du gras de cadavre ? demanda Barbara d'un air innocent.

— Exactement ! s'exclama le légiste, en se tournant vers elle, rayonnant comme un professeur fier de son élève. C'est vraiment un phénomène très intéressant qui peut prendre différents aspects, du mou et savonneux au dur, cassant et cireux, comme dans notre cas.

Reed gratifia le jeune homme d'un bon point pour son enthousiasme.

— L'adipocère se forme lorsque toutes les conditions sont remplies : humidité, absence d'oxygène, sol alcalin. Les enfants ont un grand pourcentage de gras et certaines enzymes de l'appareil digestif leur font défaut, ce qui favorise encore ce processus, comme nous pouvons le con, ses mains et ses pieds ont l'air intacts, fit remarquer Cal. Pourquoi ?

— Pas de gras, pas d'adipocère…

— Vous pouvez nous donner une estimation de son âge ?

— Largement moins de deux ans.

Il repoussa ses lunettes sur le haut de son nez.

— Le crâne n'était pas encore soudé, précisa-t-il, en guise de justification.

— Six ou sept mois ? demanda Reed.

— Peut-être. Dès mon retour au laboratoire, je mesurerai les os longs, ce qui nous donnera une estimation plus fine.

— Depuis combien de temps est-il enterré là, selon vous ? s'enquit Tanner.

— Des années, à en juger par l'état de la caisse. Au minimum, deux ans.

— Pourquoi ça ?

— Dans des conditions identiques, l'adipocère commence à se former un ou deux mois après la mort et achève son processus en deux ans.

— Est-ce qu'il pourrait avoir été enterré il y a vingt-cinq ans ? demanda Reed.

— C'est possible. Je n'en sais rien.

Reed poussa un petit soupir d'agacement.

— Y a-t-il quelque chose que vous *sachiez* ?

Le légiste parut irrité.

— A cet instant ? Non.

Reed se tourna vers Cal et Tanner.

— Le labo pourra peut-être récupérer un peu d'ADN sur les os et, avec de la chance, l'adipocère nous fournira quelques indices.

— Sans parler de la tétine.

— Ce sont des tests qui coûtent très cher, objecta Robb. Je ne sais pas si l'Etat…

— Concentrez-vous sur votre domaine d'expertise, coupa Reed sèchement.

— Je voulais seulement dire…

— Cet enfant a été assassiné. Qu'y a-t-il d'autre à ajouter ? Il faudrait vérifier si ce modèle de tétine se fabrique encore. Et dans le cas contraire demander à quand remonte l'abandon de la production.

— Même chose pour la couche, ajouta Cal. Bien qu'elle soit dans un sale état, le labo pourra peut-être en tirer quelques indications, en comparant le tissu et la confection. Idem pour la caisse.

— Qu'est-ce que tu vas faire ? demanda Barbara à Reed.

— J'ai ma petite idée quant au propriétaire de ce terrain. Je vais suivre cette piste.

— Sommer ?

Reed hocha la tête et jeta un coup d'œil à sa montre.

— Je dois aller lui parler…

— Je suis désolée, dit-elle, sachant que cet entretien serait difficile pour lui, compte tenu de ses relations personnelles avec la famille.

— Moi aussi. Appelle-moi quand vous aurez fini vos recherches et serez de retour à la Ferme.

Il faisait allusion à leur bureau, surnommé ainsi.

— Nous ferons alors le point…

4

Vendredi 12 février
16 h 10

Dan Reed retrouva sans difficulté la route raide et sinueuse qui desservait la propriété des Sommer. Il l'avait empruntée des centaines de fois dans sa jeunesse, la plupart du temps sous l'emprise de l'alcool ou de drogues, dont l'effet était alors exacerbé par son machisme et son orgueil surdimensionné.

Il eut un sourire désabusé en repensant à cette époque : il avait beaucoup de mal à se reconnaître dans le portrait de ce jeune homme rebelle et risque-tout, lui, le gardien de l'ordre !

Il venait de relire le dossier de l'affaire et tous les témoignages recueillis, ainsi que les divers comptes rendus des événements de cette terrible journée, un quart de siècle plus tôt.

Certains moments, dans la vie, possèdent un tel impact qu'ils restent à jamais gravés dans votre mémoire. Le jour de la disparition de Dylan Sommer comptait au nombre de ceux-là.

C'était un 17 août. Un samedi. Lui-même avait dix ans et venait de se réveiller, caressé par les rayons du soleil qui filtraient par la fenêtre ouverte de sa chambre. Aucun nuage dans le ciel d'azur. Une brise légère soulevait les rideaux et lui avait apporté le bruit des pleurs de sa mère.

Il s'était levé pour aller voir ce qui se passait. Dans le salon, les adultes chuchotaient entre eux et leurs visages exprimaient des sentiments auxquels il n'était pas habitué alors, mais qui lui étaient devenus depuis tristement familiers : le chagrin, l'incrédulité, la peur.

Peu de temps après, la police avait fait son entrée, suivie par le

FBI. Il avait écouté aux portes et appris ainsi la disparition de Dylan, la découverte de sang près des caves de la propriété et l'expectative d'une demande de rançon.

Une demande qui n'était jamais arrivée.

Après cette journée, plus rien ne fut jamais pareil. Ses parents avaient commencé à vieillir. Ils se disputaient moins, souriaient moins. Les relations qu'ils entretenaient avec leurs amis — particulièrement les Sommer — s'étaient espacées. La vie avait perdu son insouciance, sa simplicité. On utilisa systématiquement les verrous des portes et des systèmes de sécurité furent installés. Finis les jeux de cache-cache à l'extérieur, la nuit, pendant que les adultes papotaient.

A l'époque, il avait trouvé cela injuste. Aujourd'hui, il comprenait. Comment se relever d'une telle tragédie? Comment oublier pour avancer?

Harlan et Patsy Sommer avaient échoué. Leur mariage n'avait pas résisté à la disparition de leur petit garçon. Patsy était partie, emmenant sa fille Alexandra, abandonnant derrière elle non seulement son mari et sa belle-fille, mais aussi leurs amis et la vie qu'ils s'étaient construite ensemble.

La maison et le chai apparurent au détour d'un virage. Tous les deux avaient bénéficié d'agrandissements et de modernisations, au cours des années, mais comme beaucoup de propriétés de la région leur valeur tenait surtout à leur emplacement, à six cents mètres au-dessus de la Vallée, niché au milieu des lauriers, des chênes et des eucalyptus et offrant une vue à couper le souffle sur les vignobles. Le long des pentes vallonnées, chaque colline jouissait de son propre microclimat, qui donnait au raisin un bouquet unique.

Le paradis sur terre.

Reed se gara et descendit de son véhicule. Il poussa un long soupir, libérant le souffle qu'il avait inconsciemment retenu jusque-là, et s'avança vers les bâtiments. Harlan Sommer était un homme bien. Reed l'avait toujours apprécié et il détestait avoir à rouvrir cette vieille blessure. Mais pas moyen d'y échapper.

Un homme et une femme sortirent du salon de dégustation.

— Je suis désolée, lui cria la femme. Nous sommes fermés.

Il reconnut Rachel Sommer, la fille d'Harlan.

— Rachel… C'est Dan Reed…

— Danny!

Un grand sourire éclaira son visage et elle se précipita à sa rencontre.

— Ça fait des siècles que je ne t'ai pas vu !

— Tu es magnifique, dit-il, en lui faisant la bise.

Et c'était vrai. Bronzée, les cheveux lâchés sur les épaules, elle rayonnait. Elle portait une veste en daim et des bottines assorties. Bien qu'elle ait cinq ans de plus que lui, Dan en avait été follement amoureux à treize ans. A son crédit, il fallait reconnaître qu'elle n'avait pas été trop dure à son égard ; elle ne s'était jamais moquée de ses sentiments.

— Et toi, plus grand et plus beau que jamais, constata-t-elle. Toujours pas casé ?

— C'est une proposition ?

— Qui sait ?

Elle le serra dans ses bras avec tendresse avant de se tourner vers l'homme qui l'accompagnait.

— Voici Ron Bell, notre maître de chai adjoint. Ron… Dan Reed… Dan et moi avons pratiquement grandi ensemble.

— Pratiquement ? Je passais plus de temps ici que chez moi !

— Nos parents étaient des amis très proches. La famille de Dan est propriétaire du vignoble Red Crest.

— Des vins de qualité, commenta Ron, en connaisseur qu'il était. Votre Cab Franc 2005 était excellent. N'a-t-il pas remporté le prix du *San Francisco Chronicle* ?

— Si, en effet. La médaille d'or. Mais ce n'était pas le mien. C'était celui de mon père et de mes frères.

Rachel passa son bras sous celui de Dan.

— Dan a abandonné la viticulture au profit de la loi, expliqua-t-elle à son maître de chai.

— Vous êtes avocat ?

— Flic, répondit Dan en souriant, devant la mine éberluée de l'homme.

— Dan a toujours été un rebelle.

Ils s'avancèrent vers la maison.

— Papa est en train de goûter un cabernet de 2008. Il va être ravi de te voir.

— Je n'en suis pas si sûr. Il ne s'agit pas d'une visite de courtoisie, Rachel… C'est au sujet de Dylan.

La jeune femme s'arrêta net, comme s'il l'avait frappée.

— Mon Dieu, Dan… Tu n'es pas…

La voix d'Harlan Sommer lui coupa la parole.

— Rachel, qui est avec toi ?

— C'cst Danny…

— Danny Reed ? termina Harlan. Ça alors !

Il vint à leur rencontre avec un grand sourire.

— C'est bon de te revoir, fils ! dit-il, en lui tapant affectueusement dans le dos. Ça fait bien trop longtemps.

Dan constata que ses cheveux avaient tourné au gris depuis leur dernière rencontre. Et il paraissait plus frêle que dans son souvenir.

— C'est vrai. Comment vas-tu ?

— Très bien. Treven et Clark sont à l'intérieur. Viens les saluer.

— Papa, attends…

Rachel posa doucement une main sur le bras de son père.

— Dan n'est pas venu en visite. Il s'agit de Dylan, ajouta-t-elle, en baissant la voix.

Le sourire d'Harlan s'effaça aussitôt.

— Je vois.

Il se tourna vers Ron.

— Prévenez mon frère et mon neveu que je vais avoir quelques minutes de retard. Qu'ils ne m'attendent pas.

Ron les observa un instant avant de hocher la tête et de s'éloigner.

— Nous avons découvert le cadavre d'un enfant, lui expliqua Dan. Un garçon.

— Où ?

— Sur un de vos vignobles. Celui qui est touché par le phylloxéra.

— Les anciennes vignes, dit Rachel, en portant une main à sa bouche. Juste en bas de la colline !

Harlan se mit à trembler et la jeune femme passa un bras autour de ses épaules pour le réconforter.

— Nous ne savons pas encore avec certitude s'il s'agit de Dylan, s'empressa de préciser Dan. L'âge correspondrait et le fait que l'enfant ait été enterré dans une caisse de vin, si près de…

— Il faut que je m'assoie, le coupa Harlan.

Sans attendre de réponse, il se dirigea vers des bancs rassemblés autour d'un four extérieur en pierre et se laissa lourdement tomber sur l'un d'eux. Rachel s'assit près de lui et prit ses mains entre les siennes.

Dan se posta en face d'eux.

— Je dois te poser quelques questions, Harlan…

L'homme lui fit signe de continuer.

— Dylan avait-il une tétine ?

— Oui.

— Pourrais-tu me la décrire ?

Harlan secoua la tête.

— Tout ce dont je me souviens, c'est qu'elle était bleue. Après tout ce temps…, ajouta-t-il, comme pour s'excuser.

— Te souviens-tu s'il dormait avec, la nuit ?

— Dylan se couchait toujours avec, répondit Rachel à sa place, sûre d'elle.

— L'avez-vous retrouvée le jour de sa disparition ?

— Je ne m'en souviens pas, avoua Harlan d'une voix tremblante. Je… je n'y ai jamais pensé.

— L'enfant que nous avons découvert en avait une. Bleue.

Harlan laissa échapper un gémissement sourd. Rachel le serra contre elle, posant sa tête sur son épaule.

— Je suis désolée, papa.

— J'ai toujours gardé l'espoir qu'il était vivant, murmura Harlan. Ça… ça m'aidait…

— Encore une fois, nous ne sommes pas certains qu'il s'agisse de Dylan, insista Dan. Les restes sont étonnamment bien conservés.

— Ça remonte à vingt-cinq ans, pourtant, dit Rachel. J'avais à peine quinze ans à l'époque. Que peut-il en rester ?

Dan leur expliqua alors rapidement et aussi sobrement que possible le principe de la saponification.

— Ce qui reste, en fait, c'est une momie. Navré de devoir vous annoncer ça…

Harlan ne fit aucun commentaire, mais son visage parlait pour lui, reflétant toute sa douleur.

— Est-ce que Dylan portait encore des couches ? reprit Dan.

— Oui.

— Raconte-moi ce qui s'est passé cette nuit-là.

— Nous sommes allés dîner chez tes parents et nous avons beaucoup bu. A l'époque, nous buvions toujours trop.

Il baissa les yeux.

— Elle… elle ne m'a jamais pardonné… Je lui avais dit qu'ils ne risquaient rien.

— J'avais quinze ans, papa. J'étais assez grande pour veiller sur lui. Si quelqu'un est à blâmer, c'est moi.

— Non! Non, Rachel! Ne dis pas ça… Je remercie Dieu que tu n'aies pas… Si quelque chose t'était arrivé, je ne crois pas que j'aurais survécu.

Dan se tourna vers son amie d'enfance.

— Si je me souviens bien, Rachel, ni ta demi-sœur ni toi ne vous êtes réveillées.

— En effet.

— A l'époque, la police a pensé que ceux qui ont pris Dylan savaient que les enfants seraient seuls, ce soir-là, reprit Harlan. Ils connaissaient la maison et sa chambre. Le FBI partageait cet avis. Ils étaient convaincus qu'il s'agissait d'un kidnapping en vue d'une rançon.

— Mais aucune rançon n'a jamais été réclamée.

— Non.

Quelque chose avait dû mal tourner. Ou leurs nerfs avaient lâché. Le petit était mort et ils l'avaient enterré avant de s'enfuir… Scénario classique, pensa Dan, mais il préféra garder ses pensées pour lui.

— Qui aurait pu croire qu'une telle chose pouvait se produire par ici, reprit Harlan. A Sonoma. Nous ne fermions même pas nos portes!

— Quand aurons-nous la confirmation qu'il s'agit bien de Dylan? demanda Rachel.

— Pour l'instant, nous essayons de déterminer l'âge de l'enfant et depuis combien de temps il est enterré là. Nous espérons aussi récupérer assez d'ADN sur les os pour nous permettre de l'identifier. A défaut, nous nous tournerons peut-être vers un sculpteur légiste.

— Faites tout ce qu'il faudra, dit Harlan. Je payerai s'il le faut. Mais je *dois* savoir s'il s'agit bien de mon fils!

— Il faudra aussi que je parle à Patsy…

— J'ignore où elle est. Je ne l'ai pas revue depuis qu'elle a quitté la maison. La perte de Dylan… Elle n'a pas pu le supporter…

A cet instant, Treven sortit de la maison. L'aîné des Sommer tenait à la main une bouteille et des verres. Il les rejoignit, serra la main de Dan et remplit un verre de vin qu'il tendit à son frère.

— Qu'est-ce qui se passe ? demanda-t-il.

— C'est Dylan… On a peut-être retrouvé son cadavre.

— Mon Dieu ! Où ça ?

Dan lui raconta brièvement leur découverte.

— Que pouvez-vous dire pour l'instant ?

L'attitude de l'aîné était bien différente de celle du cadet. Il allait droit au but et réclamait des faits. Evidemment, il ne s'agissait pas de son enfant.

— Les restes suggèrent une mort par coups violents portés à la tête. Le corps était enfermé dans une caisse de vin, enroulé dans une couverture. Une tétine bleue se trouvait à côté de lui.

Les épaules d'Harlan s'affaissèrent d'un coup, à cette évocation, et il se mit à pleurer. Treven s'approcha de lui.

— C'est mieux que toutes ces années sans savoir, Harlan, lui dit-il. Toutes ces années sans que justice soit faite. Cette découverte va sûrement relancer l'enquête.

Il jeta un coup d'œil à Dan qui confirma ce point d'un signe de tête.

— Pense à ça, reprit-il. Après si longtemps, justice sera enfin rendue et nous pourrons enterrer Dylan convenablement.

— Quand saurons-nous ? demanda Harlan.

— Nous ferons aussi vite que possible, lui promit Dan. Pour l'instant, nous procédons à l'exhumation, puis le corps sera transporté à la morgue. Je vous tiendrai au courant.

5

San Francisco, Californie
Lundi 15 février
14 h 20

Alex se gara devant la maison victorienne de sa mère — une des célèbres Painted Ladies de San Francisco —, dans laquelle elle avait grandi, mais qu'elle n'avait commencé à apprécier qu'une fois partie. « Typique des enfants, pensa-t-elle. Toujours à vouloir autre chose. »

Après avoir ceinturé son imperméable couleur caramel, elle traversa la rue et remonta l'allée. Elle n'avait pas eu d'autre vision, depuis celle qui s'était imposée, six jours auparavant, et dont elle n'était pas parvenue à découvrir l'origine. Elle en avait gardé un malaise jusqu'au lendemain, puis ce malaise s'était dissipé et elle avait fini par se calmer. Après tout, cet incident ne s'était produit qu'une seule fois. Elle y songeait à présent avec détachement, mais restait intriguée par l'incident.

Elle se baissa pour ramasser le journal devant la porte et pénétra dans la maison qui sentait la peinture et la térébenthine. Sa mère avait travaillé.

— Maman ? appela-t-elle.

— Sous la véranda, chérie…

Alex suivit le couloir qui traversait la maison. Un véritable chaos régnait dans le salon et la salle à manger : meubles repoussés contre les murs, vêtements abandonnés sur le sol, toiles à différents stades d'avancement posées sur des chevalets ici ou là, ou appuyées contre toutes les surfaces disponibles.

Sa mère avait depuis longtemps renoncé à toute forme de normalité dans sa façon de vivre. Avant même qu'Alex ne parte pour l'université, les tableaux avaient commencé à grignoter chaque centimètre carré de la maison, à l'exception de sa chambre et de la salle de bains. Une métaphore en quelque sorte de la maladie mentale de sa mère, qui n'avait épargné aucun domaine de leur existence.

Alex posa le journal sur le comptoir de la cuisine et franchit la porte-fenêtre qui donnait sous la véranda. L'air frais l'enveloppa aussitôt.

Sa mère, toujours très belle à cinquante-quatre ans, peignait. Sur la table, près d'elle, se trouvaient un pot de café et un croissant, intacts.

La jeune femme lui ressemblait beaucoup — même chevelure sombre, mêmes traits fins, mêmes yeux en amande —, mais elle s'était toujours considérée comme un pâle reflet de la beauté éclatante de sa mère. Ses cheveux n'étaient pas aussi foncés, sa peau pas aussi claire, ses yeux étaient légèrement noisette au lieu de ce beau vert lumineux.

Le soleil jouait dans la chevelure noire et soyeuse de sa mère, illuminant ses reflets d'encre. Indifférente, cette dernière laissait le pinceau voler sur le papier. Elle ne portait pas de veste, mais paraissait insensible au froid.

En pleine crise, reconnut Alex, avec ce brusque serrement de cœur qu'elle connaissait si bien.

Elle s'approcha et déposa un baiser sur sa tête.

— Je vois que tu es en plein travail, dit-elle. Satisfaite des résultats ?

— Dans l'ensemble, oui. Ce fut une séance formidable. Vraiment formidable.

— Pourquoi est-ce que tu ne rentres pas ? Tu vas attraper la mort avec ce froid.

Sa mère écarta ses préoccupations d'un geste de la main.

— Ces peintures sont les bonnes, Alex. Grâce à elles, on se souviendra de moi. Sers-toi à boire et viens près de moi.

Quelques minutes plus tard, un verre de jus d'orange à la main, Alex examinait les tableaux — une bonne vingtaine, plus ou moins terminés —, mélange de formes organiques vibrantes de vie, dans un tourbillon de couleurs éclatantes. C'était époustouflant…

Elle les admira, le cœur broyé de tristesse. Sa mère aurait pu devenir une artiste célèbre. *Aurait pu*, car il est difficile de construire une véritable carrière sans un effort soutenu. Chose dont sa mère était incapable.

Depuis combien de temps travaillait-elle ainsi, sans manger ni dormir ? Douze heures ? Vingt-quatre ? Plus encore ? Quand Alex habitait là, elle pouvait au moins l'obliger à se nourrir, s'assurer qu'elle se reposait et prenait bien ses médicaments.

— Qu'en penses-tu ? lui demanda sa mère depuis la cuisine où elle était rentrée.

— C'est incroyable, répondit-elle, en la rejoignant.

Sa mère se tenait devant le comptoir, le journal étalé devant elle, et lisait en fredonnant.

— Ces toiles sont vraiment magnifiques, maman.

— Probablement les meilleures que j'ai exécutées depuis des années.

Combien de fois Alex avait-elle entendu ces mêmes mots ? Des centaines certainement.

— Est-ce que je peux en choisir une ? demanda-t-elle.

— Aucune n'est terminée.

Et aucune ne le serait jamais.

— J'en voudrais une quand même. D'accord ?

— Quelle fille étrange tu es. Mais si tu y tiens vraiment, alors oui, c'est d'accord. Tu peux choisir celle que tu préfères.

Alex alluma la radio qui passait un vieux rock classique des années 1970 : *Don't Stop* des Fleetwood Mac. Sa mère se balança en rythme.

— Cette chanson me rappelle bien des souvenirs, tu sais… A l'époque, j'étais une vraie rebelle et je les ai tous vus en concert, Les Eagles, Peter Frampton, les Grateful Dead…

— Tu as arrêté de prendre tes médicaments, n'est-ce pas, maman ?

— Ne recommence pas, s'il te plaît !

— Ils te font du bien !

— Peut-être, mais je n'aime pas l'effet qu'ils ont sur moi quand je les prends.

— Ils t'aident à conserver ton équilibre.

— Si conserver mon équilibre signifie évoluer comme un zombie, tu peux les garder !

— Nous en avons déjà parlé. Pour l'instant, tu te sens invincible, mais…

— Rien de ce que tu dis ne peut m'atteindre aujourd'hui, Alex.

— Maman, s'il te pl…

— Non, non, non!

Elle s'assit et attrapa les mains de sa fille dans les siennes.

— Je t'en prie, chérie, ne nous disputons pas.

— Je m'inquiète seulement pour toi.

— Inutile. Je suis sur un nuage.

Sur un nuage pour l'instant, mais la chute serait d'autant plus rude.

La jeune femme n'insista cependant pas, choisit une toile et alla l'accrocher dans son ancienne chambre. Son regard fit le tour de la pièce et de la petite collection de tableaux qu'elle avait entreposée là et qu'elle considérait comme une sorte d'archivage, une façon de s'assurer qu'un jour sa mère retrouverait une trace de son travail, même s'il restait inachevé.

Elle ferma la porte à clé et redescendit. Sa mère l'attendait en bas de l'escalier.

— Ma jolie, jolie petite fille, dit-elle d'un ton affectueux. Si différente de…

Elle s'arrêta net avant de s'écarter en fredonnant.

— De qui, maman?

— De n'importe qui d'autre.

Alex la regarda, à la fois frustrée et résignée. Combien de fois avait-elle vécu ce même scénario? Des centaines, au moins. Sa mère faisait allusion à quelque chose ou à quelqu'un de son passé, puis changeait brusquement de sujet.

— Qu'y a-t-il de si horrible chez mon père que tu refuses toujours de m'en parler?

— J'ignore qui est ton père. Tu le sais bien.

Inutile d'insister, de menacer ou de cajoler. Alex avait déjà tout essayé. Inutile également de la questionner sur sa famille ou sur son passé. Tout ce qu'elle avait appris, c'est que les parents de sa mère l'avaient reniée, lorsqu'elle était tombée enceinte.

— Je dois aller travailler, maman, dit-elle, en attrapant son sac.

Elle s'avança vers la porte et, n'obtenant pas de réponse, se retourna. Quelque chose dans le journal semblait avoir capté l'attention de sa mère, qui lisait comme si elle avait déjà oublié sa présence.

A quoi servirait de se mettre en colère ou d'espérer quelque chose qui n'arriverait jamais?

Sa mère ne possédait pas les capacités émotionnelles nécessaires pour entretenir une relation normale.

— Au revoir, maman.

Celle-ci releva la tête, une étrange expression sur le visage.

— Tu t'en vas ?

— Je vais travailler.

Elle fronça légèrement les sourcils et Alex comprit que sa bulle commençait déjà à se dégonfler.

— Tu sais, Alex… Je n'ai jamais voulu qu'une seule chose… Te protéger.

— De quoi, maman ?

Mais sa mère avait déjà repris sa lecture. Alex sortit et regagna sa voiture. Après avoir démarré, elle tourna la tête vers la maison, espérant presque voir à la fenêtre la silhouette familière. Mais la fenêtre était vide. La gorge serrée, elle accéléra.

« Je n'ai jamais voulu qu'une seule chose… Te protéger », avait dit sa mère.

Mais de quoi ? De qui ?

6

Mercredi 17 février
21 h 45

Situé dans Mission District, le Third Place était généralement un endroit animé jusqu'à 22 heures en semaine, heure à laquelle l'activité ralentissait considérablement. Pas ce soir pourtant. La soirée avait été calme, au contraire, ce qui permit à Alex de quitter son travail un peu plus tôt. Ses pieds et son dos protestaient de cette inactivité forcée, inactivité qui lui avait laissé tout le loisir de penser à sa mère, à sa maladie et à ses secrets. Elle aurait préféré l'agitation des soirs de grande affluence, qui ne laissait place à rien d'autre qu'aux commandes des clients et, plus tard, à une fatigue qui éteignait toute pensée.

En approchant de sa voiture, la jeune femme découvrit Tim qui l'attendait, appuyé contre la portière. Cheveux balayés de mèches blondes, costume Armani et mocassins Ecco… Il avait le look parfait du prof branché et populaire. Le genre qui ne laissait pas les étudiantes indifférentes. Alex était bien placée pour le savoir ; doublement bien placée même.

Elle lui avait laissé un message en quittant sa mère, deux jours auparavant, et au lieu de la rappeler il était là, à l'heure du coucher, quémandant son attention avec l'enthousiasme d'un jeune chiot.

Lance-moi un os, bébé. Je suis prêt.

Elle ne put retenir un sourire. La situation était parfaitement claire entre eux, maintenant, et leur relation détendue et dépourvue de contrainte.

— Salut…, dit-elle. Je commençais à croire que tu me trouvais bien trop compliquée pour toi.

— Jamais, répondit-il.

Il se pencha pour l'embrasser. Un parfum de femme, doux et fleuri, s'accrochait à lui.

— Comment c'était, le travail ?

— Lent. Une de ces soirées qui laissent trop de temps pour réfléchir.

— Qu'est-ce qui se passe, Alex ? Tu avais l'air particulièrement contrariée quand tu as appelé.

— J'avais besoin de parler à quelqu'un.

— C'est ta mère ?

— Comment tu as deviné ?

— Je m'en suis douté au son de ta voix.

Il se pencha vers elle et plongea son regard dans le sien avec une intensité qui la troublait et la désarmait à la fois, même après tout ce temps.

— Que nous est-il arrivé, Alex ?

Elle posa les mains sur sa poitrine pour l'empêcher d'approcher plus près.

— Tu veux dire à part le fait que tu es incapable de garder ta braguette fermée en présence d'une jolie fille ? Eh bien, il nous est arrivé que nous n'avons rien en commun, Tim… Et on ne peut pas construire une histoire sur rien.

— Faux ! Nous avons en commun le fait d'être deux chercheurs fascinés par la quête de la vérité et par tout ce que les gens sont prêts à faire pour la trouver. Et nous nous entendons bien au lit, ajouta-t-il, avec un grand sourire.

— Ce n'était pas si génial que ça, la dernière fois…

— Rien de grave. De simples petits problèmes mentaux.

Alex tressaillit devant sa désinvolture. Comme si avoir des « problèmes mentaux », au lit ou ailleurs, était tout à fait banal. Il avait pourtant touché un point sensible. Elle vivait dans la hantise d'avoir hérité de la maladie de sa mère, même si, à trente ans, elle n'en avait encore manifesté aucun symptôme.

Les visions de l'autre nuit en annonçaient-elles les prémices ?

— Je sais à quoi tu penses, reprit Tim. Je n'insinuais rien de particulier. Tu n'es pas comme elle.

Une boule se forma dans sa gorge et son inquiétude des derniers jours resurgit. Devait-elle parler à Tim de ses visions ? N'étaient-elles pas le signe, justement, qu'elle était en train de devenir comme sa mère ? Est-ce que le psychologue qu'il était pourrait l'aider à trouver une explication rationnelle et la rassurer ?

— Le jour où je t'ai appelé, je sortais de chez elle. Elle avait arrêté de prendre ses médicaments et était en pleine crise.

— Je suis désolé, Alex.

— Moi aussi. C'est tellement frustrant.

La fêlure de sa voix trahit sa vulnérabilité. Elle se ressaisit aussitôt.

— Merci de m'avoir écoutée, en tout cas.

— Est-ce que tu veux prendre un verre ? Mes oreilles et mon épaule sont à ta disposition.

La proposition était tentante, mais Alex devinait où cela les conduirait.

— Pas ce soir, Tim. Je me suis remise à ma thèse et je ne compte plus mes heures. Je suis épuisée.

— J'arriverais sûrement à te réveiller. Sans compter que j'aimerais bien améliorer mon record.

— Une autre fois.

— Tu sais que je t'aime toujours.

— Toujours pas ce soir.

Après avoir déposé un baiser léger sur ses lèvres, elle se glissa dans son véhicule et démarra. Au bout de la rue, elle regarda dans son rétroviseur et constata que l'oiseau s'était déjà envolé.

Probablement pour entrer dans le bar et tenter sa chance auprès d'une autre femme, pensa-t-elle.

Le feu passa au rouge et elle s'arrêta, profitant de l'occasion pour récupérer son téléphone dans son sac et interroger sa messagerie. La voix de sa mère résonna à ses oreilles, oppressée, sinistre.

— Il faut que je te parle, Alex, disait-elle. Il faut…

Elle semblait bouleversée, la voix empâtée. Pleine de larmes ou alourdie par les médicaments ?

— Je te dirai tout, je te le promets. Je… je n'ai jamais voulu que ça arrive… Je voulais juste…

Le message s'arrêtait là. Sa mère avait-elle volontairement raccroché ou le temps dédié à l'enregistrement avait-il expiré ?

Quoi qu'il en soit, il était évident que le soufflé était retombé.

Comme il fallait s'y attendre, malheureusement, l'excitation avait cédé la place à la dépression.

Un coup de klaxon la tira de ses pensées, lui signifiant que le feu était passé au vert. Elle redémarra et, au lieu de rentrer chez elle, tourna dans Guerrero Street, pour rejoindre la maison de sa mère.

Dix minutes plus tard, elle se garait devant, en proie à la plus vive inquiétude. Aucune lumière ne brillait aux fenêtres. Mauvais signe… Elle sortit précipitamment du véhicule et courut jusqu'à la porte.

— Maman! cria-t-elle en entrant. C'est moi!

Pas de réponse. Elle alluma et le carnage lui sauta immédiatement aux yeux. Toutes les toiles de sa mère avaient été détruites, grattées ou tailladées comme dans un accès de folie furieuse ou de désespoir.

Incapable de supporter cette vision, Alex détourna le regard. Les stores étaient tous complètement tirés et elle se demanda si sa mère les avait seulement ouverts pendant la journée.

— Maman? appela-t-elle encore, en montant précipitamment l'escalier.

Parvenue à l'étage, elle se dirigea vers la chambre de sa mère, s'attendant à la trouver dans son lit, endormie ou fixant le vide, roulée en boule.

La lumière d'un lampadaire dans la rue éclairait légèrement la pièce. Sa mère était bien là, étendue sur le dos, la couverture enroulée autour d'elle, sur le lit en bataille.

— Maman? appela-t-elle doucement, les larmes aux yeux. Tu es réveillée?

N'obtenant pas de réponse, elle se baissa pour remonter sur elle la couverture. Dans le mouvement, quelque chose tomba sur le sol. Un flacon de pilules.

Du Seroquel.

Le flacon était vide.

Le cœur d'Alex fit un bond dans sa poitrine.

— Maman? cria-t-elle plus fort cette fois. Maman?

Elle l'attrapa par le bras pour la secouer. Sous ses doigts, la peau était froide.

L'affolement la saisit et elle la secoua plus fort, puis sans plus de ménagement.

— Non! Non! Non! Tu n'as pas fait ça… Maman! Maman! Réveille-toi!

Elle chercha son pouls, d'une main fébrile, les yeux brouillés de larmes, sans percevoir aucun battement.

Elle recula alors dans un cri et trébucha, puis elle fouilla son sac à la recherche de son téléphone. Il lui échappa des mains et son contenu se répandit sur le sol. Tombant à genoux, elle finit par saisir l'appareil et composa le 911.

— Allô ? Oh, mon Dieu… Je crois que ma mère… Je ne sens plus son pouls… Je crois qu'elle est… S'il vous plaît, aidez-moi !

7

Mercredi 17 février
22 h 55

Suite à son appel, une voiture de patrouille arriva très vite, suivie de celle d'un enquêteur du bureau du légiste qui se présenta comme étant le détective Hwang.

Pendant que ce dernier examinait sa mère, l'officier de police resta près d'elle et lui expliqua que le détective aurait sûrement des questions à lui poser, une fois son examen terminé.

— Y a-t-il quelqu'un que vous souhaiteriez appeler ? lui demanda-t-il gentiment. Un membre de votre famille ?

— Personne… Ma mère était ma seule fam…

Elle s'étrangla sur ce dernier mot. Sa solitude lui apparut soudain insondable. Elle lut la compassion dans l'œil du policier, un très jeune homme d'origine italienne à en juger par son nom : Pagani. Marié aussi, si elle devait en croire l'alliance à son doigt, et probablement déjà père de famille, avec moult oncles, tantes, cousins et cousines, neveux et nièces.

Il ne pouvait sûrement pas comprendre ce que cela faisait de se retrouver seule au monde.

Seule au monde…

L'expression prenait tout son sens et toute son horreur. Une vague de détresse la submergea. L'impression qu'elle venait de perdre tous ses repères et qu'elle ne les retrouverait plus jamais.

— Un ami ? insista le policier. Un collègue de travail ?

Un ami ? Oui… Elle hocha la tête et prit son téléphone pour appeler Tim. Elle tomba sur sa boîte vocale.

Il devait avoir trouvé de la compagnie pour la nuit.

— Tim, c'est moi. Je suis chez ma mère. Elle est… Oh, mon Dieu, Tim ! Elle s'est tuée. Appelle-moi dès que tu auras mon message, s'il te plaît…

Elle raccrocha et se tourna vers l'homme.

— Est-ce que je peux m'asseoir ?

— J'allais vous le suggérer. L'examen risque de prendre un peu de temps.

Une demi-heure plus tard, l'enquêteur la rejoignait.

— Mademoiselle Owens ?

— Owens est mon nom de jeune fille. Je m'appelle Clarkson maintenant, Alexandra Clarkson, encore qu'il soit possible que je reprenne bientôt mon nom de jeune fille. A cause de mon divorce, je veux dire.

Ces détails n'avaient aucune importance, en la circonstance, mais elle ne put s'empêcher de les fournir, pour retarder le moment où il lui faudrait aborder le plus grave.

Hwang hocha la tête et sortit un petit carnet de sa poche.

— Permettez-moi d'abord de vous présenter toutes mes condoléances.

— Merci.

— Y avait-il une raison particulière pour que vous soyez passée la voir, ce soir ?

— Oui. Elle avait laissé un message sur ma boîte vocale. Je travaillais. Elle avait l'air si perturbée…

— Où travaillez-vous ?

— Je suis barmaid au Third Place, dans la 16e Rue.

— Je connais. Votre mère, donc…

— Etait bouleversée. Elle pleurait. Alors je suis passée.

Il nota quelque chose.

— Que disait-elle dans son message ?

Alex fit un effort pour se rappeler ses paroles.

— Elle disait qu'elle était désolée… Qu'elle était prête à tout me dire…

— Savez-vous à quoi elle faisait allusion ?

— Ma mère a toujours refusé de me parler de son passé et notamment de mon père. Nous nous sommes disputées à ce sujet…

— Quand ?

— La dernière fois que je suis venue. Une énième dispute.
— Quand était-ce ?
— Avant-hier.
— Lundi donc ?
Elle réfléchit un instant.
— Oui, dans l'après-midi.
— Et vous vous êtes disputées ?
— Oui. Elle refusait de prendre ses médicaments. Une autre pomme de discorde.
— Quel genre de médicaments ?
— Du Valproate et du Seroquel. Elle souffrait de troubles bipolaires.
— Troubles bipolaires ?
Alex devina qu'il n'avait posé la question que pour juger de l'honnêteté de sa réponse. Il en savait probablement beaucoup plus qu'elle sur ce sujet.
— Une maladie caractérisée par une fluctuation anormale de l'humeur. Avant, on appelait ça une psychose maniaco-dépressive.
— Pourquoi ne prenait-elle pas ses médicaments ?
— Elle n'aimait pas l'effet qu'ils avaient sur elle.
— J'aurais besoin de connaître le nom du médecin qui les lui a prescrits.
— Le Dr Connor. Je peux vous trouver son numéro.
— Merci… Ça me faciliterait les choses. Elle n'a laissé aucun mot. Ça vous étonne ?
Alex fronça les sourcils. L'idée d'une lettre ne lui était pas venue.
— Je ne sais pas. Je… Croyez-vous que cela signifie quelque chose ?
— Peut-être, peut-être pas. Statistiquement, une grande majorité des personnes qui se suicident le font.
— Oh…
Tim surgit à ce moment-là.
— Alex ! Je suis venu dès que j'ai eu ton message !
Elle courut se jeter dans ses bras et il la serra contre lui.
— Tu vas bien ?
Elle hocha la tête, en se soustrayant doucement à son étreinte.
— Tim… Voici le détective Hwang. Mon mari, Tim Clarkson.
Les deux hommes se saluèrent.
— Monsieur Clarkson, connaissiez-vous bien la défunte ?

La défunte ? La force de suggestion des mots était si terrible parfois ! Alex serra les bras autour d'elle, luttant pour ne pas éclater en sanglots.

— Dr Clarkson, corrigea Tim. Je suis professeur de psychologie à l'université de San Francisco.

— Docteur Clarkson donc, connaissiez-vous bien la défunte ?

— Suffisamment pour ne pas être surpris qu'elle ait mis fin à ses jours.

— Vraiment ?

— C'était une personne très instable et qui avait déjà fait deux tentatives de suicide.

Le détective se tourna vers Alex pour confirmation. Elle hocha la tête.

— Voyez-vous, pour les gens qui souffrent de troubles bipolaires, la dépression n'a rien à voir avec ce que le commun des mortels peut expérimenter. Pour eux, le bas est vraiment bas, un gouffre aussi sombre que vous pouvez l'imaginer. Il n'en faut alors pas beaucoup pour les pousser à sauter le pas.

— Intéressant choix de mots, professeur, commenta Hwang qui s'adressa ensuite à Alex en montrant les tableaux :

— Que s'est-il passé ?

— C'est elle qui a fait ça.

— Elle a détruit ses propres toiles ?

Les yeux du détective s'écarquillèrent sous l'effet de l'incrédulité.

— Elle passait d'une crise de folie créatrice au plus profond désespoir, au cours duquel elle détruisait tout son travail.

Hwang prit encore quelques notes, puis referma son carnet.

— La loi impose une autopsie pour tous les décès inexpliqués. On ne peut pas l'éviter, mais c'est au légiste de décider.

— Une autopsie ? répéta Alex, les genoux flageolants.

— Le bureau du médecin légiste vous préviendra lorsque vous pourrez récupérer la dépouille. En attendant, si l'on découvre quoi que ce soit d'anormal, je vous appellerai. Encore une fois, madame Clarkson, toutes mes condoléances.

8

Jeudi 18 février
7 h 50

Etendue sur son ancien lit, Alex n'avait guère dormi, ressassant inlassablement les événements de la veille. Une question l'obsédait, la rongeait de culpabilité. N'aurait-elle pas dû voir la crise s'annoncer? Et, si oui, aurait-elle pu empêcher sa mère de se suicider?

Sa mère. Sa seule famille. Elle aurait dû comprendre. Insister pour qu'elle reprenne ses médicaments.

Pourquoi n'avait-elle pas été plus vigilante?

Un sanglot lui monta à la gorge, qu'elle réprima aussitôt. Les yeux brûlants, le corps douloureux, elle avait tellement pleuré qu'elle s'étonnait d'avoir encore des larmes.

De l'étage inférieur monta la sonnerie stridente du téléphone. Une fois encore. Sa mère n'avait pas de répondeur ou d'affichage du numéro, ni même de téléphone portable. Seulement un téléphone fixe accroché au mur.

Toutes mes condoléances, avait dit l'enquêteur. Tim également. Beaucoup d'autres personnes prononceraient ces mêmes paroles au cours des jours et des semaines à venir.

Elle serra les poings, dans un brusque accès de colère. Ses yeux se posèrent sur toutes les toiles inachevées dont elle avait garni les murs de sa chambre de jeune fille. A l'image de la vie de sa mère, inachevée elle aussi. Brusquement interrompue. Un tel potentiel artistique gâché!

Elle se leva péniblement. Il lui fallait un peu de nourriture. Et du café. Des litres de café. Puis elle devrait faire ce qu'elle était supposée faire en de telles circonstances.

Prévenir les gens. Mais qui ? Sa mère avait si peu d'amis. Tout au plus quelques connaissances, dont aucune, probablement, n'assisterait à ses funérailles. Ses propres amis peut-être, pour lui apporter leur soutien. Mais pourquoi leur imposer ça ?

Elle descendit lentement au rez-de-chaussée, évitant de poser les yeux sur les toiles lacérées. Il lui fallait aussi s'occuper de l'enterrement. Elle ignorait si sa mère avait de l'argent ou si elle avait rédigé un testament.

Le désordre dans la cuisine était indescriptible, mais elle réussit à trouver ce qu'il fallait pour se préparer un pot de café. Puis elle attrapa une banane et une grappe de raisin dans la corbeille de fruits.

Le journal de lundi était toujours ouvert sur le comptoir, là où sa mère l'avait consulté. La jeune femme l'éclaboussa en posant dessus son mug trop plein. Attrapant un torchon, elle essuya sa tasse et épongea le journal. Un titre lui sauta alors aux yeux.

Le cadavre d'un enfant découvert dans un vignoble.

Elle fixa les lettres, un étrange appel du vide au creux de l'estomac, puis lut l'article en détail. Les restes d'un bébé avaient été découverts dans un vignoble de la vallée de Sonoma. Une triste histoire. Mais le plus étrange était le fait que sa mère avait encerclé le nom et le numéro de téléphone de l'inspecteur de police chargé de l'enquête.

Pourquoi sa mère avait-elle fait cela ? Connaissait-elle le policier ? Cette histoire l'avait-elle émue en raison de son état dépressif ? Savait-elle quelque chose de cette affaire ?

Elle relut le nom de l'inspecteur : Daniel Reed.

Sans se donner le temps de réfléchir, elle attrapa le téléphone et composa le numéro.

On décrocha aussitôt.

— Inspecteur Reed à l'appareil. Que puis-je pour vous ?

Alex se rendit alors compte qu'elle ne savait pas quoi raconter à l'homme qui se tenait à l'autre bout de la ligne.

Elle s'éclaircit la voix.

— Bonjour… Mon appel va peut-être vous paraître bizarre, mais j'ai trouvé un article de journal relatant la découverte d'un bébé mort dans un vignoble avec votre nom et votre numéro de téléphone encerclés.

L'homme attendit, silencieux.

— Chez ma mère…

— Je vois, dit-il, mais à sa voix Alex devina qu'il ne voyait pas grand-chose. Qu'attendez-vous de moi, madame… ?

— Clarkson.

Elle se sentit soudain ridicule.

— Alexandra Clarkson. C'est juste que… Je me suis demandé pourquoi… Mais ça n'a aucune importance. Je suis désolée de vous avoir dérangé.

— Pas du tout ! Pas du tout ! coupa-t-il. Ne quittez pas ! Est-ce que votre nom de jeune fille est Owens ?

— Oui, répondit-elle, la bouche soudain sèche.

— Alex, c'est Dan. Dan Reed… Nous avons joué ensemble, quand nous étions enfants.

— Ne quittez pas, dit-elle.

Elle se laissa tomber sur une chaise, le souffle coupé.

Puis elle respira un grand coup, avant de reprendre la parole.

— Vous dites que nous avons joué ensemble ?

— On se tutoyait, à l'époque. Tu ne te souviens pas de moi ? Pas étonnant. Tu n'avais que cinq ans, quand tu es partie.

— Partie où ? demanda-t-elle, l'esprit de plus en plus confus.

Dan ne répondit pas tout de suite.

— Alex, tu vas bien ?

— Non. Je… S'il vous plaît, où est-ce que j'habitais ? Où nous sommes-nous connus ?

— A Sonoma.

Elle digéra cette information. Sonoma. Elle n'avait aucun souvenir de ce nom, ni de cet endroit.

— Combien de temps ai-je vécu là-bas ? Et mon père ? Est-ce qu'il habite toujours là ?

— Alex, ta mère m'a appelé hier… Elle m'a dit qu'elle avait des informations sur cette histoire. Est-elle avec toi ?

Alex lutta pour saisir le sens de ses paroles.

— Quoi ?

— Ta mère, Alex. Est-ce que je peux lui parler ? J'ai essayé de la rappeler à plusieurs reprises, depuis hier, mais je ne suis pas arrivé à la joindre.

— Ma mère est morte. Elle s'est suicidée hier dans la journée.

9

Jeudi 18 février
10 h 10

Dan avait suggéré à Alexandra Clarkson qu'ils se rencontrent et la jeune femme avait paru soulagée qu'il propose de venir jusqu'à elle. Une heure plus tard, il jetait un coup d'œil au GPS installé sur le tableau de bord de son véhicule : d'après le système de positionnement, il ne se trouvait plus qu'à six minutes de l'adresse de Patsy Owens, à San Francisco.

Patsy Owens l'avait appelé, affirmant détenir des informations sur l'enfant dont le corps avait été retrouvé, puis elle s'était suicidée. Sa fille, Alex, ignorait tout de son appel, apparemment, mais également des années qu'elle avait passées à Sonoma.

En ce qui concernait l'identification du bébé, ils en étaient au point mort, attendant toujours des informations sur la tétine. La couche s'était révélée inexploitable, pas assez de matière pour permettre une analyse intéressante.

Son téléphone sonna.

— Inspecteur Reed, dit-il en décrochant.

— Détective Hwang, SFME.

— Merci de me rappeler si vite… Vous avez enquêté sur un suicide présumé, la nuit dernière. Une Patricia Owens.

— En effet. A priori, rien de suspect. Une overdose médicamenteuse. La femme était maniaco-dépressive et avait déjà fait deux précédentes tentatives de suicide. Mon bureau procédera à une autopsie demain matin. Pourquoi vous y intéressez-vous ?

— Patsy Owens m'a appelé hier après-midi pour me dire qu'elle détenait des informations sur une de mes affaires en cours.

— Sale tour. Désolé de ne pas pouvoir vous être utile.

— Appelez-moi, si vous découvrez quelque chose.

Il raccrocha et, quelques minutes plus tard, il se garait devant la Painted Ladie de Patsy.

Une femme mince aux cheveux noirs l'attendait, assise sous le porche. Elle se leva quand il descendit du véhicule et vint à sa rencontre. Elle portait un jean et un pull blanc très large.

La fillette de son souvenir s'était muée en une très belle femme, constata-t-il, et elle ressemblait tellement à sa mère qu'il en fut déstabilisé. Comme s'il avait voyagé dans le temps.

— Alexandra ? dit-il, en s'arrêtant devant elle. Inspecteur Daniel Reed. Content de vous revoir après toutes ces années, même si j'aurais préféré que ça se passe en d'autres circonstances.

Il avait choisi de revenir au vouvoiement, compte tenu du caractère officiel de leur rencontre. Sans compter qu'il ne connaissait plus vraiment la personne qui se tenait devant lui.

Elle l'étudia un instant en silence, comme si elle espérait réveiller ses souvenirs. Puis elle fronça légèrement les sourcils.

— Moi aussi, inspecteur. Entrez…

Il la suivit à l'intérieur. Belle maison, pensa-t-il, en regardant autour de lui, notant au passage les toiles et les photos sur le manteau de la cheminée.

Mais l'endroit donnait aussi une impression de chaos, ce qui ne le rendait certainement pas très confortable à vivre.

— Allons dans la cuisine, proposa-t-elle.

La pièce était très lumineuse et un peu moins en désordre que le reste de la maison. Quelques tasses dans l'évier, des plantes assoiffées et un journal ouvert sur le comptoir.

— Je l'ai laissé comme je l'ai trouvé, précisa Alex, qui avait suivi son regard.

Il hocha la tête et s'approcha. Le *San Francisco Chronicle*. Son nom et son numéro de téléphone entourés.

— J'ai essayé de rappeler votre mère plusieurs fois. Ça sonnait dans le vide.

— Ma mère ne faisait pas confiance aux répondeurs. Voulez-vous du café ? De l'eau ?

— Rien, merci.

Elle se servit une tasse de café et s'approcha de la table. Ils s'assirent face à face.

— Merci d'être venu, lui dit-elle chaleureusement. J'ai tellement de questions à vous poser !

— En fait, ça, c'est plutôt mon travail, fit-il remarquer avec un sourire. D'abord, permettez-moi de vous présenter toutes mes condoléances.

Les larmes lui montèrent aux yeux, mais elle les retint.

— Merci.

— Je me suis entretenu avec le détective Hwang qui m'a appris que votre mère souffrait de psychose maniaco-dépressive et qu'elle avait déjà tenté par deux fois de se suicider.

— Oui. Elle avait… des problèmes. Comment était-elle quand vous la connaissiez ?

— Je n'avais que dix ans à l'époque.

— Vous devez bien avoir gardé quelques souvenirs d'elle.

— Je me souviens d'elle comme d'une femme douce et gentille, dit-il, après avoir réfléchi un instant. Elle semblait heureuse.

Les larmes débordèrent cette fois et coulèrent le long de ses joues. Alex les essuya d'un geste impatient.

— Vous avez dit que j'avais cinq ans, quand nous avons quitté Sonoma. Est-ce que j'étais heureuse ?

— Vous en aviez l'air en tout cas. Toujours partante et un vrai moulin à paroles. Vous rendiez Rachel folle à la suivre partout. Pas seulement elle d'ailleurs. Tous les gamins plus âgés.

— Rachel ?

— Votre demi-sœur, lui indiqua-t-il doucement, lui laissant le temps de digérer la nouvelle. Alex, votre mère m'a appelé avant de se suicider. Elle m'a dit qu'elle avait des informations sur l'enfant que nous avons découvert. Avez-vous la moindre idée de ce qu'elle voulait me dire ?

— En fait, j'espérais que vous pourriez me l'apprendre, répondit-elle d'un ton amer.

Il l'observa, cherchant à deviner si elle mentait ou non.

— Je crois qu'elle se demandait si le bébé que nous avons trouvé n'était pas Dylan…

Il la vit se raidir et lut la peur, mais aussi la curiosité dans ses yeux.

— Dylan ? répéta-t-elle d'une voix tremblante.

L'espace d'un instant, il se demanda si elle ne se moquait pas de lui, avant de repousser cette idée. Son émotion ne pouvait pas être feinte.

— Dylan Sommer… Votre petit frère, Alex…

10

Jeudi 18 février
11 heures

Alex fixa Dan, en proie à un choc profond, comme si ses dernières paroles ne l'avaient pas encore atteinte. Tout un pan de son histoire s'ouvrait devant elle, cette part de secrets que sa mère avait toujours gardés pour elle, et qu'elle s'apprêtait, de toute évidence, à lui dévoiler, lorsqu'elle lui avait laissé son dernier message. *Je te dirai tout, je te le promets...*

— En fait, votre demi-frère, précisa Dan.

Son demi-frère... Elle avait eu un demi-frère et une famille à Sonoma! La tête se mit à lui tourner, comme si elle avait respiré de très fortes vapeurs toxiques. Une famille... Ce frère et cette sœur, Rachel... Peu importait ce « demi » restrictif que l'inspecteur s'appliquait à placer devant ces deux mots. Un frère et une sœur... et elle ne se souvenait de rien! Rien! Pas une image, pas le moindre frémissement de conscience à cette évocation!

Ce Dan Reed l'observait d'un air bizarre, comme si elle était un monstre. Elle ne pouvait pas lui en tenir rigueur. A ce moment précis, elle avait l'impression d'en être un.

— Racontez-moi, lui demanda-t-elle d'une petite voix.

— Dylan était l'enfant de votre mère et d'un vigneron, Harlan Sommer. Un bébé, encore... Vous viviez tous à Sonoma, à cette époque. Il a été kidnappé dans son lit. Harlan et votre mère dînaient chez des amis et vous avaient laissés à la maison, Dylan et vous, et la fille d'Harlan qui avait quinze ans.

— Rachel?

— Oui, Rachel… Personne ne sait exactement ce qui s'est passé. Quelqu'un est entré dans la maison et a pris Dylan. Aucune demande de rançon n'a été faite et Dylan n'a jamais été retrouvé. Le mariage n'a pas résisté à cette épreuve. Votre mère est partie en vous emmenant.

Alex eut l'impression terrible qu'une main de fer lui broyait le cœur, en imaginant quel désespoir avait dû être celui de sa mère. Perdre un enfant de maladie ou d'accident était déjà horrible, mais le perdre de cette façon ! Sans jamais savoir ce qui s'était passé, s'il était vivant ou mort. S'il avait souffert, espéré de ses parents une aide qui n'était jamais venue…

— Elle ne vous en a jamais parlé ?

— Non, fit-elle d'une voix rauque, à peine audible. Maman était très… secrète. Je me suis toujours demandé pourquoi. J'ai toujours pensé…

— Vous avez pensé ?… reprit Dan pour l'encourager à poursuivre.

— Qu'elle me cachait quelque chose. Mais jamais je n'aurais pu imaginer une histoire pareille. Je croyais qu'il s'agissait de mon propre père, d'un élément honteux, inavouable, dans la vie de cet homme…

— Et vous n'avez aucun souvenir de votre séjour à Sonoma ni des membres de la famille Sommer ?

Elle fit non d'un léger mouvement de la tête, atterrée de devoir l'avouer. Comment était-ce possible ?

— Est-ce que vous avez des photos de lui ? demanda-t-elle. Ou de ma belle-famille ?

— Mes parents en ont. Ils étaient des amis très proches, lui précisa-t-il. Harlan en a également. Excusez-moi de vous demander ça, mais pourrais-je jeter un coup d'œil dans la maison ? J'espère trouver un indice de ce que votre mère voulait me dire.

Alex, raide comme un automate, le suivit pendant qu'il parcourait la maison ; son esprit cherchait encore à assimiler tout ce qu'elle venait d'apprendre.

— Désolée de ne pas avoir pu vous être utile, lui dit-elle, quand il eut terminé.

— Voici ma carte. Si quoi que ce soit vous revient, appelez-moi.

— Entendu.

Elle le raccompagna jusqu'à la porte.

— Vous me ferez savoir si le bébé que vous avez trouvé est bien mon frère ?

— Bien sûr. J'ai été heureux de vous revoir, Alex, même si les circonstances ne sont pas les meilleures pour ça.

Il lui tendit la main.

— Moi aussi, Dan…

Quelques instants plus tard, il remontait dans sa voiture et démarrait. Après son départ, Alex erra dans la maison, en proie à une agitation comme elle n'en avait jamais connu de sa vie.

La colère et la frustration se disputaient en elle. Elle avait eu un frère. Un beau-père et une demi-sœur. Elle avait vécu avec eux dans sa très jeune enfance, partagé des jeux, certainement, et des moments de tendresse. Et sa mère ne lui en avait jamais rien dit. Pourquoi ? Le drame qu'elle avait vécu ne justifiait pas ce silence ! Alex se sentait amputée tout à coup de toute une partie de sa propre vie. Non, même brisée par le chagrin, sa mère aurait dû raviver sa mémoire défaillante de petite fille, elle aurait dû lui parler des années passées à Sonoma, même brièvement, sans s'appesantir sur les souvenirs heureux d'avant la tragédie…

Elle serra les poings. Si seulement elle avait pu prendre son dernier appel ! Sa mère avait été sur le point de tout lui révéler. Avec ses explications.

Dan Reed lui avait livré les informations brutes, sèches, et elle ne découvrirait jamais le fin mot de l'histoire. Il lui manquerait toujours la pulpe des jours, la couleur, le plein des êtres évoqués dans ce qu'ils étaient aux jours heureux…

La fureur s'empara d'elle et elle eut envie de hurler, de frapper quelqu'un ou quelque chose. Comment sa mère avait-elle pu lui faire une chose pareille ? Il s'agissait de *son* histoire, de *sa* famille, à elle aussi ! Ces événements, même si elle n'en conservait en surface aucune trace, avaient sûrement eu un énorme impact sur son psychisme, sur la construction de l'adulte qu'elle était devenue.

Sans aucun doute, même. A la lumière de ce qu'elle venait d'apprendre, elle commençait à mieux comprendre cette impression de manque qu'elle avait toujours éprouvée, comme s'il y avait en elle un vide qu'elle cherchait à combler par tous les moyens.

Un vide laissé par un petit frère qu'elle avait aimé et qui lui avait été arraché.

Au sens propre comme au figuré.

Comment sa mère avait-elle pu lui cacher son existence pendant toutes ces années ?

Caché ?

Des photos… Des souvenirs… Des papiers administratifs… Dylan était son fils, son bébé… Elle ne pouvait pas avoir détruit tout ce qui lui restait de lui. Impossible. Même dans le plus profond désespoir. Elle avait *forcément* gardé quelque chose…

La jeune femme regarda autour d'elle avec un regard neuf. Si sa mère avait voulu dissimuler une boîte de souvenirs, où l'aurait-elle placée ? Dans la maison, bien sûr. Dans un endroit facile d'accès, mais hors de portée de sa fille.

Un endroit où Alex n'avait pas l'habitude d'aller et venir à sa guise. Un endroit privé.

La chambre. Evidemment.

Elle gravit les marches en courant. Comme le reste de la maison, la chambre de sa mère était envahie par sa peinture. Il y avait des toiles partout. Elle s'approcha de la commode et commença sa fouille, jetant les vêtements en tas sur le sol.

Rien. *Nada*.

Sans se laisser décourager, elle poursuivit son investigation dans le placard, puis dans la salle de bains attenante. Elle passa ensuite d'une pièce à l'autre jusqu'à ce qu'elle ait fouillé chaque coin et recoin de l'étage.

Toujours rien.

Après tout, Patsy détruisait ses toiles, en dépit de la passion qu'elle mettait à les peindre. Pourquoi pas les souvenirs de son fils ?

Non, elle se refusait à le croire ! Quelque part dans cette maison, sa mère avait conservé une trace de la brève existence de son enfant.

Le grenier…

Traversant le couloir, elle se dirigea vers la trappe dans le plafond et fit descendre l'échelle escamotable. Puis elle grimpa. En haut, l'air froid l'enveloppa. Elle tira sur la corde reliée à la seule ampoule de l'endroit.

Une faible lumière se répandit qui éclaira le fouillis de toute une vie accumulé là. Des dizaines de cartons, empilés les uns sur les autres. Alex ne put retenir un cri devant sa découverte. Par où commencer ? Il allait lui falloir des jours et des jours pour en venir à bout !

Tant pis… Cela prendrait le temps qu'il faudrait. Un carton après l'autre. Mais elle les ouvrirait tous.

Elle commença par la droite, progressant lentement. Entre le froid et la poussière, son nez ne tarda pas à couler. Le mieux aurait été de redescendre chercher une veste et des gants, mais elle refusait de s'interrompre, même pour quelques minutes.

Ses yeux se posèrent soudain sur une grande malle, le genre de celles que les gens prenaient, dans le temps, lorsqu'ils partaient pour une croisière transatlantique.

Un cadenas à code la fermait.

Le cœur battant, Alex s'approcha et l'examina.

Elle tenta d'abord un certain nombre de combinaisons évidentes : la date de naissance de sa mère, la sienne, etc. Sans succès. Perdant patience, elle chercha alors autour d'elle un objet susceptible de briser le cadenas.

Elle aperçut une batte de base-ball en aluminium. S'en emparant, elle l'abattit sur le cadenas qui céda à la troisième volée de coup.

Laissant tomber la batte, elle s'agenouilla, dégagea le cadenas et ouvrit la malle.

A l'intérieur, sa mère avait soigneusement entassé des photos et des lettres, des peluches et des jouets d'enfant. La jeune femme découvrit une robe de baptême et quelques vêtements incroyablement petits. Une sucette. Des bottines. Tous objets qui lui rendirent en un instant la réalité de ce petit frère terriblement tangible.

Elle caressa chacun d'eux, les frottant contre sa joue. Elle enfonça son visage dans le ventre douillet d'un ours en peluche et respira très fort. Etait-ce son imagination ou bien sentait-il le talc et le lait de bébé ?

Sa poitrine se serra et les larmes lui montèrent aux yeux. Un frère. *Son* frère. Un bébé qu'elle avait touché, tenu dans ses bras. Un bébé avec lequel elle avait joué. Qu'elle avait fait rire. Qui avait enserré ses doigts de petite fille dans sa main potelée… Et puis, un matin, elle s'était réveillée et ce bébé avait disparu. Quel impact un tel événement pouvait-il avoir sur l'esprit d'un enfant de cinq ans ? Comment l'avait-elle géré, dans sa tête d'enfant ? Elle avait certainement dû ressentir de la peur et de l'incompréhension, et la douleur du manque…

Elle essuya ses joues et reposa la peluche. Elle attrapa ensuite un album de photos et l'ouvrit, restant pétrifiée devant le premier cliché.

Sa mère, jeune et belle, souriante — non, rayonnante —, posant devant l'appareil, un bébé dans les bras. Et à côté d'elle, levant des yeux émerveillés, elle-même à trois ou quatre ans.

Elle s'aperçut soudain qu'elle n'avait jamais vu sa mère heureuse. Excitée, oui, mais dans le mauvais sens du terme. En proie aux phases « actives » de sa maladie. Mais jamais rayonnante de bonheur comme sur cette photo.

La perte de son enfant était-elle la cause de ses brusques changements d'humeur ou bien la maladie couvait-elle déjà en elle ?

Alex feuilleta l'album, découvrant des gens qu'elle ne connaissait pas, étudiant leurs visages, leurs attitudes. Cherchant à réveiller ses souvenirs.

Le bruit de la porte qui claquait en bas la fit sursauter. Elle courut jusqu'à l'escalier.

— Il y a quelqu'un ? cria-t-elle.

— Alex ? Où es-tu ?

— Tim ! Je suis en haut, dans le grenier.

Quelques secondes plus tard, la tête de son mari émergeait en haut de l'échelle.

— Qu'est-ce que tu… ?

— Tim, c'est incroyable ! J'avais un frère. Et une demi-sœur. Viens voir !

11

Jeudi 18 février
13 h 50

Ensemble, ils descendirent la malle dans le salon, non sans mal, et s'assirent sur le sol pour en examiner méthodiquement le contenu. Alex raconta à Tim le déroulement de sa journée, du nom et du numéro de téléphone encerclés sur la page de journal jusqu'à la visite de l'inspecteur Reed et tout ce qu'il lui avait révélé.

Quand elle eut terminé, elle ouvrit l'album de photos et lui montra celle de sa mère portant le bébé, elle-même enfant à son côté.

Tim l'étudia longuement.

— Quelle histoire incroyable, dit-il finalement. Je me demande ce que Patsy pouvait bien cacher d'autre…

— D'autre ? Bon sang, Tim ! Cette histoire ne te suffit pas ?

Elle repoussa une mèche de cheveux derrière son oreille.

— Je connais enfin la raison de ce vide que j'ai toujours senti en moi et que j'imputais au fait de ne pas connaître mon père ou au détachement affectif de ma mère, alors qu'il s'agissait de la disparition de ce frère, dont je gardais le souvenir, en moi, sans en être consciente.

— C'est tout à fait possible d'un point de vue psychologique, dit-il, en feuilletant l'album, l'air pensif. La création artistique peut être assimilée à donner la vie et la destruction de son œuvre à une manifestation de haine envers soi-même.

— Tu crois que le cycle que ma mère ne cessait de reproduire — peindre pour ensuite détruire son travail — était lié à la perte de son enfant ?

— C'est très possible…

Son regard s'arrêta sur une des photos, qu'il étudia plus attentivement que les autres.

— Elle réprimait ses émotions, sa colère, sa culpabilité, son désespoir. Mais les émotions réprimées finissent toujours par se frayer un chemin, à travers quelqu'un ou quelque chose. C'est une stratégie d'évitement classique.

— De la culpabilité ? répéta Alex, l'air soucieux, subitement. Je peux comprendre la colère et le désespoir, mais pourquoi se serait-elle sentie…

— Responsable ? Voyons, Alex, mets-toi à sa place une minute. Une mère est censée protéger son enfant. L'instinct maternel est supposé l'alerter, si un danger le menace. Et qu'a-t-elle fait ? Elle a laissé son enfant seul. Et l'impensable s'est produit.

Alex se frotta les bras, glacée.

— Comment ai-je pu oublier, Tim ? J'avais cinq ans et j'avais un frère, une belle-famille. Puis soudain ce frère a disparu, cette belle-famille aussi. Je devrais me souvenir d'eux, non ? A cinq ans, on a des souvenirs !

Tim lui prit doucement les mains et les réchauffa entre les siennes.

— Ta mère t'a éloignée de tous ceux qui connaissaient Dylan. Elle a caché tout ce qui pouvait te rappeler son existence. Les enfants sont comme des éponges. Ils comprennent très vite. Et tu as vite saisi que poser des questions sur ce petit frère ne te valait que des ennuis. Peut-être même que ta mère en a nié l'existence. Alors, tu t'es soumise. Tu as simplement « oublié » ton frère et tout ce pan de votre histoire. Ça n'a même probablement pas pris très longtemps.

— Très bien, admettons…, dit Alex, les larmes aux yeux. Mais pourquoi ne puis-je rien me rappeler aujourd'hui que j'ai l'…

Un bébé sans visage qui criait. Une silhouette sombre, encapuchonnée. Deux corps…

Si ! Elle se souvenait !

— Oh, mon Dieu, Tim ! Je comprends maintenant.

— Qu'est-ce que tu comprends, ma chérie ?

— L'autre nuit, quand nous étions ensemble. J'ai eu une vision inquiétante qui m'a terrifiée. Il y avait un bébé sans visage qui hurlait.

— Un classique exemple de symbolisme. Le bébé n'avait pas de visage, donc pas d'identité. Mais ton subconscient voulait que tu te souviennes.

Elle se mit à pleurer et il la prit dans ses bras. Elle enfouit son visage au creux de son cou.

Au bout d'un moment, ses larmes se calmèrent.

— Tout ça est tellement horrible, murmura-t-elle. Ce qui est arrivé à mon frère. Ma mère qui niait son existence. Le mal que ce déni nous a fait, à elle comme à moi. N'a-t-elle pas compris combien son attitude était destructrice ?

— Non, elle n'en avait pas conscience, je pense. Elle ne cherchait qu'à t'épargner des souffrances et à soulager un peu les siennes. Chacun use des moyens qu'il peut…

Ils se turent. Alex resta blottie contre Tim, réconfortée par les battements réguliers de son cœur. Quand il s'éloigna finalement d'elle, elle eut froid et s'enroula sur elle-même, les genoux contre sa poitrine.

— Quel âge avait ton frère quand il a été kidnappé ? lui demanda-t-il, en reprenant l'album de photos.

— Je ne sais pas. Je n'ai pas pensé à poser la question. Mais c'était encore un bébé.

— Et quel âge avais-tu, quand ta mère a épousé cet homme ?

Elle l'ignorait.

— Pourquoi tu me demandes ça ?

Il tapota l'une des photos.

— Cet homme à côté de ta mère… C'est son mari ?

— Je l'ignore. J'ai découvert cet album après le départ de l'inspecteur. Mais je suppose que oui.

— Tu lui ressembles, Alex.

Il lui tendit l'album et elle étudia le cliché, le cœur battant. Il avait raison. Elle lui ressemblait. Le menton. Le grand front et les yeux largement espacés.

Pouvait-il être son père ? Si elle était une enfant lorsqu'ils s'étaient mariés…

Mais pourquoi aurait-il reconnu Dylan et pas elle ? Pour sauvegarder sa réputation ? A cause d'un précédent mariage qui n'était pas encore officiellement terminé au moment de sa propre naissance ?

— J'ai l'impression qu'il reste encore pas mal de questions sans réponse.

— C'est peu dire.

— Tu as faim ? On pourrait manger quelque chose.

Elle s'aperçut qu'elle n'avait rien avalé de toute la journée. Mais elle voulait continuer à fouiller dans la malle.

— Je pourrais aller nous chercher des plats chinois ou une pizza ? A moins que tu ne préfères rester seule…

— Non, Tim… Reste. Enfin, si tu n'as rien d'autre de prévu.

Il était libre et commanda une pizza dans un restaurant proche spécialisé dans les pâtes fines, à la manière new-yorkaise. Pendant qu'il allait la chercher et acheter au passage une bonne bouteille de vin, Alex continua ses recherches.

Au fond de la malle, cachée dans les plis d'une couverture de bébé, elle trouva une bague. Belle et fine, originale, composée de fils d'or emmêlés comme des serpents et de petits brillants.

Ou des ceps de vigne, pensa-t-elle, en caressant les petits rubis.

— J'ai tout ! cria Tim, une demi-heure plus tard, en revenant. J'ai déniché un très bon vin, un Dry Creek Valley.

— Parfait, dit-elle, en fait, je meurs de faim…

Après avoir glissé la bague à son doigt, elle sauta sur ses pieds. Ils mangèrent dans la cuisine, à même la boîte, sans s'embarrasser d'assiettes ou de couverts, mais burent dans des verres en cristal Riedel, spécialement fabriqués pour mettre en valeur le goût et le bouquet d'un vin.

Le liquide velouté, riche en fruits mûrs et en alcool, la requinqua instantanément. Elle sentit sa tension diminuer et tendit son verre à Tim pour qu'il la resserve.

— Où as-tu trouvé ce bijou ? lui demanda-t-il, en désignant la bague qu'elle portait et qu'il venait seulement de remarquer.

— Dans la malle.

— Originale. Fais voir…

Elle fit glisser la bague le long de son doigt et la lui tendit. Tim la leva dans la lumière.

— Tu as vu ? Il y a une inscription.

— Non, je n'avais pas remarqué. Laisse-moi voir… GDV-1984. Je me demande ce que ces lettres peuvent bien signifier.

— Des initiales peut-être.

— Pas celles de ma mère, ni celles de son mari, en tout cas. D'après l'inspecteur, il s'appelle Harlan Sommer.

— Celles de la personne qui la lui a offerte.

— A moins qu'il ne s'agisse d'un acronyme.

— Peut-être.

Tim vida son verre avant de se resservir, terminant la bouteille au passage.

— Et voilà ! Une bouteille de 1985. Sûrement un bon cru.

— J'espère que tu n'envisages pas de reprendre le volant ?

— C'est une invitation à rester avec toi ?

— Une remarque, simplement…

— Qu'en penses-tu, Alex ? demanda-t-il, en se penchant vers elle, l'air câlin.

— Qu'il reste beaucoup de questions sans réponse.

Elle but une gorgée de vin.

— Que je devrais peut-être me rendre à Sonoma pour voir si je peux en obtenir quelques-unes.

— Je ne parlais pas de ça. Je parlais de cette nuit.

— Cette nuit ?

— Nous, Alex… Toi et moi…

Il prit sa main.

— Je devrais peut-être rester.

Elle le regarda, incrédule.

— S'il te plaît, Tim, dis-moi que tu n'es pas en train de suggérer une partie de jambes en l'air ?

— Voyons, Alex, tu me connais. Je m'inquiète pour toi, c'est tout. Je crois que tu ne devrais pas rester seule.

— Comme c'est gentil de ta part, dit-elle, ironique. Ce sont des foutaises, mais c'est gentil quand même.

— Absolument pas. Je suis vraiment inquiet. Mais si nous nous retrouvons tous les deux au lit, je ne m'en plaindrai pas.

— Tu es vraiment incroyable !

— Je ne suis qu'un homme, que veux-tu… De plus, tu m'as laissé sur ma faim, l'autre jour.

— Pauvre petit !

Elle attrapa son sac et en sortit un billet de vingt dollars.
— Ceci devrait couvrir ma part de la pizza et du vin, dit-elle.
— Dois-je en conclure que ta réponse est non ?
— Bonne conclusion…
Tim glissa en soupirant le billet dans sa poche.
— Je passerai te voir demain.
— Inutile. J'envisage une visite au pays du vin.

12

Vendredi 19 février
8 h 10

Dan Reed avait organisé dans la salle des interrogatoires une réunion avec Barbara Tanner et Cal pour les mettre au courant de sa rencontre avec Alexandra Clarkson.

Barbara l'avait devancé dans la salle et paraissait fatiguée.

— Salut, ma belle. Mauvaise nuit ?

— Longue nuit. Il y avait une dégustation aux caves de Cakebread, hier soir. Mon ex y était. Et quand tu nous mélanges tous les deux avec vin à volonté, tu obtiens un cocktail explosif.

— Genre feu d'artifice ?

— Mmm, si on veut… Mais pas le genre auquel tu penses…

Avant que Dan ait eu le temps d'en demander plus, Cal les rejoignit avec une boîte de donuts.

— A manger ! s'écria Barbara. Merci, mon Dieu !

— On m'avait traité de beaucoup de choses jusqu'à présent, mais jamais encore de Sauveur, fit remarquer Cal avec un grand sourire.

— Elle a eu une mauvaise nuit, lui expliqua Dan, en soulevant le couvercle de la boîte. Qu'est-ce que tu nous as apporté ?

— Des donuts glacés, fourrés au chocolat et nature.

— Pas de beignets ? demanda Barbara, une pointe de déception dans la voix.

— Non.

— Ni de pattes d'ours ?

— Non. Des donuts glacés, fourrés au chocolat et nature. Si vous vouliez autre chose, vous n'aviez qu'à vous arrêter pour l'acheter.

— Va te faire foutre, Cal !

— Toi d'abord.

Reed prit une pâtisserie dont il croqua une bouchée, avant de déclarer :

— O.K., les enfants, on se calme… Et si je vous racontais mon entretien avec la fille de Patsy Owens ?

— Est-ce qu'elle avait quelque chose d'intéressant à nous apprendre ? demanda Barbara, qui s'était finalement décidée à plonger la main dans la boîte.

— Elle s'appelle Clarkson maintenant. Mais le plus intéressant, c'est surtout ce qu'elle *ignorait*. Elle n'a gardé aucun souvenir de son frère, ni de la famille Sommer, ni de son séjour à Sonoma.

— Des conneries, tout ça… Sa mère a bien dû…

— Sa mère a effacé toute trace de leur vie ici et de Dylan.

— Je reconnais que c'est bizarre et que ça suscite des interrogations, concéda Cal. Elle t'a paru sincère ?

— Oui.

— Quel âge avait-elle, déjà, à l'époque de la disparition du bébé ?

— Cinq ans.

Barbara secoua la tête.

— Je me souviens encore de la fête d'anniversaire de mes cinq ans. Comment aurait-elle pu oublier son frère ?

— C'est ce que je me suis demandé, répondit Dan. J'ai donc appelé Ed Trotter. Il pense qu'il pourrait s'agir d'un phénomène de perte de mémoire traumatique. Comme en cas de syndrome posttraumatique et de mémoire refoulée.

— Il y a quelques années, j'ai travaillé sur une affaire de ce genre, avec un cas de syndrome posttraumatique, reprit Cal. Un gamin qui avait vu son frère se faire tuer juste devant leur maison. Il se trouvait sur les lieux et ne se rappelait absolument rien.

— Exactement. D'après Ed, la perte de mémoire d'Alexandra Clarkson a dû être facilitée par son jeune âge et l'influence de sa mère. De toute évidence, Patsy Owens — Sommer à l'époque — voulait que sa fille ne garde aucun souvenir de cette période.

Barbara but une gorgée de café.

— Si vous voulez mon avis, cette femme devait être sérieusement perturbée.

— Oui, aucun doute, approuva Dan. Voici ce que nous avons :

Patsy apprend par le journal la découverte du cadavre du bébé. Elle pense immédiatement à Dylan et m'appelle vers 15 heures. Elle me laisse un message. Puis elle avale tout le contenu d'un flacon de comprimés.

— Pourquoi ne pas avoir attendu que tu la rappelles ?

— Et que pensez-vous de ce scénario…, proposa à son tour Cal. Patsy *sait* qu'il s'agit de Dylan. Elle t'appelle, Dan, pour tout avouer, mais ne parvient pas à te joindre. Rongée par le remords, elle met fin à ses jours.

— On est sûrs qu'il s'agit d'un suicide ?

— J'ai parlé avec l'enquêteur du bureau du légiste… Un certain Hwang. Pour lui, aucun doute, d'autant que Patsy était dépressive et avait déjà fait deux précédentes tentatives.

Barbara termina son donut et lécha le sucre sur ses doigts.

— Ce n'est guère étonnant, fit-elle. Si une chose pareille arrivait à mon enfant, je deviendrais sûrement folle, moi aussi.

— L'autopsie doit avoir lieu aujourd'hui. Puis le pathologiste héritera du corps.

— On a obtenu des renseignements sur la tétine, au fait, dit Cal. Ce modèle se fabriquait entre 1982 et 1986.

— Elle aurait donc pu appartenir à Dylan. Et pour la caisse de vin ?

— Ils tentent encore de rassembler les morceaux, au labo, répondit Barbara, qui fit glisser une enveloppe sur la table. Voici le rapport de Robb. L'analyse des os longs indique que le bébé n'avait pas plus de six mois.

Un point de plus en faveur de Dylan. Reed feuilleta le rapport.

— Le corps a été envoyé au laboratoire de l'Etat ?

Barbara hocha la tête avant d'ajouter :

— Est-ce qu'il t'est venu à l'idée que la perte de mémoire traumatique de la grande sœur résultait peut-être du fait qu'elle avait vu ou entendu quelque chose, cette nuit-là ?

Dan y avait pensé. Le problème, dans le cas d'Alexandra, était de faire remonter ces souvenirs, s'ils avaient jamais existé.

— J'ai lu le dossier. A l'époque, elle a été interrogée par les gars du shérif, par ceux du FBI et par une assistante sociale. Elle était effrayée et troublée, mais paraissait équilibrée. Aucune des personnes qui lui ont parlé n'a eu le sentiment qu'elle cachait quelque chose.

A cet instant, son téléphone sonna.

— Reed, dit-il en décrochant.

— Inspecteur, il y a ici une femme qui souhaiterait vous parler. Une certaine Alex Clarkson. Elle dit que c'est au sujet du bébé.

— J'arrive, dit-il, avant de raccrocher et de se tourner vers ses collègues, un grand sourire aux lèvres. Ne vous éloignez pas. Ça risque de devenir intéressant.

— Qu'est-ce qui se passe ?

— La sœur en question est en bas…

13

Vendredi 19 février
9 h 10

Alex avait peu dormi durant la nuit précédant son voyage, agitée, excitée par tout ce qu'elle avait appris en si peu d'heures, impatiente de se mettre en quête de ce passé occulté. Elle n'était pas fatiguée, cependant, seulement terriblement tendue. Elle ne cessait de ressasser tout ce qu'elle avait découvert dans la malle, éléments qui avaient corroboré les dires de Dan Reed.

Un frère… Elle avait eu un frère… Et une belle-famille dont elle ne gardait aucun souvenir.

Et elle voulait découvrir pourquoi. Pourquoi elle avait oublié et pourquoi il avait été si important pour sa mère qu'elle oublie.

Elle avait apporté l'album de photos avec elle comme preuve, mais aussi dans l'espoir que Dan Reed ou quelqu'un d'autre à Sonoma pourrait l'aider à mettre des noms sur les visages qui y figuraient.

Elle aperçut Dan qui venait à sa rencontre.

— Alex ? dit-il, en la rejoignant. Tout va bien ?

— Oui, merci.

Elle s'éclaircit la voix.

— Je… je suis venue parce que j'ai besoin de trouver des réponses… J'espère que… débarquer ainsi ne pose pas de problème.

— Pas du tout ! Puis-je vous offrir un café ? Ou un soda ?

— Non, merci. Je n'ai pas dormi de la nuit et la caféine est bien la dernière chose dont j'ai besoin.

Il la regarda d'un air perplexe.

— Paradoxal, n'est-ce pas ? Ce que je veux dire, c'est que j'ai bu du café toute la nuit et que, si j'en bois une tasse de plus, je risque de sauter au plafond.

— J'aimerais voir ça, fit-il avec un petit sourire. Mais vous avez raison : mieux vaut donc oublier le café pour le moment.

Malgré son grade d'inspecteur, il affichait une telle décontraction que la jeune femme se demanda s'il ne s'agissait pas d'une attitude calculée, une façade de bonhomie destinée à endormir sa méfiance.

— Après votre départ, j'ai trouvé des photos. J'aimerais que vous les regardiez, pour voir si vous reconnaissez quelqu'un.

— J'en serais ravi. Allons dans mon bureau…

Son « bureau » se résumait à un simple box au sein du département des crimes violents. Dan ôta une pile de dossiers d'une chaise pour permettre à Alex de s'asseoir, avant de prendre place à son tour. Les autres inspecteurs vaquaient à leurs occupations sans leur prêter la moindre attention.

— Vous avez dit que vous aviez trouvé des photos ?

— Oui. A force de chercher, j'ai fini par découvrir une malle au grenier.

Elle essuya ses mains moites le long de ses cuisses avant de sortir l'album de son sac. Elle le déposa sur le bureau, de façon à ce qu'ils puissent le regarder ensemble, et l'ouvrit à la première photo.

— C'est ma mère, dit-elle, avec moi à côté. Je suppose que le bébé dans ses bras est Dylan…

— Je pense, oui. Et lui, ajouta-t-il, en posant le doigt sur l'homme debout derrière leur petit groupe, c'est Harlan Sommer.

— Mon beau-père ?

Dan hocha la tête et Alex se pencha pour examiner l'homme avec plus d'attention. Il n'était pas grand — à peine quelques centimètres de plus que sa mère —, mais solidement bâti. Sans être beau, il avait de la présence et dégageait une impression d'autorité. Elle comprenait aisément ce qui avait pu plaire à sa mère chez lui.

— Quel âge est-ce que j'avais, quand ma mère l'a épousé ?

— Je me souviens que vous étiez jeune, mais pas un bébé.

Pas un bébé…

— Je marchais ? Je parlais ?

Il haussa les épaules.

— Désolé, je ne m'en souviens pas.

— Et quand ma mère m'a emmenée ? Quel âge avais-je ?

— Cinq ans, je crois.

— Et Dylan ? Quel âge, quand il a disparu ?

— Pas tout à fait six mois. Où voulez-vous en venir, Alex ?

— J'essaye seulement de remplir les blancs. D'établir un ordre chronologique.

— Vous êtes-vous souvenue de quelque chose ? Ces photos ont-elles rafraîchi votre mémoire ?

Alex pensa à l'étrange vision qu'elle avait eue avant tous ces événements, mais elle secoua la tête, préférant pour le moment la garder pour elle.

— Non, rien.

— Vous avez hésité, Alex...

— Vraiment ?

— Oui.

Il la regarda droit dans les yeux.

— Etes-vous certaine de ne vous souvenir de rien ?

— Absolument. S'il me revient quelque chose, croyez-moi, vous serez le premier à le savoir.

Elle tourna plusieurs pages de l'album pour s'arrêter sur une photo de groupe.

— Qui sont ces gens ?

Dan se pencha.

— Je ne connais pas tout le monde, mais là, c'est mon père et ma mère. Et ici, le frère d'Harlan, Treven. Elle, sa femme...

Il saisit l'album.

— Puis-je ?

— Je vous en prie.

Il se mit à le feuilleter, s'arrêtant quand il reconnaissait quelqu'un.

— Là, c'est moi. Et ici, votre demi-sœur, Rachel.

Il tomba sur un groupe d'enfants photographiés pendant les fêtes de Pâques, tous en tenue du dimanche, les filles en robe avec un petit chapeau, les garçons en costume-cravate. Les plus jeunes tenaient un panier.

— La chasse aux œufs chez Sommer, murmura-t-il. Seigneur, comme on aimait ça ! Et là, c'est vous. Vous portez Dylan.

C'était bien elle, son petit panier posé à ses pieds. « J'ai l'air tellement fière, pensa Alex. Tellement heureuse, avec ce bébé dans les bras... »

Le sourire disparut sur le visage de Dan.

— Ce fut la dernière chasse aux œufs. Après la disparition de Dylan, il n'y en eut plus jamais.

— Toutes ces photos semblent avoir été prises au même endroit. Vous savez où c'est ?

— Bien sûr. A la propriété.

— La propriété ?

— Celle de la famille Sommer. Le vignoble. A l'époque, Harlan dirigeait l'entreprise. Les vins des Sommer sont très réputés.

— Il ne s'en occupe plus ?

— Son frère a pris la relève, après la disparition de Dylan.

Il jeta un coup d'œil à sa montre.

— Est-ce que la malle contenait d'autres souvenirs de Dylan ?

— Un ours en peluche et une robe de baptême. Quelques vêtements. Des bottines. Une tétine.

Dan releva brusquement la tête.

— Une tétine ? répéta-t-il. Vous l'avez avec vous ?

— Non, je l'ai laissée à la maison.

— Excusez-moi une minute…

Il attrapa le téléphone et composa un numéro.

— Barbara ? C'est Reed. Tu as une photo de la tétine ? Bien. Je suis avec Alexandra Clarkson. Nous allons passer te voir pour qu'elle puisse y jeter un coup d'œil.

Il raccrocha et se tourna vers Alex.

— Pensez-vous pouvoir reconnaître la sucette ? Nous en avons trouvé une avec le corps.

— Je crois que oui.

— Ça ne vous ennuie pas ?

Elle ne répondit pas, mais émit une requête à la place.

— J'aimerais rencontrer ma belle-famille, dit-elle.

Il l'observa un moment, les yeux plissés.

— C'est une vieille et douloureuse blessure, Alex. Vous n'allez peut-être pas recevoir l'accueil que vous espérez.

— Je prends le risque.

— Je ne suis pas certain qu'ils soient prêts à en faire autant. Ecoutez, il s'agit d'une grande famille de la région, qui a connu une terrible tragédie. Ils se méfient des étrangers.

— Je ne suis pas une étrangère. Je faisais partie de la famille.

— Oui, mais il y a vingt-cinq ans. Et vous n'en avez fait partie que pendant quelques années et ça s'est très mal terminé…

Il avait dit cela sans méchanceté, pour lui éviter sans doute une désillusion, mais sa remarque la toucha durement. Elle le regarda droit dans les yeux.

— Je veux découvrir pourquoi ma mère m'a éloignée d'eux. Je veux en apprendre davantage sur les années que j'ai passées ici. Et, comme ma mère est décédée, ils sont les seuls maintenant à pouvoir répondre aux questions que je me pose.

— Ces gens sont mes amis. Des amis proches de ma famille. Des gens formidables qui ont subi une terrible épreuve.

— Parce que moi, non ?

— Laissez-moi d'abord en parler à Harlan. Le préparer à vous rencontrer. Si vous le prenez par surprise, vous courez le risque d'obtenir exactement le contraire de ce que vous espérez.

— C'est-à-dire ?

— Qu'il vous rejette. Je ne peux pas les obliger à vous recevoir, Alex.

Elle resta un instant sans voix. Il ne lui était pas venu à l'esprit que sa belle-famille pourrait refuser de la rencontrer. Elle avait au contraire envisagé des retrouvailles émues, une invitation à séjourner un peu parmi eux.

Mais la vraie vie ressemblait rarement aux rêves.

— Peut-être y avait-il une bonne raison pour que votre mère vous tienne à l'écart de tout cela. Y avez-vous pensé ?

— Que voulez-vous dire exactement ?

— Avez-vous entendu parler des pertes de mémoire traumatiques ?

— Un peu. Elles touchent les personnes atteintes de syndrome posttraumatique et concernent la mémoire à long terme. Pourquoi ?

— Je me demandais si vous n'auriez pas vu quelque chose, la nuit de la disparition de Dylan. Quelque chose que vous n'auriez pas dit à la police à l'époque.

Alex fronça les sourcils, tandis qu'un frisson glacé la parcourait.

— J'en doute, dit-elle.

— Pourquoi ?

— Je ne sais pas. J'imagine que la police a dû me questionner. Si j'avais dissimulé quelque chose, les enquêteurs s'en seraient certainement aperçus.

— J'ai déjà eu l'occasion d'interroger de jeunes enfants et, croyez-moi, c'est une tout autre histoire en termes de réaction, face à des événements traumatisants. Ils peuvent facilement confondre le rêve et la réalité, le vrai et le faux. Un témoin de six ans que j'ai interrogé avait confondu un crime auquel il avait assisté avec une émission de télévision.

— J'ai oublié parce que j'étais très jeune à l'époque, répondit-elle, étonnée par la tension qu'elle percevait dans sa voix. Parce que ma mère a fait en sorte de m'éloigner de tous ceux qui avaient connu mon frère et de tout ce qui aurait pu me le rappeler. De quoi vous souvenez-vous, vous, de vos cinq ans ?

— En fait, de pas mal de choses. Des membres de ma famille par exemple.

— Parce que vous les avez vus tous les jours de votre vie. Mais, dans le cas contraire, vous en souviendriez-vous ?

— Vous avez raison, reconnut-il, en se levant. Venez… Allons voir cette tétine, puis j'appellerai Harlan et verrai si je peux organiser une rencontre le plus rapidement possible.

14

Vendredi 19 février
10 h 42

Fidèle à sa parole, Dan avait appelé Harlan Sommer, mais n'avait pas réussi à le joindre. Il avait donc laissé un message et promit à Alex de la prévenir, aussitôt qu'il aurait des nouvelles. Ayant appris que la bibliothèque municipale du comté de Sonoma se trouvait à Santa Rosa, à cinq minutes de là, elle décida de tuer le temps en attendant l'appel de Reed en recherchant les articles de journaux parus à l'époque du drame.

Après avoir garé sa voiture, elle traversa le parking. Les policiers lui avaient montré une photo de la tétine maculée de Dieu seul savait quoi après son séjour dans la terre et, depuis, cette image la hantait.

Elle ne tenait pas à connaître les détails des différentes étapes et réactions chimiques de la décomposition des corps. Il lui avait suffi de regarder la photo et de la comparer à la tétine qu'elle avait trouvée dans les affaires de sa mère pour que la vérité lui saute aux yeux.

Elles étaient identiques. Même forme. Même couleur. Elle avait deviné l'excitation de Reed et de ses collègues, malgré leurs efforts pour la lui cacher, et devinait vers quelle conclusion son témoignage les faisait tendre.

La bibliothèque se trouvait dans un immeuble en brique d'un étage. Alex entra et se dirigea vers le bureau d'information tenu par une femme aux cheveux gris. A son visage buriné et couvert de taches de rousseur, on devinait aisément que pour elle les injections de botox ou d'autres substances similaires ne valaient rien, comparées au naturel.

— Bonjour, lui dit Alex, en se présentant devant elle. Je souhaiterais consulter des microfilms…

— Bien sûr. Je vais vous accompagner dans la salle.

La femme se leva et contourna le comptoir.

— Que cherchez-vous exactement ?

— Les journaux locaux de 1985.

— Des articles en particulier ? J'ai vécu ici toute ma vie.

— Ceux qui sont relatifs à la disparition de Dylan Sommer.

La femme ralentit et laissa échapper un petit soupir étouffé.

— Quelle terrible histoire ! Probablement le crime le plus atroce commis dans la Vallée.

— Vous connaissiez la famille ? lui demanda Alex.

La bibliothécaire s'arrêta. Son expression jusque-là ouverte et avenante se fit beaucoup plus méfiante.

— Puis-je vous demander pourquoi vous vous intéressez à cette histoire ?

Alex se trouva prise au dépourvu. Elle n'avait pas anticipé les questions qu'on pourrait lui poser. Dans les grandes villes, les bibliothécaires se moquent bien de ce que vous lisez ou cherchez.

— Je suis la fille de Patsy Sommer, répondit-elle, après une brève hésitation. La demi-sœur de Dylan…

Les yeux de la femme s'agrandirent de stupeur et elle s'empara des mains d'Alex, dans un geste aussi spontané que chaleureux.

— La petite Alexandra ! Mon Dieu… Patsy et moi étions amies…

Alex, qui avait fait montre, depuis son arrivée à Sonoma, d'un calme tout relatif, se sentit de nouveau gagnée par une sorte d'excitation douloureuse, comprenant que les réponses qu'elle cherchait allaient surgir ici et là, en n'importe quelles circonstances, sans qu'elle s'y soit forcément préparée. Et elle n'avait aucune idée de ce que ces réponses seraient, ni de l'impact qu'elles auraient sur elle.

— Vous connaissiez ma mère ?

— Nous étions très proches pendant notre jeunesse. Si elle vous a parlé d'une Rita Welsh, c'est moi !

Rita regarda par-dessus l'épaule d'Alex.

— Est-ce qu'elle vous a accompagnée ? lui demanda-t-elle. Je serais ravie de la revoir.

— Non. Elle est morte très récemment.

— Oh, non ! dit Rita, en la serrant dans ses bras. Je suis désolée…

Alex la sentit sincère et sut qu'elle pouvait compter sur elle.

— Rita, auriez-vous quelques minutes à m'accorder ?

— Tout de suite ?

— Oui. Je vous en serais vraiment très reconnaissante.

Rita jeta un coup d'œil à sa montre, puis releva la tête.

— C'est un peu tôt pour ma pause, mais ça devrait aller. Laissez-moi juste prévenir mon assistante…

Peu après, elles s'installaient l'une en face de l'autre dans la salle de repos du personnel.

Incapable de cacher son impatience, Alex se pencha vers elle.

— Racontez-moi l'époque où ma mère et vous étiez des amies, s'il vous plaît. Elle ne me parlait jamais du passé.

— Nous devions avoir vingt et un ans. Nous étions jeunes, belles et célibataires. J'étais jolie à l'époque et, malgré mon image sage de bibliothécaire, une vraie sauvageonne. Nous travaillions alors toutes les deux dans le salon de dégustation de Robert Mondavi. C'était en 1978 ou 1979… Les fêtes de Magrit étaient somptueuses. Les plus belles de toute la Vallée !

— Ma mère a travaillé dans un salon de dégustation ?

— Elle ne vous l'a pas dit non plus ? C'est là qu'elle a rencontré votre père…

— Vous connaissiez mon père ? demanda Alex, le cœur battant.

Mais Rita secoua la tête.

— Non. Désolée… Tout ce que je sais, c'est qu'elle l'avait rencontré à l'occasion d'une fête. Elle n'a jamais voulu me donner son nom.

La déception d'Alex fut très vive.

— Petit à petit, elle a cessé de sortir avec notre groupe. Elle passait tout son temps libre avec lui ou assise chez elle à l'attendre. Puis nous avons appris qu'elle était enceinte.

— Vous deviez bien avoir une idée de son identité ? N'avez-vous pas cherché à savoir ? insista Alex, percevant le désespoir que trahissait sa voix.

Rita en eut conscience, elle aussi.

— Oh ! si, croyez-moi. Il avait de l'argent. Quand sa grossesse est devenue évidente, elle a démissionné de son travail et il l'a entretenue. Il l'a installée dans un appartement.

— Il devait être marié, murmura Alex, plus pour elle que pour Rita.

— C'est ce que nous nous sommes dit. Nous avons également pensé qu'il s'agissait peut-être d'un notable de la région, soucieux d'éviter un scandale. Ou redoutant un divorce.

Alex ne put cacher sa déception.

— Leur liaison s'est terminée après votre naissance. Patsy en a eu le cœur brisé, mais pour dire la vérité je crois que ça valait mieux pour elle. Ce n'était pas une vie. Elle méritait mieux que cette existence semi-clandestine. Un homme qui la respecterait et l'épouserait.

— Et elle l'a trouvé, conclut Alex, en se souvenant du visage rayonnant de sa mère sur les photos.

— Oui.

Rita jeta un coup d'œil à sa montre.

— Elle a finalement été embauchée dans le salon de dégustation des Sommer où elle a rencontré Harlan. C'était un homme qui comptait à Sonoma et leur relation est vite devenue publique. Quelquefois, je vous gardais pour qu'ils puissent sortir. Elle reprenait goût à la vie et j'étais heureuse pour elle.

— Et il l'a demandée en mariage ? Ont-ils fait un grand mariage ?

Rita se mit à rire comme une gamine.

— Ils sont allés se marier à Las Vegas. Ça a fait les choux gras de la Vallée pendant des jours et des jours !

— J'avais quel âge, à cette époque ?

— Un an, je crois. Ou guère plus.

— Et il était gentil avec moi ?

Rita parut surprise de sa question.

— Il était fou de vous. En fait, si je n'avais pas connu toute l'histoire, j'aurais cru que vous étiez sa fille.

Alex se rappela une des photos de l'album et la réflexion de Tim sur sa ressemblance avec l'homme photographié. Il s'agissait bien d'Harlan Sommer.

— Que s'est-il passé après la disparition de Dylan ? Pourquoi se sont-ils séparés ?

— Ils avaient le cœur brisé. Trop de chagrin entre eux. Trop de colère…

De nouveau, Alex se remémora une autre remarque de Tim. Sa mère s'était sans doute terriblement reproché d'avoir laissé Dylan seul, cette nuit-là.

— Il ne pouvait pas lui pardonner, n'est-ce pas ?

Rita releva la tête, l'air très surpris.

— C'est elle qui ne pouvait pas lui pardonner ! dit-elle. Il avait insisté pour qu'ils sortent ce soir-là. Il avait promis à Patsy que Dylan et vous seriez en sécurité avec Rachel.

Ce fut au tour d'Alex de prendre un air surpris. A cet instant, son téléphone sonna. Après avoir constaté qu'il s'agissait de Dan Reed, elle s'excusa et répondit.

— J'ai eu Harlan, lui dit-il. Il est d'accord pour vous recevoir à la fermeture du chai à 16 heures cet après-midi. Je passerai vous prendre.

— Où ?

— Sur la place de Sonoma. Devant le Girl & The Fig[2].

Elle raccrocha et remarqua que le regard de Rita était fixé sur sa main.

— Qu'y a-t-il ? demanda-t-elle.

— Votre bague. Elle appartenait à votre mère…

— En effet. Savez-vous où elle l'a achetée ?

— Non, désolée.

Il y eut un silence et Alex sentit qu'elle ne lui disait pas la vérité.

— Rita, est-ce que ma mère était heureuse avant la disparition de Dylan ?

— Oui. Très heureuse.

— Est-ce qu'à votre connaissance elle souffrait de dépression ou d'autres problèmes émotionnels ?

— Patsy ? Sûrement pas.

Rita secoua la tête.

— Il lui arrivait de ne pas avoir la forme de temps en temps, comme tout le monde. Mais rien qui soit… *clinique*.

— Vous souvenez-vous de l'âge que j'avais, quand elle est tombée enceinte de mon frère ?

— Trois ans. Trois ans et demi. Je suis désolée, mais je vais devoir vous laisser. Je me suis déjà absentée trop longtemps.

Elle se leva, imitée par Alex.

— Merci beaucoup d'avoir pris le temps de me parler, Rita. Ma mère ne me parlait jamais du passé.

— Trop douloureux pour elle, j'imagine.

2. Célèbre restaurant de Sonoma.

Elle soupira.

— Les gens changent en vieillissant. Particulièrement lorsqu'ils ont subi une perte terrible. Venez, je vais vous montrer les microfilms.

Elles quittèrent la salle de repos et Rita alla l'installer devant un appareil de consultation. Elle chargea rapidement les bobines du *Press Democrat*, puis serra Alex contre elle, affectueusement.

— Je suis heureuse de vous avoir rencontrée, lui dit-elle. J'ai souvent pensé à vous et à Patsy au cours des années. Si vous souhaitez encore discuter, appelez-moi, ici ou chez moi, quand vous voulez.

Elle nota son nom et son numéro de téléphone sur un papier qu'elle lui tendit.

— Quand vous voulez, répéta-t-elle.

Alex la remercia encore, puis pensa à une dernière question.

— Quand Harlan a-t-il divorcé de sa première femme ?

— Ils n'ont pas divorcé. Elle est morte lors d'un tragique accident dans les caves.

15

Vendredi 19 février
14 h 50

Quelques heures plus tard, les yeux brûlants et la tête pleine, Alex terminait ses recherches. Tous les articles qu'elle avait trouvés racontaient la même histoire : l'enlèvement de Dylan dans son lit, la rançon jamais réclamée, le désespoir de la famille et les appels du public pour que Dylan soit rendu sain et sauf.

La lecture de ces comptes rendus n'avait pas été une tâche facile pour elle : chaque photo imprimée lui brisait le cœur. Finalement, ne pouvant plus le supporter, elle avait orienté ses recherches sur la première femme d'Harlan, Susan, qui avait perdu la vie dans un accident à la fois tragique et horrible, survenu pendant la période de macération du raisin. D'après les faits rapportés, les fortes émanations de CO_2 dégagées par la fermentation du raisin lui avaient fait perdre connaissance, entraînant sa chute dans une des cuves où elle s'était noyée. Malheureusement, elle ne portait pas le harnais de sécurité requis pour les personnes travaillant sur la passerelle qui dominait lesdites cuves. Son beau-frère et un autre employé l'avaient vue tomber et s'étaient précipités, mais trop tard pour la sauver.

Neuf mois plus tard exactement, les journaux locaux publiaient leurs premiers articles sur Harlan et Patsy.

Alex s'appuya contre le dossier de sa chaise et massa ses tempes. Une période de deuil aussi courte l'étonnait. Neuf mois paraissaient bien dérisoires pour pleurer sa femme et la mère de son enfant. Comment Harlan avait-il pu s'afficher ainsi, tout sourires, aux côtés de sa mère, moins d'un an après le décès tragique de sa première épouse ?

Reprenant sa lecture, la jeune femme se concentra cette fois sur les échos des chroniques mondaines, à la recherche d'allusions à des problèmes de couple entre Harlan et Susan. Ou à une éventuelle liaison extraconjugale. Sans résultat. En fait, sur toutes les photos publiées, ils affichaient un sourire heureux.

Le bonheur personnifié.

Comme sur les photos où se trouvait sa mère.

Pourtant, l'histoire de la famille Sommer, bien que fascinante, n'avait rien à envier aux séries télévisuelles qui racontaient l'ascension d'une famille jusqu'au sommet avant sa déchéance à coups de trahisons, de luttes intestines, d'amours clandestines et d'ambition aveugle. Pour finir en tragédie.

Et, dans ce domaine, la famille Sommer avait eu son lot. Comme un nuage noir suspendu au-dessus de leurs têtes, ce n'était qu'une succession d'accidents, de morts subites et de mariages brisés.

Pour finir par le kidnapping d'un enfant.

Alex se rendit compte brusquement qu'elle tremblait. Elle consulta sa montre et fut choquée de constater l'heure qu'il était. Précipitamment, elle rassembla ses documents et se leva.

Sa mère l'avait-elle éloignée de cette famille pour la protéger de ce nuage de malheur ?

Dans ce cas, elle avait échoué. Le nuage l'avait suivie, malgré ses efforts.

Elle se précipita vers la sortie. Au bureau d'accueil, Rita qui était au téléphone se détourna vivement quand elle croisa le regard d'Alex, comme si elle ne tenait pas à ce que la jeune femme vienne lui parler.

Etonnée de cette réaction, Alex sortit et cligna des yeux sous la lumière vive. Récupérant ses lunettes de soleil dans son sac, elle les glissa sur son nez.

Grâce à son GPS, il ne lui fallut que quelques minutes pour rejoindre la place centrale de Sonoma et le Girl & The Fig.

Dan Reed l'attendait, appuyé contre le capot de sa voiture, les bras croisés sur la poitrine, le visage légèrement relevé vers le soleil. On aurait dit qu'il dormait. Un sommeil de chat, pensa Alex. Parfaitement immobile, mais capable de bondir à la moindre alerte.

Le soleil jouait dans ses cheveux qu'il pailletait de reflets dorés et elle prit brusquement conscience de sa beauté brute et virile, étonnée de ne pas l'avoir remarquée plus tôt.

Elle se gara derrière son véhicule et le rejoignit.

— Excusez mon retard, dit-elle. J'ai perdu la notion du temps.

— Aucune importance. Vous avez visité la ville?

— Non, j'ai fait des recherches. Vous n'allez pas le croire, mais j'ai rencontré quelqu'un qui connaissait bien ma mère.

— Si, je vous crois. C'est une petite ville, ici.

Ils montèrent dans la voiture de Dan.

— De qui s'agit-il?

— Rita Welsh, la bibliothécaire.

Il démarra.

— Vous avez appris des choses intéressantes?

— Plein! Elle m'a dit que ma mère était heureuse et qu'Harlan m'adorait.

— C'est vrai, reconnut Dan avec un grand sourire. Il faut dire que vous étiez drôlement jolie!

Elle se sentit rougir, sans savoir si c'était à cause de son sourire ou de sa remarque.

— Mais elle ignore qui est mon père. Ma mère se montrait paraît-il très discrète à ce sujet. Elle l'avait rencontré lors d'une fête chez Mondavi, où elle travaillait dans le salon de dégustation.

— Pourquoi tant de mystères, à votre avis?

— Peut-être parce qu'il était marié. Ou parce qu'il jouissait d'une certaine notoriété dans la région.

— L'histoire classique, murmura Dan.

— Rita m'a dit aussi que la première femme d'Harlan était morte dans un accident.

— Exact.

Comme il n'ajoutait rien, elle insista :

— Elle s'est noyée dans une cuve de vin.

— Asphyxiée, en fait. Où voulez-vous en venir, Alex?

Elle hésita. Pouvait-elle lui parler franchement? Lui dire qu'elle soupçonnait Harlan Sommer d'être son père? Et qu'elle trouvait pour le moins étrange qu'il soit passé du statut de « heureux en ménage » à follement amoureux de sa mère en une période de temps vraiment très courte.

Elle se contenta de hausser les épaules.

— Je trouve seulement que la famille Sommer a connu bien des malheurs.

Il la fixa d'un air bizarre.

— En effet, dit-il finalement, et si j'étais vous je me garderais bien d'y faire allusion lors de votre rencontre.

— Je ne suis pas totalement stupide, vous savez.

— Ce n'est pas ce que je voulais dire, Alex. Loin de là.

Le silence retomba entre eux et Alex regarda par la vitre. En d'autres circonstances, elle aurait sûrement apprécié la beauté du paysage. La petite route qui serpentait au milieu des cépages endormis sur le flanc des collines verdoyantes où les eucalyptus côtoyaient des chênes majestueux.

Mais l'heure n'était pas à la contemplation. Elle était sur le point de rencontrer un homme — son beau-père, officiellement — dont elle ignorait jusqu'à l'existence deux jours plus tôt et elle ne savait vraiment pas à quoi s'attendre.

Comment cet homme allait-il l'accueillir ? Reconnaîtrait-il en elle la petite fille qu'il avait connue autrefois ? Celle, d'après Rita, qu'il avait beaucoup aimée ? Ou la recevait-il simplement par courtoisie, pressé de se débarrasser d'une personne qui allait le replonger dans un moment terrible de son passé ?

Et surtout… surtout… était-il son père ?

Elle croisa ses mains, qu'elle sentait légèrement fébriles, sur ses cuisses, pour se donner une contenance et ne pas laisser Dan Reed deviner son agitation.

— Qu'est-ce qu'il a dit, quand vous lui avez appris que je voulais le rencontrer ?

— Harlan ? Il a dit d'accord. Ça ne vous suffit pas ?

— Aussi intéressé que ça, hein ?

— Ne lui en voulez pas, Alex.

Il lui jeta un coup d'œil rapide avant de se concentrer de nouveau sur la route.

— Ça fait longtemps et vous touchez là un point très douloureux.

Alex le comprenait parfaitement. Elle représentait pour cet homme un lien direct, physique, entre la perte de son fils et la fin de son mariage. Il aurait probablement préféré ne jamais la revoir.

— Je suis contente qu'il ait pris la bonne décision.

— Et si ce n'était pas la bonne décision ?

Il avait posé sa question d'une façon tellement détachée qu'elle crut d'abord avoir mal compris.

— Que voulez-vous dire ?

— Une bénédiction pour l'un peut s'avérer une malédiction pour l'autre.

— Vous auriez peut-être dû devenir philosophe au lieu de policier.

— Peut-être, dit-il en souriant. Considérez les choses sous cet angle, voulez-vous ? Refuser de déterrer le passé en refusant de vous voir aurait sûrement été plus facile pour lui. Mais Harlan n'est pas homme à choisir la facilité.

— Il a laissé partir ma mère. Il m'a laissée partir.

— Peut-être n'a-t-il pas eu le choix…

« Peut-être », pensa-t-elle, en se tournant de nouveau vers la vitre. Elle allait devoir en juger par elle-même.

16

Vendredi 19 février
16 h 15

Lorsque les yeux gris et froids d'Harlan Sommer se posèrent sur elle, quelques instants plus tard, Alex comprit qu'elle ne parviendrait peut-être jamais à savoir quels choix Harlan avait faits, ni ce qu'ils lui avaient coûté. Il ne la laisserait probablement jamais s'approcher assez près pour cela.

— Alexandra…, dit-il sans véritable chaleur. Ça fait si longtemps. Difficile à croire. Vous voilà une adulte maintenant.

Le temps ne l'avait pas épargné, constata-t-elle, en le comparant mentalement à l'homme robuste qui posait sur les photos de l'album. Pas beau, non, mais plein d'assurance et de morgue.

— Merci d'avoir accepté de me parler, dit-elle.

— Mais certainement.

Il sourit d'un sourire qui n'éclaira pas son regard.

— Asseyons-nous, lui proposa-t-il. J'ai ouvert une bouteille de notre Cab 2004. Est-ce que vous aimez le vin rouge ?

— Oui. Beaucoup.

— Bien…

Après avoir servi deux verres — apparemment, Reed n'en prenait pas, nota la jeune femme —, Harlan lui en tendit un et s'assit à son tour. Le silence gêné qu'Alex avait anticipé et redouté s'installa.

Au moment où elle s'apprêtait à prendre la parole, une jeune femme brune déboula dans la pièce.

— Où est-elle ? demanda-t-elle.

Puis, apercevant Alex, son visage s'éclaira d'un large sourire.

— Oh, mon Dieu ! C'est bien toi ! Mon ennuyeuse petite ombre !

Elle s'approcha et la serra très fort dans ses bras.

— Je me demandais si je te reverrais un jour.

Les larmes brûlèrent les yeux d'Alex qui lutta pour les retenir.

— Vous devez être Rachel ?

— Oh, oublie le vouvoiement. Quand papa m'a prévenue que tu étais ici, je ne voulais pas le croire. Je veux *tout* savoir sur ce qui t'est arrivé depuis que tu as quitté Sonoma, il y a vingt-cinq ans. Absolument tout !

Son père lui tendit un verre de vin qu'elle goûta.

— 2004, dit-elle. Il m'étonnera toujours, celui-là.

Elle se retourna vers Alex.

— Tu es mariée ?

— En train de divorcer.

— Des enfants ?

— Laisse cette pauvre fille respirer, intervint Harlan. Ce n'est pas un interrogatoire !

— Excuse-moi, dit Rachel. Je suis un peu curieuse. Et autoritaire.

Reed ricana.

— Un peu ?

— Va te faire voir, Dan ! Alors, tu as des enfants ? reprit-elle, en se retournant vers Alex.

— Non. Et toi ? Un mari ? Des enfants ?

— Ni l'un ni l'autre. Merveilleusement libre.

Elle rit.

— Sauf pour ce foutu travail. Un vrai boulet. Désolée, papa, ajouta-t-elle, en se penchant pour embrasser son père sur la joue.

Elle avança une chaise pour s'asseoir en face d'Alex.

— J'adore mon travail ici, mais comme responsabilités ça me suffit. Et toi, tu travailles ?

— Je termine ma thèse en ce moment et je travaille dans un bar pour payer mes factures.

— Une thèse ? Seigneur, une intellectuelle ! Qui l'aurait cru ? Et qu'est-ce que tu étudies ?

— Ma thèse explore les systèmes de croyance dans l'expérience humaine.

— Les systèmes de croyance ? répéta Rachel, les yeux écarquillés. Mais encore ?

— Les études actuelles suggèrent que nous serions en fait programmés pour croire en un créateur ou en une force créatrice qui nous contrôlerait, une force que nous honorons à travers divers actes rituels. C'est pourquoi nous retrouvons encore et encore, dans toutes les cultures, cette quête d'un sens de la vie dans la religion.

— Ça sent l'Eglise catholique à plein nez, ça!

— Les croyances judéo-chrétiennes ne représentent qu'une fraction des systèmes de croyance du monde, reprit Alex, à côté des grandes religions orientales comme l'hindouisme et le bouddhisme. La plus ancienne religion sur cette planète est le paganisme avec une infinité de variantes. Certains des plus anciens objets de culte découverts étaient de toute évidence de confession…

Elle s'arrêta net. Ses trois interlocuteurs la fixaient en silence.

— Désolée, dit-elle. Quand je commence à parler de mon travail, je suis intarissable.

— Tu as laissé tomber l'Eglise, n'est-ce pas? lui demanda alors Rachel.

— Quelle Eglise?

— L'Eglise catholique bien sûr. Mon père m'aurait tuée si j'avais essayé. Quoique, certains dimanches, je crois que j'aurais préféré la mort.

— J'étais catholique?

Rachel manqua s'étrangler avec son vin.

— Ta mère était une catholique *indécrottable*!

Sidérée, Alex chercha à analyser les révélations de sa demi-sœur. Sa mère ne l'avait jamais emmenée à l'église. Elle n'avait d'ailleurs jamais mentionné le fait qu'elle était ou avait été catholique, pas même quand Alex avait commencé à étudier les religions à l'université.

— Indécrottable? répéta Dan. Intéressant choix de mot…

Rachel ignora sa remarque.

— Combien de temps restes-tu ici, Alex? continua-t-elle. Nous pourrions déjeuner ensemble. Refaire connaissance.

Rachel était comme une tornade qui aurait jailli dans la pièce, les entraînant dans son tourbillon.

— Seulement la journée, répondit-elle. Je dois rentrer pour organiser l'enterrement de ma mère.

Rachel s'installa sur l'accoudoir du fauteuil de son père et passa un bras autour de ses épaules, comme pour le réconforter.

— Dan nous a dit pour Patsy. Nous sommes désolés…

— Merci, dit-elle, sans pouvoir retenir un sanglot.

Gênée, elle dut faire un gros effort pour se reprendre.

— Excusez-moi, je… C'est… encore tellement récent. Ma mère s'est battue contre la dépression pendant des années. Elle avait déjà tenté par deux fois de se suicider auparavant…

Elle s'en voulut aussitôt d'avoir mentionné ce dernier élément. Ces gens, malgré leur passé commun, n'étaient que des étrangers pour elle. Ils ne savaient rien de la relation que sa mère et elle entretenaient et elle regrettait d'avoir laissé échapper cette information. Elle regarda Harlan.

— Ma mère souffrait-elle de dépression pendant votre mariage ?

Il secoua la tête.

— Non, pas jusqu'à la disparition de Dylan… Mais je suppose que c'est compréhensible. Nous avons tous… beaucoup changé après…

De nouveau, les larmes montèrent aux yeux d'Alex, cette fois de chagrin pour l'homme qui se tenait en face d'elle. De toute évidence, la disparition de son fils lui avait fait beaucoup de mal. Et lui en faisait encore.

— Pourquoi êtes-vous venue, Alexandra ? lui demanda-t-il.

— Il y a deux jours encore, je n'avais jamais entendu parler de vous. J'ignorais tout de ma vie ici et même que j'avais eu un frère.

Harlan fronça les sourcils, mais ne fit aucun commentaire.

— Ma mère n'a jamais voulu me parler du passé, ni de mon père. Elle affirmait que nous n'avions aucune famille. Ni grands-parents, ni oncles, ni tantes. Je l'ai crue évidemment, mais j'ai toujours senti qu'il manquait quelque chose dans ma vie. Pour être franche, j'attribuais ce manque à la maladie mentale de ma mère. Aujourd'hui, je sais que c'était vous et ma vie ici, et surtout ce frère dont mon subconscient se rappelait l'existence.

— Quelle horreur ! dit Rachel au bord des larmes elle aussi. Comment est-ce possible ? Comment Patsy a-t-elle pu prétendre que Dylan n'a jamais existé ? Pardonne-moi de dire ça, mais je trouve cette attitude particulièrement cruelle.

Rachel venait d'exprimer ce qu'elle-même pensait, ce qui ne fit qu'amplifier sa douleur.

Cette fois, ce fut Harlan qui réconforta sa fille, en posant sa main sur la sienne. Alex remarqua qu'il tremblait.

— Dylan était un bébé adorable. Souriant et gentil. A partir de sa troisième semaine, il faisait toutes ses nuits. Un vrai bonheur.

Il s'éclaircit la gorge.

— Vous l'adoriez, Alex. Et Rachel aussi. Patsy et moi également, évidemment. Sa disparition nous a tous terriblement choqués. Patsy, plus encore. Elle se reprochait d'être sortie cette nuit-là. De ne pas avoir été là. Elle ne s'en est jamais remise.

— Est-ce que vous avez essayé de sauver votre mariage ?

— Bien sûr ! J'ai tout essayé. Je l'aimais, vous savez… Mais la vérité, c'est qu'elle ne parvenait pas à surmonter sa peine pour laisser place à d'autres sentiments.

Une bûche craqua dans la cheminée, soulevant une gerbe d'étincelles.

Harlan soupira.

— Je ne sais pas quoi vous dire d'autre.

— Est-ce que vous avez des photos ?

Rachel se leva et s'approcha du bureau rehaussé de sculptures. Elle prit une photo encadrée qu'elle tendit à Alex.

La photo montrait une adolescente — Rachel, supposa Alex —, un beau bébé dans les bras.

— J'ai trouvé un album de photos dans le grenier, dit-elle. Caché dans une malle. Il contenait une photo comme celle-ci, seulement c'était moi qui portais le bébé.

— Il m'a fallu des années pour être capable de regarder cette photo sans perdre la tête, murmura Harlan. Je remercie Dieu d'y être parvenu. C'est faire injure à sa mémoire que de prétendre qu'il n'a pas existé.

Elle tendit la main, montrant sa bague.

— Est-ce vous qui avez offert cette bague à ma mère ? Je l'ai trouvée dans la malle avec les affaires de Dylan. On dirait des ceps de vigne et un serp…

— Non, coupa-t-il. Je ne la connais pas.

— Vous êtes certain de n'avoir jamais…

— Oui, certain. C'est la première fois que je la vois. Y a-t-il autre chose que je puisse faire pour vous, Alexandra ? demanda-t-il un peu brusquement, l'air de vouloir en finir.

— Oui. Connaissez-vous le nom de mon père ?

Elle retint son souffle. Les traits d'Harlan parurent s'altérer sous le coup d'un souvenir insupportable.

— Non, désolé.

— Mais vous étiez mariés. Elle a sûrement dû…

— Ce n'était pas important pour moi. Je l'aimais.

Il avait dit ça simplement, d'une façon qui ne laissait aucun doute quant à son amour pour Patsy. Mais il n'avait pas répondu à la question.

— Je peux comprendre ça. Mais j'ai du mal à croire qu'elle ne vous ait jamais parlé de lui.

— Alexandra, dit-il plus doucement. Je crois qu'elle ignorait vraiment qui était votre père…

Alex se rappela les paroles de Rita Welsh sur la liaison de sa mère. Harlan en savait plus qu'il ne voulait le dire. Il mentait. Mais pourquoi ?

— Elle était très jeune, commenta Rachel. Ce sont des choses qui arrivent, tu sais…

— Mais pourquoi ne pas m'avoir simplement dit la vér…

Elle ne termina pas sa phrase, comprenant combien sa question était stupide : sa mère lui avait caché tant de choses.

— Ça n'avait aucune importance pour moi, répéta Harlan. Je suis tombé amoureux d'elle. Et de vous aussi, Alex.

— Alors pourquoi ? Toutes ces années…

— Quand il est devenu évident que Dylan ne reviendrait jamais, Patsy est partie avec vous. Légalement, vous étiez sa fille, pas la mienne. Que pouvais-je faire ?

— Elle ne voulait plus rien avoir affaire avec nous, confirma Rachel. Elle nous a abandonnés, Alex. Nous tous.

La douleur était évidente dans la voix de Rachel et, pour la première fois, Alex se rendit compte que la jeune femme avait dû, elle aussi, beaucoup souffrir de la situation, au-delà de la disparition de Dylan.

— Nous ne t'avons jamais oubliée, mais, comme mon père l'a dit, que pouvions-nous faire ?

Oui, quoi en effet… Alex porta son verre à ses lèvres pour s'apercevoir qu'il était vide.

— C'est incroyable quand même que tu aies oublié tout ça…, reprit Rachel. Nous tous… Dylan… Des événements aussi douloureux auraient dû se graver dans ta mémoire.

— Le fait qu'ils aient été particulièrement douloureux peut au contraire expliquer pourquoi elle les a oubliés, se permit d'intervenir Dan, qui s'était appliqué à rester effacé jusque-là.

Le silence accueillit sa déclaration. Le bois craqua dans la cheminée et l'horloge sonna l'heure.

Après le sixième coup, Harlan se pencha vers Alex.

— Y a-t-il quelque chose que nous pouvons faire pour vous, Alexandra ? Avez-vous besoin de quelque chose ?

Elle se raidit devant la pitié qu'elle lut dans son regard.

— Je voulais seulement vous rencontrer et en apprendre plus sur mon frère, répondit-elle.

Elle se leva.

— Merci.

Ils prirent congé dans une ambiance guindée, peut-être plus encore qu'à l'arrivée. L'excitation qu'elle avait ressentie en arrivant était retombée, remplacée par une immense déception. Elle avait tellement attendu de cette rencontre, tellement espéré.

Justement, qu'avait-elle tant espéré ? se demanda-t-elle, un peu plus tard, en regardant par la vitre de la voiture, tandis que Dan la raccompagnait au centre-ville.

Une chaleureuse réunion de famille ? Une révélation ?

En tout cas, sûrement pas cet accueil hybride, mélange de surprise et de sympathie, teinté d'une bonne dose de méfiance.

— Voulez-vous manger quelque chose ? lui proposa Dan, lorsqu'il se gara sur la place de Sonoma.

— Non, merci.

— Est-ce que vous vous sentez en état de conduire ? Vous avez eu une dure journée…

Elle ne put retenir un petit sourire, appréciant son empathie.

— Je vais bien, ne vous inquiétez pas.

Il hocha la tête et indiqua le restaurant devant lequel se trouvait son véhicule.

— Si vous revenez, il faudra que vous mangiez là, lui dit-il. C'est très bon.

Alex tourna la tête vers le Girl & The Fig. Derrière les fenêtres, elle aperçut l'intérieur de l'établissement. Du bois blond, des lumières ambrées, des tables recouvertes d'une nappe blanche, le genre bistro. Accueillant.

— Je n'y manquerai pas.

— Un technicien de la police scientifique passera prendre la tétine et peut-être d'autres objets.

— Vous me les rendrez ?

— Bien entendu.

— Merci pour tout, Reed, dit-elle, en lui tendant la main. Tenez-moi au courant pour la suite de l'enquête.

— Je n'y manquerai pas. Au revoir, Alex…

Elle le regarda partir avant de monter dans son propre véhicule et de reprendre le chemin de San Francisco, avec un étrange sentiment de vide.

17

Lundi 22 février

— Salut, Barb ! lança Dan, en s'appuyant au chambranle de la porte. Comment va la vie ?

— Pas trop mal, pour un lundi. La tétine est entre les mains des types du labo. D'après eux, les chances sont minces de récupérer dessus une quelconque trace d'ADN. Quasi nulles même, pour reprendre leurs paroles.

— Mais une petite chance quand même ?

— Toute petite…

Dan bâilla.

— J'ai passé le week-end à relire les comptes rendus d'interrogatoires dans l'affaire Dylan Sommer, dit-il. Et plus particulièrement ceux d'Alexandra Clarkson.

Il s'approcha du bureau de Barbara et laissa tomber un dossier dessus.

— Une assistante sociale a noté qu'elle manifestait une tendance inhabituelle à la « dissociation mentale ».

Barbara ouvrit le dossier et feuilleta les documents.

— Mais encore ?

— Un certain détachement psychologique vis-à-vis des événements. Ce terme s'applique à plusieurs maladies mentales, y compris ce qu'on appelle le syndrome de personnalités multiples.

— On dirait que tu as creusé le sujet…

— DSM[3], ma poule. Chaque policier devrait en avoir un exemplaire sur son bureau.

— Traduction, s'il te plaît ?

— Ça signifie qu'Alexandra était une petite fille heureuse et loquace, qui ne semblait pas comprendre ce qui se passait. Quand on lui a demandé si elle savait où était son frère, elle a répondu qu'il « dormait ».

— Intéressant. Les interrogatoires d'enfants sont très délicats. Il y a des limites à ne pas dépasser.

La réceptionniste de la Crim passa la tête à la porte.

— Une petite promenade jusqu'au *bed and breakfast* des Hilldale, ça vous tente ?

— En quel honneur ?

— Je l'ignore. Le sergent MacIntyre m'a simplement demandé de vous transmettre le message. Quelqu'un aurait fait une drôle de découverte dans leurs vignes.

« Drôle » n'était pas vraiment le terme que Dan aurait choisi pour qualifier ce qu'ils découvrirent. Quelqu'un avait mutilé une poupée et l'avait abandonnée, accrochée à un cep de vigne.

Muets, les deux policiers contemplèrent la poupée qui paraissait incroyablement vivante. A tel point que, lorsqu'ils étaient arrivés, Dan l'avait prise pour un vrai bébé.

On leur expliqua que Mme Hilldale, la propriétaire des lieux, faisait le tour du vignoble en compagnie de quelques clients lorsqu'une femme avait aperçu la poupée et poussé un hurlement.

— J'ai déjà vu pas mal de choses tordues dans ma vie, murmura Barbara, mais ceci dépasse tout…

Dan partageait son avis. Il s'approcha, examina la mise en scène macabre de plus près. Pendu comme un agneau sacrificiel, bras et jambes largement écartés et accrochés avec une corde au grillage qui soutenait le feuillage, le corps de la poupée avait été éventré et barbouillé d'un liquide rouge sang. Les yeux étaient grands ouverts et la bouche, largement perforée, formait un trou hideux.

3. *Diagnostic and Statistical Manual of Mental Disorder.* Manuel diagnostique et statistique des troubles mentaux : un ouvrage de référence dans le domaine psychiatrique.

Barbara s'éclaircit la gorge, luttant visiblement pour chasser son malaise.

— Le parallèle avec la découverte du corps de Dylan me paraît assez évident, dit-elle.

Dan hocha la tête.

— Des gamins qui s'ennuyaient et qui auraient voulu faire une blague ? Possible.

Il regarda autour de lui. La poupée avait été abandonnée à un endroit parfaitement visible du chemin qu'empruntaient les tracteurs, pas très loin du B&B et de la route principale.

Placer la poupée là n'allait pas de soi, quant à la discrétion. Le coupable avait dû agir de nuit et se montrer particulièrement discret.

— Une chose est sûre, ils n'ont pas cherché à la cacher.

Dan s'accroupit devant la poupée et Barbara fit de même.

— Celui qui a fait ça voulait qu'on la découvre.

— C'est ce que je pense aussi. Mais pourquoi ?

— Par provocation peut-être.

Un deuxième cadavre d'enfant. La presse allait s'en donner à cœur joie.

— Tu crois qu'il s'agit d'une mauvaise plaisanterie ? demanda Dan.

— Normalement, ce serait ma conclusion.

— Mais ?

— Mais il ne s'agit pas d'une poupée ordinaire achetée chez Wal-Mart ou Toys'R'Us. C'est une poupée de collection Ashton-Drake, qui vaut dans les cent cinquante dollars pièce.

— Cent cinquante dollars ? Pour une poupée ?

— Parfaitement.

— Et depuis quand es-tu une experte en poupées de collection ?

— Ma nièce en est folle et ma sœur est prête à payer des sommes astronomiques pour lui faire plaisir. Cette gamine est pourrie gâtée.

— Quel âge a ta nièce ? C'est peut-être elle la coupable.

— Ce que je veux dire, Dan, c'est que ça me paraît cher payé pour un objet destiné à être détruit.

— Oui, mais d'un autre côté, utiliser ce genre de poupée rend la mise en scène plus efficace. Elle a vraiment l'air d'un nouveau-né !

— Ce qui signifie que celui qui a fait ça a pris le temps d'y réfléchir.

— Possible. A moins que ce ne soit le fait d'une bande de gamins égoïstes, qui se moquent complètement du prix, puisque ce sont leurs parents qui payent. Ils se sont contentés de prendre la première venue sur l'étagère.

— D'où on peut conclure qu'une fille est impliquée.

Dan sortit des gants de sa poche et les enfila avant d'examiner le bourrage rougeâtre qui sortait du ventre de la poupée.

— Qu'en penses-tu ? demanda-t-il. Tu crois que c'est du sang ?

— En tout cas, il ne s'agit ni de ketchup ni de peinture. Du maquillage de théâtre peut-être. Ils sont forts dans ce domaine.

— Prenons des photos et emportons-la. Il faut découvrir si c'est bien du sang.

— Et dans l'affirmative, s'il s'agit bien de sang humain ?

— Si c'est l'œuvre d'un petit malin, j'espère que nous le trouverons pour que je puisse lui ficher la trouille de sa vie !

— Eh ! Pas de sexisme, s'il te plaît... Une fille peut très bien être à l'origine de cette farce. Egalité des chances devant la connerie.

18

Lundi 1er mars
14 h 20

Dix jours s'étaient écoulés depuis qu'Alex était revenue de Sonoma, dix jours qu'elle avait mis à profit pour régler les affaires de sa mère et organiser son enterrement. Une tâche épuisante, bien que réduite au minimum. Dans ses dernières volontés, sa mère avait en effet exprimé le désir d'être incinérée et, comme elle ne comptait que peu d'amis, une commémoration s'était avérée inutile. De sorte qu'après avoir publié un avis de décès dans le *Chronicle* et acheté une urne funéraire, Alex avait pu concentrer son énergie à entamer son deuil.

Mais le tissu de mensonges et de secrets qui avait résumé une partie de sa vie et ses relations avec sa mère l'empêchait de dormir la plupart des nuits.

— Parle-moi, Alex… Je me fais du souci pour toi.

Tim était assis en face d'elle, dans le salon.

— Tout va bien. Ne t'inquiète pas…

De toute évidence, il s'inquiétait quand même.

— Où en es-tu, question finances ?

— Tout va bien, lui répéta-t-elle. Maman n'avait pas souscrit d'assurance vie, mais elle n'avait aucune dette. La maison et sa voiture sont payées et, si le besoin s'en fait sentir, je pourrai toujours vendre la maison…

Elle le ferait peut-être d'ailleurs, pensa-t-elle, en regardant autour d'elle. Cette demeure était à présent attachée à trop de mauvais souvenirs.

Elle lui désigna les tableaux de Patsy. Ceux du moins qui n'avaient pas été totalement détruits.

— Ils sont beaux, n'est-ce pas ? Même inachevés.

— Oui. C'est bien que tu les aies conservés.

Elle porta les mains à ses tempes et les massa pour diminuer la tension qui lui comprimait le cerveau.

— Je n'arrête pas de penser à cette vie qu'elle a eue, à Sonoma, avant la disparition de Dylan… Tu n'imagines pas la frustration que j'en ressens ! Elle était heureuse, Tim. Tous ceux que j'ai rencontrés l'affirment. Tu as vu les photos. On dirait une autre personne. Et moi, cette autre personne, je ne l'ai jamais connue !

— Le malheur change les gens.

Mais cette explication ne lui suffisait pas.

— Je veux découvrir qui elle était, Tim. J'ai *besoin* de savoir. Besoin de posséder moi aussi un peu de cette Patsy, parce qu'ainsi je comprendrai mieux ma propre histoire…

— Tu as surtout besoin de tourner la page et d'avancer, ma chérie.

— D'avancer vers quoi ? Je ne sais plus qui je suis !

— Exactement la même personne que tu étais avant la mort de ta mère.

Mais Alex secoua la tête.

— Non, Tim… Je me sens comme une pièce de puzzle qu'on aurait forcée dans un emplacement qui n'est pas le sien. L'image qui en résulte est faussée.

« Une image différente, pensa-t-elle. Une vie différente. »

Tim prit ses mains entre les siennes.

— Tu as besoin de faire ton deuil, Alex… Tu viens de perdre ta mère, ta seule famille.

Il se trompait. Ce qu'elle ressentait n'avait rien à voir avec le chagrin, mais avec la trahison, la colère et le doute. Un besoin lancinant de *faire* quelque chose. Rester inactive lui était insupportable.

— J'ai démissionné, lui annonça-t-elle.

Une lueur d'affolement s'alluma dans le regard de son ex-mari.

— Le moment est mal choisi pour prendre des décisions importantes et remettre ta vie en question.

— Je ne remets pas ma vie en question. J'étais barmaid.

— Tu dois finir ta thèse. Passer ton doctorat. Cela compte pour toi, je le sais.

— C'est important, en effet, dit-elle, en dégageant doucement ses mains. Mais ça aussi.

— Quoi ?

— Découvrir qui je suis réellement.

— Alex… Je veux que nous nous remettions ensemble…

Elle le fixa, persuadée d'avoir mal compris.

— Je t'aiderai à franchir ce cap. A surmonter ton chagrin. Il passera, je te le promets.

— Comment peux-tu promettre une chose pareille ?

Il se leva et l'aida à se mettre debout.

— Nous étions bien ensemble avant. Ça peut recommencer.

Elle secoua la tête.

— Tim, je ne…

— J'ai besoin de toi, Alex. Ma vie n'a aucun sens sans toi.

Comme toujours, il ne s'agissait que de lui et de ses besoins. Exactement comme lorsqu'ils étaient mariés. Et à la première difficulté il l'avait trompée.

— Et si on parlait de mes besoins à moi, pour une fois ?

Elle s'approcha d'une des toiles de sa mère, un festival de couleurs qu'elle admira un instant, avant de se retourner vers lui.

— Je compte m'installer à Sonoma.

— A Sonoma ? Tu plaisantes ?

— Pas du tout. J'ai déjà trouvé une maison à louer. Il ne s'agit pas d'un déménagement permanent. Juste le temps d'obtenir des réponses à mes questions.

— Mais tu n'obtiendras peut-être jamais de réponses, Alex. Que se passera-t-il alors ?

Elle refusait de considérer cette éventualité.

— Je suis en pourparlers pour sous-louer mon appartement à un ami du bar, avec tout son contenu. La maison que j'envisage de louer est meublée. Et Sonoma me paraît l'endroit idéal pour travailler à ma thèse.

— Je ne réussirai pas à te faire changer d'avis, n'est-ce pas ?

— Non, désolée.

— Je ne veux pas que tu souffres, Alex.

— Je souffre déjà. Tellement que j'ai parfois du mal à respirer. Comment pourrais-je souffrir plus ?

— J'ai beaucoup réfléchi. A ce qui est arrivé à ton frère et à ta mère. Elle avait sûrement une bonne raison pour t'éloigner et pour tout effacer de ta mémoire.

— Oui. Le chagrin et la culpabilité.

— Peut-être. Mais s'il y avait autre chose ?

— Quoi d'autre ? Ces événements remontent à vingt-cinq ans.

— Et ta vision ? Le bébé qui hurlait ? Et si tu avais *vu* quelque chose ? Une chose que tu refoules ?

Un malaise envahit Alex, qu'elle s'efforça d'ignorer.

— Dans ce cas, c'est ma seule chance de réveiller mes souvenirs et de démasquer l'assassin de mon frère, dit-elle.

19

Vendredi 5 mars
16 h 40

Assise à une table du Girl & The Fig, Alex regardait par la fenêtre, observant les touristes qui déambulaient de boutique en boutique, les mères de famille qui promenaient leur progéniture dans le square et les jeunes qui traînaient sur les bancs. Le look de ces derniers s'apparentait plus à celui des hippies qu'à celui de la nouvelle génération de ce début de XXIe siècle, mais leurs boissons Starbucks les trahissaient.

Ici, contrairement à San Francisco, les gens ne se pressaient pas. Le rythme de vie était détendu, l'atmosphère décontractée.

L'influence du paysage, peut-être.

Elle leva son verre et huma le bouquet épicé du vin qu'elle avait choisi, un zinfandel des Sommer. Quand elle l'avait vu sur la carte des vins, elle n'avait pas résisté, malgré son prix exorbitant.

Elle savoura la première gorgée et ne regretta pas son argent. Il valait bien sa réputation. Et puis elle voulait voir dans le fait qu'il se soit trouvé sur la carte un signe qu'elle avait pris la bonne décision.

Elle repensait à Tim, qui l'avait suppliée de changer d'avis, convaincu qu'elle se trompait, et qui avait peur pour elle.

Mais il était trop tard maintenant pour changer d'avis.

Bien trop tard.

Une demi-heure plus tôt, elle avait signé un bail de six mois pour un charmant cottage à moins de deux blocs du restaurant.

Impossible de reculer. Elle s'était engagée.

Un coup frappé à la vitre la tira brusquement de ses rêveries, la faisant sursauter.

Dan Reed…

Il souriait et elle lui fit signe de la rejoindre.

— Je suis surprise de vous voir à cette heure de la journée, lui dit-elle, quand il prit place en face d'elle. Ne devriez-vous pas être par les chemins à poursuivre des bandits ?

— C'est peut-être ce que je fais.

— Enigmatique, alors ?

Dan fit signe au barman et commanda un Coca avant de se retourner vers elle.

— J'ai entendu dire que vous étiez de retour à Sonoma.

— Vraiment ? Auriez-vous des espions partout, inspecteur Reed ?

— C'est une petite ville, ici.

— Et je n'en saurai pas plus.

— Révéler mes sources ? Jamais.

La serveuse apporta le plat qu'Alex avait commandé — une assiette de fruits et de fromage — et le verre de Reed à qui elle adressa un regard appuyé avant de s'éloigner.

— Une de vos sources ? lui demanda Alex.

— Possible. Neely n'ignore rien de ce qui se passe autour du square.

— Vous m'en direz tant.

Elle sourit.

— Vous a-t-elle aussi appris que j'avais loué une maison pas loin d'ici ? Le petit cottage jaune…

Elle éclata de rire devant son air surpris.

— Je ne plaisante pas. Je m'installe samedi.

— Vous ne trouvez pas que c'est un peu rapide ?

— Pas du tout.

— Et votre travail ?

— Je ne travaillerai pas pendant quelques mois. Je dois finir ma thèse et quel meilleur endroit qu'ici ?

— On ne vous a jamais dit qu'il ne fallait pas prendre de décisions radicales après un deuil ?

— Quelqu'un y a fait allusion, si, il n'y a pas si longtemps. Le problème, c'est que j'ai du mal à suivre les conseils.

— Indépendance ou TOP ?

Au tour d'Alex d'écarquiller les yeux.

— Troubles oppositionnels avec provocation, lui traduisit Dan. Un de mes neveux en souffrait. Pas facile à vivre.

Alex étala du brie sur un morceau de baguette et mordit dedans, laissant échapper un soupir de satisfaction.

— Indépendante ou provocatrice ? répéta-t-elle, pensive. Tout dépend à qui vous posez la question.

— J'imagine, dit Dan en riant. Donc, samedi prochain, c'est le grand jour…

— Ce samedi, rectifia-t-elle.

— Demain ?

— La maison est meublée. Je n'ai donc besoin que de mes affaires personnelles et de mes documents de travail.

Dan digéra la nouvelle un instant avant de se pencher vers elle.

— Mais pourquoi, Alex ? Qu'espérez-vous obtenir en vous installant ici ?

— Des réponses.

— Quel genre de réponses ?

— Ça me paraît évident. Pourquoi ma mère a-t-elle fui ? Pourquoi m'a-t-elle caché son passé ? Qu'est-il arrivé à mon frère ?

— Et s'il n'y avait pas de réponses ?

— Les réponses existent. Je dois juste les trouver.

— Je vous souhaite bonne chance, alors, dit-il en se levant.

Puis il la regarda et, après une hésitation, parut prendre une décision.

— Vous pensez qu'il vous restera un peu d'énergie pour assister à une fête, demain soir ? lui demanda-t-il. Ma famille arrose son nouveau cru, le Zin Bear Creek 2008.

— Est-ce une invitation officielle, inspecteur ?

— On peut dire ça comme ça. Je vous présenterai à ma mère. Elle vous aidera peut-être à obtenir quelques-unes des réponses que vous cherchez.

Il déposa trois dollars sur la table.

— Je passerai vous prendre à 20 heures au cottage.

— Quelle tenue dois-je mettre ?

— Ce que vous voulez. Il n'y a pas de conventions par ici.

Alex le suivit des yeux quand il sortit, troublée par cette invitation inattendue, incapable de savoir ce qui la lui valait : sa charmante personne ou bien la compassion d'un ami de son ancienne belle-famille pour la brebis égarée qu'elle était, cherchant un chemin vers le bercail.

L'idée lui vint soudain, incongrue, qu'on ne devait sûrement pas s'ennuyer dans un lit avec lui.

En tout cas, elle ferait bien de se surveiller à l'avenir, lorsqu'elle se retrouverait en présence du séduisant inspecteur. Elle avait apparemment une fâcheuse tendance à perdre facilement la tête.

20

Samedi 6 mars

Comme promis, Dan Reed se présenta le lendemain au cottage à 20 heures, vêtu d'un jean et d'une chemise en chambray sous un blouson en cuir qui présentait l'aspect patiné d'un vêtement souvent porté.

Alex se sentit brusquement trop habillée dans sa petite robe noire de citadine.

— Waouh ! s'exclama Dan en la voyant.

— J'aurais dû comprendre que vous parliez d'une tenue décontractée quand vous avez dit « pas de conventions ». Je me change, dit-elle. Ça ne prendra qu'une mi…

— Pas question ! Ma mère va adorer. Et pour dire la vérité, ça me plaît beaucoup à moi aussi.

— Votre mère ? Je n'avais pas compris que c'était une présentation officielle !

— Non ? dit-il en riant. Juste pour mémoire, sachez que vous étiez follement amoureuse de moi, enfant. Renseignez-vous, si vous ne me croyez pas !

Alex secoua la tête, amusée.

— Je prends ma veste.

— Joli cottage, commenta Dan, en jetant un coup d'œil autour de lui. Confortable…

— Oui. Je l'aime déjà beaucoup. C'est un peu bizarre de vivre dans les meubles d'une autre personne, mais je m'y habituerai.

Il s'approcha et lui prit la veste des mains.

— Laissez-moi vous aider, proposa-t-il, en l'aidant à enfiler son vêtement. Alors, comment s'est passé le déménagement ?

— Une vraie partie de plaisir. Deux valises, ma brosse à dents et Margo.

Comme si elle devinait qu'on parlait d'elle, Margo sortit de la cuisine en miaulant. S'approchant de Dan, elle se frotta contre ses chevilles et il se baissa pour la caresser.

— Attention, elle mord.

Dan retira précipitamment sa main et Alex éclata de rire.

— Des petits mordillements d'amour, dit-elle. Mais ça peut surprendre.

— Un chat de garde… Y a-t-il quelque chose d'ordinaire chez vous ?

— En fait, non. Mais ce soir je considère cela comme un compliment.

Ils sortirent dans la nuit claire et fraîche et il lui ouvrit la portière.

Elle boucla sa ceinture de sécurité avant de se tourner vers lui.

— Qui vous a dit que j'étais à Sonoma, au fait ?

— Vous voulez savoir la vérité ? Personne. J'ai reconnu votre voiture et la plaque d'immatriculation. Un réflexe de flic.

— Où en est l'enquête ?

— Nulle part.

— La tétine ?

— Elle n'a rien donné. Trop abîmée pour fournir des indices.

— Dommage.

Dan démarra et s'inséra dans le trafic.

— Dans certaines affaires, les pièces s'assemblent d'un coup, juste comme ça. Pour d'autres, ça prend du temps. Et, dans d'autres encore, nous avons si peu d'éléments qu'on ne sait même pas par où commencer.

— Et les enquêtes n'aboutissent jamais, murmura-t-elle, pensant tout haut.

— Vous vous trompez. Nous identifierons l'enfant que nous avons trouvé. Je n'abandonnerai pas.

— Parce qu'il s'agit peut-être de Dylan ?

— Parce qu'aucun enfant ne mérite un tel sort.

Elle observa son profil, la poitrine serrée par l'émotion. Elle ne pouvait imaginer se trouver à sa place, voir les horreurs qu'il découvrait, jour après jour, et porter la responsabilité de rétablir l'ordre des choses.

— Et si je vous parlais un peu des personnes que vous allez rencontrer tout à l'heure?

— Avec plaisir. Merci.

— D'abord, vous allez faire la connaissance de mon père et de ma mère. Mon père est un vieux bougre hargneux au caractère bien trempé que ma mère choisit d'ignorer la plupart du temps. Elle a beaucoup de classe, d'où ma certitude qu'elle adorera votre robe.

— Des frères et sœurs?

— Deux frères : Joe et Ferris.

— Dans quel ordre?

— Joe est l'aîné, Ferris le cadet…

— Et vous êtes le galopin au milieu.

— Quelque chose comme ça. Ils travaillent tous les deux sur l'exploitation familiale.

— Mais pas vous. Pourquoi?

— C'est une longue histoire, dit-il, en s'engageant sur la Sonoma Highway. Je pense que tout le clan Sommer sera là. Nos familles sont proches, mais n'en restent pas moins concurrentes. Un petit espionnage industriel ne peut pas faire de mal.

— Vous plaisantez?

— Pas vraiment. Vous allez sûrement rencontrer Treven, ce soir. Le frère aîné d'Harlan. C'est lui qui dirige l'affaire maintenant. Il a deux fils, Clark, l'aîné, et Will. Tous deux travaillent avec lui.

— Rachel sera là?

— Certainement.

Il lui fit un clin d'œil.

— Elle est marrante, non? Mais ne vous y trompez pas. Elle est aussi rusée qu'un singe, intelligente et ambitieuse. Le vignoble représente toute sa vie.

— Quel est son rôle?

— Elle est responsable de la vinification.

Il tourna pour s'engager dans un chemin privé. Les grilles étaient ouvertes, mais, à en juger par le lecteur de cartes et le digicode, ce ne devait pas être le cas habituellement.

— C'est une grosse responsabilité, en fait, reprit Dan. Traditionnellement, ce poste est occupé par un homme. Mais, depuis quelques années, des femmes ont commencé à se faire un nom. Helen Turley, Mia Klein, Heidi Barrett et Rachel Sommer.

— Je suis impressionnée et, pour être franche, intimidée.

— En ce qui la concerne, oubliez ça. Rachel est une personne très simple.

— Mais pas les autres ?

Dan fit la moue, l'air pensif.

— Certains, dit-il au bout d'un moment. Mais il y a pas mal d'ego surdimensionnés dans ce groupe.

— J'aurais peut-être dû porter des bottes, ce soir ?

— Des cuissardes, plutôt.

Alex éclata de rire juste au moment où ils arrivaient en vue de la maison, une grande bâtisse en pierre construite en haut d'une colline. Toutes les fenêtres étaient illuminées et, à l'extérieur, de petits lumignons blancs décoraient les branches des arbres. Des notes de jazz flottaient dans l'air froid de la nuit, truculentes et élégantes.

— Plus impressionnant que chez les Sommer, non ?

Sans aucun doute. La vaste demeure s'apparentait plus à un manoir et, comme Dan avait fui l'exploitation familiale, la jeune femme s'étonna de percevoir de la fierté dans sa voix.

Intéressant, pensa-t-elle. De toute évidence, son choix professionnel cachait plus de choses qu'il n'avait bien voulu l'avouer.

Il gara la voiture et tous deux descendirent. Alex fut soulagée de constater qu'elle n'était pas la seule à porter une robe un peu habillée. Mais son cavalier n'avait pas exagéré. En matière de vêtements, toute la gamme était représentée, du grunge au plus clinquant.

Il avait dû prendre soin de prévenir sa famille de l'identité de sa cavalière, car, les uns après les autres, tous s'approchèrent pour la saluer avec à peu près la même phrase : « La petite Alexandra, c'est incroyable ! »

Ce furent d'abord ses deux frères. S'ils affichaient tous les deux le même dynamisme, la ressemblance s'arrêtait là. Joe commandait et Ferris séduisait, ce qui se traduisait dans leur style personnel : cheveux coupés court et grisonnants sur les tempes pour Joe qui portait une chemise et un pantalon habillés et dont les chaussures brillaient autant que la Rolex qu'il avait au poignet. Ferris, pour sa part, affichait une chevelure hirsute et un grand sourire désarmant ; il avait opté pour une tenue décontractée et à la mode.

Dan ne ressemblait à aucun de ses frères avec ses cheveux blond-roux, ses yeux clairs et sa carrure robuste.

Ferris prit la main d'Alex et la porta à sa bouche pour un baise-main très stylé.

— Danny ne nous avait pas dit que vous étiez aussi belle. Il espérait bien vous garder pour lui tout seul, ce sale égoïste.

— Typique de Dan, renchérit Joe, en tendant la main à son tour. Ravi de vous revoir après toutes ces années, Alex. Mon frère a certainement dû vous parler de sa réputation auprès des femmes ?

— En fait, non, répondit-elle. En revanche, il m'a rappelé que j'étais follement amoureuse de lui, à cinq ans.

Les deux frères éclatèrent de rire.

— Bien joué, le frangin, dirent-ils. En douceur.

Dan ne semblait pas impressionné par leur mise en boîte.

— Rigolez tant que vous voulez. C'est quand même à *mon* bras que se trouve la dame.

— Hé, je suis hors du coup, dit Joe. Je suis casé. C'est Ferris qui aurait bien besoin d'un coup de main.

A en juger par la façon dont ce dernier s'accrochait à la sienne, Alex en doutait sérieusement.

Quand ils se retrouvèrent seuls, elle se pencha vers Dan.

— Vous, un homme à femmes ? Et moi qui vous croyais plus occupé à traquer les malfrats qu'à froisser les draps…

Il se contenta de sourire, sans opposer de dénégation, nota Alex, qui rangea ce détail dans un coin de sa mémoire pour y réfléchir plus tard.

Elle ne tarda pas à constater que toutes les conversations tournaient autour du vin, le zinfandel, star de la soirée, mais aussi la vigne en général : le raisin, la météo, la récolte en cours, quels vins avaient retenu l'attention et quels autres avaient déçu. Chacun y allait de son avis et affichait une assurance d'expert.

Alex écoutait, trouvant cela à la fois fascinant et un peu affecté. Dan, quant à lui, la guidait sans état d'âme au milieu de la foule, lui expliquant qui était qui d'un commentaire parfois impertinent, voire même ouvertement sarcastique.

— Et voici mon père, lui annonça-t-il soudain, alors qu'ils échangeaient leurs verres vides contre des verres pleins. Préparez-vous…

Elle suivit son regard et comprit aussitôt de qui il tenait. Son père était un homme imposant avec une chevelure épaisse et argentée, dont l'allure ne laissait aucun doute quant à sa détermination.

Un trait dont son fils avait indubitablement hérité. Et qui expliquait peut-être aussi pourquoi il avait choisi une autre voie que la vigne.

— Papa, dit-il avec une certaine raideur. Heureux de te voir.

— Fils. Content que tu aies pu venir.

La tension entre eux était palpable.

— Je ne pouvais pas manquer ça.

— Vraiment ? Je suis étonné que tu te sois déplacé pour une chose aussi triviale que du vin.

Alex jugea bon d'intervenir.

— Bonsoir… Je suis Alexandra Clarkson, dit-elle, la main tendue.

Le père de Dan se tourna vers elle et la transperça de son regard azur, avant de condescendre à serrer sa main.

— La fille de Patsy, dit-il.

— En effet…

— Wayne Reed. J'ai entendu dire que vous aviez loué une maison en ville.

— C'est exact.

— J'espère que vous ne comptez pas ennuyer Harlan.

— Ce n'est pas dans mon intention.

— Bon. Amusez-vous bien, alors.

Sur ce, il tourna les talons et s'éloigna.

— Je crois qu'on peut dire que ça s'est bien passé, murmura-t-elle au bout d'un instant.

Dan éclata de rire.

— Je vous avais prévenue que c'était un vieux bougre hargneux !

— Certains se montrent charmants.

— Pas mon père, comme vous avez pu le constater.

— Vous ne m'avez pas dit qu'il y avait un contentieux entre vous ?

— Juste de la déception. Voici ma mère, ajouta-t-il.

Sa mère, Lyla, incarnait l'élégance et l'hospitalité. Et elle jouait le rôle de conciliatrice entre Dan et son père. Ou du moins elle essayait.

Comme Dan l'avait prévu, elle apprécia la robe d'Alex.

— Vous êtes ravissante ! s'exclama-t-elle, en lui prenant les mains et en l'examinant de haut en bas. La petite Alex s'est transformée en une très belle jeune femme.

— Je suis heureuse de faire votre connaissance, Lyla.

— De faire ma connaissance ? Mais nous sommes de vieilles amies !

Glissant son bras sous le sien, elle l'entraîna à travers la foule des invités.

— Venez. Je vais vous montrer quelque chose…

Alex jeta un coup d'œil à Dan, qui haussa les épaules, l'air amusé. Il les suivit, tandis que sa mère conduisait Alex jusqu'à une grande pièce lambrissée, richement mais confortablement décorée, les murs recouverts de photos — certaines de célébrités ou de politiciens —, de médailles et de diplômes encadrés. Une odeur boisée flottait dans l'air, douce et familière. Une bûche craqua dans l'immense cheminée en pierre. Dans un coin, un écran diffusait un film publicitaire sur le zinfandel Bear Creek.

— La salle des trophées, lui indiqua Dan.

— La salle des souvenirs de famille, corrigea Lyla, en poussant Alex vers les photos. Notre pinot Marvale a été servi à la Maison-Blanche…

Et elle indiqua fièrement à sa jeune invitée un cliché sur lequel un homme se tenait à côté du président et de Nancy Reagan.

— Le père de Wayne, expliqua-t-elle. Et voici Joe et Ferris avec le gouverneur Schwarzenegger. Et ici, Wayne et son père avec Robert Mondavi. Mais ce n'est pas pour ça que je vous ai amenée ici. Regardez…

Elle figurait sur une photo avec Patsy, laquelle était enceinte jusqu'aux yeux. Toutes deux posaient, souriantes devant l'appareil, un verre de vin à la main. Apparemment, le cliché avait été pris avant que le ministère de la Santé ne mette les femmes enceintes en garde contre les méfaits de l'alcool.

Ou peut-être pas. Ici, dans ce fief du vin, les gens votaient probablement leurs propres lois pour ce genre de choses.

— J'ai beaucoup regretté votre mère, quand elle nous a quittés.

— Vous étiez amies ?

— Très bonnes amies. Nous aimions beaucoup Harlan aussi. Wayne et lui sont amis d'enfance, comme Wayne aime à le rappeler. J'étais proche de Susan, sa première femme… Ce fut une telle tragédie, ajouta-t-elle d'une voix émue. Pauvre Harlan, la vie ne l'a pas épargné !

Elle se tut un instant, perdue dans ses souvenirs.

— Patsy l'a rendu très heureux, reprit-elle. Et vous aussi. Puis il y a eu la naissance de Dylan… Des années pleines de bonheur.

Alex imagina leur vie à l'époque. Et bizarrement, devant ces photos, elle avait *presque* l'impression de s'en souvenir.

Lyla s'arrêta devant une photo sur laquelle Patsy et Harlan berçaient Dylan, allongé sur une balancelle.

— C'était juste avant…

Elle s'arrêta, bouleversée par l'émotion.

Alex étudia le cliché avant de se détourner. Une bûche tomba dans l'âtre, soulevant une gerbe d'étincelles.

— Je ne comprends pas, dit-elle à Lyla. Pourquoi… pourquoi est-elle partie ?

Lyla sursauta.

— Je croyais que vous saviez pour Dylan, dit-elle précipitamment.

— Je suis au courant, en effet. Mais je n'arrive pas à comprendre pourquoi ma mère est partie. Et encore moins à concilier la femme que je vois sur ces photos avec celle que je connaissais. Ici, elle paraît tellement heureuse, alors que toutes ces années…

— Vous n'êtes pas mère, coupa Lyla. Tant que vous ne le serez pas, vous ne pourrez pas comprendre. La perte de son fils l'a détruite.

Une fillette passa la tête à la porte.

— Mamie, papy te cherche…

— Merci, ma chérie. Dis-lui que j'arrive tout de suite. S'il s'était agi d'un de mes fils, reprit-elle en s'adressant à Alex, je ne sais pas ce que j'aurais fait, ni comment j'aurais pu survivre.

Elle pressa affectueusement le bras de la jeune femme.

— Je dois vous laisser… Mais prenez tout le temps que vous voulez. Nous avons plusieurs albums de photos de cette époque. Danny vous les montrera.

21

Samedi 6 mars
21 h 45

Alex n'avait pas voulu s'attarder plus longtemps devant les photos qui creusaient en elle un abîme de nouvelles interrogations plutôt qu'elles ne répondaient aux questions qui la taraudaient. Sans parler du chagrin qu'elle ressentait, en comparant le visage souriant de sa mère à celui de la femme qu'elle avait connue, traînant depuis des années un tel mal de vivre qu'elle n'avait pas hésité à avaler tout le contenu d'une boîte de pilules.

Lyla avait peut-être raison. Elle ne pouvait pas comprendre, parce qu'elle n'était pas mère.

— Ça va ? lui demanda Dan, devant son visage assombri.

— Oui, merci. Mais je suis à sec, répondit-elle, en agitant son verre vide, faisant un effort pour paraître enjouée. Et je commence à avoir faim !

Ils se dirigèrent vers le buffet qui offrait un véritable festin. Essentiellement des produits californiens qui se mariaient à merveille avec le zinfandel, le tout frais, naturel et magnifiquement présenté.

Ils remplissaient leurs assiettes, quand ils croisèrent Rachel en compagnie d'un journaliste avec qui elle parlait vin. Elle s'arrêta néanmoins le temps de serrer Alex dans ses bras et de lui faire la bise.

— Nous déjeunons ensemble lundi, lui dit-elle d'un ton sans réplique. Interdiction de refuser. Rendez-vous à midi au El Dorado Kitchen.

Puis Treven Sommer s'approcha d'eux. Bien que beaucoup plus âgé qu'Harlan, il paraissait dix ans de moins.

— Alexandra ! dit-il chaleureusement. Harlan m'a dit que vous étiez passée. Il m'a également appris pour Patsy. C'était une femme exceptionnelle. Je vous présente mes plus sincères condoléances.

— Merci, répondit-elle, émue. Je suis certaine qu'elle aurait apprécié vos paroles.

— A-t-elle continué la peinture ? Elle possédait un réel talent.

— Elle peignait déjà lorsqu'elle vivait ici ? s'étonna Alex.

Personne ne l'avait encore mentionné.

— Bien sûr ! D'ailleurs, une de ses toiles se trouve derrière le bar de notre salon de dégustation. Je crois qu'Harlan en a conservé plusieurs. Il y a également un certain nombre de ses tableaux chez différentes personnes de la région. Passez par les caves avant de repartir.

— Elle est là pour un bon moment, papa. Tu n'es pas au courant ?

Alex se retourna vers l'homme qui venait de parler. La quarantaine passée, estima-t-elle. Mince et musclé, presque trop mince en fait. Il avait l'allure d'un marathonien, le genre de personne qui courait des kilomètres pour se défouler.

— Mon fils Clark, dit Treven.

— Alex, heureux de vous revoir…

— Moi aussi, répondit-elle. J'aimerais pouvoir affirmer que je me souviens de vous.

— Et vous croyez qu'en restant quelque temps par ici vous arriverez à stimuler votre mémoire ?

— Je l'espère, même si pour l'instant ce n'est pas le cas.

Ils discutèrent un moment, puis d'autres personnes se joignirent à eux, bientôt remplacées par d'autres encore. Le verre d'Alex fut rempli plusieurs fois et vidé autant de fois, et elle éprouva soudain le besoin de respirer un peu d'air frais. Tandis que Dan s'éloignait un peu pour répondre à un appel sur son portable, elle sortit sur la terrasse.

L'air frais lui fit du bien. Le ciel d'un noir profond brillait, saupoudré d'étoiles. Les rires résonnaient dans la fraîcheur nocturne. A l'arrière de la propriété, l'entrée éclairée des caves découpait une fenêtre accueillante dans l'obscurité. Comme une invitation.

Pourquoi pas ? pensa-t-elle. Les caves étaient ouvertes au public, ce soir, et elle mourait d'envie de les découvrir. Si elle y était entrée enfant, elle n'en gardait aucun souvenir.

Elle s'engagea donc sur le chemin gravillonné qui y conduisait, malgré une petite voix qui lui soufflait qu'avec la quantité de vin qu'elle avait ingurgitée et ses sandales à hauts talons, elle ne devrait peut-être pas s'y aventurer toute seule. Mais, enhardie par l'alcool, elle choisit de l'ignorer.

Le chemin traversait le jardin. Elle jeta un coup d'œil en arrière. La maison baignait dans un cercle de lumière au-delà duquel l'obscurité régnait. Par les fenêtres ouvertes s'échappaient la musique et les rires qui se diluaient dans l'air. Mais plus elle se rapprochait des caves, plus les sons s'éloignaient.

L'entrée donnait sur une petite pièce d'accueil avec une table centrale recouverte de brochures sur le zinfandel Bear Creek, héros de la soirée, mais aussi sur les autres vins du domaine, ainsi que sur l'histoire du vignoble. A côté des brochures, une bouteille de vin ouverte et des verres invitaient à la dégustation. Un magnifique candélabre fabriqué à partir d'un tonneau surplombait la table.

Si quelqu'un était en charge de l'accueil, il s'était volatilisé. Peut-être occupé à faire visiter les lieux, pensa la jeune femme. En attendant son retour, elle se servit un verre et s'avança pour examiner l'intérieur des caves. Malgré la hauteur des murs lisses qui s'élevaient sur près de quatre mètres, le plafond voûté et l'étroitesse des lieux donnaient une impression d'espace restreint.

Trois couloirs partaient de la salle d'accueil et Alex opta pour celui du milieu. Une rampe d'ampoules nues, suspendue au plafond, éclairait la galerie bordée de chaque côté par des rangées de tonneaux entassés.

L'endroit, naturellement frais pour permettre au vin de vieillir, était très fonctionnel et dépourvu du glamour de la salle d'accueil ou du salon de dégustation.

Elle continua sa progression, comme attirée par une force invisible, et bientôt une impression de déjà-vu s'insinua en elle. Elle était venue ici, elle en avait la certitude.

Excitée à la perspective d'un réveil de ses souvenirs, elle s'enfonça plus loin dans les profondeurs de la cave. Un bruit derrière elle la fit sursauter. Elle s'arrêta et regarda en arrière, mais la galerie était vide.

— Il y a quelqu'un ? appela-t-elle.

Seul l'écho de sa voix lui répondit. Elle tenta d'estimer la distance à laquelle elle se trouvait de l'entrée et conclut qu'elle ne devait pas être loin. Pas suffisamment pour ne pas entendre si quelqu'un s'y trouvait.

Elle reprit son chemin, le cœur battant si fort qu'il résonnait dans ses oreilles comme un battement de tambour. Elle hésita et, sentant un picotement sur la nuque, se retourna de nouveau, partagée entre l'envie de continuer son exploration et celle de retourner sur ses pas.

La curiosité l'emporta.

Une odeur d'encens, âpre et douce, vint soudain chatouiller ses narines. Elle ralentit, regardant autour d'elle. D'où cela pouvait-il venir ? Devant elle, la galerie se scindait en deux. Elle se rapprocha de la fourche, s'arrêta pour écouter et distingua des bruits de voix éloignés. Des rires.

Probablement une visite en cours. Sur la droite.

Elle suivit les voix qui se firent rapidement plus fortes. Des voix d'hommes et de femmes. Des rires encore. Et d'autres bruits qu'elle ne parvenait pas à identifier, mais qui la mirent mal à l'aise.

Il ne s'agissait pas d'une visite. Un groupe de personnes avait, semble-t-il, décidé de faire la fête ici. Et ils avaient l'air de bien s'amuser. Ils n'apprécieraient peut-être pas son arrivée intempestive.

Il était temps de faire demi-tour.

Elle constata soudain qu'elle n'avait pas vraiment fait attention au chemin qu'elle prenait. Mais quelle importance ? Il lui suffisait de retourner sur ses pas et de prendre à gauche pour retrouver l'entrée. Pourtant, la manœuvre, au lieu de l'éloigner de la fête, parut l'en rapprocher encore. Elle fit demi-tour, et cette fois prit à droite, mais le résultat fut le même.

Elle s'arrêta, déconcertée et un peu étourdie, cherchant à rassembler ses esprits, regrettant d'avoir trop bu.

— Hello, cria-t-elle. Il y a quelqu'un ?

Elle n'obtint pas de réponse, mais les rires parurent redoubler. Comment était-ce possible ? Tournait-elle en rond ?

La panique s'empara d'elle et elle eut brusquement l'impression que les murs se resserraient autour d'elle. Elle lutta pour garder son calme.

« Calme-toi, Alex. Tu n'es pas seule. Dan ne va pas tarder à partir à ta recherche. »

Au bout de quelques minutes, sa respiration retrouva un rythme normal. Elle décida alors d'avancer en comptant ses pas, mais toutes les galeries se ressemblaient, avec les mêmes entassements de tonneaux de chaque côté et leurs rampes d'ampoules au plafond.

Qui s'éteignirent brusquement. L'obscurité totale l'enveloppa. Les genoux tremblants, elle lâcha son verre qui s'écrasa au sol, tandis qu'une giclée de vin lui éclaboussait les chevilles.

Le bruit des fêtards parut s'intensifier, bien qu'assourdi par les battements de son cœur et sa respiration haletante.

— Je suis là ! Attendez !

D'autres rires. Des grognements. Elle recula et se heurta aux tonneaux.

— Hello ! cria-t-elle encore. Il y a quelqu'un ?

— Alex ! cria une voix. Alex, où êtes-vous ?

— Dan ! Dan, je suis ici…

Un faisceau de lumière apparut, balayant la galerie avant de se poser sur elle.

Alex eut l'impression que Dan mettait une éternité à la rejoindre et à la prendre dans ses bras.

— Mon Dieu, vous tremblez ? dit-il.

Elle s'accrocha à lui.

— Je tournais en rond. J'ai appelé, mais personne…

Elle cacha son visage contre sa poitrine. Sa chemise était douce contre sa joue, le battement calme de son cœur rassurant. Il dégageait une odeur de savon mêlée à celle plus épicée d'une eau de toilette.

Le silence régnait autour d'eux. Plus aucun bruit de fête.

— J'ai l'impression que nous avons mis fin à la fête, fit-elle remarquer en se redressant, se sentant un peu ridicule.

— Nous n'y sommes pour rien. Une fois que le traiteur ferme le bar, la fête est généralement terminée.

Elle comprit qu'il faisait allusion à la soirée.

— Je ne parlais pas de ça. Il y avait une fête ici. Une odeur d'encens.

— De l'encens ?

— Du moins, c'est ce que j'ai cru au début. Mais il s'agissait plus probablement d'herbe.

Reed fronça les sourcils.

— En tout cas, reprit-elle, cette petite fête était privée.

L'électricité revint brusquement et, peu de temps après, Ferris, le plus jeune frère de Reed, apparut au bout de la galerie.

— Eh, frangin ! Que se passe-t-il ? J'ai cru entendre quelqu'un hurler.

— Alex s'est égarée, répondit Dan, en se tournant vers lui. Les lumières se sont éteintes, ce qui l'a effrayée. Rien de grave.

Elle recula d'un pas et regarda Dan d'un air étonné. Elle n'avait pas hurlé. Elle ouvrit la bouche pour le lui faire remarquer, avant de se raviser. Peut-être que si après tout ? En tout cas, ils avaient tous les deux entendu un hurlement.

Ce n'est pas bon signe. Pas bon du tout.

— Très bien, dit Ferris avec un grand sourire. Désolé d'avoir interrompu ton numéro du chevalier en armure.

— Va te faire voir, petit frère. Pour moi, c'est la routine !

— Tu parles ! Eteins les lumières et ferme à clé en partant.

— Attendez ! dit Alex. Il y a un groupe qui fait la fête par ici. Je les ai entendus.

Ferris s'arrêta, étonné.

— Vous êtes sûre ? J'ai fait le tour des galeries tout à l'heure…

— Je sais ce que j'ai entendu. Et senti.

— Elle pense qu'ils fumaient de l'herbe, expliqua Dan à son frère.

Ferris jura.

— Des voyous. Ça s'est déjà produit.

— Vous les entendiez encore quand les lampes se sont éteintes ? demanda Dan, en se tournant vers elle.

— Juste avant, oui.

— Il n'y a qu'une seule sortie, Alex, dit-il, l'air soucieux. Quand l'électricité a été coupée, j'étais à l'entrée. Je vous ai entendue crier. J'ai pris une lampe et j'ai couru.

— Et j'étais juste derrière toi, Dan. Si un groupe de personnes était sorti, je l'aurais vu.

— Alors, ils sont toujours ici. Je suis certaine de ce que j'ai entendu.

Dan la regarda un moment, avant de se tourner vers son frère.

— Alex et moi allons faire un tour dans les galeries. Ferris, attends à l'entrée, d'accord ? Il ne manquerait plus qu'un groupe de jeunes ait choisi cet endroit comme lieu de rencontre.

Ferris accepta et repartit vers la salle d'accueil, tandis que Dan et Alex fouillaient les lieux. Il leur fallut une demi-heure pour tout ratisser et ils ne trouvèrent aucune trace d'une fête clandestine.

— Désolé, Alex…

— Je ne comprends pas. Je n'ai pourtant pas rêvé !

Un petit groupe les attendait à l'entrée, composé de Wayne et Lyla Reed, de Rachel et de Treven.

— Rien ? interrogea Ferris.

Dan secoua la tête.

Rachel se précipita vers Alex.

— Tout va bien ? demanda-t-elle, en lui prenant les mains. Elles sont toutes froides, pauvre petit chat.

— Je suis tellement gênée.

— Pas du tout. Ces caves sont impressionnantes, même avec la lumière. Une fois — je devais avoir une dizaine d'années —, je me suis aventurée seule dedans et je me suis perdue. On ne m'a retrouvée que plusieurs heures plus tard. J'en tremble encore !

Lyla s'approcha.

— Ferris nous a dit que vous aviez cru entendre des voix ?

Avant qu'elle ait pu répondre, Dan s'interposa :

— Nous avons fouillé les galeries, mais nous n'avons rien trouvé.

Wayne Reed émit un grognement de sympathie.

— C'est fou ce que les bruits se propagent la nuit, dit-il.

— En effet, renchérit Treven.

Alex se mordit la lèvre pour ne pas répliquer. Elle avait entendu des bruits que personne n'avait perçus, mais pas le hurlement que tout le monde semblait avoir entendu.

Protester ne ferait que la rendre encore plus ridicule.

Ça risquait même de la faire passer pour folle.

Juste comme sa mère.

22

Samedi 6 mars

Dan et Alex n'échangèrent pas un mot pendant le trajet du retour. Après s'être garé devant le cottage, Dan l'escorta jusqu'à la porte. Les mains d'Alex tremblaient tellement qu'il lui prit la clé et ouvrit lui-même la porte.

— Ça va aller ? lui demanda-t-il.

— Oui, tout va bien, mentit-elle.

Elle se sentait embarrassée et troublée. Et en colère que personne ne la croie. En colère contre ses propres doutes. Mais déterminée à prouver qu'elle ne se trompait pas.

Elle croisa son regard.

— Je suis certaine de ce que j'ai entendu, Dan…

— Vous aviez bu quelques verres, Alex… Je ne sais si…

— J'ai bu beaucoup de vin, c'est entendu, mais je ne suis pas soûle.

— La nuit, les voix portent.

— Je me trouvais au fond des caves. Comment les éclats de la fête auraient-ils pu me parvenir ?

— Ecoutez, vous venez de vivre des moments très difficiles. Personne ne va vous montrer du doigt parce que vous vous conduisez de manière un peu fantasque.

— Pardon ?

— C'est vrai. Vous venez de traverser de terribles…

— Ça suffit, coupa-t-elle, en entrant chez elle où il la suivit.

Elle jeta son manteau sur le canapé et se retourna pour lui faire face.

— Je ne suis pas folle !

— Je n'ai jamais dit que vous l'étiez !

— Il y avait des gens qui faisaient la fête et ils brûlaient quelque chose. Je l'ai senti.

— Pourquoi avez-vous hurlé ?

Pas question de lui dire qu'elle n'avait pas hurlé. Ou, pire, qu'elle ne se souvenait pas de l'avoir fait.

— C'était involontaire. Je tournais en rond. Je me suis affolée et quand la lumière s'est éteinte… J'ai dû peut-être… crier…

— *Peut-être* crier ?

— Aucune importance.

Elle croisa les bras sur sa poitrine.

— Je ne vois pas pourquoi je devrais me justifier auprès de vous.

— Je ne vous l'ai pas demandé.

Il s'approcha et posa les mains sur ses épaules.

— Comme je l'ai dit, vous venez de vivre des moments très difficiles : la mort de votre mère, la découverte de Dylan et votre déménagement. Soyez un peu indulgente avec vous-même.

Elle releva la tête, prête à protester, mais les mots restèrent bloqués dans sa gorge.

— Ne vous retenez pas, Alex. Vous avez l'air de vouloir dire quelque chose. Laissez-vous aller.

Laissez-vous aller. Ne vous retenez pas.

Avec ses mains sur ses épaules et son souffle chaud sur sa joue, ces mots prenaient un tout autre sens.

Le regard de Dan se posa sur sa bouche. L'air devint électrique et Alex sentit une vague de chaleur l'envahir.

Bon sang ! Elle avait pourtant cherché à éviter cela. Les choses devaient rester platon…

Les mains de Dan glissèrent sur sa nuque et soulevèrent ses cheveux. La douceur de cette caresse la remua jusqu'au plus profond de son être.

Sa bouche descendit à la rencontre de la sienne, la frôlant d'un baiser léger. Alors, elle posa les mains sur sa poitrine, percevant les battements de son cœur sous sa paume.

— C'est une très mauvaise idée, murmura-t-il, ses lèvres contre les siennes.

— Je sais, admit-elle, alors même que ses doigts agrippaient sa chemise.

— Tu veux que je parte ?

— Seigneur, non !

Fort de cette réponse, il s'empara de sa bouche et, plaçant ses mains sous ses fesses, la souleva de terre. Alex enroula ses jambes autour de sa taille, se frottant contre lui, tandis qu'il la portait jusqu'à la chambre où ils tombèrent ensemble sur le lit, ne se séparant que le temps d'ôter leurs vêtements. Elle jouit dès qu'il la pénétra avec une force qui la surprit et elle s'accrocha à lui.

Ils restèrent ensuite étendus côte à côte, le souffle court. Les pensées se bousculaient dans la tête d'Alex qui fixait le plafond. Elle avait pourtant abandonné ce style de vie depuis des années. Cette quête incessante de sexe destinée à combler le vide en elle. Une tranche de vie autodestructrice et humiliante.

Se tournant vers elle, Dan lui caressa la joue.

— Waouh ! dit-il.

— Oui, dit-elle avec un sourire. Mais stupide.

— Pas nécessairement.

Il se redressa et s'appuya sur son coude pour mieux la contempler.

— Tout dépend de ce qui va se passer maintenant.

— Je vote pour qu'il n'y ait aucune gêne ou récrimination futile. Ni aucune attente. Nous sommes deux adultes consentants et nous avons juste fait l'amour. Point final.

— Ça me va.

Il bâilla, puis s'étira avant de l'attirer au creux de son bras.

— Je devrais partir, dit-il.

— Je ne te retiens pas.

Il bâilla de nouveau.

— Bientôt...

Elle appuya la tête contre son épaule.

— C'est quoi le problème ? lui demanda-t-elle.

— Quel problème ?

— Entre ton père et toi ? Pourquoi est-ce que tu n'as pas souhaité rejoindre l'exploitation familiale ?

— Curieuse, hein ?

— Impatiente. Je déteste attendre.

— J'ai remarqué.

Il garda le silence un instant. Quand il reprit la parole, toute trace d'amusement ou de décontraction avait disparu de sa voix.

— Si tu posais la question à mon père, il te répondrait que c'est parce que je n'ai pas de couilles.

— Intéressant. Mais c'est à toi que je pose la question.

— Je ne voulais pas avoir à me battre contre mes frères pour ça. Mon père voulait que nous nous mesurions les uns aux autres. J'ai estimé que c'étaient des stupidités.

— Et tu t'es retiré de la compétition.

— Et je me suis retiré de la compétition.

Alex doutait cependant que les choses aient été aussi simples.

— Et tes frères ?

— Ils ont joué le jeu et se sont battus pour satisfaire mon père. C'est lui qui a décidé quelle position ils occuperaient, que ça leur plaise ou non.

Alex avait déjà suffisamment saisi la dynamique de cette famille pour deviner d'instinct qui faisait quoi.

Le père dirigeait l'exploitation familiale d'une main de fer. Joe était son préféré, le confident et le chef en devenir. De toute évidence, il avait été choisi pour reprendre les rênes de l'exploitation. Quant à Ferris, il avait été relégué au rôle de porte-parole des vignobles Reed avec le titre de responsable des ventes et du marketing.

— Quelle place t'avait-il attribuée ?

— Il me destinait au poste de maître de chai.

— Et ?

— Personne ne choisit ma carrière à ma place.

— Ça ne t'aurait pas plu ?

— Pas assez pour que je vende mon âme pour ça.

Son téléphone sonna et il décrocha.

— Reed à l'appareil…

Alex s'assit et remonta le drap sur sa poitrine.

— Où ? demanda-t-il.

Son visage se ferma.

— Merde ! J'arrive tout de suite.

Il raccrocha, sauta du lit et se pencha pour ramasser son jean qu'il enfila prestement.

— Je dois y aller, dit-il. Désolé.

— Que se passe-t-il ?

— Un meurtre. Une personne qui se trouvait à la fête, ce soir.

— Quoi ? Quelqu'un que j'ai rencontré ?

— Je ne crois pas. Un dénommé Tom Schwann. Sa famille est installée dans la région depuis plusieurs générations.

Ayant fini de s'habiller, il s'approcha du lit et l'embrassa.

— Désolé, répéta-t-il. Je t'appellerai.

Elle le regarda partir en se demandant s'il le ferait.

23

Dimanche 7 mars
2 h 35

Tom Schwann avait été retrouvé sur un dégagement gravillonné, en bordure de Thornsberry Road, la petite route qui conduisait au domaine vinicole de sa famille. Cet espace étant légèrement en retrait, les voitures auraient pu passer à côté du corps toute la nuit sans le remarquer.

Dan jeta un coup d'œil autour de lui. Barbara Tanner et son équipe l'avaient devancé sur place et les projecteurs illuminaient la nuit comme une fête foraine. En plus de leur véhicule, une voiture de patrouille et une vieille Honda Civic étaient garées sur le bord de la route.

Schwann et sa femme conduisaient tous les deux de grosses berlines. Alors, comment Schwann avait-il pu échouer ici, mort ?

Dan enfonça les mains dans les poches de son blouson. Son souffle se transformait en un petit nuage blanc dans l'air froid de la nuit. Il regrettait qu'une mort aussi tragique vienne conclure une soirée par ailleurs mémorable.

Après avoir signé la feuille de présence que lui tendait l'agent de faction, il passa sous le cordon de sécurité. Au bruit de ses bottes sur le gravier, Barbara Tanner tourna la tête. Elle n'eut pas besoin de dire quoi que ce soit : il savait ce qu'elle pensait.

Ce meurtre allait provoquer un véritable séisme au sein de la communauté vinicole très soudée de la région.

Dan n'avait pas exagéré en parlant à Alexandra des racines de la famille Schwann dans la région. Albrecht Schwann, l'arrière-arrièregrand-père de Tom, s'était installé à Sonoma pour faire pousser du raisin bien avant les Reed, les Sommer ou les Mondavi, et le travail de cette famille avait contribué à donner aux vins californiens leur renommée internationale. Tom, véritable mécène et philanthrope, ne comptait plus ses amis en ville, au nombre desquels Joe, le propre frère de Dan.

Il s'accroupit près du corps.

— Qui l'a découvert? demanda-t-il, sans pouvoir retenir une grimace, à la vue du cadavre.

Tom avait été égorgé à l'aide d'un sécateur qui l'avait pratiquement décapité.

Connus sous le nom de leur marque, Red Rooster, ces petits outils à lame courbe servaient à couper les grappes de raisin. On en trouvait partout dans la Vallée. Chaque ouvrier agricole en possédait un.

Comme par hasard, le tueur avait abandonné le sien sur les lieux.

— Meri Calvin, répondit Barbara. Une de ses employés. Elle dit qu'il l'avait appelée pour lui demander de venir le chercher.

— Où est-elle?

— Au chaud, dans la voiture de patrouille. Mais aucune trace de sang sur elle.

— Ça aurait été trop facile, commenta Dan, qui inspectait la poignée ensanglantée du Red Rooster.

L'assassin avait fait un sale boulot. Et bâclé en plus.

— Selon l'endroit où la lame s'est enfoncée, le jet de sang a dû être impressionnant, fit-il remarquer.

— Un véritable geyser.

Dan examina ensuite le terrain autour du corps. Même avec les projecteurs, les traces de sang n'allaient pas être faciles à suivre au milieu des cailloux, des feuilles et des autres débris qui jonchaient le sol.

— Il est impossible que le tueur n'ait pas été éclaboussé de sang, dit-il, en se redressant. A première vue, je ne crois pas à un crime prémédité. Le coupable n'avait pas prévu son coup. Je parie qu'on va trouver des empreintes sur l'arme.

— Son portefeuille est vide. Et sa montre et son alliance ont disparu. Un crime de rôdeur peut-être…

— Ou un crime passionnel déguisé en crime de rôdeur. Je l'ai vu, ce soir. A la fête donnée par mes parents.

— A quelle heure est-ce que tu l'as vu pour la dernière fois ?

— Vers 23 heures. Juste avant de ramener Alex chez elle.

Les sourcils de Barbara Tanner se relevèrent à la mention de la jeune femme.

— Quoi ? demanda Dan.

— Il y a quelque chose entre vous ?

— Rien qui te concerne. Elle ne fait pas partie des suspects.

— Mais elle pourrait être un témoin.

« Oui, peut-être. Dans un crime vieux de vingt-cinq ans dont elle n'a aucun souvenir. »

— Je me contente de lui présenter les gens d'ici, histoire de réveiller sa mémoire.

— A d'autres, partenaire ! Mais ce sont tes fesses après tout. Est-ce qu'il avait bu ? demanda-t-elle, revenant au mort.

— Demande-moi plutôt s'il avait *beaucoup* bu.

— Alors ?

— Evidemment. Le vin était gratuit.

— Qui l'accompagnait ?

— Sa femme. Je les ai aperçus ensemble au cours de la soirée.

— Dans ce cas, où est-elle maintenant ?

— Excellente question. Meri Calvin connaît peut-être la réponse.

Il trouva l'employée à l'arrière de la voiture de patrouille, enveloppée dans une couverture. Il se pencha devant la porte ouverte et se présenta. La jeune femme fondit aussitôt en larmes.

— Je ne peux pas croire que…

Elle ravala un sanglot.

— Oh, mon Dieu ! Tom est mort !

Dan lui tendit un mouchoir en papier et elle se moucha, avant de relever la tête vers lui.

— Que vais-je faire maintenant ? demanda-t-elle, le visage inondé de larmes.

— Que voulez-vous dire ?

— Je vais devoir trouver un autre travail. Un autre endroit où habiter. Comment vais-je faire ?

Il ne lui répondit pas, mais la ramena au présent.

— J'ai besoin de vous poser quelques questions, Meri. Pensez-vous être en état d'y répondre ?

Bien qu'au bord de la crise de nerfs, elle hocha la tête.

— Je… je vais essayer.

— Bien.

Dan adopta une voix calme et apaisante.

— Racontez-moi comment vous vous êtes retrouvée ici.

— J'ai dit à l'autre policier…

— Je sais, mais j'ai besoin que vous me le racontiez de nouveau, si vous le voulez bien.

— D'accord. Tom m'a appelée pour me demander de venir le chercher.

— Quelle heure était-il ?

— Aux alentours de minuit.

— Pourquoi vous a-t-il appelée ?

— Je ne comprends pas…

— Je veux dire : pourquoi vous plutôt qu'une autre personne ?

— Je travaille pour lui.

— Vous devez être une employée particulièrement dévouée pour accepter ainsi de sortir de chez vous à minuit. Je suis impressionné !

Elle détourna le regard.

— J'aime mon travail… et je veux faire en sorte de…

Elle ne termina pas sa phrase, comme si elle se rendait compte que ses paroles manquaient de conviction.

— Vous n'étiez pas seulement son employée, Meri ?

Elle secoua la tête.

— Nous étions amis.

— Amis seulement ?

Elle se remit à pleurer sans bruit.

— Plus que des amis, avoua-t-elle.

— Vous étiez amants ?

Elle hocha la tête.

— Il voulait quitter sa femme.

« Ça m'étonnerait », pensa Dan. Il avait entendu dire que Tom aimait beaucoup les femmes et plus particulièrement les très jeunes femmes. Si la rumeur se vérifiait, Meri n'était qu'une de plus sur une longue liste de conquêtes.

— Il se trouvait à une fête, ce soir, avec sa femme, dit-il. Pas très loin d'ici, au vignoble Red Crest.

— Ce n'était pas juste ! Elle avait le droit de l'accompagner partout tandis que moi, je restais à la maison à attendre son appel.

Dan se retint de lui faire remarquer qu'en sa qualité d'épouse, c'était son droit le plus strict. Il aurait pu ajouter que, compte tenu de l'attitude de son mari, elle ne devait pas avoir eu une vie facile.

— Dites-moi ce qui s'est passé ce soir.

— J'étais déjà couchée quand il a appelé. Il m'a dit qu'il s'était disputé avec sa femme et qu'elle l'avait jeté hors de la voiture.

— Vous a-t-il donné la raison de cette dispute ?

— Non.

— Vous ne lui avez pas posé la question ?

— Je comptais lui demander quand... Mais je suis arrivée trop tard.

— Combien de temps s'est écoulé entre son coup de téléphone et votre arrivée sur les lieux ?

— Environ une heure.

Elle baissa la tête, l'air accablé.

— J'étais en colère et je me suis dit que ça lui ferait les pieds d'attendre un peu.

— Quand vous êtes arrivée, est-ce que vous avez remarqué quelque chose, comme une voiture qui s'éloignait ?

Elle n'avait rien vu et, après quelques questions supplémentaires, Dan la renvoya chez elle, non sans lui avoir fait promettre d'appeler, si un détail lui revenait.

Quant à lui, il se prépara à aller annoncer la nouvelle à la veuve.

24

Dimanche 7 mars
4 h 10

Tom et Jill Schwann habitaient une grande maison sur Arrowhead Mountain. Jill avait fréquenté la même école que Dan Reed et terminé ses études secondaires dans la même classe que lui. Dan avait du mal à l'imaginer suffisamment en colère pour tuer son mari, mais qui pouvait savoir ? L'imprévisibilité et la sauvagerie de l'être humain ne cessaient de le surprendre, en dépit de ses années d'expérience dans la police.

Deux hommes l'accompagnaient au cas où.

Quand il sonna à la porte, un chien se mit à aboyer — le genre de jappements aigus qui faisaient immédiatement penser à ces petites choses ridicules et pleines de poils qui accompagnaient généralement les célébrités comme Paris Hilton ou Britney Spears.

Jill ouvrit la porte, l'air abattu et sans enthousiasme, conséquence du fait d'être mariée à un homme humainement peu intéressant, comme Dan avait déjà eu plusieurs fois l'occasion de le constater. Elle portait un peignoir et marchait pieds nus. Son chignon était défait et ses cheveux blonds pendaient en mèches autour de son visage. De toute évidence, elle avait pleuré, comme le dénotaient son nez rouge et son mascara qui avait coulé, laissant des traces noires le long de ses joues. Un petit chien blanc grondait et montrait les dents en fixant le nouveau venu.

— Dan ?

Puis son regard tomba sur les deux agents derrière lui.

— Que se passe-t-il ?

— J'ai bien peur d'avoir de mauvaises nouvelles à t'annoncer, Jill. Est-ce que je peux entrer ?

Elle se baissa pour prendre le chien dans ses bras.

— Pinot, tais-toi ! ordonna-t-elle au petit animal, en s'effaçant pour les laisser passer.

Dan entra, les policiers sur ses talons, et regarda autour de lui, notant le tapis blanc, le vestibule en marbre et les murs tendus de soie, à la recherche d'une trace de sang, de terre, de la moindre chose indiquant que le meurtrier de Tom était passé par là. Il savait que, derrière lui, les deux autres faisaient de même.

— Peut-on s'asseoir ? demanda-t-il.

— Tu me fais peur, Dan. Que...

— Tom est mort, Jill. Je suis désolé...

En un instant, le visage de Jill se vida de toute expression.

Elle se dirigea vers le salon où elle déposa le chien sur le canapé, avant de se retourner vers Dan. Il lut alors une grande incrédulité dans ses yeux.

— Je ne comprends pas... On s'est disputés... Je l'ai jeté hors de la voiture, en lui conseillant d'appeler sa dernière conquête s'il ne voulait pas rentrer à pied. Il s'est répandu en insultes... Je suis certaine qu'il était bien vivant et pas même blessé, quand j'ai redémarré la voiture...

— Jill, dit calmement Dan. Tom a été assassiné.

Le visage de son interlocutrice refléta alors tour à tour l'incompréhension, le choc, puis l'horreur. Elle ouvrit la bouche pour parler, mais aucun son n'en sortit. Sur le canapé, le chien grogna.

Elle regarda les deux autres policiers comme pour obtenir confirmation de la nouvelle.

— Mais ça fait à peine une heure ou deux que je l'ai laissé ! dit-elle enfin.

— Tu en es certaine ?

— Non, en fait je...

Elle porta la main à sa gorge.

— J'avais bu. Nous nous sommes disputés... Tout se mélange dans ma tête maintenant.

— Assieds-toi, lui proposa Dan.

Elle acquiesça, mais ne bougea pas. Elle chancelait, livide à présent.

Dan la prit par le coude et la poussa doucement vers le canapé où elle se laissa tomber. Le chien sauta sur ses genoux.

— Est-ce que tu veux un verre d'eau ? Autre chose ?

Elle secoua la tête, caressant la fourrure du chien d'un air absent.

— Tom est mort…

— Oui.

— Qu'est-ce qui s'est passé, exactement ?

— On l'a égorgé.

— Oh, mon Dieu !

— Veux-tu que j'appelle quelqu'un ?

— Oui, ma mère.

Dan se rappelait bien la mère de Jill, une femme très impliquée dans la vie de sa fille, pleine d'ambition pour elle. Il se demanda si elle était au courant de leurs problèmes de couple.

— Je vais envoyer quelqu'un la chercher.

Jill hocha la tête et Dan demanda à un des policiers d'appeler la permanence, au bureau, pour dépêcher une voiture de patrouille.

— Pendant que nous parlons, est-ce que tu acceptes que mes agents fassent le tour de la maison et qu'ils jettent un œil dans ta voiture ?

— Qu'ils fassent le tour…, répéta-t-elle, surprise. Ici ? Bien sûr, mais…

Puis elle saisit la signification de ses paroles.

— Tu ne penses tout de même pas que j'ai quelque chose à voir avec sa mort ?

— Bien sûr que non, la rassura Dan, en sortant un carnet et un stylo de sa poche. Mais c'est la procédure habituelle. Tu étais sa femme et probablement la dernière personne à l'avoir vu vivant. Peuvent-ils commencer ?

Elle hocha la tête et se mit à pleurer. Dan fit signe aux deux agents de se mettre au travail. Puis il attrapa une boîte de mouchoirs posée sur une console et vint s'asseoir à côté de Jill, lui laissant le temps de se reprendre.

Au bout de quelques minutes, elle se moucha et se redressa.

— Tu dois me prendre pour une idiote de pleurer ainsi sur un homme qui traitait mieux son chien que sa femme.

— Je ne crois pas que tu sois une idiote, Jill. Loin de là.

— Je l'aimais. Du moins, je l'ai aimé, même si ces derniers temps je passais l'essentiel de mon temps à le haïr.

Dan posa la main sur son bras.

— Jill, tout ce que tu dis pourrait être retenu contre toi. Tu le sais, n'est-ce pas ?

— Et j'ai le droit d'appeler un avocat. Je sais. Je regarde la télévision.

— Nous ne sommes pas dans une série télé. C'est la réalité.

Elle éclata de rire, un rire qui se termina en sanglots.

— Je n'ai rien à cacher. Heureusement, nous n'avions pas d'enfants.

— Jill, j'ai besoin que tu réfléchisses sérieusement à la question du temps. C'est très important.

Il se tut un instant pour obtenir toute son attention.

— A quelle heure avez-vous quitté la fête ?

— Je ne… Je sais que c'était après minuit. Je me rappelle avoir regardé ma montre et constaté qu'on était déjà dimanche et que l'heure de la messe n'était plus loin. Nous sommes partis peut-être une demi-heure plus tard.

— Tom était soûl ?

— Complètement ivre.

— Que s'est-il passé ensuite ?

Elle détourna les yeux avant de le regarder de nouveau, le visage fermé.

— Il s'est tout de suite montré très excité dans la voiture. Sexuellement excité, je veux dire. Je l'ai envoyé paître…

— C'est là que vous vous êtes disputés ?

— Oui. Une sacrée dispute. Alors, je me suis arrêtée sur le bord de la route et je lui ai dit de sortir. Il était tellement soûl que je crois qu'il ne s'était même pas rendu compte que c'était moi qui conduisais.

— Quelqu'un l'a-t-il vu sortir de la voiture ?

— Non.

— Il n'y avait personne dans le coin ? Pas d'autre véhicule ?

Elle secoua la tête.

— Lorsque j'ai démarré, je l'ai vu dans le rétroviseur, son téléphone à la main. Je me suis dit qu'il devait appeler sa maîtresse du moment.

— De qui s'agit-il ? Tu connais son nom ?

— Une fille qui travaille avec lui au vignoble…

Elle attrapa un autre mouchoir qu'elle roula en boule dans sa main.

— Ça n'a rien à voir avec elle. Elle n'est qu'un nom de plus sur une longue liste.

— Tu connais son nom ? répéta Dan.

— Meri, murmura-t-elle. Comme je l'ai dit, elle travaille au chai.

— Après avoir redémarré, est-ce que toi, tu as téléphoné ?

— Non.

— Tom a été dépouillé. Son portefeuille était vide et sa montre et son alliance envolées. Est-ce qu'il avait d'autres objets de valeur sur lui, d'après toi ?

Elle secoua la tête. A cet instant, sa mère pénétra dans la pièce, escortée par un agent de police. Jill poussa un cri en l'apercevant et courut se réfugier dans ses bras.

— Maman, je n'arrive pas à le croire !

— Mon Dieu, Jill. L'agent m'a raconté…

— Il a été assassiné, maman. Assassiné !

Elle se remit à pleurer et Dan abandonna les deux femmes, le temps d'aller s'entretenir avec les policiers. La fouille de la maison et de la voiture n'avait rien donné : aucune trace de sang, aucun vêtement ensanglanté et aucune lessive récente. Il apprit également que la mère de Jill dormait profondément, quand l'agent s'était présenté. De même que son concubin, devant la télévision. Aucun des deux n'était sorti cette nuit-là et ils avaient paru sincèrement horrifiés à la nouvelle du meurtre de Tom.

— Qui a pu faire une chose pareille ? demanda la mère de Jill quand Dan les rejoignit. Comment une telle chose a-t-elle pu se produire ici, à Sonoma ?

Dan n'estima pas nécessaire de l'informer que de tels crimes étaient monnaie courante, dans leur ville comme partout ailleurs, et que celui-ci ne prenait une signification particulière que parce qu'il les touchait directement.

Quelques minutes plus tard, il prenait congé avec le pressentiment qu'ils n'étaient pas au bout de leurs surprises, comme si la découverte du corps de Dylan Sommer avait soulevé une terrible lame de fond. Même si rien, pour le moment, ne lui permettait de relier les deux affaires.

25

Dimanche 7 mars
5 h 10

De retour dans sa voiture, Reed poussa un profond soupir, heureux d'en avoir terminé avec ce moment difficile. Il y a des choses que vous ne tenez pas à savoir sur vos voisins ou vos anciens camarades de classe.

A l'horizon, le ciel s'éclaircissait, annonçant la naissance d'un nouveau jour. Il prit son téléphone et appela Barbara Tanner.

— S'il te plaît, dis-moi que c'est l'épouse. Que non seulement les preuves sont formelles, mais qu'en plus elle t'a fait des aveux complets.

— Navré, ma belle. Ni preuve, ni confession. Juste une veuve en larmes et qui se portera bien mieux sans son crétin de mari.

— Tu n'es vraiment pas drôle!

— D'après elle, ils ont quitté la soirée ensemble vers minuit et demi. Ils se sont disputés au sujet de la dernière conquête de Tom et elle l'a jeté hors de la voiture. Elle dit qu'il était complètement ivre.

— C'est là que Meri Calvin entre en jeu.

Il perçut la fatigue dans sa voix.

— Comment ça se passe là-bas? demanda-t-il.

— Ça avance lentement. Il y a pas mal de sang à récupérer. Sans parler des empreintes de pas, des traces de pneus et autres débris à examiner.

Elle soupira.

— Nous en avons encore pour un bon moment.

— Je compatis. Je rentre chez moi pour prendre une douche et manger quelque chose avant de retourner à la Ferme. Tu as récupéré le téléphone de Schwann ?

— Oui. Enregistré et sous scellés.

— Sa femme dit qu'il était déjà au téléphone, quand elle a redémarré. Probablement pour appeler Meri, mais on ne sait jamais.

— Je te ferai parvenir la liste des appels dès que possible.

— Et moi qui croyais que tu allais me traiter d'esclavagiste !

— Tu ne perds rien pour attendre.

Dan eut un petit rire fatigué et raccrocha.

Une heure plus tard, il réintégrait son bureau où l'attendait le listing des appels téléphoniques de la victime. Un Post-it jaune collé dessus annonçait : *Comme d'habitude, tu es mon débiteur.*

Il sourit en jetant le papier à la poubelle et commença à lire.

Schwann avait passé quatre appels entre minuit quarante-deux et minuit cinquante-neuf. Le premier, le troisième et le quatrième au même numéro. Probablement celui de Meri Calvin. Ce serait facile à vérifier.

Il se tourna vers son ordinateur et tapa son mot de passe. Les agents de la voiture de patrouille avaient certainement noté ses coordonnées et entré leur rapport dans la base.

Effectivement. Il parcourut le document jusqu'au numéro de téléphone de Meri, qui correspondait bien à celui que Tom avait appelé trois fois. Rien d'étonnant. Il avait dû l'appeler une première fois et, n'étant pas du genre patient, la relancer ensuite à deux reprises pour qu'elle se dépêche. Mais entre-temps il avait joint un autre correspondant avec lequel il s'était entretenu pendant deux minutes trente.

Son assassin ?

Attrapant son téléphone personnel, il composa ledit numéro. Au bout de quinze sonneries, il raccrocha, déçu, et nota de prendre contact avec la compagnie du téléphone.

— Pas de repos pour les braves, à ce que je vois.

Dan releva la tête. Cal, l'air épuisé, se tenait sur le pas de la porte.

— Que se passe-t-il, mon vieux ? Tu n'es pas sur la scène de crime ?

— On m'a rappelé, dit-il en bâillant. Je voulais juste te dire que j'avais reçu les résultats d'analyse de la poupée. Aucune trace de sang dessus.

— Bien. Ça ressemble de plus en plus à une mauvaise blague.

Pour être franc, je préfère ça. Je n'aurais pas aimé découvrir que quelques gamins gâtés avaient tué un animal juste pour le plaisir de faire une plaisanterie.

Cal bâilla de nouveau.

— Seigneur, j'espère que je ne vais pas m'endormir !

— Pourquoi ? Sur quoi travailles-tu ?

— Un autre truc bizarre au royaume de Sonoma. Quelqu'un se serait construit une petite chapelle privée près de Castle Road. Un autel avec toutes sortes de symboles plus fous les uns que les autres. Des motards nous l'ont signalé.

— C'est la fête dans notre petit coin de paradis, on dirait, en ce moment !

— Ne rigole pas. Après le Bohemian Club[4] à Monte Rio, la famille Manson à San Francisco et le Shambahala[5] au nord de l'Etat, pourquoi pas quelques sacrifices d'animaux à Sonoma ?

Cal s'apprêtait à partir quand Dan l'arrêta.

— Sacrifices d'animaux ?

— Oui, à en croire le type qui a appelé. Mais ça reste à vérifier.

— Si ça se confirme, préviens-moi. Ça pourrait m'intéresser.

Moins d'une heure plus tard, Cal rappelait.

Dan sauta dans sa voiture pour le rejoindre. L'autel se trouvait sur un site privilégié, à la fois point d'observation et zone de pique-nique, d'où l'on pouvait admirer toute la vallée jusqu'au Golden Gate les jours de grand beau.

— Quel est le vignoble le plus proche ? demanda Dan.

— Bart Park. Un peu plus haut, après le virage. Les visites des caves ont cessé, il y a deux ans. L'endroit était dangereux à ce qu'il paraît.

Reed pouvait apercevoir un toit au-dessus de la cime des arbres.

— Pas vraiment le genre d'endroit recherché par les touristes.

4. Le Bohemian Club est l'un des clubs les plus fermés du monde. Il regroupe quelque deux mille membres (uniquement des hommes, pour la plupart des Américains représentant au total le quart de la fortune privée aux Etats-Unis, mais aussi quelques Européens et Asiatiques) qui se réunissent tous les ans lors des deux dernières semaines du mois de juillet au Bohemian Grove. La cotisation est de 25 000 $ et la liste d'attente de vingt et un ans au minimum.

5. Centre de méditation tibétain.

— Voyons, mon frère… Que serait un jour au royaume du vin sans un peu de religion alternative ?

Reed s'approcha de l'autel — à l'origine, une table de pique-nique en béton — autour duquel un cercle de pierres de près de deux mètres de diamètre avait été dessiné. Des feuilles et des sarments de vigne en décoraient le pourtour. Sur le socle, des lettres renversées, des étoiles et un pentagramme avaient été tracés, en partie recouverts par des coulées de cire de bougies noires.

Dan fronça les sourcils. Si l'idée d'un cinglé s'amusant à brûler des bougies noires en gribouillant des pentagrammes était un peu perturbante, les traces reconnaissables sur l'autel et sur le sol devenaient carrément inquiétantes.

Du sang. Beaucoup de sang.

Il étudia les taches. Le sang avait une façon bien particulière de couler et de sécher. De rouge, il devenait brunâtre et dégageait une odeur rance sous l'effet du soleil.

— Ça fait beaucoup de sang, fit remarquer Cal. Il ne s'agit sûrement pas d'un poulet.

Reed partageait son avis.

— Un adulte contient quoi ? Cinq, six litres de sang ?

— A peu près. Et un enfant, un litre.

— Un petit chien, peut-être ? Ou un chat ? A ton avis, ça remonte à quand ?

— Il y a trois jours, il pleuvait. Donc, au plus tard avant-hier.

— Pas de carcasse ?

— Non. J'ai fouillé les alentours et je n'ai rien vu. Mais il est toujours possible qu'un animal l'ait emportée.

— Ou le dingue qui a fait ça, murmura Dan. Tiens-moi au courant.

— Entendu. Au fait…

— Oui ?

— En quoi ça t'intéresse ?

— Juste une intuition.

— Tu te demandes si notre maître de cérémonie n'aurait pas également accroché la poupée ?

Reed hocha la tête en tendant la main, le pouce levé, puis il remonta dans sa voiture.

— Une de mes amies étudie les cultes religieux et autres rituels, dit-il avant de démarrer. Je vais peut-être lui demander de venir jeter un coup d'œil, histoire de voir si elle peut nous apprendre quelque chose.

Sur le chemin du retour, Dan pensa à Alex et s'étonna. Quelle étrange coïncidence quand même qu'un type décide de construire un autel et de procéder à des sacrifices d'animaux juste au moment où une spécialiste en la matière s'installait en ville.

Il regarda sa montre et fronça les sourcils. Appeler Alex allait devoir attendre. Sa priorité pour l'instant restait de trouver l'assassin de Tom Schwann.

26

Dimanche 7 mars
9 h 40

Alex se réveilla en sursaut et regarda autour d'elle, complètement désorientée. Elle avait encore rêvé, un de ces rêves décousus qui lui laissaient toujours un sentiment de malaise. Il lui fallut quelques minutes pour recouvrer ses esprits et replacer les uns derrière les autres les événements de la veille.

Repoussant alors les draps enroulés autour d'elle, elle s'assit et chercha à se remémorer son rêve. C'était comme dans la cave des Reed. Elle entendait des voix et s'approchait. Une lumière étrange brillait et dans l'air flottait une odeur d'encens.

Une odeur qui lui était familière sans qu'elle parvienne à se rappeler où elle l'avait déjà sentie, ni dans quelles circonstances.

Son téléphone sonna. Elle l'attrapa sur sa table de nuit et reconnut aussitôt le numéro de son correspondant.

— Bonjour, Tim, dit-elle en décrochant.

— Ravi que tu te décides à décrocher ! Je t'ai appelée trois fois la nuit dernière. Je commençais à m'inquiéter.

— Vraiment ? Je n'ai rien entendu.

Trop occupée avec Dan…

— Tout va bien ?

— Bien sûr.

Elle s'éclaircit la voix.

— Pourquoi est-ce que ça n'irait pas ?

— Comme ça. Qu'est-ce que tu as fait, hier soir ?

« J'ai couché avec un type terriblement sexy que je connais à peine et qui m'a fait l'amour comme jamais, et maintenant je voudrais disparaître dans un trou de souris. »

Mais toute vérité n'est pas bonne à dire. Aussi se contenta-t-elle de lui raconter la partie visible de l'iceberg.

— Je suis allée à une soirée donnée en l'honneur d'un nouveau cru.

— De quel vin s'agissait-il ?

Le téléphone à l'oreille, Alex se leva et se dirigea vers la salle de bains.

— Le zinfandel Bear Creek du vignoble Red Crest. Un vin exceptionnel. Ne quitte pas… Un instant…

Elle alla aux toilettes, puis reprit l'appareil.

— Toujours là ?

— Oui, et vert de jalousie. Il n'y aurait pas de la place pour deux dans ta maison ?

Elle imagina le face-à-face entre Dan et Tim.

— Non, désolée.

— Sérieusement, tout va bien ? Tu n'as besoin de rien ?

— J'aimerais bien que tu m'aides à analyser un rêve que j'ai fait cette nuit.

La thèse de doctorat de Tim ayant porté sur l'interprétation des rêves, elle avait déjà eu plusieurs fois recours à ses lumières.

— Raconte…

— J'assistais à une sorte de cérémonie religieuse.

— Parmi les fidèles ?

— Non. De l'extérieur. En spectatrice.

— Tu espionnais ?

— Peut-être.

— Et tu te souviens de ce que tu ressentais en regardant cette cérémonie ?

Elle réfléchit un instant.

— Non. Mais je me suis sentie assez mal en me réveillant. Désorientée.

— Continue.

— Ça se passait dans un espace clos, mais pas dans une église traditionnelle. Je me souviens d'avoir éprouvé un sentiment de claustrophobie. Comme si j'étais cernée.

— Piégée ?

— Non, répondit-elle, après un instant de réflexion.

— Quoi d'autre ?

— C'est tout.

Elle attrapa sa brosse à dents et elle pressa un peu de dentifrice dessus avant de la porter à sa bouche.

— Tu ne me donnes pas grand-chose, mais voici ce que j'en pense. Il ne fait aucun doute que ton rêve se rapporte à une cérémonie et à un engagement. Ton subconscient t'exhorte à te concentrer sur ce qui est vraiment important pour toi, tant sur un plan physique que mental.

Il se tut un instant avant d'ajouter :

— C'est-à-dire moi.

Alex mit quelques secondes à comprendre ce qu'il voulait dire et éclata de rire, manquant de s'étouffer avec la mousse du dentifrice.

— Ne ris pas, reprit Tim. De toute évidence, je te manque, et notre mariage aussi.

— Au revoir, Tim, dit-elle, toujours secouée de rire.

— C'est vrai. Tu es folle de moi.

— Au revoir, Tim, répéta-t-elle, en raccrochant.

Riant encore, elle se rinça la bouche.

Pourtant, Tim n'avait pas tort. Il lui manquait. Lui, mais pas leur mariage. Il était bien meilleur ami qu'il n'avait été bon mari.

Certains hommes ne sont tout simplement pas faits pour le mariage.

Avec une éponge, elle essuya le lavabo et s'immobilisa brusquement, en remarquant une tache de ce qui ressemblait à du sang. Sec, mais reconnaissable.

Elle examina ses mains, recto et verso, mais ne vit aucune coupure. La tache n'était pas là, la veille au soir, elle en était certaine.

Peut-être Dan. Elle ne se souvenait pas de l'avoir vu utiliser la salle de bains, mais ses idées étaient quelque peu confuses à ce moment-là.

Elle effaça la tache en s'admonestant.

Encore une super idée de ta part, cette nuit avec lui, Alex. Tu ferais bien de réfléchir un peu à l'avenir !

Réfléchir. Bonne idée. Mais pour cela elle avait besoin de café.

Quelques minutes plus tard, une tasse à la main, elle s'installait sur la balancelle de la véranda, bien décidée à faire le point sur sa vie et sur ce qu'elle en attendait.

Mais son esprit refusa de coopérer, concentré qu'il était sur trois choses : son rêve, sa panique dans la cave, chez les Reed, et sa nuit avec Dan.

Que s'était-il passé exactement dans cette cave, hormis le fait qu'elle s'était ridiculisée devant tout le monde ? D'autres personnes se trouvaient dans les galeries — elle n'avait aucun doute sur ce point — et s'étaient volatilisées avant l'arrivée de Dan et de son frère.

Mais ce qui la perturbait surtout, c'était sa réaction. Cette panique incontrôlable qui l'avait saisie, à l'idée d'être perdue. Et cette terreur, hors de proportion, lorsque les lumières s'étaient éteintes.

Cela ne lui ressemblait vraiment pas. Elle avait toujours été quelqu'un de calme et de rationnel, habituée très tôt à prendre en charge un certain nombre de choses. Dès l'école primaire, elle se levait, s'habillait et préparait son petit déjeuner toute seule avant de partir pour l'école. Le soir, en rentrant, elle trouvait sa mère au lit, le plus souvent, trop déprimée pour s'occuper d'elle. Combien de fois avait-elle dû préparer elle-même le dîner ? Personne ne lui avait jamais tenu la main.

Elle décida donc de mettre cet accès de panique sur le compte du vin et de la fatigue du déménagement, ajoutés aux bouleversements récents intervenus dans sa vie. Mais, malgré cette explication, un malaise subsistait. Il se passait un drôle de phénomène en elle, quoi qu'elle en dise, et ce, depuis cette vision qu'elle avait eue.

En buvant son café, elle se remémorait le visage souriant de sa mère sur les photos. Elle ne devait pas perdre de vue son objectif en s'installant ici : découvrir le fin mot de l'histoire.

Il se pouvait en effet, comme Lyla Reed l'avait suggéré, que la perte de son enfant soit à l'origine des troubles mentaux de sa mère. Mais elle ressentait quand même le besoin d'en apprendre plus sur cette femme si différente de celle qu'elle avait connue, cette Patsy qui riait et croquait la vie à pleines dents.

Sa tasse vide, elle rentra et, après l'air pur de l'extérieur, elle remarqua aussitôt l'odeur qui flottait dans la maison. Elle plissa le nez pour essayer de l'identifier, mais sans y parvenir.

Quelque chose de pas très agréable et ténu, probablement un relent de canalisation.

27

Dimanche 7 mars
11 h 50

— Je n'arrive pas à le croire, Dan ! s'exclama Joe d'une voix où perçait une grande émotion. Tom avait des défauts, mais ce n'était pas un mauvais bougre.

L'amitié entre les deux hommes remontait à l'école maternelle et ils avaient fait les quatre cents coups ensemble à l'adolescence.

— Je suis vraiment désolé, Joe, dit Dan, en serrant brièvement son frère contre lui. Je sais que vous étiez très proches.

Il se tourna ensuite vers Townsend, lui aussi ami d'enfance de Tom.

— Et toi, Carter, tu tiens le coup ?

— Du mieux que je peux, répondit ce dernier, accablé. Comme Joe, je ne parviens pas à me faire à l'idée que Tom est mort.

— Venez… Trouvons un endroit tranquille pour discuter.

Il les entraîna vers une petite salle d'interrogatoire où ils s'assirent.

— Je suis content que vous soyez venus, dit-il. Vous étiez tous les deux des amis proches de Tom. Avez-vous une idée de qui aurait pu faire ça ? Avait-il des ennemis ?

— C'est peut-être Jill, répondit Carter. Tom la trompait et ils ne cessaient de se disputer à ce sujet.

— Pour l'instant, Jill est hors de cause. Personne d'autre ne vous vient à l'esprit ? Une ex-petite amie ? Un employé ?

Les deux hommes se regardèrent, puis firent chacun une petite grimace, en signe de dénégation.

— Non, répondit Joe. Je ne vois vraiment pas qui, dans les

relations de Tom, aurait pu faire ça. Tom n'était pas parfait, mais de là à le tuer…

— Mais encore ?

— C'était un coureur de jupons notoire et un alcoolique, je te le concède. Mais à côté de ça, autant que je sache, il se montrait réglo dans les affaires. Il n'escroquait pas ses fournisseurs, ni ses clients, payait ses factures et on pouvait toujours compter sur lui pour mettre de l'ambiance dans les soirées.

— J'ai lu dans le journal qu'il avait été tué avec un sécateur, intervint Carter. Comment… Je veux dire, où…

— Pour l'instant, nous n'avons encore rien révélé à la presse, mais je peux vous dire que ce n'était pas beau à voir, lança Dan, pour observer leurs réactions.

Ils réussirent tous les deux le test haut la main. Le visage de Joe prit une teinte livide et Carter pâlit, en se tordant les mains.

— J'ai aussi entendu parler de cet autel découvert près de Castle Road, reprit Carter.

— Et ?

— Ça m'a fichu la trouille.

— Pourquoi ? Il n'y a aucun rapport entre les deux.

— Tu ne t'en souviens pas parce que tu étais trop jeune, dit Joe, mais à l'époque de l'enlèvement de Dylan il y avait eu toute une série de trucs de ce genre.

— Quels trucs ?

— Des autels qui poussaient ici ou là dans la campagne. Des animaux qui disparaissaient.

— Des animaux ?

— Quelques chiens. Un agneau et une chèvre. Des poulets. Pas tous en même temps, mais sur une période de quelques mois.

— Je me souviens que les gens parlaient, continua Carter. Ils se demandaient si…

Sa voix mourut. Reed les observa tous les deux, attendant la suite.

— Si quoi ? demanda-t-il enfin.

— Si Dylan n'avait pas été enlevé pour servir de… de sacrifice humain…

— Je n'avais jamais entendu parler de cette histoire, dit Dan après un moment de silence.

— Parce que tu étais trop jeune. Mais moi, je n'ai pas oublié.

— Il y a plus…, reprit Carter. Il y eut un meurtre aussi, après Dylan, également avec un sécateur.

— Qui était la victime ?

— Un ouvrier agricole dont je ne me rappelle plus le nom, répondit Joe, qui se souvenait très bien de l'affaire en revanche. Et si l'histoire se répétait ? J'ai des enfants maintenant… Si l'un d'entre eux venait à disparaître, je ne pourrais jamais le supporter, Dan. Ça me tuerait.

— Calme-toi, Joe… Dylan n'a pas été victime d'un culte rituel. Le bureau du shérif a mené une enquête approfondie, ainsi que le FBI, à l'époque, et ils ont conclu à un kidnapping.

— Mais aucune rançon…

— Le cadavre que nous avons trouvé explique peut-être pourquoi. Crois-moi, Joe. Dylan a bien été kidnappé, mais quelque chose a mal tourné, c'est pourquoi aucune demande de rançon n'a suivi.

— Et pour l'autre meurtre ?

— Tout le monde par ici possède un de ces Rooster. Tu ne peux pas savoir combien de fois j'ai été appelé pour régler une bagarre entre deux ouvriers complètement soûls qui se menaçaient avec leurs sécateurs. Ce meurtre t'a marqué parce qu'il a été commis juste après la disparition de Dylan. Mais je vais me renseigner et je t'appellerai si je découvre quoi que ce soit…

Peu de temps après, Dan avait un nom : Alberto Alvarez, un employé des Sommer. D'abord considéré comme suspect dans l'enlèvement de Dylan — il avait été aperçu sur la propriété cette nuit-là et n'avait pas repris son travail le lendemain —, il avait finalement été retrouvé mort.

Egorgé avec un sécateur.

Le crime n'avait jamais été élucidé et était quelque peu passé au second rang, à cause du branle-bas de combat déclenché par la disparition du petit Dylan.

Dan se laissa aller contre le dossier de sa chaise, pensif. De toute évidence, Alvarez avait vu quelque chose et l'avait payé de sa vie. A moins qu'il n'ait participé au kidnapping et n'ait été assassiné comme témoin gênant, quand les choses avaient mal tourné.

Pourtant, le dossier de l'époque ne faisait état d'aucune recherche sur un lien possible entre les deux affaires.

Ce qui était pour le moins surprenant.

Il se demanda s'il restait encore en poste aujourd'hui des inspecteurs qui auraient pu enquêter sur les deux affaires. Pas son chef, en tout cas, qui n'était là que depuis dix-huit ans. Attrapant la liste téléphonique interne, il commença à scanner les noms, à la recherche des vieux de la vieille, des vétérans qui affichaient trente ans et plus au compteur.

— Quel air sérieux, lança Barbara depuis la porte.

— Alberto Alvarez… Ce nom te dit quelque chose ?

— Non. Pourquoi, ça devrait ?

— Un employé des Sommer assassiné d'un coup de sécateur en travers de la gorge peu de temps après la disparition de Dylan. Il figurait au nombre des suspects potentiels dans l'enlèvement, jusqu'à ce qu'on retrouve son cadavre.

— Qui l'a tué ?

— L'affaire n'a jamais été résolue.

Il tourna l'écran de son ordinateur de biais, pour lui permettre de lire.

Elle parcourut le rapport et écarquilla les yeux.

— Qui t'a parlé de ça ? demanda-t-elle.

— Mon frère. Nous n'aurions jamais dû laisser passer ça !

— L'affaire remonte à vingt-cinq ans, Dan. Ce qui me dérange, moi, c'est qu'ils aient ignoré à l'époque ce qui me paraît évident.

— Le lien entre ce meurtre et la disparition de Dylan.

— Exactement.

— Il y a encore autre chose, d'après mon frère et Carter Townsend. Toujours au moment de la disparition de Dylan, il a été fait état de plusieurs lieux de cultes rituels et de sacrifices d'animaux. Le bruit a même couru que Dylan aurait été enlevé pour servir de victime sacrificielle.

— Tu as pu vérifier ?

— Pas encore.

— Alors, on s'y met.

28

Lundi 8 mars
8 h 35

Les rapports de police archivés ayant confirmé l'histoire relatée par Carter et Joe, Dan et Barbara avaient pris la décision d'en informer leurs supérieurs le lendemain, à la première heure.

Ils s'étaient donc donné rendez-vous à 8 h 30 et Barbara arriva avec un café taille maxi pour Reed.

— A charge de revanche, dit-il, en le prenant.

Puis ils se dirigèrent vers le bureau de Jon MacIntyre.

— Mac? Vous avez une minute?

Le sergent leur fit signe d'entrer. Il faisait partie des forces de police depuis dix-huit ans, les quatre derniers en qualité de chef du département des crimes violents. Derrière son allure de gros nounours se cachaient une volonté de fer et une redoutable intelligence.

Il posa un œil vif sur les deux inspecteurs.

— Je vous écoute…

Barbara entreprit de lui résumer d'abord les progrès de l'enquête.

— Nous en avons terminé avec la scène de crime et l'analyse des éléments de preuves est en cours. Aucune empreinte sur l'arme. Elle a peut-être été nettoyée ou le meurtrier portait des gants.

Reed prit la relève.

— La version de Jill Schwann tient la route. De même que celle de la petite amie de Tom. Les numéros sur le téléphone portable confirment leurs dires. Nous sommes en train de passer en revue tous les appels entrants ou sortants des dernières vingt-quatre heures.

— Bien. J'ai lu dans le rapport que Schwann avait été dévalisé?

Reed hocha la tête.

— On lui a pris sa montre, son alliance et le contenu de son portefeuille.

— L'autopsie ?

— Prévue pour demain après-midi.

Le regard de MacIntyre passa de l'un à l'autre.

— C'est tout ?

— Pas tout à fait. Nous sommes tombés sur quelque chose d'intéressant. Un autre meurtre au sécateur. Jamais élucidé.

— Où ça ?

— Ici, à Sonoma. Il y a vingt-cinq ans.

— Vous pensez que c'est lié ?

— Disons que nous ne l'excluons pas pour l'instant.

Reed tendit au sergent le dossier de photocopies qu'il avait préparé et lui donna les détails.

— Ce qui nous a étonnés tous les deux, ce sont les lacunes de la première enquête.

— Des lacunes surprenantes, en effet, confirma le sergent, après avoir jeté un coup d'œil aux documents.

— Nous estimons qu'entre la découverte du cadavre du bébé et ce dossier, nous avons largement matière à rouvrir officiellement l'enquête sur l'enlèvement de Dylan Sommer.

MacIntyre réfléchit un instant, puis attrapa son téléphone et appela leur lieutenant.

— Il peut nous recevoir. Allons-y, dit-il, en raccrochant.

Quelques minutes plus tard, ils prenaient tous place dans le grand bureau lumineux de leur supérieur. Le lieutenant George Torres avait gravi les échelons à la force du poignet. Fils d'un employé agricole et d'une femme de ménage, il s'était battu pour s'imposer et devenir le latino le plus gradé du bureau du shérif. Il disait souvent que celui qui affirmait que le racisme n'existait pas dans ce pays était un menteur ou un aveugle, avant d'ajouter que quiconque utilisait ça comme une excuse était un imbécile.

Il avait pleuré de joie lors de l'élection de Barack Obama à la présidence des Etats-Unis, affirmant que la route était maintenant ouverte pour tous.

MacIntyre le mit au courant des événements.

— Je me souviens très bien de ce meurtre. La victime était un latino.

— Oui, monsieur.

— D'abord considéré comme suspect, avant de finir dans la peau de la victime. Puis l'affaire a été complètement abandonnée. J'étais un bleu à l'époque.

— Qui était shérif?

— Oscar Beulle. Il a pris sa retraite un an plus tard.

— Il est toujours en vie? demanda Mac.

Le lieutenant hocha la tête.

— Oui. Il a déménagé à Calistoga pour se rapprocher de sa fille. Il y fait pousser quelques vignes. De temps en temps, il débarque ici pour voir « comment on se débrouille ».

— Je crois qu'on devrait lui parler. Voir s'il se souvient de quelque chose.

— Je suis d'accord.

— Pouvons-nous rouvrir officiellement l'enquête sur Dylan Sommer?

— Allez d'abord parler à Beulle.

— Qui occupait votre poste à l'époque? demanda Barbara. Il se souviendrait peut-être de…

— Il a été tué en service. Je m'en souviens parce que ça m'avait drôlement secoué. J'avais une femme et un bébé et, pour être franc, j'ai même envisagé de changer de métier à ce moment-là.

— Voyez si les inspecteurs en charge de l'enquête sont encore dans le coin. Il y a peut-être plus là-dessous qu'on ne l'imagine, dit Mac à Dan et Barbara.

S'il y avait quelque chose à découvrir, ils ne l'apprendraient pas par les inspecteurs de l'époque. Toutes les personnes qui avaient travaillé sur l'affaire Dylan Sommer avaient déménagé ou étaient mortes.

Ne restait donc que le shérif Beulle.

Calistoga, dans le comté de Napa, était une vieille ville de style western, assez excentrique et réputée pour ses sources d'eau chaude.

Beulle taillait sa vigne derrière sa maison, quand Dan se présenta chez lui. Ils étaient nombreux dans la région à entretenir un petit lopin de vigne, histoire d'en tirer quelques litres de vin. Dan l'avait même envisagé pour lui-même, avant d'y renoncer, faute de temps. Sans parler du fait que cela paraîtrait étrange, après avoir déserté l'exploitation familiale.

— Shérif Beulle? appela-t-il. Inspecteur Reed, du bureau du shérif de Sonoma.

Il franchit la porte du jardin, sa plaque bien en vue.

Le shérif sourit et lui fit signe de le rejoindre avant de se remettre à étayer sa vigne.

— Que puis-je pour vous? lui demanda-t-il, quand Dan fut à côté de lui.

— J'aurais aimé vous poser quelques questions sur deux vieilles affaires.

— Quelles affaires?

— Dylan Sommer et Alberto Alvarez.

Beulle se redressa pour mieux le regarder.

— Vous voulez rouvrir les dossiers?

— Oui, monsieur.

Il hocha la tête.

— J'avais besoin de faire une pause de toute façon, dit-il, en se dirigeant vers la maison.

— Vous en tirez beaucoup de vin?

— Pas mal. Trente kilos de raisin l'année dernière, qui m'ont donné deux caisses de merlot. Pas mauvais. Je vais vous faire goûter.

— Non, merci.

— Bon petit gars, commenta Beulle avec un sourire. Mais je ne vous aurais dénoncé qu'au deuxième verre!

Il fit glisser la baie vitrée et entra, suivi de Dan qui examina les lieux. La décoration était simple, sans fioriture. Apparemment, il n'y avait pas de Mme Beulle.

Fidèle à sa parole, Beulle se servit un verre de vin et en versa une lichette dans un autre verre qu'il tendit à Dan.

Ce dernier le goûta et fit compliment au vigneron.

— Alors, pourquoi aujourd'hui? demanda ce dernier. Pourquoi vingt-cinq ans après? A cause du cadavre que vous avez découvert? Vous croyez qu'il s'agit de Dylan Sommer?

Dan ne fit aucun commentaire, laissant Beulle aller au bout de ses déductions.

— Et vous reprenez le dossier Alvarez à cause de Schwann. Même mode opératoire. Sauf qu'Alvarez n'avait sur lui aucun objet de valeur.

— Vous savez beaucoup de choses, shérif...

Beulle rit.

— J'ai encore pas mal d'amis dans le service. Et, si je n'obtiens pas les informations par les journaux, ils me les fournissent. Ne soyez pas naïf, inspecteur.

Il but une gorgée de vin, l'air pensif.

— Vous avez positivement identifié l'enfant ?

— Non. Mais il y a de fortes chances que ce soit bien Dylan Sommer. Une chose m'intrigue, shérif. Pourquoi n'avez-vous jamais établi de connexion entre l'enlèvement de Dylan et le meurtre d'Alvarez ?

Beulle se raidit.

— J'avais mis mes meilleurs gars sur l'affaire et ils n'ont pas établi de rapport.

— Pourtant, cela semble évident. Un homme, suspect dans l'enlèvement, qui se fait assassiner.

— Et alors ?

— Alors, il paraît logique d'en déduire que soit il avait effectivement pris part à l'enlèvement et on avait voulu le faire taire, soit il avait vu quelque chose qu'il n'aurait pas dû voir et en avait payé le prix.

— S'il avait vu quelque chose, pourquoi ne pas l'avoir raconté quand nous l'avons interrogé, alors ? Quant à être mêlé à cette histoire, j'en doute. Alvarez était un saisonnier qui parlait à peine l'anglais. Il était venu pour les vendanges et, comme il s'était blessé, la famille Sommer l'avait pris en pitié et gardé.

Beulle secoua la tête et reprit :

— Dylan Sommer a été enlevé dans son lit. Le kidnappeur était intelligent et bien préparé. Il a profité de l'absence d'Harlan et de Patsy Sommer pour agir pendant que les autres enfants dormaient.

— Pas si intelligent que ça, murmura Dan. Et pas si bien préparé.

— Non ? Il s'en est pourtant tiré...

— Peut-être, mais si le cadavre que nous avons découvert est bien celui de Dylan Sommer, le kidnappeur ne l'a pas emmené bien loin. Pourquoi l'avait-il kidnappé, d'après vous ?

— Pour obtenir une rançon. Les Sommer étaient riches. Mais

quelque chose a mal tourné. Ils ont pris peur et tué l'enfant. Puis ils l'ont enterré et se sont enfuis.

— Peut-être que ce qui a mal tourné, c'est qu'Alvarez les a surpris, ce qui lui a coûté la vie.

— Et ils l'auraient tué avec son propre sécateur ?

Il secoua la tête.

— Non. Alvarez a été tué par quelqu'un de son espèce.

Dan haussa les sourcils à ces mots.

— De son espèce ? répéta-t-il. Vous voulez dire par un autre être humain ?

Beulle ignora la question.

— L'autopsie a révélé qu'il avait bu. Beaucoup bu. Mes hommes ont conclu qu'il avait dû se retrouver mêlé à une bagarre dont l'issue lui avait été fatale.

— Et c'est tout ?

— C'est tout.

— Et que faites-vous des rumeurs selon lesquelles Dylan aurait été enlevé pour un sacrifice rituel ?

Les joues de Beulle se marbrèrent de rouge.

— Des rumeurs, inspecteur. Répugnantes et malsaines. Nous n'avons jamais rien trouvé qui suggère une telle éventualité.

— Aucune preuve dans les alentours d'une activité de cultes rituels ?

— De toute évidence, vous avez épluché les anciens rapports. La région est réputée pour ce genre de choses. Ça va et ça vient. Ce n'est pas illégal et c'est inoffensif la plupart du temps.

— La plupart du temps ?

— Oui. Bon, il arrive qu'ils s'en prennent à des animaux, mais c'est rare.

— Puisque vous avez encore des contacts dans le service, vous avez dû apprendre la découverte d'un autel sur Vineyard Lane ?

— En effet.

— Ils ont dépassé les limites, ce coup-là.

— Comme je l'ai dit, ça arrive. Je ne comprends pas ce que vous attendez de moi, inspecteur.

— Avez-vous interrogé la famille d'Alvarez ?

— Il n'en avait pas.

— Ses amis ou collègues ?

— Ceux que nous avons pu trouver. Nous avons posé des questions dans la communauté et personne n'avait la moindre idée sur l'identité du tueur d'Alvarez.

— Il ne s'était confié à personne ?

— Personne.

— Vous avez une excellente mémoire, shérif Beulle.

— L'enlèvement de Dylan Sommer a été la pire affaire de ma carrière. J'ai pris ma retraite de façon anticipée, parce que je n'ai pas pu la résoudre. Mais vous n'oubliez jamais ce genre de dossiers, inspecteur. Ce n'est pas parce que vous les laissez derrière vous qu'ils cessent de vous hanter.

Dan éprouva un élan de sympathie envers lui.

— Je m'étais dit que si je pouvais parler avec les inspecteurs chargés de l'affaire, je pourrais apprendre quelque chose. J'ai vu que l'inspecteur Hurst avait été tué en service. Qu'en est-il de son partenaire ?

— Il a déménagé, répondit Beulle en se levant. Dans la région de Chicago, je crois. Il a quitté la police. Il n'en pouvait plus.

— Savez-vous comment je pourrais le…

— Désolé. Ça fait des années que je n'ai pas eu de ses nouvelles.

Il lui tendit la main, signalant ainsi la fin de l'entretien.

— Saluez pour moi le lieutenant Torres.

— Je n'y manquerai pas. Et si vous vous souvenez de quoi que ce soit…

— Je vous appellerai.

Il l'entraîna vers la porte.

— J'espère que le corps que vous avez trouvé est bien celui de Dylan Sommer et que cette famille pourra enfin faire son deuil.

29

Lundi 8 mars
Midi

Alex connaissait le El Dorado Kitchen de réputation. Situé dans l'enceinte de l'hôtel El Dorado, au centre-ville de Sonoma, et dirigé par Justin Everett, un jeune chef qui avait le vent en poupe, ce restaurant faisait l'objet d'excellentes critiques et était régulièrement cité par les fins gourmets comme un endroit incontournable de la région.

Rachel l'avait devancée et attendait, assise à une table sur la terrasse. Vêtue d'une veste courte en brocart couleur taupe, elle était splendide et Alex, en jean et veste de velours, regretta de ne pas avoir fait un effort.

Le serveur se tenait près la table en train d'ouvrir une bouteille de vin. Apparemment, les gens d'ici buvaient du vin à chaque repas, quel que soit le jour de la semaine.

Rachel l'accueillit avec un grand sourire.

— Tu t'es souvenue ! J'avais peur que tu aies oublié.

Le serveur approcha une chaise et Alex prit place, un sourire aux lèvres.

— Je pensais la même chose à ton sujet. Je me disais que tu avais peut-être formulé cette invitation sous l'influence de l'alcool pour l'oublier tout aussi vite.

Rachel rit.

— Je n'étais pas soûle à ce point-là ! Et je n'oublie jamais rien.

Elle renvoya le serveur et servit elle-même le vin.

— C'est un merveilleux pinot Russian River.

— Excellent ! confirma Alex après l'avoir goûté. Merci.

— Ne me remercie pas. Je suis si heureuse que tu aies accepté de déjeuner avec moi.

Le serveur revint déposer une corbeille de pain sur la table et Rachel piocha dedans.

— Comment s'est passée ta matinée ? demanda-t-elle. As-tu un peu visité la ville ? Recherché des amis de ta mère ?

— Rien d'aussi excitant, lui répondit Alex. J'ai travaillé sur ma thèse.

Devant l'air déçu de Rachel, elle éclata de rire.

— Ne t'inquiète pas. J'ai bien l'intention de me rattraper dès cet après-midi. Mais plus de visite de caves.

— Je suis vraiment navrée de ce qui s'est passé. Comment te sens-tu aujourd'hui ?

— Plutôt embarrassée pour être franche. Je me suis conduite assez stupidement.

— Ne le sois pas. Nous avons l'habitude des coups de théâtre par ici. Ça va avec le vin.

— Je ne comprends pas comment j'ai pu me perdre ainsi. J'ai un excellent sens de l'orientation d'habitude. Et je suis certaine de ce que j'ai entendu. Des personnes faisaient la fête dans les galeries.

— Ce qui a vraiment fait flipper Joe et Ferris. Ils ont déjà eu des problèmes de ce genre. Des gamins qui s'étaient cachés pour fumer de l'herbe ou des trucs comme ça. C'est une grosse responsabilité. Et comme je te l'ai dit, leurs caves m'ont toujours effrayée. Tu devrais voir les nôtres…

Elle s'arrêta net et se mordit la lèvre en secouant la tête.

— Mais tu connais déjà les caves Sommer.

— Seulement, je ne m'en souviens pas. C'est donc comme si je ne les avais jamais vues.

— Je trouve ton amnésie aussi fascinante qu'étrange, dit Rachel, en mettant une bouchée de pain dans sa bouche.

Alex aurait pu se sentir offensée, mais elle trouva l'honnêteté de Rachel rafraîchissante.

— Pour être franche, moi aussi. Enfin, moi, je ne dirais pas « fascinante »…

— Tu ne te souviens vraiment de rien ?

— Non. Rien du tout.

Le serveur arriva à cet instant avec des assiettes.

— J'espère que tu ne m'en voudras pas. J'ai pris la liberté de commander quelques-uns de mes plats préférés pour te les faire goûter : une pizza avec un œuf, des saucisses au fenouil et de la fourme d'Ambert.

— Tu as bien fait. Ça a l'air très appétissant.

Elles mangèrent un moment en silence, puis Alex demanda :

— Pourquoi devrais-je voir les caves Sommer ? En quoi sont-elles différentes ?

— Les caves des Reed sont modernes. Les nôtres sont d'origine. Papa aime bien raconter que Francis Reed a fait creuser les leurs parce qu'il était jaloux.

— Mais ne sont-elles pas toutes pareilles ?

— Elles sont aussi différentes que l'Amazonie et une jungle à Disneyland. Des caves d'origine comme les nôtres ou celles des Schramsberg ont été creusées à la main à la fin du XIXe siècle. Elles sont vivantes, avec du lichen au plafond et des mousses qui pendent. Elles peuvent être… impressionnantes. Si tu trouves le courage, je te ferai visiter.

— Non, merci, répondit Alex avec un frisson.

— Pour te donner une idée, nous avons trois mille sept cents mètres carrés de caves. Les Schramsberg en ont quatre mille six cents. A Red Crest où tu t'es perdue samedi soir, les caves ne représentent que quinze… Ne te retourne pas. Joe et Ferris viennent d'entrer. Flûte, ils nous ont vues.

Alex se retourna et découvrit en effet les deux Reed qui se dirigeaient vers leur table. Elle fut une nouvelle fois étonnée de constater combien les trois frères étaient différents les uns des autres.

En dépit de sa contrariété à les voir arriver, Rachel se leva et les accueillit chaleureusement.

— Joe, Ferris. Vous vous souvenez d'Alex ?

Comment auraient-ils pu oublier ?

Alex se leva pour saluer les deux hommes.

— Je suis vraiment désolée de ce qui s'est passé samedi soir. Je ne suis habituellement pas aussi impressionnable.

— Ne vous inquiétez pas pour ça, la rassura Ferris avec un sourire.

— C'est compréhensible, murmura Joe. Ferris m'a dit que vous aviez entendu des voix ?

— Oui, mais…

— Nous étions justement en train d'en parler, coupa Rachel. Je lui demandais si ça n'avait pas réveillé quelques souvenirs chez elle.

Alex regarda la jeune femme, étonnée, et Rachel lui adressa un clin d'œil avant de se retourner vers les deux frères.

— Et en fait ça m'a rappelé que tu t'étais perdu, toi aussi, Ferris, quand tu avais quoi ? Six ou sept ans ?

— Six ans. Une blague de Joe et Clark.

— Et leurs fidèles partisans.

— Mais Dan est arrivé sur son cheval blanc pour te sauver, conclut Joe d'une voix traînante, son ton léger démenti par son expression. Il jouait déjà les héros à l'époque. Bien. Nous vous laissons terminer votre repas…

Quand les deux frères se furent éloignés, Rachel se pencha vers Alex.

— Ce sont tous les deux des fils à papa, dit-elle. Je ne les aime ni l'un ni l'autre, mais je trouve Joe, monsieur le P.-D.G., particulièrement détestable. Au moins Ferris est-il capable de rire un peu de lui-même de temps en temps.

Alex fut choquée par ces propos et cela dut se voir parce que Rachel reprit :

— On ne peut pas dire que je mâche mes mots, n'est-ce pas ? Ce sont des marionnettes entre les mains de leur père.

Rachel repoussa son assiette et prit son verre.

— J'ai beaucoup d'admiration pour Dan qui a su se libérer de son emprise.

— Et toi ? Pourquoi n'es-tu pas partie ?

— Impossible. Tu me coupes en deux et je saigne du cabernet sauvignon.

— Ce qui signifie que tu aimes ce travail et pas eux ?

— Ils le convoitent, c'est la grande différence. Clark et Will, mes cousins, sont exactement pareils ; ils passent leur temps à se pavaner comme des coqs. Les vins Sommer sont leur plumage. Ils peuvent plastronner tant qu'ils veulent, je suis actionnaire à part entière. Et tu sais quoi ? Sans moi, leur plumage serait bien moins brillant.

Sa rancœur envers ses cousins ne faisait aucun doute.

D'un geste gracieux du poignet, Rachel fit danser le liquide grenat dans son verre.

— Jusqu'à la disparition de Dylan, c'est papa qui dirigeait le vignoble, pas Treven. Papa était le favori de grand-père qui lui a transmis la responsabilité de l'affaire.

Elle secoua la tête.

— Non, pas le favori. Quel mot horrible ! J'aurais dû dire que grand-père avait reconnu ses talents. Ils partageaient les mêmes projets pour le développement de l'entreprise.

— Et Treven avait des idées différentes ?

— Oh, oui ! Il envisageait une expansion mondiale avec des vins de moins bonne qualité.

— Je ne comprends pas.

— Développement et profits à tout prix.

Rachel changea brusquement de sujet.

— Oh, mon Dieu ! C'est la bague de ta mère ?

— Tu t'en souviens ? Est-ce que tu sais ce que GDV veut dire ?

Alex ôta la bague et la tendit à Rachel qui l'examina avant de la lui rendre.

— Aucune idée. Mais tu devrais te renseigner à la bijouterie sur la place, le Golden Bow. Ils sont spécialisés dans les bijoux avec des motifs évoquant la vigne. Ils sauront peut-être quelque chose. Je viens d'avoir une pensée horrible… Si la police n'avait pas découvert ce corps, nous ne serions pas ici en train de déjeuner ensemble.

Alex avait déjà longuement réfléchi à l'impact de cette découverte sur sa vie. Et la nuit, allongée dans l'obscurité, elle se demandait quelles nouvelles surprises l'avenir lui réservait encore.

— Crois-tu que c'est… lui ? demanda-t-elle. Crois-tu que ce soit notre… frère ?

Rachel répondit de façon détournée :

— Le corps a été retrouvé sur notre vignoble. Une des premières parcelles de la famille Sommer, qui donnait un vieux zinfandel appelé les Deux Frères.

— Les Deux Frères ? Comme Harlan et Treven ?

— Non, Friedrich et Oliver, les deux frères Sommer qui ont créé ce vignoble.

Rachel fit de nouveau tourner le liquide dans son verre qui capta la lumière, puis elle examina la robe, attentivement.

— Plusieurs conditions sont nécessaires pour obtenir un bon cru, dit-elle. De beaux fruits, un bon ensoleillement, une pluviométrie adéquate, une température ni trop chaude ni trop froide et un sol riche en minéraux. Tu comprends maintenant pourquoi je n'ai pas d'enfants. Chaque année, j'accouche d'une nouvelle production!

— Qu'est-il arrivé au vignoble des Deux Frères? D'après ce que j'ai entendu dire, c'est pendant l'arrachage de la vigne qu'ils ont découvert le cadavre.

— Une épidémie de phylloxéra. C'est un puceron qui s'attaque aux racines de la vigne. Malheureusement, quand on s'en aperçoit, il est trop tard.

— Je croyais le problème du phylloxéra réglé depuis longtemps.

— En effet, après avoir pratiquement anéanti toute la viticulture californienne. Le procédé consiste à greffer une souche de racine résistante au phylloxéra sur une jeune pousse. Mais le vignoble des Deux Frères était centenaire.

Une note de respect transparaissait dans sa voix et Alex comprit combien l'arrachage de ces plants avait dû la peiner.

Les vignes étaient comme ses enfants.

Rachel se pencha pour lui prendre la main.

— Mais si nous n'avions pas arraché ces vignes…

— Le cadavre n'aurait jamais été retrouvé.

— Et nous ne nous serions peut-être jamais revues. Aimerais-tu voir l'endroit où ils l'ont découvert?

Bien qu'un « non » lui soit spontanément monté aux lèvres, Alex accepta.

Rachel insista pour payer, puis elles sortirent. Elles avaient fini la bouteille et, en montant en voiture, Alex se demanda s'il était prudent que Rachel prenne le volant, une question que cette dernière ne se posa pas de toute évidence.

Sans la moindre hésitation, elle démarra et rejoignit la Sonoma Highway en direction de Moon Mountain Road.

Au bout d'un moment, rassurée par la conduite de Rachel que le vin ne semblait pas avoir affectée, Alex baissa sa vitre pour profiter de l'air doux.

Au bout d'une vingtaine de minutes, elles se garèrent sur le bord de la route et descendirent de voiture pour s'approcher d'une zone délimitée par un ruban jaune qui en interdisait l'accès. Contrairement à ce qu'Alex s'était imaginé, il n'y avait pas de trou bien net. Au contraire, le sol donnait l'impression d'avoir subi une éruption au cours de laquelle la terre aurait recraché le corps.

— Moche, n'est-ce pas ?

Incapable de parler, Alex hocha la tête.

— Je crois que... qu'il s'agit bien de Dylan, murmura Rachel. C'est une intuition. Je le sens là — elle posa la main sur son ventre —, dans mes tripes.

Alex regardait l'excavation d'où la caisse avait été enlevée, les yeux pleins de larmes. Un corbeau les survola en croassant.

Son frère... Pourquoi n'en gardait-elle aucun souvenir ? Elle l'avait tellement aimé. Elle le sentait, malgré son amnésie.

— J'aimerais me rappeler, dit-elle.

— Et moi, j'aimerais pouvoir oublier, répliqua Rachel. Partons d'ici.

En silence, elles regagnèrent la voiture. Alex s'aperçut que Rachel pleurait. Elle lui prit la main.

— Personne ne devrait vivre de telles épreuves. Personne. Veux-tu en parler ? lui demanda-t-elle doucement.

Rachel sursauta au son de sa voix comme si elle avait oublié sa présence. Puis elle secoua la tête.

— Plus rien n'a jamais été pareil après.

Pour personne, comprit Alex. La vie de chacun en avait été irrémédiablement bouleversée.

Rachel libéra sa main et essuya les larmes qui coulaient sur ses joues.

— Ta mère a peut-être pris la bonne décision. Fuir pour oublier.

Mais certaines choses sont inoubliables. Elles reviennent sans cesse vous hanter, déformées et viciées.

— Non, dit Alex. Cette fuite l'a détruite au contraire.

— Je crois que ça nous a tous détruits. Je n'avais pas prévu que cette visite tournerait à la crise de larmes, commenta Rachel, avec une petite moue.

Elle abaissa le pare-soleil et se regarda dans le miroir.

— Seigneur, quelle tête !

Alex l'imita et éclata de rire.

— Même chose ici, constata-t-elle.

Rachel lui tendit un mouchoir en papier et elles se refirent une beauté. Puis elles reprirent le chemin du retour en silence.

Rachel déposa Alex devant chez elle.

— Je suis vraiment très heureuse que tu sois revenue, Alex, dit-elle. Ta présence va nous aider à tourner la page.

Les larmes montèrent aux yeux d'Alex qui ne sut quoi répondre. Rachel se pencha et lui serra la main.

— Je sais que c'est dur pour toi, dit-elle. Mais tu faisais partie du puzzle et tu nous avais été arrachée.

Quelques minutes plus tard, debout sous la véranda, Alex regardait disparaître la voiture de Rachel. Il s'agit effectivement d'un puzzle, pensa-t-elle. Mais dont les pièces, bien qu'uniques, ont tendance à se chevaucher. Elle se demanda si la sienne finirait par trouver sa place.

30

Lundi 8 mars
18 h 40

Après que Rachel l'eut raccompagnée chez elle, Alex était retournée en ville où elle avait passé la fin de l'après-midi à se présenter à des habitants de longue date de Sonoma susceptibles d'avoir connu sa mère, à poser des questions et à suivre quelques pistes. Lorsqu'elle s'était rendue à la bijouterie mentionnée par Rachel, la propriétaire avait admiré sa bague et lui avait donné les coordonnées d'un artiste qui fabriquait depuis près de quarante ans ce genre de bijoux. D'après elle, la bague pourrait bien être une de ses créations.

Mais Alex avait décidé d'attendre le lendemain pour le joindre. Elle était fatiguée, affamée et avait besoin de se retrouver au calme, pour assimiler tous les événements de sa journée.

En approchant de sa porte, elle entendit Margo miauler avec énergie. « La pauvre bête doit avoir faim », pensa-t-elle. Mais à peine la porte fut-elle ouverte que la chatte bondit dehors, comme une furie.

— Margo !

Alex se pencha pour la prendre dans ses bras, mais au lieu de se laisser caresser, comme elle le faisait habituellement, la chatte se débattit pour lui échapper.

— Qu'est-ce qui t'arrive ? s'étonna Alex, qui bataillait pour retenir l'animal.

Elle entra dans la maison, mais à peine le seuil franchi la chatte sauta par terre et disparut.

Alex referma la porte en plissant le nez. Il y avait toujours cette odeur, vaguement nauséabonde, qui donnait l'impression d'être plus forte encore qu'en début de journée. C'était peut-être ça qui avait dérangé Margo. Les animaux ont l'odorat beaucoup plus développé que les humains…

La jeune femme alluma et regarda autour d'elle, lasse et ennuyée. D'où est-ce que ça pouvait provenir ? Elle avait pourtant très peu cuisiné depuis son arrivée et pris soin de jeter toutes ses ordures.

Peut-être un refoulement d'égouts… Elle poussa un soupir de découragement. Elle n'allait quand même pas devoir déjà se lancer dans des travaux, à peine installée ? A moins qu'un animal ne soit mort dans le grenier ou quelque part… Elle suivit l'odeur qui augmentait à mesure de sa progression dans la maison.

Parvenue à la hauteur de la salle de bains, elle s'arrêta en découvrant Margo sur le tapis de bain, qui fixait intensément la porte du placard sous le lavabo.

L'animal était parfaitement immobile, chaque fibre de son corps tendue vers sa cible. A l'arrêt, comme lorsqu'elle chassait.

Puis elle miaula très fort, faisant sursauter Alex.

Il y avait quelque chose dans le placard. Une chose que Margo n'appréciait vraiment pas et qui sentait mauvais.

Saisie d'une vague appréhension, Alex entra dans la pièce et s'accroupit près du chat. Puis elle ouvrit la porte du placard. L'odeur lui sauta au nez et son estomac se révulsa. Elle mit la main devant son visage pour atténuer l'impact de la puanteur. Au moins, elle savait maintenant d'où venait l'odeur.

Mais quelle en était la cause ?

Elle inspecta l'intérieur et aperçut un sac en plastique noir.

Répugnant à l'attraper à main nue, elle hésita un instant. Mais elle n'avait pas le choix. Elle ne pouvait pas le laisser là.

Elle attrapa une serviette qu'elle maintint devant son visage et saisit le sac qu'elle sortit en vitesse. Des dizaines de mouches minuscules sortirent du placard en même temps, qui vinrent immédiatement se coller sur le plastique.

Résistant à la nausée, Alex ouvrit le sac et aperçut un animal. Ou du moins ce qu'il en restait.

Avec un cri, elle lâcha tout et, sautant sur ses pieds, courut jusqu'à la porte d'entrée qu'elle ouvrit à la volée. Elle traversa la véranda et alla vomir par-dessus la rambarde.

Tremblante, elle ferma les yeux, mais l'image persistait. Une fourrure poisseuse. Un œil fixe.

Elle inspira plusieurs fois profondément et se calma.

Qui avait pu faire cela ? Le sac n'était pas là lors de son emménagement, elle en était certaine. Alors, quand avait-il été déposé ?

Ce ne pouvait être que samedi soir. Pendant son absence ou pendant son sommeil… Elle n'avait commencé à remarquer l'odeur que le dimanche matin…

Et puis elle se souvint de la goutte de sang sur le lavabo.

Pas le sien. Ni celui de Dan. Celui de la bête.

Quelqu'un cherchait à l'effrayer. A la faire partir.

Cette pensée métamorphosa immédiatement son trouble en colère. Qui que soit ce taré, s'il s'imaginait qu'elle s'affolait aussi facilement, il allait être déçu !

Cette colère salutaire finit de calmer son estomac et fit cesser net son tremblement. Elle retourna d'un pas décidé dans la maison. Non mais… On la connaissait bien mal, si on s'imaginait qu'elle allait se laisser mener par le bout du nez !

Après s'être rincé la bouche et passé un peu d'eau fraîche sur le visage, elle attrapa son téléphone et appela Dan qui décrocha aussitôt.

— C'est Alex… J'ai interrompu ton dîner ? lui demanda-t-elle, en percevant un bruit de mastication.

— Si on peut qualifier de dîner un hamburger avalé en vitesse derrière son bureau, alors oui. Que se passe-t-il ?

— Il y a quelque chose chez moi que tu devrais voir. Quelqu'un a laissé… Quelqu'un est entré chez moi et a déposé un animal mort sous le lavabo de la salle de bains.

Dan ne répondit pas tout de suite.

— Je serai là dans une demi-heure, annonça-t-il finalement.

Trente minutes plus tard, il se garait devant le cottage. Alex l'attendait sous le porche, Margo dans les bras.

— Dans la salle de bains ? demanda-t-il en la rejoignant.

— Oui. Je t'attends ici si tu n'y vois pas d'inconvénient.

Il hocha la tête avant d'entrer. Quelques minutes plus tard, il revenait, le téléphone collé à l'oreille.

— L'équipe de la police scientifique est en route, lui annonça-t-il en raccrochant. Tu m'en dis un peu plus ?

Alex hocha la tête et lui raconta tout, depuis la découverte de la tache de sang sur l'émail du lavabo et la légère odeur qu'elle avait sentie, jusqu'à son retour, ce soir, et l'attitude de la chatte.

— L'odeur était devenue particulièrement forte quand je suis rentrée, alors j'ai commencé à chercher et quand j'ai vu Margo immobile devant le placard… j'ai compris.

— Que l'odeur venait de là ?

— Oui. J'ai trouvé le sac. Je l'ai sorti et… Je n'ai même pas vu de quel animal il s'agissait…

— D'un agneau. Très jeune. Il a été éventré.

— Un agneau sacrificiel, murmura-t-elle, comme s'il s'agissait d'une évidence.

— Qu'est-ce que tu dis ?

— Que ça m'a tout l'air d'un agneau sacrificiel, répéta-t-elle. Mais pourquoi tuer cette pauvre bête et la déposer ici ? Je ne comprends pas.

— Tu as senti l'odeur pour la première fois dimanche, c'est bien ça ?

— Oui.

— Et c'est également dimanche que tu as trouvé la goutte de sang ?

— Oui, et je me souviens d'avoir regardé mes mains pour vérifier si je m'étais coupée. Puis j'ai pensé que c'était peut-être toi qui…

— Je ne me suis pas servi de la salle de bains.

— Il ne me semblait pas, en effet, mais je n'en étais pas certaine.

— Et ensuite ?

— J'ai essuyé la tache et je l'ai oubliée.

Dan l'observait d'un air bizarre, comme s'il essayait de pénétrer ses pensées.

— Pourquoi est-ce que tu me regardes comme ça? lui demanda-t-elle.

— Je te trouve particulièrement calme.

— Et ce n'est pas normal ?

— Un peu surprenant, c'est tout.

— Je suppose que je devrais être effrayée et me sentir salie. Ça viendra peut-être plus tard, mais pour l'instant je suis surtout en colère. Folle de rage, même. Un salopard cherche visiblement à me faire peur. Mais je ne lui donnerai pas ce plaisir !

— Un salopard ?

— Ou une salope, corrigea-t-elle, en le regardant droit dans les yeux.

— Tu as une idée de qui pourrait s'en prendre à toi de cette façon ?

— Aucune. Mais c'est toi l'inspecteur.

L'équipe de la police scientifique arriva et Alex reconnut la femme qui les accompagnait. L'inspecteur Tanner.

Cette dernière la salua avant de pénétrer dans la maison, suivie de Dan. Cette fois, Alex leur emboîta le pas, ouvrant les fenêtres sur son passage. Mieux valait le froid que cette infection.

En approchant de la salle de bains, elle saisit quelques bribes de conversation.

— … un peu étrange, disait Barbara Tanner. J'ai un peu de mal à…

Dan murmura quelque chose qu'elle ne comprit pas, puis :

— … sur les lieux… réaction… tu ne crois pas ?

Comme s'ils avaient senti sa présence, ils se turent brusquement. Elle continua son chemin jusqu'à la cuisine où elle ouvrit la fenêtre au-dessus de l'évier.

— Tout va bien ? demanda soudain Dan qui avait fait son apparition derrière elle.

— J'essaye de me débarrasser de cette odeur.

— Tanner se charge de l'animal. Elle va voir s'il y a des empreintes.

— Super.

— J'aimerais te montrer quelque chose pour avoir ton avis. Mais pour ça il faudrait prendre la voiture.

— Maintenant ?

— Dès que Barbara en aura fini avec ses relevés. Tu te sens d'attaque ?

— Sans problème…

Une demi-heure plus tard, ils roulaient dans le 4x4 de Reed sur l'étroite route qui traversait les vignobles.

— Un motard a découvert un autel improvisé, hier, lui expliqua Dan. J'ai pensé que tu pourrais peut-être m'en dire plus. C'est bien ton domaine de recherche ?

— Oui. Mais pourquoi ce soir ?

— Pourquoi pas ? Tu étais disponible et moi aussi.

— Réunis par un animal éventré, déposé dans ma salle de bains.

— Oui.

— Que j'ai qualifié d'agneau sacrificiel.

— En effet.

— Et tu crois que cet animal a été tué sur l'autel improvisé que nous allons voir ?

— Je n'ai pas dit ça.

— Mais c'est une possibilité.

Il ne prit pas la peine de répondre. Ils savaient tous les deux à quoi s'en tenir.

Le silence retomba et Alex regarda par la vitre, se remémorant leur nuit d'amour. Bizarrement, elle n'y avait pas repensé jusqu'à présent. Elle se demanda si Dan y avait songé.

Parvenu à destination, Dan ouvrit la boîte à gants et en sortit une torche électrique. Puis il se retourna vers l'arrière et en attrapa une deuxième posée sur le siège. Dans le mouvement, sa veste s'ouvrit et Alex aperçut son arme.

Elle prit soudain conscience d'un danger potentiel et son cœur se mit à battre plus vite. Ils se trouvaient au milieu de nulle part. Il faisait nuit noire, la seule source de lumière provenant des étoiles et du mince croissant de lune, et ils avaient laissé la dernière trace de civilisation à près de deux kilomètres de là.

Une inquiétude sourde s'empara d'elle, dont elle ne parvenait pas à identifier clairement la cause. Peur de ce qui pourrait leur advenir, à tous les deux, malgré l'arme de Dan ? Ou peur de Dan lui-même ? Allons ! Il était flic ! Elle lui faisait confiance. Assez en tout cas pour coucher avec lui.

Alors, pourquoi cette inquiétude ?

Il lui tendit une des torches qu'elle prit en s'efforçant de dissiper son malaise. Elle ouvrit la portière et sortit dans la nuit. Le faisceau lumineux de sa lampe troua l'obscurité et éclaira l'autel. Elle le déplaça de façon à se faire une idée des lieux.

L'autel ne différait guère de tous ceux qu'elle avait pu observer et étudier au cours des années. Et elle en avait vu beaucoup. Elle ne comptait plus les rites religieux auxquels elle avait assisté, de la simple messe catholique jusqu'aux célébrations les plus insolites, terrifiantes, parfois même, pour certaines. Sa démarche était scientifique ; elle se contentait de rapporter les faits comme une chroniqueuse culturelle.

Mais en elle se cachait également un immense besoin de comprendre ce qui pouvait bien pousser les êtres humains dans cette quête inlassable d'un système supérieur de croyance.

Elle s'approcha, notant au passage les symboles gravés, les bougies noires et les traces évidentes d'un sacrifice animal.

Dan la rejoignit et elle se tourna vers lui.

— J'avais donc raison quant à tes motivations pour m'amener ici. Tu crois que l'agneau caché dans ma salle de bains pourrait avoir été tué ici.

— Qu'en penses-tu ?

— Que c'est complètement ridicule.

— Pourquoi ridicule ?

— A cause du système de référence, répondit-elle. Quelle connexion pourrait-il bien y avoir entre ceci — elle balaya la scène de son faisceau lumineux — et moi ?

— Explique-moi ce que tu comprends de tout ça, lui demanda-t-il, éludant sa question. A ton avis, qui est à l'origine de cet autel ?

— Tu veux dire sur un plan philosophique ou cultuel ?

— Oui. A quelle communauté te fait penser cette mise en scène ?

Elle secoua la tête.

— J'ignore s'il s'agit d'une communauté spécifique. Ce que je vois me fait plutôt penser à tout et n'importe quoi.

Elle éclaira les pierres qui entouraient l'autel.

— Commençons par là… L'autel a été dressé au centre d'un cercle rituel, aussi appelé cercle sacré, qui forme une protection contre le mal. Rien que de très banal.

Elle montra les symboles.

— Le pentagramme se rapporte à toutes sortes de formes de paganisme, mais également, lorsqu'il est inversé, au satanisme. La lune et les étoiles se retrouvent dans les cérémonies de la religion wicca.

Elle indiqua les lignes dentelées.

— Dans le satanisme, le double « Z » représente le destructeur. Il peut aussi symboliser l'éclair, l'arme de Zeus. La croix est évidemment un symbole chrétien, mais se elle retrouve également dans les cultes païen et santeria qui ont intégré de nombreux rites, symboles et saints catholiques. Quant aux feuillages et aux grappes de raisin, ils incarnent le respect de la nature qui se retrouve dans toutes formes de paganisme.

— Tu oublies l'essentiel…

Il faisait évidemment allusion au sacrifice.

— Je ne l'oublie pas. J'y arrive. C'est le point clé.

— Le point clé ?

— Il n'y a pas de sacrifice dans le paganisme. Ce qui élimine d'office tout un tas de systèmes de croyance comme la wicca, le chamanisme, l'odinisme ou le néo-hellénisme, entre autres.

— Ce qui nous laisse ?

— La santeria, le satanisme, le début du christianisme et le judaïsme. Comme je te l'ai dit, ceci me fait penser à tout et n'importe quoi.

— Pourquoi sacrifier un animal ?

— En offrande. En remerciement. Pour expier ses péchés. A moins qu'il ne s'agisse d'une démonstration de pouvoir.

— Tu penses qu'il faut prendre ça au sérieux ?

— Que veux-tu dire ?

— Que celui qui a construit cet autel était vraiment convaincu de ce qu'il faisait ? Ou bien penses-tu qu'il ne s'agit que d'une blague ? Une mise en scène ?

Une mise en scène ? Intéressant.

— Certains estiment que les religions, quelles qu'elles soient, ne sont que des foutaises. Des canulars perpétrés au profit des idiots et des crédules. D'autres considèrent les cérémonies religieuses comme une forme de théâtre avec des églises, des synagogues ou des autels comme celui-ci en guise de scène.

— Et toi, qu'en penses-tu ?

Elle se retourna vers l'autel et ses symboles.

— Je crois que vénérer fait partie intégrante de la condition humaine. Que ça témoigne d'un besoin aussi primaire que boire ou manger. Nous sommes programmés pour ça, Dan. Programmer pour vénérer.

— Tu veux dire que je n'ai même pas le choix dans ce domaine ?

— Tu as le choix de ce en quoi tu veux croire.

— Et ceci ? Est-ce l'œuvre d'un taré ou d'une communauté ? S'agit-il d'un acte légitime ou non ?

Alex enfonça les mains dans les poches de sa veste.

— Certains cultes ou certaines sectes ne comptent que peu d'adeptes. Par exemple, si je suis persuadée d'être un dieu vivant ou son prophète sur terre, il me suffit de convaincre une seule personne pour avoir un adepte et obtenir ainsi une légitimité.

— Et il existe des gens dans ce monde prêts à croire n'importe quoi ?

— Avides de croire, corrigea-t-elle. En raison de ce besoin fondamental, programmé en nous.

— Et les symboles, les sacrifices et les bougies noires ?

— Il ne s'agit pas d'un acte mécanique. Quelqu'un a appliqué ici sa doctrine personnelle. Cela fait partie d'un tout intégré.

— Tout et n'importe quoi.

— C'est ce que je pense.

— Ça ne t'inquiète pas ?

— Non. Pourquoi ?

— C'est toi l'expert en rites un peu décalés.

— Et tu es le policier. Est-ce que ça t'effraie ?

— Moi ?

— Pourquoi m'as-tu amenée ici ?

— Pour obtenir des réponses, Alex. Et aussi des connexions. C'est le travail de tout enquêteur.

— Tu n'as pas répondu à ma question. Est-ce que ça t'effraie ?

— Ça ne marche pas comme ça, Alex, dit-il en souriant. Les inspecteurs posent les questions. Ils n'y répondent pas.

Leurs regards se rencontrèrent et le souvenir de leurs ébats amoureux fut soudain entre eux, aussi chaud et vivace que durant la nuit qu'ils avaient passée ensemble.

Dan leva la main comme pour la toucher, puis la laissa retomber.

— Partons, dit-il.

Ils reprirent le chemin du retour dans un silence pesant. Alex se demanda si Dan en avait conscience et si leur proximité le troublait autant qu'elle.

— Nous devrions peut-être en parler ? proposa-t-elle.

— Parler de quoi ?

— De l'autre nuit. Tu n'as pas à te sentir gêné à propos de ça.

— Je ne me sens pas gêné.

— Bien.

Elle croisa les mains sur ses genoux.

— Et je ne m'attends pas à ce que tu en parles.

— Non ?

— C'est la raison pour laquelle j'y fais allusion. Je veux dire que j'ai juste pensé que peut-être tu…

Elle agita la main, cherchant ses mots.

— C'est arrivé, un point c'est tout, conclut-elle. On passe à autre chose.

— Très généreux de ta part. En un mot, aucune raison de paniquer.

— Exactement.

Il ébaucha un petit sourire.

— Je ne vois qu'un seul petit problème à ta conclusion, Alex : j'aimerais bien recommencer.

Il la prit au dépourvu. Elle devait pourtant admettre qu'elle-même espérait qu'il en soit ainsi. Mais jamais elle n'aurait osé le lui dire ni n'aurait cru qu'il s'exprimerait aussi franchement. Elle chercha une réponse appropriée qui lui permettrait de sauver les apparences.

Mais de nouveau il lui coupa l'herbe sous le pied.

— Et, puisqu'on en parle, j'ai trouvé ce moment vraiment super...

Elle ne put retenir un sourire.

— Eh bien... Puisque nous devons faire preuve d'une honnêteté embarrassante, moi aussi.

Plus tard, chez elle, Dan avait tenu à entrer avec elle et à faire le tour de la maison. Ensemble, ils avaient fermé les volets et allumé un feu dans la cheminée, puis il lui avait souhaité bonne nuit.

Pas la moindre allusion à « quand » ils remettraient cela. Pas même un petit baiser sur la bouche.

Frustrée, la jeune femme referma la porte à clé derrière elle. Elle regrettait maintenant d'avoir abordé le sujet dans la voiture.

Après avoir enfilé un pyjama, elle se servit un verre de vin et s'assit devant le feu. Elle était épuisée, physiquement et émotionnellement, mais son cerveau ne connaissait pas le repos et les pensées s'entrechoquaient dans sa tête. Tant d'événements s'étaient succédé en si peu de temps.

Le regard perdu dans les flammes, elle savoura son vin qui lui rappela le zinfandel Bear Creek des Reed, en un peu moins bon peut-être. Une bûche tomba dans le feu, soulevant une gerbe d'étincelles.

Soudain, elle se redressa, traversée d'une évidence. L'odeur qui flottait dans la salle des trophées des Reed... Un parfum doux et boisé qui lui avait paru familier. Et celle de l'encens dans la cave.

Elle posa son verre pour prendre son téléphone et composer le numéro de Dan.

— Reed, dit-il en décrochant.

— C'est Alex.

— Tout va bien ?

— Oui. Ma question va peut-être te sembler un peu bizarre, mais j'aimerais savoir quelle était cette odeur dans la salle des trophées de ta famille ? Un parfum subtil, mais en même temps...

— Le bois de santal. C'est une essence que ma mère adore. Pourquoi ?

— Parce que c'est cette même odeur que j'ai sentie dans la cave.

— Le bois de santal ? Dans la cave ?

Il semblait dubitatif.

— Je n'ai rien remarqué.

Effectivement. Elle se rappelait que l'odeur s'était évanouie à son arrivée. Or une odeur ne se dissipait jamais aussi rapidement. Alors quoi ? Encore un tour de son imagination ?

— Ta mère a toujours aimé cette odeur ? demanda-t-elle.

— Depuis aussi loin que je me souvienne. Elle utilise aussi du savon au bois de santal. Où veux-tu en venir, Alex ?

— Je ne sais pas, répondit-elle honnêtement. Bonne nuit, Dan...

Elle raccrocha et se laissa retomber sur le canapé, songeuse. De toute évidence, son subconscient commençait à soulever des strates d'occultation. De manière encore informe, désordonnée, et qui la surprenait aux moments les plus inattendus. Mais elle sentait qu'elle avait eu raison de venir s'installer à Sonoma. L'épisode dans la cave par exemple... Avait-il été déclenché par cette odeur de bois de santal, sentie un peu plus tôt dans la salle des trophées, et qui — d'une façon ou d'une autre — avait remué en elle quelque chose qu'elle ne pouvait pas encore qualifier de « souvenir » ? Son rêve de la nuit avait-il été généré par des réminiscences du passé qui cherchaient à refaire surface ?

31

Mardi 9 mars
9 h 10

Le bureau du médecin légiste du comté de Sonoma se trouvait à Santa Rosa, pas très loin de la Ferme. Dan Reed pénétra dans l'immeuble, salua la réceptionniste et se dirigea vers la salle d'observation.

Tout comme l'enquêteur du coroner, les inspecteurs de la Crim et les techniciens de la police scientifique étaient tenus d'assister à l'autopsie de tous les cadavres en rapport avec les affaires sur lesquelles ils travaillaient.

Eu égard à la position sociale de Tom Schwann dans la communauté, le médecin avait fait passer son autopsie en priorité.

Dan jeta un coup d'œil à sa montre et constata qu'il était en retard. Il se faufila discrètement dans la petite pièce étroite, antichambre de la salle d'autopsie. Une vitre occupait tout un pan de mur, permettant d'observer ce qui se passait dans la salle voisine. Un comptoir et des sièges avaient été installés à cet effet. Comme dans un bar.

Prenez place, mesdames et messieurs. Le spectacle va commencer…

Ses collègues l'avaient devancé. Bob Ware, l'enquêteur du coroner, avait pris place sur un tabouret et posé son petit déjeuner McDonald's devant lui. Barbara fixa le hamburger regorgeant de mayonnaise d'un air mauvais.

— Tu te rends compte qu'il avale cette merde, dit-elle, prenant Dan à témoin. Si je mangeais ça, je ferais un accident cardiovasculaire dans la demi-heure !

— Tu dis ça parce que tu es jalouse, répliqua Bob. Moi, j'ai une santé de fer.

— Il marque un point, commenta Dan, en se dirigeant vers la machine à café.

— En apparence seulement. Mais j'aimerais bien voir l'état de tes artères, Bob.

L'intéressé ne contesta pas.

Dan se servit une tasse de café et leva le pot.

— Quelqu'un en veut ?

Les deux autres tendirent leurs tasses. Il faisait frais dans la salle d'observation, mais certainement pas autant que dans la salle d'autopsie. Même chose pour l'odeur, un parfum de mort aromatisé au désinfectant.

Après avoir rempli leurs tasses, Dan s'installa à son tour sur un tabouret.

— J'ai manqué quelque chose ? demanda-t-il.

Comme tous les flics chevronnés, ils étaient immunisés, le corps autopsié ayant pour eux perdu toute humanité pour devenir un simple élément de preuve. Mais une preuve cruciale. Pas de corps, pas de crime.

— Ils viennent de terminer l'examen externe du corps, lui répondit Bob, la bouche pleine. A l'exception du cou, aucun signe de traumatisme. Les ongles sont propres. Jusque-là, rien d'inhabituel.

— Sauf le tatouage, corrigea Barbara.

— Tom avait un tatouage ? Ça m'étonne de lui.

— Sur le pied.

Dan se leva et alla ouvrir la porte de la salle d'autopsie.

— Kath, tu as pris une photo du tatouage ? demanda-t-il.

Le médecin légiste lui jeta un regard courroucé.

— Tu me prends pour qui ? répondit-elle. A l'avenir, fais un effort pour être à l'heure au lieu de poser des questions idiotes !

Dans son dos, les deux autres s'esclaffèrent. Pas démonté pour autant, Dan renchérit avec un grand sourire :

— Rien d'autre à me dire ?

— Si. Assieds-toi et ferme-la que je puisse travailler en paix.

— Moi aussi, je t'aime, Kath, dit-il, avant de refermer la porte.

Une autopsie se déroule toujours de la même façon : de haut en bas, de l'extérieur vers l'intérieur, la tête en dernier. L'examen externe étant terminé, le médecin s'apprêtait à ouvrir le cadavre. Partant de chaque côté du torse, elle incisa la peau en forme de Y et dégagea la cage thoracique jusqu'à l'aine. Puis elle coupa les côtes pour exposer le cœur et les poumons qu'elle ôta. Tous les organes seraient ensuite mesurés et pesés, avant d'être coupés en tranches pour une évaluation de leur état.

Dan jeta un coup d'œil à sa montre, pressé de voir avancer l'examen. Une autopsie durait en moyenne deux heures et était aussi fastidieuse qu'astreignante. Certaines pouvaient se révéler instructives, mais dans l'ensemble Dan les considérait comme une grosse perte de temps. Il réprima un bâillement et réfléchit aux commentaires d'Alex à propos de l'autel qu'elle avait qualifié de « tout et n'importe quoi ».

Certaines de ses réflexions avaient retenu son attention cependant : si quelqu'un est persuadé d'être un dieu vivant ou son prophète sur terre, il lui suffit de convaincre une seule personne pour avoir un adepte et acquérir ainsi une légitimité.

Le pouvoir découlait ensuite de cette légitimation. Le cinglé nouvellement couronné pouvait alors décider que Dieu lui avait ordonné de commettre un crime. Ou que seule la mort pourrait sauver ses ouailles. D'où le massacre de Jonestown ou la folie meurtrière des Manson.

Et puis il y avait l'agneau mort. Qui pouvait avoir fait cela ? Et surtout, pourquoi ?

A cause de son lien avec le passé. Sauf s'il s'agissait d'un pur hasard, c'était la seule explication plausible à un tel acte.

Ou bien Alex se souvenait de plus de choses qu'elle ne le disait ou quelqu'un le croyait et voulait la dissuader de remonter plus loin dans ses souvenirs.

Son téléphone vibra. L'appel venait du bureau. Il décrocha tandis que résonnait le bruit de la scie qui découpait le cerveau du cadavre.

— Officier Trenton à la réception. J'ai ici deux personnes qui souhaiteraient vous parler. MM. Treven et Harlan Sommer. Ils disent que c'est au sujet du cadavre de bébé.

Tiens donc…

— Je vais en avoir encore pour une bonne heure ici, répondit Dan.

— Ils ont dit qu'ils attendraient le temps nécessaire. Je voulais seulement vous prévenir.

Dan remercia et raccrocha. Barbara l'observait.

— Les frères Sommer veulent me parler de l'enfant découvert.

— Une idée de ce qu'ils peuvent bien avoir à dire ?

— Pas la moindre.
— Comment s'est passée la visite de l'autel hier soir ?
— Productive.

Avant de répondre, Reed jeta un coup d'œil dans la salle voisine. Le légiste s'apprêtait à peser le cerveau de Schwann.

— Alex n'a pas pu l'attribuer à l'acte d'un groupe en particulier. Elle l'a qualifié de « tout et n'importe quoi ».

Il lui expliqua ce qu'elle entendait par là avant d'ajouter :

— Apparemment, n'importe qui peut créer sa propre religion. Il suffit de définir un système de croyance et qu'une personne au moins y adhère.

— Un adorateur solitaire.
— Elle a trouvé l'autel peu menaçant et assez banal.
— Pourquoi est-ce que ça ne m'étonne pas ?

Comme il la regardait d'un air curieux, elle reprit :

— Je l'ai trouvée étonnamment calme à mon arrivée, la nuit dernière. Comment était-elle, quand elle t'a appelé ?

— Ni paniquée ni en pleurs. Elle s'exprimait normalement. Elle m'a expliqué ce qui se passait et m'a demandé si je pouvais passer chez elle.

— Pourquoi toi ?
— Je suis flic et elle me connaît. C'est une réaction naturelle.
— Possible.

Il termina son café, froid maintenant.

— J'ai moi aussi trouvé son attitude étonnante, reconnut-il. Je lui en ai fait part et elle m'a répondu que celui qui avait caché cet animal cherchait de toute évidence à lui faire peur et qu'elle ne comptait pas lui donner ce plaisir.

— Bravo ! commenta Barbara. Mais ça demande un sacré courage...

Elle avait raison. Dan, qui la connaissait bien, devina où elle voulait en venir.

— Tu crois qu'elle a tué cet agneau, qu'elle l'a caché sous son lavabo et qu'elle a attendu quelques jours avant de m'appeler ?

— C'est une éventualité.
— Dans quel but ?
— Attirer l'attention. La tienne. Celle de la famille Sommer. Ou même celle de la police. Elle en sait peut-être bien plus qu'elle ne le dit.

Il y pensait aussi. Mais pourquoi se lancer dans un scénario aussi compliqué, alors qu'il était si simple de venir parler à la police ?

— A moins qu'elle ne soit tout simplement cinglée, suggéra Bob.

Les deux autres se tournèrent pour le regarder.

— C'est une éventualité à considérer, dit-il encore.

— C'est vrai que depuis son arrivée il s'est passé pas mal de trucs plutôt bizarres, fit remarquer Barbara. Des trucs dans un domaine qu'elle connaît bien.

— En effet…

— Et cet animal la relie directement à tous ces événements.

— Des suggestions ? leur demanda Dan, troublé par la direction dans laquelle partait leur discussion.

— Reste proche d'elle. Mais sois sur tes gardes. Si elle est responsable de tout ça, elle est peut-être suffisamment folle pour se montrer dangereuse et pas uniquement envers les animaux. D'un autre côté, si elle est une cible…

— Il est possible qu'elle coure un grave danger, conclut-il.

Ils se concentrèrent de nouveau sur l'autopsie et, pendant la demi-heure suivante, Dan s'efforça de ne penser à rien d'autre.

Le sécateur avait tranché la carotide de Schwann qui s'était vidé de son sang. Cela n'avait pas dû prendre longtemps, deux ou trois minutes tout au plus.

— L'autopsie n'a rien donné, résuma Barbara, tandis qu'ils traversaient le parking pour regagner leurs véhicules. Pauvre gars ! Appelle-moi pour me raconter ce que les Sommer avaient à dire, ajouta-t-elle à l'intention de Dan, avant de prendre congé.

— Sans faute. On se retrouve plus tard…

Reed rejoignit son propre véhicule dans lequel il monta. Mais au lieu de démarrer il resta assis à réfléchir.

Alex aurait-elle vraiment pu tuer elle-même cet agneau et le cacher chez elle ? Il n'avait pas senti de faille psychique en elle, pourtant, durant les moments qu'ils avaient passés ensemble. Mais il savait que certaines pathologies ne présentaient pas de symptômes facilement identifiables. Il faudrait alors qu'elle soit sérieusement perturbée pour agir ainsi. Qu'elle ait perdu tout contact avec la réalité.

Elle lui paraissait plutôt équilibrée, au contraire. Une fille qui encaissait bien les coups.

Cela étant, elle avait subi de sérieux traumatismes dans sa tendre enfance : la disparition de son frère, une vie complètement chamboulée, l'effacement de sa mémoire, et pour finir le suicide de sa mère.

De quoi démolir psychologiquement n'importe quel individu, même le plus stable.

Son téléphone vibra.

— Reed à l'appareil…

— Détective Hwang. SFME. Je vous appelle au sujet de l'autopsie d'Owens. Je voulais vous informer que les résultats sont compatibles avec la thèse du suicide. On a trouvé du Seroquel dans son organisme. Et aucun signe apparent de lutte.

— Merci de m'avoir tenu informé.

— Il n'y a pas de quoi. Mais il y a quand même un détail étrange…

Dan avait mis le moteur en marche et reculait pour sortir de sa place de parking.

— Quoi donc ?

— Le petit doigt de sa main droite était cassé.

— Excusez-moi. Vous avez bien dit que son petit doigt était cassé ?

— En effet.

— Est-ce que ça aurait pu se produire lors du transport du corps ?

— Le légiste a repoussé cette éventualité en raison de la présence d'un hématome. D'après l'état de la maison et des toiles, elle a eu un accès de folie avant d'avaler le Seroquel. Notre théorie est qu'elle a dû se le casser à ce moment-là.

Dan hocha la tête.

— Rien d'autre qui pourrait suggérer une lutte avec un assaillant ?

— Rien.

Dan le remercia et raccrocha. Puis il tourna ses pensées vers Treven et Harlan Sommer qui l'attendaient au bureau.

32

Mardi 9 mars
11 h 30

Quinze minutes plus tard, il traversait le grand hall d'entrée où les frères Sommer attendaient. Rachel les avait rejoints.

— Je vous remercie d'avoir bien voulu patienter, leur dit-il. Que puis-je faire pour vous ?

— On ne pourrait pas discuter dans un endroit plus tranquille ? demanda sèchement Treven.

— Si, bien sûr. Suivez-moi…

Il les fit monter à l'étage et les installa dans une salle d'interrogatoire. Après avoir refermé la porte, il s'assit. Pendant un instant, personne ne dit rien. Puis Harlan prit la parole.

— Je voudrais voir le bébé, demanda-t-il d'une voix tremblante.

— Le cadavre, corrigea Treven.

Le regard de Reed passa de l'un à l'autre. Si la voix et l'attitude de Treven reflétaient sa confiance et son énergie, celles d'Harlan trahissaient un homme brisé par la vie. Dan ne pouvait imaginer, bien sûr, toutes les souffrances qu'il avait endurées après avoir perdu successivement sa première femme dans un horrible accident, puis son fils. Sans parler du départ de sa seconde épouse. Mais il comprenait que tant de malheurs puissent détruire un homme.

Rachel fixait son père d'un air malheureux. Elle ressemblait à cet instant à une enfant dont la vie venait de voler en éclats. Et, de fait, elle était peut-être celle qui avait le plus souffert de l'enlèvement de Dylan. Elle était très jeune à l'époque, mais pas assez pour avoir, comme Alex, initié un système de défense par l'oubli. Au contraire, elle culpabilisait de n'avoir pu, en tant que sœur aînée, protéger le bébé.

— Je ne supporte plus cette incertitude, reprit Harlan.

Son frère et sa fille posèrent une main sur son bras.

— La découverte de ce bébé… Le retour d'Alexandra… Tout le passé est remonté. Je n'arrête pas de penser à Dylan… De me demander…

Il releva son visage, ravagé par la douleur.

— Je ne peux plus dormir. J'ai perdu l'appétit. Il faut que je sache. Je t'en prie, Danny… Je *dois* savoir!

— Je comprends, Harlan. Et je ne vois aucun inconvénient à te montrer le corps. Mais il a été transporté au laboratoire de Sonoma et j'ignore où en est exactement l'anthropologue légiste. De plus, j'ai peur que tu espères plus de ces ossements qu'ils n'ont à t'offrir.

— Je m'en moque. Il faut que je les voie.

— J'ai des photos. Si ça te convient, je peux déjà te les montrer, lui proposa Reed.

— Harlan, intervint Treven. Je t'en supplie, réfléchis bien avant de t'imposer cette épreuve. Tu ne pourras pas avoir la certitude qu'il s'agit bien de Dylan. Alors, à quoi bon?

— Je suis d'accord avec lui, papa. Tu as déjà suffisamment souffert.

— Et tu crois qu'enfoncer ma tête dans le sable changera quelque chose?

Treven se tourna vers Dan.

— Empêche-le de faire cette bêtise, s'il te plaît.

Dan luttait, partagé entre compassion et devoir. C'était dans ces moments-là qu'il détestait le plus son boulot de flic.

— C'est sa décision, Treven, et je ne peux pas m'y opposer. Mais je veux que tu te prépares, Harlan. Le cadavre n'est pas beau à voir. En fait, tu risques d'être très choqué.

— Il faut que je le fasse.

Treven poussa un soupir de frustration et Harlan posa à son tour la main sur le bras de son frère. Bizarrement, quand il reprit la parole, sa voix ne tremblait plus.

— Je sais que tu veux me protéger, mais rien de ce que je pourrai voir ne sera pire que l'horreur de mes cauchemars. Es-tu avec moi, chérie? demanda-t-il à sa fille.

Après que Rachel l'eut assuré de son soutien, Harlan se tourna vers Reed.

— Finissons-en, lui dit-il, redevenu l'homme fort que Dan avait connu dans le temps.

— Très bien. Donnez-moi quelques minutes pour récupérer les photos. Vous trouverez un distributeur de boissons et des toilettes dans l'entrée.

Il sortit et Rachel le rattrapa dans le couloir.

— Dan, attends!

— Oui?

— Je voulais seulement… J'ai l'impression que le monde est en train de s'écrouler autour de moi. Comme lors de la disparition de Dylan…

— Ton père a déjà traversé beaucoup d'épreuves, Rachel. Il survivra à celle-ci.

— Il ne s'agit pas seulement de lui. J'ai entendu parler de l'autel sur Castle Road. Et de la poupée dans le vignoble Hilldale.

Elle baissa la voix.

— Et aussi de l'animal caché chez Alex. Que se passe-t-il exactement?

— Comment sais-tu…

— Rien de ce qui se passe dans cette vallée ne reste secret bien longtemps, tu devrais le savoir, Dan.

Qu'elle ait appris les deux premiers incidents ne le surprenait pas, la communauté viticole étant aussi liée que compétitive, les nouvelles, et spécialement les plus juteuses, s'y répandaient à la vitesse de l'éclair. Mais Alex ne faisait pas partie de cette communauté.

— Comment l'as-tu appris? insista-t-il.

— Par Clark. Pourquoi?

— Simple curiosité.

Il comprit à son regard qu'elle ne le croyait pas. Et il la connaissait suffisamment bien pour savoir qu'elle n'hésiterait pas à jeter son cousin sous un bus si l'occasion s'en présentait.

— J'ignore ce qui se passe, dit-il pour répondre à sa question précédente. Mais je le découvrirai, fais-moi confiance.

Quelques instants plus tard, Reed rejoignait les Sommer et étalait les photos sur la table.

En les regardant, Harlan agrippa si fort les accoudoirs de son siège que ses jointures blanchirent. Plusieurs secondes s'écoulèrent dans un silence épais. Pâle, les traits déformés par la souffrance, Harlan semblait à peine respirer.

— C'est lui, dit-il finalement. C'est mon bébé. C'est Dylan.

— Comment peux-tu en être certain ? lui demanda Reed aussi gentiment que possible.

— Un père reconnaît son fils.

Reed observa Treven qui contemplait son frère d'un air stupéfait. Quant à Rachel, tout son être exprimait l'horreur.

— Excuse-moi d'insister, mais regarde encore, suggéra-t-il. Ça fait des années et…

— Je suis capable de reconnaître mon propre fils ! Mon Dylan… Mon petit garçon…

Il éclata en sanglots et Rachel passa un bras autour de ses épaules, pleurant elle aussi.

Reed rassembla les photos.

— Nous essayons de récupérer un peu d'ADN…

— Nous payerons, coupa Treven. Faites toutes les analyses nécessaires afin d'obtenir la preuve…

— De quelle autre preuve as-tu besoin ? demanda Harlan en se tournant vers lui. J'étais son père.

— Une erreur serait dramatique. Et si tu te trompais et qu'il ne soit pas mort. Et si…

— Ça suffit, oncle Treven ! coupa Rachel d'un ton sec. Je raccompagne papa à la maison.

Harlan la suivit sans résistance.

Sitôt la porte refermée derrière eux, Treven se tourna vers Dan.

— Je me moque de ce que ça coûtera, mais je veux la preuve irréfutable qu'il s'agit bien de Dylan.

— Je comprends, Treven. Mais il se peut que ce ne soit pas possible.

— Rien n'est impossible. Il y a sûrement un moyen de le prouver.

— Nous pourrions faire appel à un sculpteur légiste, proposa Dan, après avoir réfléchi un instant. Les reconstitutions peuvent être troublantes. Cependant…

— Allons-y.

— Cependant, poursuivit Dan, la tête des bébés est extrêmement difficile à reconstituer parce que leurs traits ne sont pas encore complètement formés. Notre meilleure chance reste à mon avis l'ADN, si nous en trouvons.

— Faites les deux. Nous payerons.

— Je t'en remercie, mais pour l'instant il ne s'agit pas d'une question d'argent.

— C'est toujours une question d'argent. Mon frère doit en finir une fois pour toutes avec cette histoire et je suis prêt à faire tout ce qui est en mon pouvoir pour le lui permettre.

— Il avait l'air convaincu. Il me semble que c'est plutôt toi, Treven, qui aurais besoin de faire ton deuil…

— Mon frère est complètement déboussolé sur le plan émotionnel. Je ne lui donne pas une heure avant de commencer à douter. Tu verras.

Il y avait eu déjà tant de souffrance, autour de cette disparition ! Celle de Rachel et de son père. Celle d'Alex. De sa mère. De la population tout entière de Sonoma. Il fallait en finir et organiser des funérailles. Ce serait la seule façon pour cette famille de tourner définitivement la page.

— Je vais voir ce que je peux faire. Nous devons suivre certaines procédures.

— Harlan l'a identifié. Ce cadavre nous appartient donc maintenant. N'est-ce pas ainsi que ça marche ?

— Ce n'est pas aussi simple. Ou du moins pas aussi rapide.

— Je suis Treven Sommer. Je peux faire en sorte que ça le devienne !

Reed ne s'exhorta au calme qu'eu égard au drame que cette famille vivait. Dans d'autres circonstances, il aurait mis l'homme à la porte. Son arrogance était insupportable et insultante pour les efforts que toutes les équipes de police multipliaient autour de l'enquête.

— Le cadavre ne pourra pas vous être remis tant que les examens ne seront pas terminés. Le moment venu, je verrai ce que je peux faire.

Sa réponse ne plut pas à Treven qui, de toute évidence, n'était guère habitué à attendre ou à se voir opposer une quelconque résistance.

— Très bien, Dan. Mais sache que je n'hésiterai pas à porter plainte contre ton service si nécessaire.

33

Mardi 9 mars
16 heures

Le créateur de bijoux avait accepté de rencontrer Alex pour examiner la bague de sa mère.

Il habitait une petite maison de style californien sur Brockman Lane et il accueillit la jeune femme sur le pas de la porte. C'était un petit homme charmant, vêtu d'une chemise en flanelle rouge et d'un pantalon retenu par des bretelles.

— Vous devez être Alexandra, dit-il avec un grand sourire. Entrez… Entrez.

Elle pénétra dans la maison, aussi agréable et originale que son propriétaire, décorée de toutes sortes d'objets d'art, du plus traditionnel au plus contemporain.

— Je vous remercie d'avoir bien voulu prendre le temps de me recevoir, Max.

— Oh, ne vous inquiétez pas. J'ai tout le temps qu'il faut. Trop même.

Il lui fit signe de le suivre.

— Je ne reçois plus guère de visiteurs et certainement aucun désireux de parler de mes créations. Ça remonte à plusieurs années maintenant. Venez. J'ai préparé du thé…

Dans la cuisine, Alex le regarda poser les tasses sur la table et remarqua le tremblement de ses mains.

— Puis-je me permettre ? lui demanda-t-elle.

— Je vous en prie.

Elle prit la théière et joua les maîtresses de maison avant de s'asseoir en face de lui.

— Quand mon amie Janice — la bijoutière que vous êtes allée voir — m'a appelé pour me parler de vous, j'ai été ravi.

Il leva ses deux mains tremblantes.

— Comme vous avez pu le constater, je ne peux plus dessiner. Elles réalisaient pourtant des bijoux si délicats…

— Je suis désolée. Ce doit être très difficile pour vous.

— Vous n'imaginez pas. Mais je n'ai pas à me plaindre, ajouta-t-il avec un petit rire. J'ai eu du talent et du succès dans ma jeunesse et beaucoup d'amour sur mes vieux jours. Venez. Je vais vous montrer quelque chose…

Il ne semblait pas particulièrement pressé d'en venir au but de sa visite, mais cela convenait parfaitement à Alex. Elle se leva et le suivit dans le couloir où les murs étaient couverts de photos encadrées. Il lui désigna un cliché de lui-même, jeune homme, puis un autre de sa femme qu'il appelait l'amour de sa vie. Enfin, il indiqua une photo de famille.

— Voici ma fille, Angie, et ses trois filles. Comment pourrais-je me plaindre ?

— Vous avez une famille magnifique, reconnut Alex.

— Finalement, tout tourne autour de la famille, n'est-ce pas ? C'est la seule chose qui compte vraiment.

Ses paroles la touchèrent durement et elle lutta pour contenir son émotion.

— Je vous ai peinée, constata-t-il. Excusez-moi.

— Ce n'est rien. Ma mère vient de mourir et elle était… Enfin, ça n'a pas été facile.

Il tapota son bras en signe de réconfort. Puis ils regagnèrent la cuisine où ils se rassirent.

— Montrez-moi votre bijou.

— Il appartenait à ma mère, justement.

Alex retira sa bague et la lui tendit.

— Je l'ai trouvée dans ses affaires après sa mort. Elle est si originale que je me suis demandé…

— Ce n'est pas moi qui l'ai dessinée.

— Ah ?

Il la lui rendit.

— Il ne s'agit pas d'une de mes créations.

— Oh…

Surprise de sa réaction un peu vive, elle ne sut que répondre.

— Y a-t-il quelque chose que vous puissiez me dire à son sujet, tout de même ?

— Non, désolé. Je ne peux pas vous aider.

— Il y a une inscription : *GDV*. Des initiales. D'une association locale peut-être ou…

Max enfonça les mains dans ses poches et Alex remarqua qu'il évitait même de regarder la bague.

— Je suis navré, mais il n'y a vraiment rien que je puisse vous dire à ce sujet. Je vous souhaite bonne chance.

Il se leva, signalant ainsi la fin de l'entretien.

Déçue, Alex remit la bague à son doigt.

— Connaissez-vous quelqu'un susceptible de me renseigner ?

— Non. Le design de ce bijou est tout à fait inhabituel, vous savez…

Alex eut la certitude qu'il en savait plus qu'il ne voulait le dire. Mais pourquoi ce mutisme ? Il ne s'agissait que d'une bague.

— Je vous en prie, Max, le pressa-t-elle. C'est tout ce qui me reste de ma mère. Je voudrais juste en apprendre un peu plus à son sujet. J'ignore tout de sa vie ici et elle était ma seule famille.

— Parfois, il vaut mieux ne pas savoir.

— Je vous en prie. Son nom était Patsy Sommer. Vous l'avez peut-être connue…

Il n'aurait pas eu l'air plus choqué si elle l'avait frappé.

— Vous l'avez connue, n'est-ce pas ?

— Tout le monde la connaissait après cette terrible histoire avec son bébé. Comment quelqu'un a-t-il pu…

Il poussa un profond soupir.

— Je suis fatigué, dit-il. Vous devez partir, maintenant.

Il la raccompagna jusqu'à la porte. Elle ouvrait la bouche pour le prier une dernière fois de lui dire ce qu'il savait quand il s'empara de ses mains et les serra très fort entre les siennes.

— Soyez prudente, Alexandra. Et rappelez-vous ce que j'ai dit. Il vaut mieux parfois renoncer à déterrer certaines histoires.

La seconde suivante, elle se retrouvait dehors. La porte claqua derrière elle, lui laissant à peine le temps de bafouiller un remerciement.

Elle regagna lentement sa voiture, des questions plein la tête. Que savait-il exactement qu'il refusait de lui révéler ? Et surtout, comment le faire changer d'avis ?

34

Mardi 9 mars
21 h 03

Finalement, ce fut lui qui la rappela. Elle enfilait son pyjama lorsque le téléphone sonna.

— Max ?

— Excusez-moi de vous appeler si tard…

— Aucune importance.

Il s'éclaircit la voix, mais garda le silence. Alex patienta, puis, le silence se prolongeant, elle l'incita à parler.

— Max, que se passe-t-il ? Vous êtes-vous souvenu de quelque chose à propos de ma bague ?

— Je crois, oui.

Il parlait si bas qu'elle devait tendre l'oreille pour saisir ses paroles.

— Mais pas au téléphone. Je voudrais vous montrer…

Dans l'écouteur, elle entendit la sonnette de la porte d'entrée.

— C'est sûrement Angie, ma fille, dit Max. Elle passe me voir de temps en temps, le soir.

— C'est très gentil de sa part. Quand voulez-vous que je vienne ?

La sonnette résonna de nouveau.

— Quand vous voulez. Je dois raccrocher…

— Je viendrai demain matin de bonne heure. Est-ce que ça vous convient ?

— C'est parfait. Mais surtout n'en parlez à personne.

— De quoi ? De notre rendez-vous ?

— Oui. Ou même de ce dont nous avons discuté. Et vous

devez me promettre que tout ce que je vous raconterai restera entre nous, ajouta-t-il d'une voix pressante. Vous avez bien compris ?

— Max, vous me faites peur. Pourquoi faire tant de mystères…

— Je dois raccrocher. Rappelez-vous, pas un mot à quiconque. A demain, Alexandra.

35

Mercredi 10 mars
8 h 20

Quand Alex se présenta chez Max à l'heure convenue, le lendemain matin, personne ne vint lui ouvrir. Elle patienta sous le porche, frissonnant dans la fraîcheur matinale, un sachet de muffins entre ses mains gantées.

— Max ? C'est Alex Clarkson, appela-t-elle, en frappant plus fort à la porte.

N'obtenant pas de réponse, elle jeta un coup d'œil par la petite fenêtre latérale et aperçut un gros chat gris assis dans l'entrée qui la regardait. De la lumière filtrait par la porte de la cuisine.

Elle vérifia sa montre. 8 h 25. Elle lui avait dit qu'elle serait là de bonne heure et il n'était pas si tôt. A sa connaissance, les personnes âgées ne dormaient pas beaucoup.

Sans compter qu'il attendait sa visite.

Elle commença à s'inquiéter. Ce n'était pas normal. S'il avait changé d'avis, il l'aurait rappelée pour le lui dire.

Et s'il était tombé et qu'il ne pouvait plus bouger ?

« N'en parlez à personne. »

Alex secoua la tête pour chasser son mauvais pressentiment. Max n'était qu'un vieil homme solitaire qui dramatisait un peu les choses.

Elle frappa de nouveau, plus longuement. Puis elle tourna la poignée, mais la porte était fermée à clé. Elle fit alors le tour de la maison et grimpa les marches du petit perron devant la porte de la cuisine. A travers les vitres, elle découvrit la pièce parfaitement rangée à l'exception d'une tasse de thé sur le comptoir, d'une brique de lait et d'un sucrier.

De toute évidence, Max s'était levé et s'était préparé son petit déjeuner.

Où était-il passé ?

Elle frappa à la vitre. N'obtenant toujours pas de réponse, elle s'approcha de la porte et tourna la poignée. C'était ouvert ; elle entra.

— Max ! appela-t-elle. C'est Alex. Tout va bien ?

Il régnait un tel silence que son cœur s'emballa dans sa poitrine. S'efforçant de rester calme, elle entreprit de visiter toute la maison.

— Max, appela-t-elle, en passant de pièce en pièce.

La salle de bains d'abord, puis une première chambre et une seconde. La chambre de Max à en juger par les pantoufles près du lit, la bible et les photos sur la table de chevet.

Le lit était fait et les pantoufles attendaient.

« Rappelez-vous, Alex. Pas un mot à quiconque. »

Soit il n'avait pas dormi dans son lit, soit il avait quitté la maison au moment de son petit déjeuner.

« Reprends-toi, Alex. Il y a sûrement une bonne explication. »

Il allait probablement arriver d'une minute à l'autre et lui demander ce qu'elle faisait dans sa maison. D'ailleurs, il avait préparé du thé.

Il allait arriver... Evidemment. Il avait dû courir jusqu'à l'épicerie. A moins qu'il n'ait tout simplement oublié sa venue.

Elle rit de sa réaction, mais même à ses oreilles son rire sonnait faux. Elle regagna la cuisine, déterminée à quitter la maison. Parvenue à la porte, elle tourna la tête et regarda la tasse de thé posée sur le comptoir.

Elle fit demi-tour et s'approcha de la théière qu'elle toucha. Froide. Le carton de lait froid également. Le thé n'avait jamais infusé.

La tasse avait été préparée la veille au soir.

Un lit intact. Un thé abandonné. Et un rendez-vous oublié.

« Pas un mot à quiconque, Alex. »

Elle tourna les talons et s'enfuit en courant. Parvenue devant la maison, elle remarqua la porte du garage à moitié soulevée. Elle passa dessous. Surprise par l'obscurité, elle tâtonna fébrilement à la recherche de l'interrupteur. A la place, sa main rencontra une ficelle qu'elle tira. Une faible lumière se répandit. Une vieille Coccinelle occupait l'espace en compagnie d'une antique tondeuse à gazon et de quelques outils de jardinage.

Au fond, une porte donnait probablement sur un petit atelier. Elle aperçut de la lumière en dessous.

— Max ? appela-t-elle en approchant, le cœur battant. C'est Alex…

Alex, Alex ! Qu'est-ce que tu es en train de faire ? se demanda-t-elle, tout en tournant la poignée.

La porte s'ouvrit en heurtant une chose lourde derrière qui céda, quand Alex poussa.

Elle franchit le seuil et se retrouva devant le corps de Max pendu par le cou, les yeux exorbités, le visage violet et congestionné. Un escabeau était couché sous ses pieds.

Un cri monta dans la gorge de la jeune femme, qui recula en trébuchant, une main sur sa bouche, incapable de détacher son regard de l'horrible spectacle.

Reprenant ses esprits, elle tourna les talons et courut. Parvenue à sa voiture, elle ouvrit la portière et s'écroula à l'intérieur, verrouillant derrière elle. Puis elle resta là, tremblante, souhaitant effacer l'horrible vision de son cerveau.

Elle serra les bras autour d'elle. C'était un homme si gentil… Pourquoi s'était-il… Il paraissait si heureux… Cela n'avait aucun sens…

« Pas un mot à quiconque, Alexandra. »

Elle cacha son visage entre ses mains. Est-ce que c'était arrivé à cause d'elle ?

Il fallait prévenir Dan.

Attrapant son téléphone, elle composa son numéro.

— Dan ! s'exclama-t-elle, quand il décrocha. C'est moi, Alex !

— Alex ? Que se passe…

— Il s'est tué ! Oh, Seigneur, il…

— Qui ? Où es-tu ?

— Max Cragan. Il s'est pendu… Je suis devant sa maison. Sur Brockman Lane.

— Ne bouge pas. J'arrive.

36

Mercredi 10 mars
9 h 05

Dan trouva Alex tassée sur le siège de sa voiture, les yeux dans le vague. Il dut frapper à la vitre pour qu'elle s'aperçoive de sa présence. Elle ouvrit la porte, mais ne fit pas mine de sortir.

— Où est-il ? lui demanda-t-il.

— Dans le garage. Derrière la porte, au fond…

Il transmit l'information aux policiers qui l'accompagnaient avant de s'accroupir près d'elle.

— Comment te sens-tu ?

Ignorant la question, elle secoua la tête.

— Comment un homme aussi charmant a-t-il pu… Je n'arrive pas à le croire…

— Que faisais-tu là, Alex ?

— Ma bague. Il devait me parler de ma bague.

— Quelle bague ?

— Celle de ma mère… que j'ai trouvée dans la malle, avec les affaires de Dylan… Je ne comprends pas…

— Certaines choses sont tout simplement inexplicables. Je suis vraiment désolé.

Elle releva la tête vers lui, les yeux pleins de larmes.

— Peux-tu attendre ici un moment ? Je vais avoir quelques questions à te poser, mais je dois d'abord aller me rendre compte par moi-même.

Elle acquiesça et il se redressa.

— Un policier va rester près de ta voiture. Si tu as besoin de quoi que ce soit, adresse-toi à lui.

Quelques minutes plus tard, il pénétrait dans la petite pièce au fond du garage.

« Pas beau à voir », pensa-t-il, en examinant la victime. La plupart du temps, les pendus mouraient par suffocation, la tension à la chute de la chaise ou du tabouret n'étant pas suffisante pour leur briser la nuque. A la place, la corde se resserrait autour de leur cou, bloquant l'air dans la trachée. L'oxygène et le sang ne pouvant plus circuler, le sang commençait à s'accumuler au-dessus de la corde, ce qui expliquait la coloration pourpre et l'aspect congestionné du visage.

Il nota également l'escabeau renversé. La corde s'était détendue et les pieds du mort frôlaient le sol.

Une erreur classique. Utiliser une corde en Nylon ou en coton qui se relâchait trop facilement.

Pauvre vieux… La mort avait dû prendre près de dix longues minutes à venir. Des minutes terribles. Il devait avoir lutté. Quelle que soit l'envie de mourir, au dernier moment, l'instinct poussait à se battre pour vivre.

Après avoir enfilé des gants, Dan s'approcha du corps et examina le cou et les griffures laissées par la victime sur la corde. Il vérifia ses doigts et constata que leurs extrémités étaient à vif et en sang. Il remarqua aussi qu'il y avait de la matière sous ses ongles. Sur le sol, des traces de frottement témoignaient de l'agitation des pieds.

Il connaissait Max Cragan — une véritable institution à Sonoma et qui avait fait partie à une époque du cercle fermé des notables de la région. Joaillier célèbre dans tout le pays, il s'était spécialisé dans les pièces uniques, réservées à de grands événements.

Sa mère possédait un bijou créé par cet homme. Une broche en forme de volute, sertie de pierres précieuses.

Bob Ware le rejoignit.

— Alors, Reed, de quoi s'agit-il ?

Dan retira ses gants et se tourna vers lui.

— Un banal suicide, on dirait.

L'autre hocha la tête.

— Et la nana… Qui c'est ?

— Quelle nana ?

— Dans la voiture ?

— La personne qui a trouvé le corps.

Ware se mit au travail et Dan, après avoir glissé les gants dans sa poche, quitta le garage, croisant au passage l'équipe de la police scientifique. Ni Barbara Tanner ni Cal n'avaient hérité de cette affaire.

Alex le vit arriver et descendit de voiture précipitamment, pleine d'espoir. L'espoir de s'être trompée. L'espoir d'entendre Dan lui annoncer que Max n'était pas mort.

— Je suis désolé, dit-il, en secouant la tête.

Le visage de la jeune femme se referma et elle détourna les yeux.

— Si tu t'en sens le courage, j'aimerais que tu me racontes ce que tu faisais ici, ce matin.

— C'est la propriétaire de la boutique sur la place qui m'a parlé de Max.

— Quelle boutique ?

— Le Golden Bow. J'essayais de retrouver l'origine de la bague de ma mère.

— Pourquoi ?

— Dans l'espoir qu'elle me conduirait à mon père. Des initiales sont gravées à l'intérieur. Ce ne sont ni celles de ma mère ni celles d'Harlan Sommer… Alors j'ai pensé qu'il s'agissait peut-être des siennes.

— Continue…

— La propriétaire de la boutique a appelé Max devant moi, pensant que c'était peut-être lui le créateur de la bague, et il a accepté de me recevoir.

— Ce matin ?

— Non. Hier. Je suis déjà venue ici. Tout se passait bien jusqu'à ce que…

Sa voix mourut et son visage s'assombrit.

— Jusqu'à ce que…

— Jusqu'à ce qu'il voie la bague. Il a paru troublé. Bouleversé même. Il s'est immédiatement renfermé. Il a affirmé qu'il ne s'agissait pas d'une de ses créations. Il ignorait qui l'avait dessinée et la signification des initiales. Il a paru ensuite très désireux que je m'en aille. Puis, hier soir, il m'a rappelée pour me dire qu'en fait il avait peut-être quelque chose à m'apprendre sur cette bague et j'ai accepté de revenir ce matin.

— Et c'est tout ?

— Non.

Elle contempla ses mains un moment avant de relever la tête.

— Il… il m'a fait promettre de ne parler à personne de notre conversation.

— Ça me paraît un peu mélodramatique, non ?

— Si. Mais il était sérieux. Il a vraiment insisté. Je ne devais jamais répéter ce qu'il me révélerait. C'est la vérité, je te le jure, Dan…

A ces derniers mots, il cessa pourtant de la croire. Quand quelqu'un jurait ainsi, la plupart du temps, il mentait. Mais pourquoi mentirait-elle à propos de cette histoire ?

— Et c'est tout ?

— Oui. A ce moment-là, quelqu'un a sonné à sa porte. Il a alors raccroché.

— Quelle heure était-il ?

— Je n'en suis pas certaine… Attends, l'heure de l'appel doit être enregistrée sur mon portable…

Elle récupéra l'appareil dans son sac et le lui tendit. Reed vérifia dans le journal l'heure de l'appel : 21 h 03.

Après avoir noté l'information, il rendit l'appareil à Alex. Puis il fit un geste en direction de sa main.

— C'est cette bague ?

— Oui. Veux-tu la voir ?

Elle l'ôta. Dan examina le bijou en or au dessin original : un serpent de pierres précieuses enroulé autour d'un cep de vigne. Une pièce magnifique.

Qui lui glaça le sang.

Car il avait déjà vu ce motif. Mais pas sur un autre bijou.

Sur le pied d'un homme mort. Et sous la forme d'un tatouage.

37

Mercredi 10 mars
10 h 20

— Tu as bien dit que cette bague se trouvait dans les affaires de ta mère ?

— Oui… Dans la malle, avec les souvenirs de Dylan.

GDV-1984. L'année précédant la disparition du bébé.

— Je vais devoir la garder pour l'instant, Alex.

— La garder ? Pourquoi ?

Pas question de la mettre au courant pour le tatouage. Du moins, pas tout de suite.

— Il s'agit d'un indice. Mais tu la récupéreras, je te le promets.

— Un indice ? Décidément, cette bague intéresse beaucoup de monde !

— Que veux-tu dire ?

— Plusieurs personnes m'ont interrogée à son sujet, y compris ta mère et Rachel.

Reed nota mentalement d'interroger ces dernières.

— Qui d'autre ?

— Rita Welsh, la bibliothécaire. Et quelques autres, dont je ne me rappelle pas les noms.

— Bien, ça suffit pour l'instant. Comment te sens-tu ?

— Ça ira.

— Est-ce que tu veux que j'appelle quelqu'un pour rester avec toi…

— Non, c'est inutile.

Comme elle s'apprêtait à remonter en voiture, il la retint, la main sur son bras. Surprise, elle tourna la tête pour le regarder, révélant la vulnérabilité qu'elle s'efforçait de cacher sous ses airs de femme forte. Mais elle se ressaisit vite et la seconde suivante le masque était retombé.

— Oui ?

— Appelle-moi si tu as besoin de quoi que ce soit… C'est d'accord, Alex ?

Elle promit et démarra. Dan suivit la voiture des yeux un moment, avant de retourner dans le garage où Ware examinait le corps.

— Qu'en penses-tu, Bobby ?

— Je crois que tu avais raison. Suicide. Pauvre vieux…

— Et pour l'heure de la mort ?

— Trop tôt pour le dire, tu le sais très bien.

— Oui, je sais. Mais j'en ai besoin.

Le légiste se mit à fredonner l'air des Rolling Stones : *You can't always get what you want*[6]. Et l'équipe de la police scientifique enchaîna en chœur : « Mais parfois tu obtiens ce qu'il te faut ! »

Reed retint un éclat de rire et préféra feindre la colère.

— Très drôle !

Il pointa un doigt vers le médecin.

— Appelle-moi, dès que tu sais, Ware… J'ai besoin de connaître l'heure du décès.

Quelques minutes plus tard, assis derrière son volant, il composait le numéro de Barbara Tanner.

— Où es-tu ? demanda-t-il.

— A la Ferme. Pourquoi ?

— Tu as les photos de l'autopsie de Schwann ?

— Non. Mais le bureau du coroner les a téléchargées, ainsi que le rapport de Kath.

— Super. J'arrive ! Je dois revoir le tatouage sur le pied de Schwann.

— Inutile de demander pourquoi, j'imagine. Je suis bonne pour t'attendre.

Quelques minutes plus tard, Dan, posté devant l'écran de l'ordinateur, examinait le tatouage. Aucun doute, il s'agissait du même motif que la bague d'Alex.

— Tu veux bien m'en dire plus, maintenant ?

— Mieux que ça. Je vais te montrer.

6. « Tu ne peux pas toujours obtenir ce que tu veux. »

Il sortit la bague de sa poche et la lui tendit.

Elle l'examina en silence avant d'émettre un petit sifflement.

— Qui t'a donné ça ?

— Alex. Ce bijou appartenait à sa mère. Elle l'a trouvé dans la malle, avec les affaires de Dylan.

— Que signifie GDV ?

— Elle l'ignore. Elle espère que ce sont les initiales de son père.

Il lui raconta ensuite le suicide de Max Cragan et comment Alex l'avait découvert.

— Une nouvelle fois, on la retrouve sur le lieu du crime ! commenta Barbara.

— Oui, on dirait bien que le sort s'acharne contre elle.

— Quelle a été sa réaction, cette fois ?

— Elle était bouleversée. Vraiment. Et maintenant la question est : pourquoi Tom Schwann et Patsy Sommer avaient-ils en commun ce dessin pour le moins original ?

— Une coïncidence ? Le motif n'est pas banal, c'est vrai, mais pour autant il n'est pas aussi surprenant que ça. Après tout, nous sommes dans une région viticole.

— Dylan a disparu en 1985. Schwann devait avoir dix-sept ans à l'époque. Alex, cinq.

— Ce qui l'élimine en tant que géniteur potentiel.

— Mais leurs familles fréquentaient les mêmes cercles.

Reed attrapa sa veste et se leva.

— Cette histoire commence à devenir vraiment intéressante. Je vais aller rendre une petite visite à la veuve de Schwann pour voir si elle peut m'apprendre quelque chose sur ce tatouage. Puis j'irai voir quelques amis de Tom.

Après avoir discuté avec Jill Schwann qui ignorait tout de l'origine et de la signification du tatouage, à part qu'il datait de la jeunesse de Tom et qu'elle le trouvait laid, Reed alla trouver ses frères.

Il pénétra dans le bâtiment administratif de l'entreprise.

— Salut, Eve, dit-il à la réceptionniste. Mes frères sont là ?

Eve, qui occupait ce poste depuis l'époque où il était en culottes courtes, lui sourit. Dans le temps, elle gardait toujours un bocal de bonbons sur son bureau, juste au cas où l'un des trois gamins passerait par là, ce qui arrivait très souvent.

— Ils sont ensemble, dans le bureau de Joe.

— Double problème, fit-il remarquer.

Elle lui adressa un clin d'œil entendu et il remonta le couloir, passant devant la porte fermée du bureau de son père, pour s'arrêter devant celle de Joe.

Ses deux frères se disputaient — rien de nouveau sous le soleil —, cette fois, au sujet du replantage d'une partie du vignoble en pinot noir au lieu du cabernet.

— Tu n'y comprends rien! criait Ferris. Le fait est que le cabernet que ce vignoble produit est médiocre. L'exposition au nord favorise le pinot. Tu le sais aussi bien que moi!

— Le coût de l'arrachage et du replantage serait bien trop élevé par rapport aux bénéfices que l'on pourrait en tirer. De plus, nous sommes réputés pour nos cabernets.

— Nos bons cabs! Pas cette espèce de mixture que…

Dan frappa à la porte entrouverte et passa la tête.

— Quelle touchante réunion de famille! Et moi qui me demandais pourquoi je n'avais pas choisi de rester dans l'exploitation familiale!

— Va te faire foutre, Dan! rétorqua Joe qui contourna son bureau pour l'accueillir.

— En voilà une surprise! Comment vas-tu?

Ferris ne lui laissa pas le loisir de répondre.

— Aide-moi à faire entrer un peu de bon sens dans cette foutue tête de mule de radin!

— Impossible, j'ai déjà essayé.

Dan embrassa son jeune frère.

— Navré de vous interrompre, mais j'ai quelques questions à vous poser au sujet de Tom.

— On t'écoute…

— Que pouvez-vous me dire à propos de son tatouage?

— Tom avait un tatouage? dit Ferris, étonné. Monsieur conformiste en personne?

— Ça remonte à sa folle jeunesse, répondit Joe. Carter et lui s'en sont fait faire un le même été. Et tous les deux le même motif.

— Sais-tu où ils se sont fait tatouer?

— Dans le coin, j'imagine. Demande à Carter.

— Je le ferai. Rien d'autre à ce sujet ?

— Non, désolé, frangin. En quoi ça t'intéresse ?

— Je me contente de suivre toutes les pistes.

— Comment va Alex ? J'ai entendu dire qu'elle avait trouvé le vieux Cragan mort.

— Les nouvelles vont vite à ce que je vois.

— C'est une petite ville.

— Elle est un peu bizarre, cette fille, non ? fit remarquer Joe. Un peu comme sa mère.

Reed se sentit blessé par ce commentaire.

— Pourquoi tu dis ça ?

— Tu l'as bien vue, l'autre soir… Jurant qu'elle avait entendu des voix. Criant, complètement paniquée. Une vraie dingue.

— N'exagère pas, intervint Ferris. Elle avait bu et s'était perdue. Ça peut arriver à tout le monde.

Joe leva les yeux au ciel.

— Pas à moi.

— Bien sûr que non. Toi, tu es parfait.

— Exactement, petit frère. Et tu ferais bien de t'en souvenir.

Reed décida que le moment était venu pour lui de s'éclipser. Se retrouver arbitre dans une dispute entre ses frères était une cause perdue d'avance. Il le savait par expérience. De plus, il voulait coincer Carter avant la pause déjeuner.

Il prit donc congé et quitta Red Crest, ses pensées déjà concentrées sur son prochain rendez-vous.

Carter Townsend avait lui aussi abandonné la viticulture, même s'il n'avait pas atterri bien loin. Après avoir passé un diplôme de droit, avec une spécialisation en droit des affaires, il s'était installé dans le comté de Sonoma où il représentait un certain nombre de vignobles, y compris ceux des Sommer et des Reed.

Les bureaux de Carter & Associates se trouvaient à Santa Rosa, pas très loin du palais de justice. En sortant de l'ascenseur et en franchissant les doubles portes de verre de l'entrée, Reed constata que les affaires devaient bien marcher pour le cabinet, à en juger par le mobilier haut de gamme et les plaques de cuivre étincelantes.

Il fut accueilli à la réception par une blonde avenante. A ses yeux, tous les cabinets d'avocats se ressemblaient. Même genre de bureaux et de mobilier, mais surtout même atmosphère étouffée, ouatée comme celle d'une bibliothèque.

Des lieux qu'on ne pouvait guère qualifier d'accueillants ou de chaleureux, même pour les plus luxueusement meublés.

— Bonjour, fit la réceptionniste, tout sourires. En quoi puis-je vous aider ?

— Je voudrais voir Carter Townsend.

— Vous avez rendez-vous ?

Il montra sa carte.

— Inspecteur Reed. Carter est là ?

— Il est possible qu'il soit sorti déjeuner… Laissez-moi vérifier.

Mais Carter était bien là et, quelques minutes plus tard, il venait lui-même chercher Reed.

— Dan ? Qu'est-ce qui te prend ? Tu as foutu une peur bleue à mon employée avec ton badge et tout le tintouin.

Il lui serra la main.

— La prochaine fois, contente-toi de dire que tu veux me parler.

— Entendu. On peut se voir en privé ?

— Bien sûr. Viens par ici.

Carter le conduisit dans son bureau richement décoré de bois précieux et cuir souple. Des photos de sa femme et de ses enfants trônaient en bonne place.

— Jolie famille, commenta Dan, en examinant un cliché de la famille au complet, avec les quatre enfants.

— Shelley, mon aînée, va entrer au lycée cette année.

Dan reposa la photo.

— C'est fou. Je me souviens de nous à cet âge, il n'y a pas si longtemps que ça !

— J'ai l'impression que c'était dans une autre vie. Imagine-toi dans dix ans avec une femme et quatre enfants. Crois-moi, ça te donne un sacré coup de vieux.

— Je voulais te poser une question sur ce tatouage que Tom et toi vous êtes fait faire quand vous étiez jeunes.

— Qui t'en a parlé ?

— Joe.

Carter s'appuya contre le dossier de son fauteuil et croisa les mains derrière sa tête.

— Pourquoi tu t'y intéresses ?

Au lieu de répondre, Dan enchaîna avec une nouvelle question :

— Pourquoi ce motif? Le serpent et le cep de vigne?

Carter sursauta.

— Excuse-moi…

— Que symbolise ce motif? En général, le dessin ou le nom que les gens décident de se faire tatouer n'est pas choisi au hasard. Il représente une chose importante à leurs yeux.

Carter secoua la tête d'un air désolé.

— Je suis certain qu'à l'époque il devait avoir une signification, mais du diable si je m'en souviens!

Il mentait. C'était évident.

— Comment avez-vous choisi ce motif?

Carter fronça les sourcils.

— Si mes souvenirs sont bons, c'est Tom qui l'avait proposé. Moi, je me suis contenté de l'imiter.

— Et c'est tout?

— Oui. Nous étions jeunes et bêtes. Et complètement soûls, cette nuit-là.

— Quel âge aviez-vous?

— Dix-huit ans, je crois. Je me souviens que nous avons dû montrer nos cartes d'identité.

— Quelqu'un vous accompagnait?

Carter hésita, puis secoua la tête.

— Pas que je me souvienne.

— Tu ne te rappelles pas? Excuse-moi, mais j'ai un peu de mal à le croire.

Carter se raidit.

— J'étais soûl et ça remonte à plus de vingt ans. Beaucoup d'eau a coulé sous les ponts depuis lors.

— C'est vrai, tu as raison, reconnut Dan, d'un ton conciliant.

Carter regarda alors ostensiblement sa montre et se leva.

— Navré de te mettre dehors, mais j'ai un rendez-vous.

— Pas de problème. Où se trouve le tien?

— Quoi, mon rendez-vous?

— Ton tatouage.

— Je l'ai fait effacer. Il y a dix ou quinze ans.

— Pourquoi ça?

L'air soudain énervé, Carter montra la photo de sa famille.

— Je n'étais pas comme Tom. J'ai une femme, des enfants et l'opinion qu'ils ont de moi compte à mes yeux.

Reed lui tendit la main.

— Je te remercie d'avoir accepté de me recevoir, Carter.

L'autre le raccompagna jusqu'à la porte d'entrée.

— Pourquoi le tatouage de Tom t'intéresse-t-il autant? demanda-t-il alors.

Reed décida de lancer un hameçon pour juger de sa réaction.

— Il se pourrait qu'il soit lié à un crime.

Pendant une fraction de seconde, le visage de l'avocat se fit totalement inexpressif. Puis il redevint celui du bon père de famille affable et du bourgeois qui a réussi.

— Bon Dieu, Dan. C'est incroyable!

Reed attendit un peu, puis hocha la tête.

— Tu ne me poses pas la question?

— Quelle question?

— A quel crime ce tatouage pourrait être lié.

Carter rit, d'un rire quelque peu forcé.

— Inutile. Je sais parfaitement que tu ne me le dirais pas.

— Et tu as raison. Encore merci, Carter. On reste en contact.

Il s'éloignait en direction de l'ascenseur, quand Carter le rappela.

— En as-tu parlé à Clark? Tom et lui étaient aussi amis à l'époque. Des amis très proches.

Pour un avocat, songea Dan en repartant, Carter ne s'était pas montré très convaincant, cachant mal son malaise. Et il avait menti. Se faire faire un tatouage représentait un acte important, même à dix-huit ans. On ne décidait pas à la légère d'une marque permanente sur le corps. Et Carter affirmait avoir oublié pourquoi il l'avait fait ou ce que symbolisait le motif choisi, ou encore si d'autres personnes les accompagnaient. Même ivre mort, ce genre de souvenirs ne s'effaçait pas!

Instructif également la façon qu'il avait eue de détourner son attention en lui jetant Clark Sommer en pâture.

Que savait-il qu'il refusait de révéler?

Inutile d'attendre plus longtemps pour le découvrir. Il attrapa son téléphone et, après quelques coups de fil, apprit que Clark se trouvait au El Dorado Kitchen où il déjeunait en compagnie de son père.

— Dan! s'écria Treven Sommer, quand il aperçut le policier, tu nous apportes de bonnes nouvelles, j'espère?

— En fait, je n'ai pas encore les résultats de la reconstruction plastique. Je suis venu parler à Clark.

— Assieds-toi. Tu veux un verre de vin?

— Jamais pendant le service, merci.

— Que se passe-t-il? lui demanda Clark.

— Tom Schwann et toi étiez bons amis, n'est-ce pas?

— Très bons amis. Depuis l'enfance.

— Alors, tu dois être au courant pour son tatouage?

— Evidemment. Une bêtise d'adolescents. Carter et lui. Quels crétins...

Treven se mit à rire.

— Carter et Tom se sont fait tatouer?

— Oui. J'étais de la partie d'ailleurs, se remémora Clark, en secouant la tête. Tout excité à l'idée de me faire tatouer. Mais je n'avais pas dix-huit ans et le type a refusé de m'en faire un. J'étais fou de rage.

— C'est la première fois que j'entends parler de cette histoire, fit remarquer Treven.

Clark lui adressa un petit sourire narquois.

— Je n'estimais pas nécessaire de te mettre au courant de tous mes exploits d'ivrogne, papa.

— Je suppose que je dois t'en être reconnaissant. Les quelques exploits dont j'ai eu connaissance sont déjà responsables de ma calvitie.

Clark s'esclaffa et son père lui jeta un regard agacé.

— Ça t'amuse?

Il se tourna vers Reed.

— Attends d'avoir un ou deux gosses, Dan, et reviens me voir quand ils seront adolescents. On en reparlera.

— Non merci. Pourquoi crois-tu que je ne sois pas encore père?

— Parce que tu n'arrives pas à trouver une femme prête à te faire un gosse!

— Trouver des femmes consentantes n'est pas mon problème, Clark.

Cette fois, ce fut au tour de Treven de ricaner. Pas démonté pour autant, Clark se contenta de boire une gorgée de vin sans relever l'insulte.

— Alors, Dan, pourquoi cet intérêt soudain pour mes frasques de jeunesse ? demanda-t-il.

— Je ne fais que suivre une piste, murmura Reed, en guettant sa réaction.

Il remarqua que le verre de Clark tremblait légèrement quand il le reposa.

— Un tatouage d'adolescent, une piste ?

Dan jeta un coup d'œil à Treven qui avait froncé les sourcils et observait son fils.

— On ne sait jamais. Que symbolisait le motif choisi, un serpent enroulé autour d'un cep de vigne ?

— On trouvait ça chouette.

— On ?

— Oui, nous tous… Les copains…

— Qui d'autre à part Tom et Carter ?

— Joe… Terry Bianche…

Terry Bianche s'était tué quelques années auparavant dans un accident de moto. Il était ivre et conduisait trop vite. La plupart des gens de la région avaient estimé qu'il était mort comme il avait vécu.

— Mon frère Joe ?

— Lui-même. Sauvé par son âge également.

— Donc, vous trouviez sympa d'avoir un tatouage représentant un serpent enroulé autour d'un cep de vigne ? Qui avait suggéré ce motif ?

Clark le regarda, l'air de ne pas comprendre.

— Le dessin n'est pas banal, insista Dan. Stylisé et très beau. Il rendrait sûrement très bien sur un bijou.

Une lueur traversa les yeux de Clark. De la peur ?

— Pour être franc, l'aspect esthétique m'était passé au-dessus de la tête. J'avais dix-sept ans et je trouvais juste cool l'idée d'un tatouage…

— Tu ignores donc qui a trouvé ce motif ?

— Pour autant que je m'en souvienne, il s'agissait d'un des modèles proposés par le tatoueur.

— Tu n'es jamais retourné te faire tatouer ? Pourquoi ?

— L'occasion ne s'est pas présentée. Nous avions passé le cap.

— Dieu merci ! Quelle horreur ! commenta Treven. Des pistes pour l'assassin de Tom ?

— Quelques-unes. C'est tout ce que je peux te dire pour l'instant.

— On raconte qu'il aurait été dévalisé, dit Clark. Je parie que c'est le coup d'un travailleur agricole. Si ça se trouve, il ne parlait même pas l'anglais.

— Merci pour votre temps, les amis, dit-il en se levant. Désolé d'avoir interrompu votre déjeuner.

— Si nous pouvons faire quoi que ce soit pour t'aider, lui assura Treven. Tout le monde est sur les dents avec cette histoire.

— A se demander qui sera le suivant, renchérit Clark.

— Qu'est-ce qui te fait croire qu'il y aura un suivant ?

Clark eut l'air surpris.

— Je ne crois pas… Je suis juste…

— Effrayé, conclut Treven. Francine n'arrive plus à dormir depuis qu'on a découvert Schwann.

— Je comprends et je vous assure que nous faisons tout notre possible.

— Nous le savons. Merci, Danny.

Reed prit congé. Arrivé à la porte du restaurant, il se retourna. Les deux hommes avaient l'air de se disputer.

38

Mercredi 10 mars
17 h 10

En fin d'après-midi, le même jour, alors qu'Alex n'attendait personne, quelqu'un sonna à sa porte. La jeune femme alla ouvrir et se retrouva face à Rachel. Cette dernière avait l'air préoccupé.

— J'ai appris pour Max Cragan et je voulais savoir comment tu allais.

— Ça va. Entre…

Rachel tenait une bouteille de vin dans chaque main.

— J'ai apporté un peu de liquide anesthésiant.

— Deux bouteilles ?

— C'est que j'ignorais le degré de ta souffrance.

Pendant que Rachel ouvrait la première bouteille, Alex prépara une assiette composée de crackers, de fruits et de fromage. Puis elles s'installèrent dans le salon.

— Alors…, la pressa Rachel, raconte-moi ce qui s'est passé.

Alex s'exécuta de bonne grâce et narra tous les événements, depuis sa visite à la bijouterie jusqu'au coup de téléphone de Max, la veille au soir.

— Ce matin, quand il n'a pas ouvert la porte, j'ai compris que quelque chose clochait et je…

Mais l'image de l'homme au bout de la corde, le visage congestionné, lui traversa l'esprit et elle baissa la tête, incapable d'aller plus loin.

Rachel lui prit la main.

— Ça a dû être horrible…

— Oui. Il était… dans son garage. Il s'était pendu et son visage…

Rachel n'insista pas. Elles sirotèrent leur vin en silence, mais, loin de mettre Alex mal à l'aise, ce silence la réconforta. Il y avait dans la présence de Rachel quelque chose de doux et de consolant et Alex se dit qu'il en était peut-être déjà comme cela autrefois : la demi-sœur adolescente avait dû plus d'une fois réconforter la petite.

— Merci, dit-elle finalement.

— De quoi ?

— D'être là. Tu sais, c'est moi qui ai découvert le corps de ma mère. Les circonstances étaient très différentes, mais je commence à me prendre pour Mary Typhoïde[7].

— Maintenant que tu en parles…

Alex pouffa, sous les premiers effets de l'alcool.

— Un toast ! proposa alors Rachel, en levant son verre.

— Un toast ? A quoi ?

— Aux vignes, cadeau de la terre, au vin, cadeau des dieux, et à ses propriétés magiques et curatives. Et aux sœurs !

Alex cogna son verre.

— Tu sais que tu es un peu folle ?

— Oui, mais toi aussi.

— Après ce que nous avons vécu, comment pourrions-nous ne pas être un peu déboussolées ?

En effet… Alex n'estimait pas qu'elle avait eu une enfance très heureuse, du moins insouciante, comme celle de beaucoup d'enfants, mais l'enfance de Rachel n'avait pas été meilleure. Pire, même, si l'on considérait qu'elle avait perdu très jeune sa propre mère.

— Je suis désolée pour ta mère, lui dit-elle, dans un élan de compassion. Ça a dû être terrible pour toi de la perdre de cette façon.

Rachel se raidit.

— Que sais-tu à ce sujet ?

Alex fut sidérée par la sécheresse de sa voix et l'expression de son visage.

— Je ne voulais pas te faire de peine, s'empressa-t-elle de dire. On m'a raconté l'accident, sa noyade dans la cuve de fermentation et je… je suis vraiment désolée… Je sais ce que c'est, de perdre sa mère trop tôt.

7. Mary Typhoïde est le surnom donné à Mary Mallon (1869-1938) qui fut la première personne aux États-Unis identifiée comme porteur sain de la fièvre typhoïde. Au cours de sa carrière de cuisinière, elle infecta une trentaine de personnes.

— Vraiment ? Quel âge as-tu ? Trente ans ? Et ta mère n'est morte que depuis un mois.

— Mais je l'ai perdue bien avant, expliqua doucement Alex. Elle n'était plus qu'une présence physique, et encore… Souvent cloîtrée dans sa chambre, au fond de son lit…

Rachel parut se ressaisir. Elle reprit, d'un ton plus amène :

— Ma mère ne s'est pas noyée. Elle a été asphyxiée.

Elle se leva et s'approcha de la cheminée où elle fixa l'âtre.

— En vinification, il existe un processus appelé la cuvaison. Pendant la fermentation du vin, le moût, c'est-à-dire la peau du raisin, les pépins et les rafles, remonte à la surface de la cuve où il forme ce qu'on appelle le « chapeau » du marc, qui doit être repoussé au fond. Le couvercle de la cuve est alors soulevé et un outil qui ressemble à un presse-purée écrase le chapeau jusqu'au fond de la cuve. Le danger réside dans la grosse quantité de CO_2 dégagée par la fermentation du vin. La personne en charge peut facilement être asphyxiée et tomber dans la cuve.

— C'est ce qui est arrivé à ta mère ?

— Oui. Des accidents se produisent encore malgré les nouveaux équipements et les consignes de sécurité.

— Personne n'a pu lui venir en aide ?

— Ils ont dû retenir oncle Treven.

— Le retenir ? Je ne comprends pas…

— Il aurait été asphyxié lui aussi, s'il avait tenté quoi que ce soit sans équipement. Et, le temps qu'il enfile un harnais, ma mère serait morte de toute façon. Aucun des deux n'était équipé, ajouta-t-elle d'un ton amer. Papa leur a trouvé des excuses pour ne pas s'être correctement harnachés. Je suppose que c'est compréhensible. Ils avaient tous les deux grandi dans le vignoble. Depuis leur plus jeune âge, ils côtoyaient les cuves et connaissaient le travail de vinification…

Sa voix mourut, puis elle se redressa et se tourna vers Alex, tremblante de colère.

— Non, c'est faux. Je ne comprends pas, cria-t-elle. Elle n'aurait jamais dû se trouver sur la passerelle sans même un harnais de sécurité ! A quoi pensait-elle ? Elle avait un enfant qui avait besoin d'elle. Et elle était…

Rachel se tut brusquement, s'efforçant de recouvrer son calme.

— Elle était enceinte. Tu le savais ?

— Non, je l'ignorais…

— De trois mois.

Rachel essuya une larme d'un geste rageur.

— Un garçon. Nous ne l'avons appris qu'à l'autopsie. Tu comprends maintenant pourquoi mon père est dans cet état? C'est très facile pour oncle Treven de se montrer fort. Il n'a pas perdu deux femmes et deux fils. C'est facile pour Clark et Will de parader comme si le monde leur appartenait. Ils ignorent ce que ça fait de perdre…

Sa voix se cassa.

— Leur mère est toujours vivante, toujours mariée à leur père. Toujours… Mince, je déteste quand je suis comme ça!

Alex s'approcha et posa la main sur son épaule.

— Je compatis, Rachel.

— Ils ne sont pas comme nous, Alex. Aucun d'eux.

Rachel avait raison. Toutes deux étaient liées par leur chagrin. La perte de leur frère. La perte de leur mère.

Elles étaient de vraies sœurs.

Alex passa un bras autour de ses épaules et l'attira. Rachel résista un instant, puis s'abandonna et la serra dans ses bras à son tour.

Elles ne pleuraient pas. Elles se réconfortaient mutuellement.

Alex comprit à quel point elle avait besoin d'une sœur avec qui partager le passé. Une personne capable de la comprendre.

— Je me sens stupide, dit finalement Rachel, en s'écartant. J'étais venue te réconforter et voilà que c'est toi qui me remontes le moral.

— A quoi servirait une sœur sinon?

Les larmes montèrent aux yeux de Rachel.

— Et dire que je te supportais mal quand tu avais cinq ans!

— J'ai beaucoup de choses à me faire pardonner.

— Même pas. J'étais une adolescente pénible. C'est moi qui devrais me faire pardonner.

— L'expiation commence maintenant. Il est temps d'ouvrir cette deuxième bouteille.

Rachel éclata de rire et se précipita dans la cuisine.

— Je m'en occupe. Reste tranquille.

Alex l'entendit farfouiller, puis le bruit d'un bouchon qui sautait résonna.

Un instant plus tard, Rachel se présentait sur le pas de la porte, la bouteille dans une main et dans l'autre des baguettes en acier inoxydable — œuvre d'un artiste réputé de San Francisco — que Tim lui avait offertes pour un de ses anniversaires.

— Super baguettes, fit-elle remarquer. Très chic.

— Un cadeau de mon ex-mari. Il adore les sushis.

— Typique d'un homme. *Te* faire cadeau de quelque chose qu'*il* aime.

— Je n'avais pas considéré la chose sous cet angle.

— Maintenant, tu sais. A ce propos, je veux que tu me dises tout à son sujet.

— Au sujet de Tim ?

— Oui.

Rachel s'assit en tailleur sur le sol, un verre à la main, tout ouïe.

— Pour commencer, il va sûrement être vert de jalousie quand je lui parlerai de ce vin. Il est divin.

— Il devrait. C'est une cuvée spéciale. Un très bon cru de ma propre cave. Donc, si je comprends bien, tu es encore en bons termes avec ton ex-mari.

— Il nous arrive même de coucher ensemble de temps en temps.

Elle porta la main à sa bouche, comprenant qu'elle devait *immédiatement* arrêter de boire.

— Je ne peux pas croire que je t'aie avoué ça !

— Parle-moi de lui, insista Rachel en riant.

Alex lui raconta alors leur rencontre, les raisons de leur divorce et leur relation actuelle. Rachel prit la suite et elles discutèrent ainsi toute la soirée, vidant la bouteille et riant comme des adolescentes.

Elles avaient les mêmes vues politiques, le même sens de l'humour. Elles aimaient et détestaient les mêmes choses. Au cours de la soirée, Alex se rendit compte qu'elles se ressemblaient vraiment beaucoup pour deux personnes dépourvues de liens familiaux.

Sauf si Harlan Sommer était son père… Elle faillit en parler, mais se retint. Bien que proche de Rachel, elle ignorait comment celle-ci réagirait à une telle suggestion.

— Où est ta bague ? s'étonna soudain cette dernière.

— Dan Reed l'a prise.

— Reed ? Pourquoi ?

— Il en avait besoin pour l'enquête.

Rachel s'appuya contre le canapé, les jambes étendues devant elle.

Elle avait depuis longtemps ôté ses bottines et elle agita ses orteils sous ses chaussettes.

— Je ne comprends pas pourquoi…

— Qu'est-ce que tu ne comprends pas ?

Alex constata qu'elle était complètement soûle et qu'elle avait du mal à articuler.

— Eh bien, Max s'est suicidé, non ?

Alex hocha la tête.

— Alors, en quoi ta bague peut-elle l'aider ?

— Cette bague se trouve être la raison de ma présence sur les lieux. Je voulais savoir si c'était Max qui l'avait dessinée. Mais il est possible que Reed ait une autre raison pour la garder.

— Laquelle ?

— Du diable si je le sais.

Rachel considéra son verre vide et eut un petit rire.

— Le vin est terminé. Je crois qu'il est temps que je parte.

— Oooooh, non !

Alex se releva péniblement. Au moins, la pièce ne tournait pas… Pas encore…

— Quel genre de sœur serais-je si je t'autorisais à prendre le volant ? Tu dormiras sur le canapé !

39

Jeudi 11 mars
4 h 55

Ils portaient de longues robes à capuche qui dissimulaient leurs corps. Pourtant, elle devinait des corps d'hommes et elle percevait leur grande excitation. Elle cherchait à voir leurs visages, mais ils se dérobaient.

Le cercle se refermait autour d'elle. Un battement de tambour résonnait dans sa tête. Affolée, elle regardait de tous côtés, luttant contre la panique, à la recherche d'une aide, d'une issue.

Brusquement, elle se retrouvait dans une forêt, tapie derrière des fourrés. Quelqu'un parlait. Une voix menaçante, haut perchée, féminine. Non, masculine. En colère. Elle tendait l'oreille pour comprendre les paroles, mais sans y parvenir. Les mots étaient embrouillés, incompréhensibles.

Une odeur âcre lui piquait le nez. Du bois de santal. Elle ne pouvait plus respirer et encore moins crier. Pourtant, elle savait que crier était son seul salut.

Crie, Alex... Crie...

Elle se retrouva brusquement assise dans son lit, les yeux écarquillés, tandis que son cri rebondissait sur les murs.

La porte de sa chambre s'ouvrit à la volée et la lumière inonda la pièce.

— Alex ? Qu'est-ce qui se passe ?

Elle cligna des yeux, désorientée, toujours enfermée dans le cercle menaçant.

— Alex, tu as hurlé.

Rachel… La nuit… Le cottage… Rachel était restée dormir.

— Un cauchemar, parvint-elle à dire, remontant la couverture jusqu'à son menton.

Elle tremblait.

— Je… je suis désolée de t'avoir réveillée.

— Aucune importance, mais tu m'as fait une peur bleue !

— Excuse-moi.

Rachel s'assit sur le bord du lit.

— Tu veux en parler ?

Alex secoua la tête.

— Je veux juste oublier.

— Très bien, je comprends.

L'air blessé, Rachel fit mine de se lever, mais Alex attrapa sa main.

— Je fais des cauchemars. J'en ai fait toute ma vie. Ils viennent et partent. En ce moment, je suis dans une mauvaise passe, c'est tout.

Rachel lui serra la main pour lui témoigner sa reconnaissance d'avoir bien voulu partager ça avec elle.

— Je ne voulais pas me montrer indiscrète.

— Je sais. C'est moi… Je… Navrée de t'avoir réveillée en sursaut, ajouta-t-elle avec un sourire contrit.

— On peut dire que nous formons une belle paire toutes les deux. Tu vas pouvoir te rendormir ?

Alex jeta un coup d'œil au réveil.

— A quoi bon ? Il est près de 5 heures.

— Et si je préparais du café ?

— Ce serait merveilleux. Tu trouveras tout ce qu'il faut dans la cuisine. J'arrive tout de suite.

Alex prit le temps d'enfiler un survêtement et de se laver les dents avant de rejoindre Rachel. Cette dernière avait remis ses vêtements de la veille et semblait perdue dans la contemplation du café qui passait.

— La cafetière la plus lente de cette planète, murmura Alex.

— Je vois ça. Comment va ta tête ce matin ?

— Douloureuse, mais ça pourrait être pire. Et la tienne ?

— Elle me punit pour mes excès. Je l'ai bien cherché.

Alex sourit.

— Le café devrait nous remettre d'aplomb.

— Je suis contente de n'avoir jamais fait de cauchemars.

— Encore une de ces veinardes qui dorment comme des loirs… Je suis jalouse.

Rachel éclata de rire.

— Je n'ai pas dit ça. J'ai aussi mes propres démons, mais les cauchemars ne font pas partie de la panoplie.

Des démons.

— Tu veux que je te raconte ?

— Seulement si tu en as envie.

— D'abord, j'ai besoin de me sustenter.

Ensemble, elles préparèrent des œufs brouillés et des toasts. Puis elles s'assirent pour manger. Rachel ne la pressa pas, ce qu'Alex apprécia.

Ce n'est qu'après avoir terminé son assiette et rempli de nouveau sa tasse qu'elle commença.

— Comme je te l'ai dit, j'ai fait des cauchemars toute ma vie. Aussi loin que je m'en souvienne. En général, je suis pourchassée et je cours pour sauver ma peau. Mais depuis quelque temps ils sont… différents. Plus précis.

— Comme ce soir ?

— Oui. Cette nuit, j'étais encerclée par des hommes. Je devinais leur excitation et je me sentais menacée. J'étais terrifiée.

— Mon Dieu ! Pouvais-tu voir leurs visages ?

— Non. Ils portaient des robes à capuche. Mais c'est le propre des rêves. Un jeu du subconscient.

— Est-ce qu'ils cherchaient à te violer ?

— C'est ce qui vient à l'esprit, mais les rêves ne sont jamais aussi évidents. Aussi directement lisibles, tu sais… Les hommes, le cercle, les visages cachés, le sentiment d'être prisonnière, menacée, il ne s'agit que de symboles qui renvoient à autre chose.

— Quoi ?

— Je l'ignore. Et ce matin je suis bien trop fatiguée pour réfléchir.

Elle se sentit un peu coupable de son petit mensonge. Si Tim s'était trouvé en face d'elle, à la place de Rachel, gueule de bois ou pas, elle n'aurait certainement pas hésité à se mettre à nu et à décortiquer les énigmes de son cerveau. Une chose qu'elle ne se sentait pas prête à faire devant Rachel. Elle ne la connaissait pas assez.

— J'ai le remède miracle pour ça ! s'exclama cette dernière. Une manu-péd.

— Une manu quoi ?

— Une manucure et une pédicure. Je peux nous obtenir un rendez-vous. Ça me coûtera sûrement une bouteille de ma cave, mais quelle importance. Qu'en dis-tu ?

— Tu ne dois pas travailler ?

— Au diable le travail. Je travaille tout le temps.

Alex regarda ses mains et constata que ses ongles avaient bien besoin de soins. Quant à ses orteils, n'en parlons pas.

— Nous nous achèterons du maquillage, continua Rachel, tout excitée. Du rouge à lèvres et du fard à paupières d'une horrible couleur que nous ne mettrons jamais.

Alex rit. C'était tentant. Le genre d'amusement qu'elle n'avait pas connu depuis… En fait, qu'elle n'avait jamais connu.

— Je suis partante.

Rachel se frotta les mains.

— Parfait. Le temps de passer chez moi me changer et de prévenir au bureau et je suis de retour.

40

Jeudi 11 mars
16 h 25

Alex se gara en face d'une petite maison d'aspect modeste et coupa le moteur. Poussant un soupir, elle tapota le volant du bout des doigts, souriant à la vue de ses ongles fraîchement vernis. Rachel était folle, mais elle la faisait beaucoup rire et elle était parvenue à la sortir de sa réserve. Elles avaient passé la journée à s'amuser comme de vraies gamines.

A commencer par la couleur du vernis : rose fuchsia pour elle, orange pour Rachel, vif à faire pâlir d'envie la Floride. Pour le rouge à lèvres, elles avaient toutes les deux opté pour le même rouge lumineux, absolument immettable, mais étonnamment flatteur.

Elle ouvrit la portière et, une fois sortie, attrapa le bouquet de fleurs posé sur le siège arrière. Bizarrement, le temps passé avec sa demi-sœur lui avait donné le courage de s'acquitter enfin d'une démarche qu'elle remettait depuis la découverte du corps de Max : présenter ses condoléances à sa fille.

Et peut-être obtenir quelques réponses.

Elle remonta l'allée jusqu'à la porte et sonna. Une petite fille aux cheveux noirs, le visage constellé de taches de rousseur, ouvrit la porte. Alex la reconnut d'après les photos que Max lui avait si fièrement montrées, la plus jeune de ses trois petites-filles.

— Bonjour, lui dit-elle. Est-ce que ta maman est là ?

L'enfant hocha la tête et, enfonçant le pouce dans sa bouche, partit en courant, abandonnant Alex sur le seuil.

Ne sachant que faire, celle-ci poussa la porte et appela.

— Madame Wilson ?

Quelques instants plus tard, une femme apparut, la fillette sur ses talons.

Le visage d'Angie Wilson exprimait son chagrin. Les traits tirés, elle n'était qu'une pâle copie de la femme qu'Alex avait contemplée sur la photo.

— Que puis-je pour vous ?

— Je suis Alex Clarkson, dit Alex, en lui tendant le bouquet de fleurs. Je vous présente toutes mes condoléances pour votre père.

Angie contempla le bouquet, puis Alex, et ses yeux s'emplirent de larmes.

— Merci, dit-elle. Entrez.

Elle prit les fleurs et referma la porte derrière elles. La maison semblait avoir été balayée par une tornade. Angie dégagea un coin du canapé.

— Votre père vous aimait énormément, vous et vos filles. Il m'a dit que Dieu l'avait beaucoup gâté.

— Vous faite partie de sa paroisse ?

— Non.

— Nous nous connaissons ?

— Non. En fait, je n'ai rencontré votre père qu'une seule fois, mais il m'avait beaucoup touchée. C'était un homme bon.

Angie se mit à pleurer. La fillette qui s'était assise aux pieds de sa mère avec un livre grimpa sur ses genoux, l'air effrayé.

— Ne pleure pas, maman. Papy est au paradis.

— Tu as raison, ma chérie, dit la jeune femme, en serrant l'enfant dans ses bras. Tu veux bien aller me chercher des mouchoirs ?

La fillette descendit et trottina à la recherche de mouchoirs.

— C'est vous qui l'avez trouvé, n'est-ce pas.

Ce n'était pas une question et Alex hocha la tête.

— Pourquoi étiez-vous passée le voir ?

— J'ai une bague… qui appartenait à ma mère… Et je voulais savoir si c'était lui qui l'avait dessinée.

La fillette revint avec un paquet de mouchoirs et Alex attendit que la femme se mouche et essuie ses yeux.

— Merci pour les fleurs, dit-elle. Mais je… Si ça ne vous ennuie pas, je voudrais rester seule.

— Je comprends. Je suis tellement désolée.

Elle se pencha et posa la main sur celle de la femme.

— Avec le temps, vous verrez, la douleur diminue. Je sais ce que vous…

Elle respira un grand coup.

— Ma mère vient de mourir. Elle… elle s'est suicidée, elle aussi.

Angie se raidit.

— Pardon ?

— Je sais ce que vous ressentez.

— Mon père ne s'est pas suicidé.

Alex ne put cacher sa surprise.

— Je croyais… La police… Je…

— Mon père ne s'est *pas* suicidé. Il était heureux et satisfait de sa vie. Même après la mort de ma mère. Jamais il n'aurait…

— Je ne sais pas. J'ai juste…

— Ses mains tremblaient tellement qu'il ne pouvait même pas prendre le chat dans ses bras ! Comment aurait-il pu dresser une échelle, suspendre une corde et y faire un nœud ? C'est ridicule.

Alex s'aperçut qu'elle ne s'était même pas posé la question, acceptant les apparences sans les remettre en cause. Comme avec sa mère ? Sauf que sa mère n'était pas heureuse et qu'elle avait déjà fait deux tentatives auparavant.

— Votre père avait-il déjà fait des tentatives de suicide ? Avait-il déjà parlé de se tuer ?

Mais elle connaissait les réponses. Un homme qui s'avouait comblé par la vie ne se serait jamais pendu.

Même s'il avait eu les capacités physiques pour le faire.

Mais alors, si Max ne s'était pas suicidé, cela signifiait qu'il avait été assassiné.

Son regard croisa celui d'Angie.

— En avez-vous parlé à la police ?

— Evidemment, répondit-elle d'un ton amer. Ils m'ont traitée comme une pauvre fille naïve.

Alex n'avait aucun mal à le croire. Les policiers savaient à quoi s'en tenir. Mais peut-être que, dans ce cas, ils se trompaient.

— Voulez-vous que je leur parle ? Je connais l'inspecteur Reed. Peut-être que si je lui expliquais…

— Pourquoi feriez-vous ça pour moi ?

Alex savait qu'à la place d'Angie elle aurait posé la même question.

Lui répondre qu'elle se sentait responsable de la mort de son père ne l'aurait pas aidée. Mieux valait se contenter de la deuxième raison.

— Parce que j'aimais bien votre père.

— J'ai déjà parlé à l'inspecteur Reed. Et il n'a pas paru convaincu par mon avis.

— Laissez-moi essayer.

Alex se leva et la femme l'imita.

— Merci, dit-elle.

Alex s'avança vers la porte.

— Avez-vous découvert si mon père avait dessiné votre bague ?

— Il m'a dit que non. Je vais devoir me débrouiller autrement.

— Pourquoi est-ce si important ?

— Ma mère est morte et je… je n'ai personne d'autre. J'espérais que ça m'apprendrait quelque chose sur son passé. Et me donnerait peut-être le nom de mon père.

— Mon père gardait un classeur de tous ses dessins. J'y jetterai un œil.

41

Jeudi 11 mars
19 h 40

— Bonjour, fils.

— Papa ?

Dan regarda derrière lui, s'attendant à découvrir sa mère ou un de ses frères. Son père lui rendait rarement visite sans y être forcé. Rectification : ne lui rendait *jamais* visite. Pourtant, aujourd'hui, personne ne l'accompagnait.

— En voilà une surprise, dit-il.

— Puis-je entrer ?

Dan ouvrit grand la porte et le laissa passer.

— Je t'en prie. J'étais en train de préparer mon dîner. Donne-moi juste le temps d'éteindre le four.

Il avait hérité de la maison à la mort de sa grand-mère maternelle, une bonne chose parce qu'il n'aurait jamais pu se l'offrir sur son salaire de policier. Non pas qu'elle fût très grande, ni particulièrement luxueuse, mais l'immobilier à Sonoma se négociait à des prix outrageusement élevés.

— Tu l'as bien arrangée, constata son père, après avoir examiné la décoration de style Art déco.

— Un compliment ? Waouh ! Je n'aurais jamais cru vivre assez longtemps pour ça.

Son père ne releva pas la pique.

Dan se dirigea vers la cuisine et, après avoir éteint le four et sorti son plat, il revint dans le salon où son père faisait les cent pas.

— Assieds-toi, lui proposa-t-il.

— Non, merci. Je préfère rester debout.

Il regarda son fils droit dans les yeux.

— On m'a rapporté que tu harcelais nos amis, n'hésitant pas à les déranger sur leur lieu de travail et à réveiller de mauvais souvenirs.

Apparemment, il avait touché un nerf sensible. Suffisamment en tout cas pour envoyer la cavalerie.

— Harceler ? Bizarre, moi, j'appelle ça faire mon boulot.

— Tu sais ce que je pense de ton choix de carrière.

— Tu n'en as jamais fait mystère.

— Tout ça pour un tatouage ridicule !

— Ce « tatouage ridicule » comme tu l'appelles représente un point commun entre deux crimes.

— Je veux que tu laisses tomber.

— Je ne peux pas.

Il soutint son regard.

— Que signifient ce serpent et ce cep de vigne ?

— Rien du tout.

— Si ce n'était pas important, tu ne serais pas ici. Nous le savons tous les deux.

— Je suis venu parce que tu importunes nos amis.

— Qui t'a appelé ? Treven ? Clark ? Carter ? Les trois ?

— Je sais ce que tu as. Ce point commun entre deux crimes, comme tu dis. Le tatouage de Tom et la bague de Patsy Sommer.

— Tu es au courant pour la bague ?

— Oui. Je l'ai remarquée au doigt de sa fille.

— Que signifie-t-elle, papa ?

— Pas ce que tu crois, je peux te l'affirmer. Et elle n'a rien à voir avec ces meurtres.

— Qu'est-ce que je crois ?

— Ne joue pas à ce petit jeu avec moi, Danny.

— C'est toi qui joues, papa. Pas moi. Nous n'avons pas toujours été d'accord, mais tu t'es toujours montré franc. Alors, sois franc avec moi maintenant.

Pendant un moment, son père ne bougea pas. Puis il poussa un profond soupir, s'approcha du canapé et se laissa lourdement tomber dessus. Il fixa longuement ses mains avant de relever la tête.

— Les garçons avaient constitué un club secret.

— Un club secret ?

Son père détourna les yeux et Dan fronça les sourcils. Son père avait toujours été un meneur. Celui qui prenait les décisions, gérait les problèmes, dirigeait.

Mais pas aujourd'hui. Il ne l'avait jamais vu aussi mal à l'aise. Il s'assit à son tour et attendit.

— C'est très difficile à raconter. Très difficile. A l'époque, j'ignorais tout de ce qui se passait. Et quand je l'ai appris… C'était une telle trahison que… Ce fut comme si on m'arrachait le cœur.

Il serra les poings.

— Etre père signifie protéger ses enfants. Les entourer du meilleur. Mais quand le diable s'en mêle…

Sa voix se brisa et Dan écarquilla les yeux. Dans son travail, il voyait tous les jours l'œuvre du diable. Mais, venant de son père et exprimé d'une façon aussi mélodramatique, c'était presque risible.

— Belle performance, papa, mais pas de quoi remporter un oscar. Pourtant, venant d'un type comme toi, c'est presque convaincant. Franchement, épargne-moi le mélo.

— Il n'y a pas de quoi rire, Dan.

— De quel genre de club secret et diabolique s'agissait-il ?

— Un club d'initiation.

— A quoi ?

— Au sexe.

— Et Patsy…

— En était l'initiatrice… Elle les baisait, Dan. Ils ont tous reçu leur tatouage après. Certains d'entre eux n'avaient même pas quinze ans.

Dan avait du mal à concilier le souvenir qu'il gardait de Patsy Sommer avec cette prédatrice sexuelle décrite par son père. Les relations sexuelles entre un adulte et un mineur constituaient un crime, même s'il s'agissait d'un mineur consentant.

— Tu n'en as jamais parlé à la police ?

— Non. Je… Nous ne voulions pas prendre le risque que la presse s'en mêle. Nous avons estimé qu'exposer nos garçons à ce genre de publicité ne ferait qu'empirer les choses.

— Qui était concerné ?

— Tu en connais déjà plusieurs. Tom évidemment. Carter, Clark, Joe, Terry Bianche. Cet autre gamin qu'ils appelaient Spanky.

— Celui qui s'est suicidé il y a dix ou quinze ans ?

Son père hocha la tête.

— Joe n'a pas de tatouage pourtant.

— Nous avons découvert ce qui se passait avant qu'il ne soit tatoué, Dieu merci.

— Maman est au courant?

— Non. Nous avons décidé de ne pas en parler aux mères des garçons.

— Et Harlan?

— Il ignorait tout et l'ignore toujours. Nous préférerions que cela reste ainsi.

Dan se leva et s'approcha de la fenêtre qui donnait sur un vieux vignoble en friche. Il s'était toujours demandé pourquoi le propriétaire l'avait laissé ainsi à l'abandon. La terre était si précieuse.

— Elle couchait avec eux… C'était le seul but de ce club?

— Pas tout à fait. Les initiés assistaient aux ébats des nouveaux. Les encourageaient. Puis ils la baisaient tous à tour de rôle.

Reed repoussa ses cheveux en arrière, se demandant déjà comment il allait pouvoir annoncer cela à Alex.

— Comment l'as-tu appris?

— Par Joe. La disparition de Dylan l'avait complètement traumatisé et il m'a tout avoué. Ça me rend malade rien que d'y penser.

Dan avait déjà entendu bien pire et s'était depuis longtemps endurci face aux horreurs perpétrées par l'animal humain. Mais cette fois le mal touchait sa famille, son petit cercle protégé.

— Et la bague? C'était un cadeau? Ou Patsy l'avait-elle commandée pour…

— Pour elle, oui. Max Cragan en avait imaginé le motif. Mais bien entendu il ignorait tout de ce qu'elle symbolisait.

Son père passa une main tremblante sur son front.

— Quand je pense que pendant ce temps nous les considérions comme nos amis, nous la traitions comme l'une des nôtres…

Le visage de son père reflétait sa peine et sa culpabilité.

— J'aurais dû m'en apercevoir… Elle s'en prenait à nos fils. Comment n'ai-je rien vu? Aucun d'entre nous n'a jamais rien soupçonné.

— Sais-tu qui est le père d'Alexandra?

— Ce pourrait être n'importe qui.

— Et Dylan?

Son père le regarda, l'air surpris.

— Quoi, Dylan ?

— Qui était son père ?

— Harlan, évidem…

Il s'arrêta net, comme s'il prenait brusquement conscience que Dylan pouvait avoir été conçu par un autre homme.

Dan trouva cela étrange. Son père dut s'en apercevoir parce qu'il tenta aussitôt de s'expliquer.

— Nous avons tous assumé… Il ne nous est jamais venu à l'esprit…, bafouilla-t-il.

Il s'éclaircit la voix.

— Tu dois comprendre qu'avant que tout cela soit découvert, nous étions amis. Les meilleurs amis du monde. Nous les considérions comme un couple uni et amoureux. Et je ne sais même pas quand sa folie a commencé.

— Sa folie ?

— Comment appelles-tu ça ? Trouve-moi un meilleur terme. Coucher avec les fils de tes amis, c'est de la… démence.

— C'est un crime, corrigea Dan. Tu aurais dû prévenir la police.

— Mais nous ne l'avons pas fait ! Nous avons fait ce qui nous paraissait le mieux à ce moment-là !

Il cacha son visage dans ses mains, un geste que son fils ne l'avait jamais vu faire.

Quand ses mains retombèrent, des larmes brillaient dans ses yeux.

— Elle n'est pas partie de son plein gré. Nous l'y avons obligée. Dylan avait disparu. Alexandra n'était pas la fille d'Harlan. Dieu nous pardonne, nous n'avons jamais voulu qu'il apprenne la vérité. Quand nous avons confronté Patsy, elle a menacé de tout lui révéler, si nous ne lui offrions pas une compensation. Elle avait besoin d'un petit pécule. Alors, nous lui avons donné de l'argent et elle est partie avec Alex et la promesse de ne jamais revenir.

Il tendit la main.

— Je suis venu, ce soir, chapeau à la main, pour te demander ton aide. Laisse tomber cette histoire de tatouage, sinon des innocents vont souffrir. Pense aux enfants de Joe. Mon Dieu, si tout cela venait à se savoir !

Dan comprit que cette situation le touchait de trop près. Il ne s'agissait pas d'un étranger sollicitant son aide, mais de son propre père. Un homme inflexible qui, lorsque lui-même avait pris la décision de quitter l'exploitation familiale, l'avait congédié en disant : « Eh bien, pars. Personne n'a besoin de toi. »

Pourtant, aujourd'hui, cet homme sollicitait son soutien.

— Je verrai ce que je peux faire, lui dit-il, mais je ne peux rien te promettre.

— Merci, fils, lâcha son père dans un soupir. C'est la meilleure solution, crois-moi.

— Mais si nous apprenons quelque chose qui renforce la connexion entre…

— Ça n'arrivera pas. La bague et le tatouage n'ont rien à voir avec le meurtre de Tom.

Longtemps après le départ de son père, Dan ressassa ce qu'il venait d'apprendre. Il pensa à Alex, à son frère, à Clark et aux autres. Et il pensa à Patsy Sommer.

Qui était-elle ? La femme gentille de ses souvenirs, toujours souriante, mère et épouse modèles ? Ou l'artiste bipolaire, talentueuse, mais souffrant de crises de désespoir si profondes qu'elle en devenait violente ? Ou encore la séductrice criminelle décrite par son père, qui s'attaquait à de jeunes garçons ?

« La bague et le tatouage n'ont rien à voir avec le meurtre de Tom. »

Peut-être pas. Mais avaient-ils un rapport avec celui de Dylan ?

Un frisson d'excitation le parcourut. Si Patsy était bien une prédatrice sexuelle, Dylan pouvait être le fils de n'importe qui. Un fait qui, s'il était révélé, bouleverserait certainement la vie de beaucoup de gens. Et en particulier celle du vrai père. Celle d'Harlan également. Et, si le père était mineur au moment de la conception, celle de sa famille.

Il vaut parfois mieux ne pas déterrer les vieilles histoires.

42

Jeudi 11 mars
21 heures

Une fois son père reparti, Dan appela Barbara. Il y avait de la musique en fond sonore.

— Où es-tu ? lui demanda-t-il.

— Chez Tony. Que se passe-t-il ?

Tony était un bar situé à proximité de leur bureau, l'un des endroits préférés du département pour prendre un verre après le travail.

— Nous devons parler. Je te rejoins.

Vingt minutes plus tard, il entrait chez Tony et fonçait droit sur le bar. Tony était en fait Antonia, une trentenaire mignonne et sans prétention, qui considérait son établissement comme une alternative « anti-vin ». Même si ce dernier figurait au menu, priorité était largement donnée à une vingtaine de bières de marques différentes et aux autres alcools.

De part et d'autre du bar, deux grands écrans plats permettaient de suivre en direct toutes sortes d'événements sportifs et le billard au fond de la salle, vieux, mais bien stable, ne comptait plus les parties. Les cacahouètes, bretzels et autres pop-corn étaient en libre-service, vingt-quatre heures sur vingt-quatre et sept jours sur sept.

— Reed ! s'exclama Antonia. Ça fait longtemps !

Elle remplit d'office une chope de bière blonde Poppy Jasper et la déposa devant lui.

— Les mauvais garçons m'occupent à plein temps.

— Moi aussi, répliqua-t-elle avec un sourire. Barbara m'a dit de te prévenir que tu la trouverais au billard.

— Merci.

Il paya sa bière et se dirigea vers le fond de la salle où Tanner, Cal et deux jeunes recrues du service de la répression du banditisme s'affrontaient dans une partie à huit boules.

Penchée sur la table, Barbara s'apprêtait à jouer, quand elle se retourna.

— Tu apprécies la vue, Dan?

— Pour être franc, oui.

Elle sourit.

— Bien. Contente de savoir que je vaux encore le coup d'œil!

Revenant au jeu, elle frappa d'un mouvement souple et précis. La boule toucha sa cible — la quinze — qui fonça dans le trou. Elle continua ainsi jusqu'à la boule huit. Quelques minutes plus tard, les deux jeunes bleus se dirigeaient en grommelant vers le bar pour commander un autre verre.

Elle s'assit ensuite à côté de Reed, imitée par Cal.

— Alors, quoi de neuf? demanda-t-elle.

Reed leur raconta ce que son père venait de lui révéler sur Patsy Sommer.

Cal siffla entre ses dents.

— Etre initié par une femme plus âgée et expérimentée est le fantasme de tout adolescent. Elle devait vraiment être canon. Tu te rappelles ce film, *Le Lauréat*…

— Du calme, Cal! Epargne-nous ta description du fantasme adolescent.

— Certains garçons avaient à peine quinze ans, précisa Reed.

— Il s'agit donc d'un viol. Au mieux, de rapports sexuels avec un mineur consentant.

— Il semblerait que l'initiation incluait des actions de groupe. Un public pour encourager le nouvel initié, puis chacun tirait son coup.

Barbara Tanner fit la grimace.

— Carrément malsain. Ce n'est certainement pas de cette façon que je voudrais que mon fils découvre le sexe!

— Les pères des garçons ont eu la même réaction.

— Tous?

— Que veux-tu dire?

— Je m'étonne juste de cette unanimité. Notre société tend à approuver l'initiation sexuelle d'un jeune homme par une femme plus âgée et expérimentée. Mais pour une fille du même âge on parlerait de crime.

— Exact.

— Je pourrais même imaginer certains pères haussant les épaules, sans y attacher plus d'importance que ça.

— D'ailleurs, ils n'ont pas porté plainte, renchérit Cal. Ce qui semblerait conforter ton propos, Barbara.

— Ils se sont contentés de se débarrasser d'elle en lui donnant un peu d'argent, ajouta Dan. Ils ne voulaient pas que ça se sache. Ni qu'Harlan l'apprenne. Ils n'en ont même pas parlé aux mères des garçons.

Les deux jeunes recrues revinrent avec leurs bières et proposèrent une nouvelle partie, mais Barbara refusa. Ils firent alors demi-tour et repartirent vers le bar.

— Mon père voudrait que ça reste secret, reprit Dan. Il m'a demandé de laisser tomber l'enquête sur le tatouage.

— Evidemment, murmura Barbara. Les familles les plus influentes du comté sont concernées : les Sommer, les Reed, les Townsend, les Schwann et les Bianche. Aucune d'entre elles ne tient à voir son nom mêlé à une histoire sordide de sexe et de société secrète. Une histoire qui risquerait par ailleurs de réveiller les esprits sur la disparition de Dylan.

— Sans compter que les pères seraient sans doute montrés du doigt par les médias pour n'avoir rien dit, renchérit Cal. L'époque a changé. Aujourd'hui, les gens sont bien plus conscients des abus sexuels et de leurs conséquences désastreuses.

— D'après mon père, il n'y aurait aucune connexion entre ce club et le meurtre de Tom.

— Et tu le crois ?

— Je crois qu'il en est convaincu, en tout cas. Et je crois qu'il a probablement raison en ce qui concerne le meurtre de Tom. Par contre, je serais curieux de savoir si ça n'a pas eu une influence sur l'enquête concernant la disparition de Dylan.

— Rappelle-moi la chronologie des faits.

— Dylan est enlevé. L'enquête bat son plein. Et voilà qu'un des garçons va tout raconter à son père.

— Et les paternels gardent le secret !

— Si ça s'était su, cela n'aurait pas manqué d'élargir le champ des investigations.

— Et le nombre des suspects.

— C'est toujours le cas, dit Dan. Sauf que maintenant nous ne disposons plus que d'un cadavre.

Les deux autres accueillirent cette constatation en silence. Dan passa mentalement en revue les coupables possibles. Un parent en colère. Un mari trahi. Un adolescent jaloux. La liste pouvait être longue.

— Je parierais sur le mari, dit Barbara. Il découvre les petits jeux de sa femme, apprend que l'enfant n'est pas le sien et pète un câble.

— Patsy et Harlan dînaient chez mes parents la nuit de la disparition de Dylan.

Certes, mais personne ne pouvait prédire l'issue d'une investigation. Un secret révélé, un mensonge exposé et tout le reste remontait à la surface. Un mensonge ne suffisait jamais, les secrets généraient d'autres secrets. Tout ce qui jusque-là avait été considéré comme avéré se trouvait remis en question. Un petit détail pouvait bien n'être que la partie visible de l'iceberg.

— Qu'est-ce qu'on fait, maintenant ? demanda Barbara.

— On reprend tout depuis le début. C'est-à-dire depuis l'enlèvement du bébé, dit Dan, dont le téléphone se mit à sonner.

— Reed à l'appareil…

— C'est Alex. Il faut que je te parle.

— A quel sujet ?

— La mort de Max Cragan.

Il regarda sa montre.

— Quand ?

— Maintenant ?

— Je suis à Santa Rosa. Je serai chez toi dans une demi-heure.

— Je t'attends.

Elle raccrocha et Dan regarda ses collègues.

— C'était Alexandra Clarkson. Elle veut me parler de Max Cragan.

43

Jeudi 11 mars
22 h 45

Alex l'attendait sous le porche de la maison. Elle avait réfléchi à la situation et en avait conclu qu'Angie Wilson avait raison : Max n'aurait jamais pu se donner la mort de cette façon, malgré les assertions de la police. C'était physiquement impossible. De plus, c'était un homme heureux et un fervent catholique, n'ignorant donc pas que le suicide représentait un péché mortel aux yeux de l'Eglise.

Il restait donc… l'hypothèse d'un meurtre…

Elle serra les bras autour d'elle, glacée à cette idée. Quelqu'un avait sonné à la porte pendant qu'elle lui parlait au téléphone. Elle avait nettement entendu la sonnette. Mais il ne s'agissait pas d'Angie, comme Max l'avait cru. Son assassin alors ? Probablement.

Elle frissonna encore malgré la douceur de la nuit. Qui aurait pu vouloir la mort d'un homme aussi sympathique ? Et pourquoi ?

Elle ne pouvait s'empêcher de penser que la raison était peut-être à aller chercher du côté de sa bague. Il fallait empêcher Max de lui parler.

Bien que cela lui paraisse complètement insensé, elle sentait intuitivement qu'elle avait raison.

Restait à en convaincre Dan. Elle ne pouvait pas laisser l'assassin s'en tirer comme ça.

Le faisceau des phares d'une voiture la tira de ses pensées. C'était le 4x4 de Dan, qui vint se garer juste devant chez elle. Elle leva la main en signe de bienvenue.

— Je sais qu'il est tard, s'excusa-t-elle, quand il fut près d'elle. Mais il fallait que je te parle tout de suite.

— Pas de problème.

Elle lui fit signe de la suivre, puis referma la porte derrière eux.

— Max Cragan ne s'est pas suicidé.

— Tu peux le prouver ?

— Oui. Enfin, non, pas exactement. Tu n'appellerais peut-être pas ça une preuve, mais…

— Mais tu en es convaincue et tu veux me convaincre.

— Oui.

Elle leva la main afin de prévenir toute protestation.

— Contente-toi de m'écouter, d'accord ? J'ai juste deux choses à te dire.

Dan soupira et ôta sa veste.

— Est-ce que je peux m'asseoir ? La journée a été longue.

Sans attendre de réponse, il pénétra dans le salon et se laissa tomber sur le canapé. Il avait vraiment l'air épuisé.

— Excuse-moi, dit-elle.

— De quoi ?

— De t'avoir appelé si tard, sans réfléchir au fait que tu étais peut-être fatigué.

— Le bénéfice des impôts que tu paies. Raconte…

Elle s'assit dans le fauteuil en face de lui.

— Ce qui m'a frappée, la première fois que j'ai rencontré Max, c'est sa joie de vivre. Il semblait tellement heureux malgré ses problèmes physiques. Il m'a montré des photos de sa fille et de ses petites-filles. Il se considérait comme béni des dieux.

— Alex…

— Alors je ne peux m'empêcher de me demander pourquoi un homme qui se dit béni des dieux irait se suicider.

— C'est la première chose ?

— Oui. Et voici la seconde. Comme a-t-il fait ? Concrètement, je veux dire. Il était très diminué, ses mains tremblaient tellement qu'il ne pouvait même plus lever sa tasse sans renverser du liquide.

— Tu as parlé avec sa fille ?

— Oui, mais…

— Je sais que c'est difficile pour elle, dit-il doucement. Et pour toi aussi, à cause de ta mère.

— Ce n'est pas la raison.

— J'ai eu l'occasion de m'occuper de dizaines de suicides. Les membres de la famille ne parviennent jamais à accepter que leur père, leur mari ou leur enfant ait pu mettre fin à ses jours. C'est trop douloureux. Ils ressentent ça comme un échec personnel. Alors ils ont tendance à croire à une autre histoire…

— Non, dit Alex, en secouant la tête avec conviction. Quelqu'un a sonné à la porte alors que nous parlions au téléphone. J'ai clairement entendu la sonnette. Il a cru que c'était sa fille, il me l'a dit, mais il ne s'agissait pas d'Angie. Tu dois interroger les voisins. Quelqu'un a peut-être vu la personne qui a sonné. Il s'agit probablement de l'assassin.

— Alex…

— Et son médecin ? Lui as-tu parlé ? Lui as-tu demandé s'il estimait possible pour Max de se pendre ?

Elle lut sur son visage qu'il ne l'avait pas fait.

— Tu devrais, parce que je ne crois pas qu'il aurait pu réussir tout seul. Pourquoi un vieil homme dans son état choisirait-il de mourir de cette façon ? Avec une mise en scène aussi compliquée à mettre en œuvre ? Il aurait été beaucoup plus simple d'avaler un flacon de pilules, comme ma mère et… Je ne peux m'empêcher de penser…

Elle s'arrêta le temps de ravaler ses larmes.

— Je ne peux m'empêcher de penser qu'il est mort à cause de moi. A cause de ma bague. Pour l'empêcher de me révéler qui la lui avait commandée.

Dan se leva et s'approcha d'elle.

— Non, Alex…

Attrapant ses mains, il l'aida à se lever.

— Ça ne s'est pas passé ainsi.

— Il ne peut pas s'agir d'une coïncidence ! Qu'il meure ainsi quelques heures après m'avoir rencontrée. Et puis il m'avait fait promettre de ne parler à personne de notre conversation.

Reed serra ses mains entre les siennes.

— Je te promets que la mort de Max n'a rien à voir avec toi ni avec la bague de ta mère.

— Comment peux-tu en être aussi sûr ?

— Je viens juste d'apprendre quelque chose.

Ce qu'elle lut sur son visage la fit reculer.

— Je ne vais pas aimer ce que tu vas me dire, c'est ça ?

— C'est au sujet de ta mère. Je suis désolé…

Elle lui tourna le dos et s'approcha de la cheminée. Posant la main sur le manteau en pin, elle prit une profonde inspiration.

Elle voulait savoir. Quoi qu'il ait à lui apprendre, elle pourrait le supporter.

— Très bien, dit-elle. Je t'écoute.

— Max a bien dessiné cette bague.

Elle se tourna lentement pour le regarder.

— Il ne s'agissait pas d'un cadeau. Ta mère l'avait elle-même commandée.

— Comment le sais-tu ?

— Je l'ai appris de source sûre. Cette bague m'intéressait parce que j'avais déjà vu ce motif précédemment.

— Où ?

— Sur un tatouage. Sur le pied d'un homme.

Le cœur de la jeune femme bondit dans sa poitrine.

Son père, bien sûr. Ce ne pouvait être que lui.

— Quel homme ? demanda-t-elle dans un souffle. Est-ce qu'il sait pour m… Evidemment. Il était marié, c'est ça ? C'est la raison pour laquelle ils n'ont jamais pu être ensemble…

— Non, Alex. C'est difficile à dire, alors je vais juste…

— C'est Harlan. C'est logique…

Il posa les deux mains sur ses épaules.

— Ta mère initiait de jeunes garçons au sexe. Les fils de ses amis. Certains d'entre eux avaient à peine quinze ans.

Elle le fixa, les yeux écarquillés.

— Quoi ?…

Mais elle avait très bien entendu. Elle se mit à trembler.

— Je suis désolé, Alex. Viens t'asseoir.

Elle secoua la tête.

— Ce n'est pas vrai.

— Les garçons étaient tatoués après leur initiation. Un serpent enroulé autour d'un pied de vigne.

— Non. Tu mens.

— Après la disparition de Dylan, un des garçons a craqué et a tout avoué à son père. Les pères se sont réunis et ont chassé Patsy de la ville, avec toi.

Alex sentit qu'elle allait vomir. Elle porta une main tremblante à sa bouche.

— Ce n'est pas vrai. Ce n'est pas vrai !

— Je l'ai appris directement des personnes concernées. Des personnes que je crois.

Alors son père… Son père n'avait donc été qu'un des hommes avec qui sa mère avait couché ? Elle lui avait toujours dit qu'elle ignorait de qui il s'agissait. Et elle, naïve, qui avait préféré croire qu'elle mentait. Qui avait échafaudé des hypothèses. Qui avait toujours gardé dans un coin de son esprit l'espoir qu'un jour elle le retrouverait.

La souffrance lui coupait le souffle. Le passé que sa mère lui cachait, loin de se révéler un épisode romanesque ou tragique, mais beau parce que marqué du sceau de l'amour, se transformait en cauchemar, en vulgaires parties de baise, dont elle était issue par hasard !

— Et que suis-je, moi, dans tout ça ? Pas même conçue lors d'un acte d'amour !

Elle se sentait salie, objet de dégoût, tout à coup.

— Tu n'as rien à voir avec ce qu'elle était ou ce qu'elle a fait, Alex…

— Quel choc mon retour a dû leur causer, à tous ! J'imagine très bien leurs commentaires dans mon dos. Ils doivent bien rigoler de moi et de mes efforts pour comprendre !

— Pourquoi feraient-ils ça ?

Il tenta de l'attirer dans ses bras.

— Non ! cria-t-elle. Ne me touche pas !

La bile lui remonta dans la gorge et elle courut jusqu'à la salle de bains où elle arriva juste à temps pour vomir au-dessus des toilettes.

— Je suis désolé, Alex, dit doucement Dan derrière elle.

Elle tira la chasse et se redressa.

— Laisse-moi seule…

— Impossible.

— Alors, donne-moi le rince-bouche dans le placard.

Il s'exécuta.

— Ne t'inquiète pas pour moi. Je ne vais pas faire de bêtises.

— Je ne m'inquiète pas. Assieds-toi.

Elle baissa le couvercle des toilettes et s'assit dessus. Après avoir mouillé un gant de toilette, il le lui tendit.

— Appuie-le sur ta nuque. Tu te sentiras mieux.

Elle obéit en silence.

— Ça fait du bien, admit-elle au bout de quelques minutes.

— Tu te sens mieux ?

— Mieux que quoi ? Tu viens de m'apprendre que ma mère se prostituait et qu'elle s'était livrée à des actes de pédophilie !

— Légalement, comme les garçons avaient plus de quatorze ans, ce serait plutôt considéré comme un viol ou un détournement de mineur.

— Oh ! Tu me rassures ! ironisa-t-elle. Je me sens beaucoup mieux !

— Je suis désolé.

— Si tu répètes encore une fois ça, tu prends mon poing dans la figure !

Dan eut le bon sens de garder le silence. Alex sortit de la salle de bains au pas de charge et se dirigea vers la cuisine où elle s'empara de la bouteille de cabernet et s'en versa un verre.

— Tu en veux un ? lui demanda-t-elle.

— Je préférerais une bière.

— Sers-toi.

Elle but une gorgée de vin et fit la grimace.

— J'allais te prévenir de ne pas boire du vin après t'être rincé la bouche, mais je me suis dit que tu ne m'écouterais pas.

Il avait raison. Et, pour preuve, elle but une nouvelle gorgée, à peine moins amère que la précédente.

— Qui étaient-ils ? Les garçons que ma mère a… initiés…

— Quelle importance ?

— C'est important pour moi.

Comme il ne disait rien, elle réfléchit à haute voix.

— Des amis de la famille, tu as dit. Agés d'une quinzaine d'années à l'époque. Laisse-moi deviner. Ton frère Joe. Clark Sommer. Les autres ne devraient pas être difficiles à retrouver…

Elle fronça les sourcils.

— Le type assassiné ?

— Tom Schwann.

— Oui. Lui aussi.

Rachel ne se trompait pas en pensant que l'intérêt de Dan pour sa bague dépassait le cadre du suicide de Max.

— C'est lui qui portait le tatouage… Evidemment. C'est la raison pour laquelle tu as commencé à poser des questions autour de toi.

Et tes questions ont affolé quelqu'un et voilà… Patsy Sommer, la violeuse de jeunes garçons, démasquée.

— Alex…

— Comment l'as-tu appris ?

Elle réfléchit un instant, tapotant le bord de son verre.

— Ton père, je parie. Je me trompe ?

L'expression de Dan lui confirma qu'elle avait touché juste.

— Dommage que tu n'aies eu que dix ans à l'époque. Tu as tout manqué.

— Arrête ça, Alex !

— Mais en guise de rattrapage tu te paies la fille de la pute !

— Ça suffit !

Il s'approcha d'elle, lui ôta le verre des mains, l'attrapa par les épaules et la secoua.

— Tais-toi ! Tu dis des énormités !

— Qui sait ? C'est peut-être dans les gènes.

Les larmes noyèrent soudain ses yeux. Elle ne voulait pas pleurer ! Elle préférait la colère ou même le cynisme.

Mais les larmes débordèrent et Dan les essuya du bout des doigts. Puis avec ses lèvres. Puis il l'embrassa et l'attira contre lui.

Finalement, il la porta jusqu'à la chambre où ils firent l'amour avec une frénésie qui annihila leur chagrin et transforma la colère en passion.

Après l'amour, il la garda tout contre lui et elle appuya son visage contre sa poitrine humide. Son cœur battait contre son oreille, rassurant.

Elle se remémora tous les hommes qu'elle avait connus et la thérapie qu'elle avait suivie, pour essayer de comprendre d'où lui venait ce besoin de multiplier les aventures sexuelles. Les réponses avaient été aussi banales que variées : son besoin d'amour, la recherche du père, un moyen de combler le vide en elle…

Alors que tout se résumait peut-être à une simple anomalie génétique. Elle était comme sa mère…

Reed baissa la tête pour la regarder.

— Je n'aime pas les pensées qui te viennent, murmura-t-il.

— Parce que maintenant tu lis aussi dans les pensées ?

Elle avait dit cela d'un ton léger, mais elle ne l'abusa pas.

— Tu n'es pas comme ta mère.

— Je suis pourtant dans un lit avec toi, non ?

— Je ne suis plus un gamin. Et tu ne m'as pas séduit.

— Ça fait tellement mal.

— Je sais. Je suis désolé.

— Ne redis plus jamais ça, Dan, d'accord ? Je suis fatiguée d'entendre ces mots. J'ai l'impression d'avoir entendu cette phrase toute ma vie.

— Que préférerais-tu que je te dise ?

— Je ne sais pas. Mais ta pitié ne m'aide pas.

44

Vendredi 12 mars
7 h 04

Alex ouvrit les yeux, chatouillée par un rayon de soleil qui tombait sur le lit. Elle en éprouva une indicible sensation de bien-être, le temps que la mémoire lui revienne. Les révélations de Dan. Sa souffrance. Le désespoir avec lequel ils avaient fait l'amour.

Elle poussa un gémissement.

— Bonjour, marmotte…

Elle tourna la tête. Dan se tenait sur le seuil de la salle de bains, en jean, une serviette autour du cou, et les cheveux mouillés.

— Je me suis permis de prendre une douche. J'espère que tu ne m'en voudras pas.

Elle le rassura et le regarda sécher ses cheveux avec la serviette.

— Quelle heure est-il ?

— Sept heures passées. Je dois me sauver.

— Je vais préparer du café, dit-elle, s'apprêtant à se lever.

Mais il l'arrêta.

— Reste tranquille. J'en prendrai un en chemin.

Il ramassa sa chemise abandonnée sur le sol, au pied du lit, et l'enfila.

— Ce sera plus agréable pour moi de conduire en t'imaginant nue, ici.

— Ce serait encore plus agréable si tu te faisais porter pâle et venais me rejoindre entre les draps.

— J'aimerais bien.

— Prouve-le.

— C'est un défi ?

Elle repoussa la couverture, découvrant sa poitrine nue.

— A toi de me le dire.

Il se pencha pour l'embrasser, légèrement d'abord, puis de plus en plus intensément. Elle se cambra pour se serrer contre lui, excitée. Désespérée.

Elle ne voulait pas rester seule.

— Convaincue ? J'aimerais vraiment pouvoir rester.

— Alors reste.

— Je ne peux pas.

— Très bien. Tant pis pour toi !

Elle rejeta les draps et se leva. Nue, elle s'étira et passa devant lui pour atteindre la salle de bains. S'arrêtant sur le seuil, elle regarda par-dessus son épaule. De toute évidence, son petit jeu avait eu l'effet escompté.

— Faites attention, inspecteur…

Elle laissa son regard descendre lentement sur lui.

— Votre fusil est chargé.

Il sourit.

— Je sais à quoi tu joues, Alex.

— Vraiment ? Et à quoi crois-tu que je joue ?

— A gagner du temps.

— Gagner du temps ?

— Pour ne pas avoir à réfléchir à ce que je t'ai appris sur ta mère.

Il avait raison. Mais pas question de l'avouer.

— Ne sois pas aussi modeste. Premièrement, une fille n'a pas besoin d'excuse pour avoir envie de coucher avec toi. Deuxièmement, je n'ai pas besoin de réfléchir à ce que tu m'as dit parce que rien de tout ça n'est vrai, conclut-elle, en relevant le menton.

Il l'observa un long moment et elle fut heureuse de n'apercevoir aucune trace de pitié dans son regard.

— Pourtant, ça expliquerait tout, Alex. Sa culpabilité. Sa haine envers elle-même. Le fait qu'elle t'ait caché son passé.

— Tu ne comprends pas, dit-elle. C'était ma mère. Elle n'était pas parfaite — loin de là —, mais c'était ma mère. La seule que j'aurai jamais.

— Je le sais. Mais ça ne change rien.

— Je n'y crois pas.

Elle mentait. Et elle vit qu'il le savait.

— Ça va aller ? lui demanda-t-il.

— Oui, ne t'inquiète pas pour moi.

— Je t'appelle plus tard ?

— Si tu en as envie.

Il ne répondit pas et, quelques secondes plus tard, la porte se fermait derrière lui.

Alex se recoucha, arrangeant les coussins derrière elle, et fixa le plafond où une crevasse fine et sinueuse courait d'un coin de la pièce jusqu'au plafonnier.

Elle avait effectivement cherché à le retenir pour ne pas rester seule. Pour ne pas avoir à réfléchir.

Mais, maintenant, plus moyen de repousser l'échéance. Elle devait regarder la vérité en face. Sa mère avait séduit des jeunes garçons. Séduit ? Le mot était faible. Bien trop faible.

Sa mère les avait baisés. Individuellement et en groupe. Elle avait volé leur innocence. Les avait initiés au sexe d'une façon perverse. Malsaine.

Elle avait menti à tout le monde : à son mari, à ses amis, à sa propre fille. Une manipulatrice et une menteuse. Moralement corrompue.

Les larmes inondèrent ses joues brusquement et elle les essuya d'un geste rageur. Et elle dans tout ça ? Qui était son père ? Une rencontre d'une nuit ? Peut-être même un de ces adolescents, qui n'en avait jamais rien su.

Elle réfléchit à sa propre vie, au nombre d'hommes qu'elle avait connus. Aux réponses qu'elle cherchait au travers du sexe. Des réponses à son ennui, à sa colère, à sa rébellion ou à son impuissance.

Sa mère cherchait-elle la même chose ? Avait-elle fini par comprendre combien son attitude était autodestructrice, comme elle-même avait fini par en prendre conscience ?

Pourquoi sa mère l'avait-elle gardée ? se demanda-t-elle tout à coup. Pourquoi avoir un bébé, puis un autre ? Cela n'avait aucun sens.

Elle souhaita soudain n'être jamais venue à Sonoma, n'avoir jamais ouvert la malle aux souvenirs, n'avoir jamais vu la photo de sa mère rayonnante, Dylan dans ses bras. Souriant avec adoration à son mari. Image parfaite d'une femme heureuse et d'une mère épanouie.

Parfaitement heureuse. Amoureuse. Adorant son mari et son bébé.

Ça ne collait pas !

Personne ne pouvait jouer une telle comédie ! Même la meilleure actrice ne pourrait réussir cette performance. Pas sur des instantanés. L'appareil photo ne mentait pas.

Elle repensa à Lyla Reed. Lorsque cette dernière lui avait montré la salle des trophées, elle lui avait proposé de revenir quand elle le voudrait pour feuilleter leurs albums de photos.

Elle se demanda si l'offre tenait toujours. Une seule façon de le savoir…

Sautant du lit, elle se dépêcha de s'habiller.

45

Vendredi 12 mars
8 h 20

Dan traversa les décombres encore fumants de la maison de Max Cragan.

Le feu avait pris après minuit. Les pompiers n'avaient rien pu faire pour sauver les murs, mais ils avaient réussi à contenir l'incendie et à l'empêcher de s'étendre aux propriétés voisines. Un exploit, compte tenu de la sécheresse ambiante et de la brise qui avait soufflé toute la nuit.

Un accélérateur avait été utilisé pour faciliter l'embrasement : l'incendie avait donc été officiellement qualifié de criminel par les spécialistes et confié aux bons soins du shérif.

Deux raisons expliquaient généralement le recours à un incendie volontaire : une fraude à l'assurance ou une tentative pour dissimuler un crime. Auxquelles s'ajoutaient parfois la vengeance, la haine raciale ou la pyromanie.

Restait à Dan à trouver laquelle s'appliquait dans ce cas.

Un reflet dans les décombres attira son regard et il se pencha pour voir de quoi il s'agissait. Un verre de lunettes qu'il ramassa — une tâche rendue difficile par les gants de protection très épais qu'il portait.

Barbara Tanner avait fini de s'équiper et disparaissait presque dans une combinaison bien trop grande pour elle. Mais indispensable car, sans elle, ni l'un ni l'autre n'auraient pu examiner la scène de crime avant des heures.

— Qu'est-ce qu'on a ? lui demanda-t-elle en le rejoignant, la voix étouffée par le respirateur.

— Les pompiers ont découvert un bidon d'essence à l'arrière de la maison. Il semblerait que l'incendie soit d'origine criminelle.

— Des victimes ?

Il répondit que non et lui montra le verre de lunettes.

— Je viens de trouver ça.

— Le vieux Max portait des lunettes ? demanda Barbara, en prenant le verre.

— Je l'ignore, mais il y a des chances.

— Qu'en penses-tu ?

— Je pense qu'Alex et Angie Wilson pourraient bien avoir raison. Que Max ne s'est peut-être pas suicidé.

Un cri retentit soudain et Dan aperçut Angie Wilson accompagnée d'un homme qu'il ne connaissait pas. Son mari probablement.

— Continue, dit-il à sa coéquipière. Je reviens.

Rebroussant chemin, il se dirigea vers la jeune femme en pleurs. Une fois sorti des décombres, il ôta son casque et son respirateur.

Quand elle le reconnut, Angie se détacha de son mari et fonça sur lui.

— Vous ! cria-t-elle. Vous me croyez maintenant ?

— Je suis désolée, madame Wilson, dit-il, stoïque.

— Fichez-moi la paix avec ça ! hurla-t-elle. Je vous avais prévenu, mais vous n'avez pas voulu m'écouter ! Et maintenant voilà… Toutes les affaires de mon père… Les photos de famille, ses dessins… Tout ce qui me restait de lui. Parti en fumée !

— Chérie, dit l'homme à côté d'elle. Calme-toi. Ce n'étaient que des objets.

— Pour toi peut-être. Mais moi, j'ai grandi dans cette maison. Tous les souvenirs de mon enfance…

Un sanglot lui coupa la parole.

— Acceptez-vous de me croire maintenant, inspecteur Reed ? demanda-t-elle, quand elle se fut calmée. Mon père ne s'est pas suicidé. Il a été assassiné !

Elle s'écroula dans les bras de son mari, secouée de nouveau par les sanglots. L'homme croisa le regard de Reed qui lut dans ses yeux des excuses, mais aussi une lueur accusatrice.

— Je suis Sean, le mari d'Angie, se présenta-t-il. Avez-vous pu déjà déterminer si l'incendie était accidentel ou…

— C'est un incendie criminel, mais nous ne savons pas encore qui l'a allumé, ni pourquoi. Madame Wilson, avez-vous une idée de qui aurait pu faire ça ?

— La même personne que celle qui a tué mon père.

— Votre père avait-il des ennemis ?

— Pas que je sache. Tout le monde l'aimait. N'est-ce pas, Sean ?

— C'est vrai. L'aviez-vous rencontré, inspecteur ?

— Non, malheureusement.

— Sinon vous comprendriez. Tout le monde l'adorait.

— Et la maison ? Quelqu'un aurait eu des raisons d'y mettre le feu ?

— Je l'ignore.

— Est-ce que votre père aurait pu être impliqué dans une activité illégale ?

Des dénégations véhémentes et scandalisées accueillirent cette suggestion.

— La maison contenait des objets de valeur ? L'incendie pourrait être un moyen de camoufler un cambriolage.

Angie et son mari se consultèrent du regard, avant de secouer la tête tous les deux.

— Aucune œuvre d'art ? Des bijoux ? Des livres ?

— Mon père vivait grâce à ses indemnités de la Sécurité sociale, inspecteur. Et avec notre aide de temps en temps.

— Une aide que nous étions ravis de lui fournir, précisa son mari. Il était toujours là pour rendre service et nous aider avec les filles.

— Vous êtes convaincus qu'il a été assassiné et pourtant vous affirmez que tout le monde l'aimait. Quelqu'un a mis le feu à sa maison, mais vous ignorez pourquoi.

— Il s'agit peut-être de l'œuvre d'un fou. Un type de passage. Ça arrive, non ?

— En effet, madame Wilson, mais, franchement, c'est rare. Un meurtre est généralement commis par une personne de l'entourage de la victime, un ami, un parent ou une connaissance.

Angie recommença à pleurer et se blottit contre son mari.

— Dites-nous ce que vous voulez que nous fassions, inspecteur. En quoi pouvons-nous vous être utiles ?

— Quand vous vous en sentirez le courage, promenez-vous dans les décombres de la maison. Essayez de faire un inventaire. Si vous remarquez quoi que ce soit de bizarre ou l'absence d'un objet, même un détail qui peut vous paraître insignifiant, faites-le-moi savoir.

Dan s'apprêtait à prendre congé quand il se rappela sa découverte.

— Votre père portait-il des lunettes, madame Wilson ?

— Oui, murmura-t-elle. Il était myope.

Vingt minutes plus tard, Reed présentait sa plaque à la réceptionniste d'un cabinet médical.

— Inspecteur Reed du bureau du shérif. J'aurais besoin de parler au Dr Whitney.

La femme examina la plaque, puis le regarda.

— Il est avec un patient pour l'instant. Puis-je vous être utile ?

— J'ai bien peur que non. Je dois parler au médecin en personne. Quand il aura terminé, pourriez-vous l'informer de ma présence ?

Il n'eut pas à attendre longtemps. Sa plaque lui servit de passe-droit comme c'était généralement le cas et la réceptionniste ne tarda pas à l'appeler, sous le regard courroucé de certains patients.

Le médecin l'attendait sur le pas de sa porte.

— Dr Whitney, dit-il, en tendant la main.

Reed la serra en l'observant. L'homme était roux et ses cheveux commençaient à s'éclaircir sur le haut de sa tête, pourtant, il ne lui donnait guère plus de trente ans.

— Inspecteur Daniel Reed. Merci d'accepter de me recevoir.

— J'ai encore beaucoup de rendez-vous. Pourriez-vous en venir au fait, je vous prie ?

— Bien sûr. Vous aviez un patient du nom de Max Cragan…

— Il est toujours mon patient que je sache.

— Il est mort dans la nuit de mardi à mercredi. J'enquête sur son décès.

Le médecin sursauta.

— Je l'ignorais. Comment est-il… Excusez-moi. C'est une telle surprise.

— Quand l'avez-vous vu pour la dernière fois ?

L'homme réfléchit un instant.

— Il faudrait que je regarde dans mon carnet de rendez-vous pour la date exacte, mais il n'y a pas très longtemps, il me semble. Je dirais moins d'un mois.

— Comment l'avez-vous trouvé ?

— Je suis désolé, inspecteur, mais cela relève du secret professionnel.

— Laissez-moi reformuler ma question, docteur. A votre avis, Max Cragan était-il assez robuste pour se pendre ?

— Il s'est pendu ? s'exclama le médecin, l'air sidéré.

— Ça vous surprend ?

— Carrément ! C'était un homme charmant. Très positif. Toujours une parole aimable pour chacun.

— Et physiquement ? Aurait-il pu monter sur un escabeau, passer une corde autour d'une poutre et la nouer, puis glisser le nœud coulant autour de son cou et repousser l'escabeau du pied ?

Le médecin secoua lentement la tête.

— Non, en aucune façon. Mais puis-je vous l'affirmer catégoriquement ? La réponse est non, parce qu'en fait il ne se passe pas une journée sans que je me sente humble et impressionné par le pouvoir de l'esprit sur les limites du corps humain. De vrais miracles quotidiens, inspecteur.

46

Vendredi 12 mars
10 h 30

— Alexandra ! Vous avez choisi le bon jour, dit Lyla Reed, en s'avançant sur son perron pour serrer chaleureusement la main de la jeune femme. Je suis prise tout le reste de la semaine par des conseils d'administration et des déjeuners. Ça ne s'arrête jamais en fait.

Elle la fit entrer dans le manoir qui fleurait bon les fleurs et la cire.

— Je vous remercie de me recevoir, Lyla. Je vous suis vraiment reconnaissante de me laisser feuilleter vos albums de photos.

— J'en suis très heureuse. Je vous ai déjà dit combien votre mère et moi étions proches.

Alex ouvrit la bouche pour lui demander si c'était bien vrai, mais elle eut peur que son désespoir ne la trahisse et ne rende son hôtesse méfiante.

— Comment se passe votre acclimatation à Sonoma ?

— Bien, merci.

— J'ai entendu dire que vous aviez découvert Max Cragan. Ça a dû être terrible !

— En effet. J'étais allée le voir pour parler avec lui de la bague de ma mère. Vous savez, celle avec un serpent enroulé autour d'un cep de vigne.

— Ça ne me rappelle rien.

— Pourtant, vous l'aviez remarquée à la réception.

— Vraiment ?

— Oui, j'en suis certaine.

Lyla fronça légèrement les sourcils.

— Vous devez vous tromper.

— C'est possible. Plusieurs personnes m'en ont parlé. J'imagine que… J'ai pensé que vous…

Elle ne termina pas sa phrase, se sentant un peu ridicule. Pourtant, elle était absolument certaine que Lyla avait fait un commentaire sur sa bague.

— Ne vous inquiétez pas, ma chère. Vous savez, je possède un des bijoux de Max, moi aussi. Une broche. Il avait tellement de talent. Ah, nous voici arrivées.

Elles pénétrèrent dans la pièce et Lyla se dirigea vers la bibliothèque d'où elle retira trois volumes reliés.

— Voici ce que j'appelle les années Patsy. Probablement les meilleurs moments de notre vie.

Elle les posa sur la table basse près du canapé.

— Si vous n'avez plus besoin de moi…

— Non, je vous remercie. Vous devez avoir beaucoup de choses à faire.

Lyla sourit et serra sa main entre les siennes.

— Je reviendrai vous voir tout à l'heure.

— Attendez…

Alex la retint par la main.

— Vous étiez si proches, ma mère et vous. Vous a-t-elle jamais parlé de mon père ?

Le regard de Lyla s'attendrit.

— Jamais. Je me suis toujours demandé qui il pouvait bien être, pour être franche. Il m'est arrivé d'y faire allusion, une fois ou deux, mais votre mère a toujours changé de sujet.

— Pourquoi ? C'était une relation terminée, au moment de son mariage avec Harlan Sommer… Alors pourquoi faire tant de mystères ?

— J'ai pensé qu'elle avait dû beaucoup souffrir. Elle était heureuse alors et voulait oublier tout ça.

« Mais moi, se dit Alex, j'étais un souvenir permanent de cette période de sa vie. »

Comme si elle lisait dans ses pensées, Lyla serra sa main.

— Elle vous aimait beaucoup, je vous le promets. Nous l'avons tous constaté.

Lyla la quitta. Alex s'assit et s'empara du premier volume. *1982.*

Le cœur battant, s'exhortant à ne pas se faire trop d'illusions, elle l'ouvrit.

Tout paraissait démodé sur les photos. Les coiffures et les vêtements. Les meubles et les fêtes. Une autre époque.

Elle tourna les pages. Bien qu'elle ne soit pas depuis longtemps à Sonoma, elle avait déjà rencontré la plupart des protagonistes. Reed et son frère aîné. Clark et Rachel. Max Cragan qu'elle reconnut sur un cliché.

Les pages craquaient quand elle les tournait et elle se trouva bientôt fascinée par toutes ces personnes belles et souriantes. Et par l'histoire que ces photos racontaient. Celle d'un groupe d'amis très proches qui passaient beaucoup de temps ensemble à faire la fête, difficile d'appeler cela autrement. Sur tous les clichés ou presque, ils tenaient un verre à la main, riaient. On les voyait également à plusieurs reprises s'embrassant les uns les autres, ou mimant des bagarres pour la photo.

De toute évidence, sans le moindre souci.

Alex étudia de près chaque photo de sa mère. C'était vraiment une très belle femme, probablement la plus belle du groupe. Et la plus jeune. Elle n'avait que vingt-quatre ans à l'époque, plus jeune qu'elle-même aujourd'hui et déjà mariée et maman.

Mais elle n'avait pas l'allure d'une matrone, constata Alex, en examinant des photos de groupe autour d'une piscine. Sur plusieurs clichés, sa mère, vêtue d'un minuscule Bikini, posait lovée contre certains des hommes présents.

Une boule au creux de l'estomac, Alex tourna la page et la découvrit assise cette fois sur les genoux de Treven Sommer. Elle riait et lui paraissait agacé.

Sa mère n'était pas seule à poser ainsi. Les autres épouses faisaient de même et personne n'avait l'air de s'en offusquer.

Alex passa ensuite au deuxième, puis au troisième volume au fil desquels sa mère changeait, passant d'une attitude insouciante et désinvolte à une autre plus réservée, introspective. Sur certains clichés, une expression d'inquiétude, d'anxiété à peine voilée, assombrissait même son visage.

La jeune femme se demanda si elle se faisait des idées. Les propos de Dan influençaient-ils sa perception ?

— Alex ! Quelle bonne surprise !

— Bonjour, Ferris. Ta mère m'a permis de feuilleter vos photos de famille.

— Toujours à la recherche de ton passé ?

— Oui, on peut dire ça.

Elle se leva et, attrapant les trois volumes, alla les remettre sur l'étagère. Quand elle se retourna, Ferris se tenait juste derrière elle.

— Tu as trouvé quelque chose d'intéressant ? lui demanda-t-il.

Mal à l'aise, du fait de sa soudaine proximité, elle s'éclaircit la voix.

— Pour être honnête, pas grand-chose. Mais j'ai bien aimé les regarder.

— Puis-je t'inviter à dîner ?

— A dîner ?

— Oui. Ce soir.

— Je ne crois pas que ce soit une bonne idée, Ferris, mais merci quand même.

Elle le contourna et se dirigea vers le canapé pour récupérer son sac.

Il la suivit, pas le moins du monde dépité de sa réponse. Alex se demanda s'il était le genre d'homme à toujours tenter sa chance ou s'il avait entendu des histoires sur sa mère.

— Je m'en doutais, dit-il. Il y a quelque chose entre Dan et toi.

— Je n'ai pas dit ça.

— Inutile.

Il sourit.

— Si tu veux voir d'autres souvenirs de cette époque, reprit-il, tu devrais aller visiter les caves des Sommer. Il y a un espace musée où les murs sont couverts de photos. En fait, ils ont même une toile de ta mère dans le salon de dégustation.

Treven lui en avait parlé, mais ça lui était sorti de l'esprit.

— Je pourrais t'y emmener…

— Ferris, ton frère t'attend dans la salle de conférences…

Wayne Reed se tenait sur le pas de la porte, les sourcils froncés.

— Le devoir m'appelle, déclara Ferris. Ça m'a fait plaisir de te revoir, Alex.

Il se dirigea vers la porte et, s'arrêtant près de son père, il lui murmura quelque chose qu'Alex ne put saisir avant de sortir.

— Ne vous approchez pas de mes fils, la mit en garde Wayne, dès qu'ils furent seuls.

— Pardon ?

— Vous m'avez très bien entendu. Ils ont suffisamment souffert comme ça.

— Pourquoi me dites-vous une chose pareille ?

— Ça me paraît pourtant évident, vu ce qu'était votre mère.

— Comment osez-vous ! s'exclama-t-elle, écarlate.

— Comment osez-vous, vous ! répliqua-t-il. Retournez à San Francisco. Vous n'avez rien à faire ici.

Elle aurait peut-être dû se sentir blessée ou intimidée, mais une colère froide l'avait envahie.

— Je n'ai rien à voir avec ce que ma mère « aurait » fait selon vous et dont, en toute honnêteté, je ne crois pas un mot.

— Oh, mais c'est vrai, pourtant.

Il s'avança vers elle, s'arrêtant si près que son souffle balaya le visage de la jeune femme.

— Que croyez-vous qu'ils ressentent ? Que nous ressentions tous ? Avec vous pour nous rappeler que…

Il se pencha encore plus près et elle dut faire appel à toute sa volonté pour ne pas reculer.

— Votre mère ne s'est pas contentée d'initier nos fils. Elle les a psychologiquement détruits !

Sur ces paroles, il tourna les talons et se dirigea vers la porte.

— Vous mentez ! cria Alex derrière lui.

Il s'arrêta net et lui fit face lentement.

— Pardon ?

— Ce que vous racontez à propos de ma mère. Je sais que c'est faux et je le prouverai.

— Vous n'êtes plus la bienvenue ici, mademoiselle Clarkson. Un de mes employés va vous raccompagner.

— Ne vous donnez pas ce mal.

Elle passa devant lui, si près qu'il aurait pu l'attraper, et, l'espace d'un instant, elle s'attendit à ce qu'il le fasse.

Mais il ne bougea pas et quelques secondes plus tard elle se recroquevillait sur le siège de sa voiture, tremblante de rage.

Pas question pour elle de s'enfuir ou de se cacher. De retourner à San Francisco et de prétendre que rien n'était arrivé. Comme sa mère l'avait fait. Non. Elle ne croyait pas un mot de ce qu'ils racontaient et elle prouverait qu'ils mentaient. Tous ! Elle ignorait encore comment elle s'y prendrait, mais elle y parviendrait.

47

Vendredi 12 mars
15 h 30

Alex suivit le conseil de Ferris et prit le chemin de la propriété des Sommer où elle arriva juste à temps pour la dernière visite, prévue à 16 heures. Le circuit prévoyait un tour des caves et s'achevait par une halte dans la salle de dégustation.

Elle acheta un ticket et, en compagnie de six autres personnes, fut conduite jusqu'au musée pour écouter l'histoire du vignoble et regarder une petite vidéo retraçant les différentes étapes de la vinification.

Surprenant quelques conversations, elle apprit que cette visite était considérée comme une des meilleures de la région.

Les murs du musée, couverts de photos et de souvenirs, faisaient office de rétrospective allant de l'époque où le vignoble ne produisait qu'une simple piquette jusqu'aux crus actuels internationalement reconnus.

Mais les photos seules intéressaient Alex. Harlan et Treven, enfants, puis jeunes hommes. La première femme d'Harlan. Rachel, enfant. La femme de Treven, son fils Clark, à différentes étapes de sa vie.

Mais pas une seule photo de sa mère ou de Dylan. Pas une seule photo d'elle.

Etonnée, elle retourna sur ses pas et regarda de nouveau l'ensemble des photos.

Mais non. Elle ne s'était pas trompée. Sa mère et Dylan avaient été rayés de l'histoire de famille des Sommer.

Le guide arriva et le groupe, qui comptait maintenant vingt et une personnes, se rassembla. Alex remarqua qu'elle était la seule personne non accompagnée.

La visite commença par la salle de foulage avec les pressoirs. Plus personne ne foulait le raisin aux pieds maintenant, leur expliqua le guide. Puis ils passèrent aux cuves de fermentation, hautes de trois mètres et pouvant contenir plus de onze mille litres de vin.

— Remarquez les passerelles au-dessus des cuves, dit le guide en levant le bras. C'est de là que le maître de chai remue le chapeau dans la cuve, dans une opération appelée le pigeage. C'est une étape très dangereuse et, chaque année, on déplore malheureusement un certain nombre d'accidents…

Alex fixa les cuves et la passerelle, la bouche sèche et le cœur battant. Elle imaginait Susan Sommer, asphyxiée par le CO_2 et tombant dans la cuve. Quelle avait été sa dernière pensée ? Le bébé dans son ventre ? La fillette qu'elle laissait derrière elle ?

— Avez-vous des questions ? leur demanda le guide.

— N'y a-t-il pas eu un décès ici, il y a quelques années ?

C'était elle qui venait de parler et le guide la regarda d'un air bizarre.

— Pas avec ces cuves. La zone de fermentation a été totalement réorganisée et modernisée depuis lors.

— Quelqu'un s'est tué ? s'enquit une jeune femme.

— Oui. Un membre de la famille Sommer. Ce fut une terrible tragédie et nous préférons ne pas en parler.

— Et qu'en est-il de l'autre tragédie ? renchérit Alex, incapable de se retenir. Le kidnapping de l'enfant ?

Un murmure parcourut le groupe et le guide parut très mal à l'aise.

— Dylan Sommer, insista-t-elle. Il a été enlevé dans son lit en 1985. On ne l'a jamais revu, mais la famille Sommer n'a jamais abandonné l'espoir de le retrouver un jour.

— Si vous n'avez pas d'autres questions, reprit le guide, sans répondre à celle qu'elle venait de poser, continuons notre visite avec les caves proprement dites. Les caves Sommer sont parmi les plus vieilles et les plus étendues de la région, à l'exception de celles du vignoble Schramsberg. Elles ont été creusées à la main, ce qui représente un petit exploit vu qu'elles couvrent près de deux mille quatre cents mètres carrés. Ces caves représentent la solution idéale et écologique pour la réfrigération. Elles conservent le vin à une température de quatorze degrés avec soixante-dix pour cent d'humidité. Près de deux mille tonneaux sont entreposés ici.

Comme ils atteignaient l'entrée des caves, Alex se remémora sa réaction, le soir de la fête, chez les Reed.

L'odeur d'encens, les rires, sa panique. Elle eut peur d'être saisie du même malaise.

« Non, se dit-elle, la situation est différente aujourd'hui. »

— Préparez-vous, dit le guide. Entre le faible éclairage et la végétation qui pousse au plafond et sur les murs, ces lieux peuvent être assez impressionnants. Mais rassurez-vous, autant que je sache, il n'y a pas de fantômes.

— Vous sentez-vous bien, mademoiselle ?

Une femme d'un certain âge observait Alex d'un air inquiet. Les autres avaient déjà franchi le seuil de la galerie.

Alex se força à sourire.

— Un peu de claustrophobie. Rien de grave.

— Vous êtes blanche comme un linge.

— Ça va aller.

La femme lui tapota le bras.

— J'en suis certaine. Restez près de moi quand même. On ne sait jamais. J'étais infirmière dans ma jeunesse.

Elles rattrapèrent le groupe. Le guide relatait l'épopée de la construction des caves.

— On a fait appel à des ouvriers chinois pour creuser ces galeries dans la montagne. Vous seriez surpris par…

Alex se concentrait sur les paroles du guide, contrôlant sa respiration.

— … utilisait seulement des tonneaux en chêne français qui coûtaient entre cinq cents et deux mille dollars pièce.

Le groupe commentait chaque information avec animation. Sa Florence Nightingale l'avait abandonnée pour retourner près de son mari.

Derrière le guide, Alex commença à transpirer. Puis son cœur se mit à cogner si fort et si vite qu'elle eut l'impression qu'il se trouvait dans sa gorge. Elle reconnut sans mal les prémices de la panique qui l'avait saisie chez les Reed.

Pourquoi réagissait-elle ainsi ?

« Sors d'ici. Fonce vers la sortie. »

— … une forte humidité réduit l'évaporation des tonneaux.

Restez près de moi, rappelait le guide. Il est facile de se perdre dans ces galeries.

Dylan. En même temps que le nom de son frère, son image lui revint à la mémoire. Nette. Poignante. Un bébé magnifique avec des cheveux sombres. Qui babillait. Souriait.

Puis qui hurlait.

Elle s'immobilisa, la main devant la bouche pour retenir le cri qui lui venait, tandis que l'odeur d'encens réapparaissait.

Affolée, elle regarda autour d'elle. Le groupe avait disparu derrière un coude du tunnel. Elle recula d'un pas, puis d'un autre. Un autre encore.

Elle se retrouva brusquement contre le mur, entourée de piles de tonneaux. Le lichen frôla ses joues, s'accrocha dans ses cheveux. Fébrilement, elle le repoussa.

L'odeur d'encens s'intensifia, brûlant ses narines. Elle ouvrit la bouche pour appeler à l'aide, mais dans sa tête résonnait un battement assourdissant.

Elle s'aplatit contre le mur, tout en ayant l'impression d'être aspirée dans un tunnel sombre et sans fin. Sa vision se rétrécit jusqu'à n'être plus qu'un simple point de lumière.

Des lumières qui bougeaient. Non, pas des lumières. Des flammes qui dansaient autour d'elle. Leurs longues langues de feu, tels des tentacules brûlants, cherchaient à l'attraper. Elles la cernaient. Elle entendait les hurlements des créatures qui se tordaient dans le feu. Se consumant à l'intérieur.

L'une d'elles agrippa son bras, ses doigts osseux s'enfonçant comme des griffes dans sa chair. Un cri lui échappa.

— Mademoiselle ? Vous vous sentez bien ? Mademoiselle ?

Un vigile se trouvait devant elle. Elle cligna des yeux, brusquement ramenée à la réalité. Le visage rondouillard et agréable de l'agent de sécurité l'observait avec un mélange d'inquiétude et de méfiance.

— Faites-moi sortir d'ici, parvint-elle à articuler. Je vous en prie.

La main sous son coude pour la soutenir tout autant que pour la guider, l'homme l'entraîna jusqu'à la sortie des caves où elle retrouva le soleil qui descendait déjà sur l'horizon. Elle prit de profondes aspirations d'air frais comme si elle avait retenu son souffle jusque-là.

Que lui arrivait-il ?

— J'ai besoin de m'asseoir, dit-elle.

Le vigile l'accompagna jusqu'à un banc près de l'entrée, sur lequel elle se laissa tomber. Elle baissa la tête entre ses genoux, respirant profondément.

— Comment m'avez-vous retrouvée ? lui demanda-t-elle au bout d'un moment.

— Excusez-moi ?

— Est-ce que j'ai crié ?

Il lui jeta un regard étrange.

— Non, madame.

— Je souffre de claustrophobie, mentit-elle. J'essaye de lutter contre.

— Puis-je vous raccompagner jusqu'à votre voiture ? Voulez-vous un verre d'eau ?

— Non. Pouvez-vous me dire où se trouve le salon de dégustation, en revanche ?

A sa tête, elle comprit qu'à son avis le vin n'était pas recommandé dans son état. Mais il ignorait qu'elle n'avait aucune envie de boire. Ce qui l'intéressait, c'était de voir la toile de sa mère.

48

Vendredi 12 mars
17 h 10

Alex pénétra dans le salon de dégustation en même temps que le reste du groupe qui se rua sur le bar, satisfait de sa visite et enthousiaste à l'idée de goûter aux vins offerts.

Restée en arrière, elle contempla la peinture accrochée au mur. Elle aurait reconnu la touche de sa mère n'importe où. Les tourbillons de peinture, les couleurs riches et éclatantes.

Sauf que ce tableau possédait une qualité qui avait fait défaut à tous ceux qu'elle avait vus jusque-là : il en émanait une véritable joie de vivre, un message d'espoir.

— Vous voyez, vous y êtes arrivée, lui dit l'infirmière.

Alex ne prit pas la peine de lui raconter sa mésaventure.

— Que pensez-vous de ça ? demanda-t-elle, en montrant la toile.

— C'est joli. Je me demande qui est l'artiste ?

— Patsy Sommer.

— Un membre de la famille ?

— Oui. La seconde épouse d'Harlan Sommer et la mère de l'enfant qui…

— Alexandra ? En voilà une surprise !

Alex se retourna et se retrouva face à Clark Sommer, tout sourires.

Elle se rappela les paroles de Wayne Reed. « Votre mère n'a pas seulement initié nos fils. Elle les a traumatisés. »

— Bonjour, Clark, dit-elle, mal à l'aise. Je joue les touristes comme tu vois.

— Bonne idée. Clark Sommer, se présenta-t-il, en se tournant vers l'infirmière. Est-ce que vous avez apprécié la visite ?

La vieille dame le lui confirma avec animation et il lui tendit une carte de visite.

— Donnez ça à Cathy au bar et dites-lui que je vous ai invités, vous et votre mari, à goûter à notre cru spécial, le Stone Hill cabernet.

— C'est très gentil à toi, dit Alex, une fois que l'infirmière se fut éloignée, toute contente.

— Une bonne publicité qui ne me coûte pas cher. Il y a une bouteille ouverte derrière le bar et nous fermons dans une demi-heure.

— Je vois. Pas gentil donc, rectifia-t-elle avec un sourire, pour atténuer l'impact de ses paroles, mais intéressé.

— Puis-je te parler en privé ?

— Bien sûr.

Clark lui prit le bras et l'entraîna hors de la salle de dégustation, en direction du musée maintenant désert.

— Que se passe-t-il ? demanda-t-elle.

— C'est la question que j'allais te poser.

— Je ne comprends pas.

— Quand je suis arrivé, qu'étais-tu en train de raconter à cette femme ?

Alex fronça les sourcils, cherchant à se souvenir.

— Je lui ai montré le tableau au mur et elle m'a demandé qui l'avait peint.

— Et tu le lui as dit.

— Oui. Ça te pose un problème ?

— Je vais être très clair. Ta mère ne fait plus partie de cette famille.

— Vous ne pouvez pas réécrire l'histoire, même si…

Elle montra les photos autour d'eux.

— Je constate que vous avez essayé. Il n'y a pas une seule photo d'elle ou de Dylan.

— Et tu nous le reproches ? Crois-tu que nous ayons envie de nous souvenir d'eux ? Ou de toi, d'ailleurs ?

Alex compta mentalement jusqu'à dix avant de répondre. Manifester sa peine ou sa colère ne changerait rien à la situation.

— Tu peux penser ce que tu veux.

Elle se dirigea vers la porte, mais Clark l'attrapa par le bras et se pencha vers elle. Elle sentit son souffle sur sa joue et l'odeur du vin. Il avait bu.

— Lâche-moi !

— Ta mère était une femme magnifique, lui dit-il, en caressant sa joue de son doigt.

Alex rejeta la tête en arrière.

— Je t'ai demandé de me…

— Excitante, pleine de vie. Tu es exactement comme elle…

Elle tenta de se dégager, mais il la repoussa contre le mur.

— N'est-ce pas, Alex, que tu es comme elle ?

— Ça suffit, Clark ! Ne fais rien que tu puisses regretter. Laisse-moi partir !

— Ne me parle pas de regret. Tu crois que je ne sais pas ce qu'on ressent ? Ou ce que ça fait de se demander… chaque jour…

Il tituba légèrement, comme s'il perdait l'équilibre.

— Mike s'est suicidé, tu le savais ?

— Je ne sais même pas qui est Mike.

— On l'appelait Spanky. Il s'est pendu.

Comme Max. Elle chercha dans ses souvenirs, mais ne se rappela aucun Mike.

— Il ne pouvait plus le supporter. Terry est mort lui aussi. Quel effet ça te fait ?

— Je ne connais aucun de ces hommes. Maintenant…

— Tu veux savoir qui était ta mère, Alexandra ?

Son regard descendit vers sa bouche, sa poitrine.

— Puisque tu tiens tellement à le savoir, je vais te montrer.

Ces paroles résonnèrent dans sa tête et une panique viscérale lui coupa le souffle. Elle se débattit, cherchant à se libérer de son emprise.

— Laisse-moi partir, cria-t-elle. Tout de suite !

— Tu aimes baiser et regar…

— Non ! hurla-t-elle. Lâche-moi…

— Clark !

Clark sursauta si violemment qu'il perdit tout à fait l'équilibre. Treven se tenait sur le pas de la porte, les traits déformés par la colère.

— Papa ! Je n'ai pas… Ce n'est pas ce que…

— Je te donne dix secondes pour disparaître de ma vue ! Une seconde de plus et je te tue, je le jure devant Dieu !

Alex comprit qu'il le pensait vraiment. Clark aussi de toute évidence, parce qu'il n'hésita pas et disparut sans un regard ni pour l'un ni pour l'autre.

Treven s'approcha d'elle.

— Tout va bien, Alexandra ?

Les larmes lui montèrent aux yeux et elle hocha la tête.

— Il vous a fait mal ?

— Non, réussit-elle à articuler d'une voix tremblante.

Elle mentait. Il l'avait blessée, profondément. Une blessure mortelle. Elle ignorait encore si elle s'en remettrait jamais.

— Venez boire un peu de vin.

Quand il voulut l'entraîner, elle se dégagea.

— Je ne veux voir personne pour le moment.

— Ils sont tous partis, murmura-t-il. Les caves sont fermées.

Il avait raison. Seul restait un employé qui nettoyait le bar. Treven lui fit signe de filer avant de tirer deux chaises.

— Asseyez-vous…

Alex obéit et leva les yeux vers la toile de sa mère. Comment une femme aussi corrompue, à les en croire, aurait-elle pu peindre un tableau aussi magnifique, si plein de vie et d'espoir ?

— J'étais venue voir la toile.

Il lui tendit un verre de vin.

— Je suis tellement désolé, dit-il. Je ne sais pas ce qui lui a pris. Jamais depuis…

Il ne termina pas sa phrase qui resta suspendue entre eux comme un nuage menaçant.

— Jamais depuis quoi ?

— Depuis que tu es revenue. Bois un peu, ça te fera du bien.

Ils burent en silence. L'alcool la réchauffa et lui procura un certain réconfort.

— La légende veut qu'Icarios et sa fille Erigone soient les premiers humains à avoir goûté au vin. Dionysos, le dieu de la vigne et du vin, leur avait offert un pied de vigne et, après leur avoir appris comment transformer son fruit en vin, leur avait demandé de faire connaître le breuvage à tous. Icarios partit donc avec son chariot rempli de tonneaux, mais quand il fit goûter le vin aux bergers ceux-ci se soûlèrent.

« Les témoins crurent qu'Icarios avait voulu empoisonner leurs amis et le battirent à mort. Quand sa fille découvrit son cadavre, elle se pendit.

Alex rit faiblement.

— Quelle histoire horrible, Treven ! Je ne comprends pas pourquoi vous me racontez ça.

— L'histoire du vin est liée à l'histoire du monde, un mélange explosif. Le vin apaise les cœurs brisés, mais peut également susciter l'extase autant que la violence et rendre idiots des hommes responsables. Comme mon fils par exemple, ajouta-t-il après une pause.

Elle apprécia ses excuses et le lui dit.

— Ce ne sont pas des excuses. Il est bien trop vieux pour ça. Une explication tout au plus. Peut-être une façon de vous demander de comprendre.

Elle hocha la tête.

— L'histoire fourmille d'anecdotes tragiques. Nos vies également.

Il regarda le tableau. La vie de sa mère. La sienne. Ceux qui l'avaient aimée.

Ou avaient été abusés par elle.

— Qui était Mike ? demanda-t-elle. Clark a dit qu'il s'était pendu.

— Un bon ami.

— Quand s'est-il…

— Il avait vingt ans. C'est Clark qui l'a trouvé.

— Mon Dieu !

— Un autre de ses amis d'enfance a également disparu. Terry Bianche. Terry buvait et se droguait. Il s'est tué dans un accident de moto.

Il leva son verre et observa le liquide.

— Dan vous a raconté l'histoire du club secret… J'ai cru comprendre que vous aviez du mal à le croire. C'est tout à fait compréhensible et je ne vous en veux pas.

Elle rougit, ne sachant pas s'il voulait dire qu'il ne lui tenait pas rigueur des actions de sa mère ou du fait qu'elle lui conservait sa loyauté.

— Mike était un des garçons. Et Terry aussi. Ils avaient respectivement seize et dix-sept ans à l'époque.

— Je ne sais pas quoi dire.

— Nous n'avons pas fait ce qu'il fallait à ce moment-là.

Il soupira.

— Les garçons auraient dû suivre une thérapie et la responsabilité de ta mère aurait dû être dénoncée. Mais après la disparition de Dylan…

Il posa une main sur la sienne.

— Je suis tellement désolé, Alexandra. Rien de tout cela ne vous concerne. Après tout, nous ne sommes pas responsables des actes de nos parents.

Ses parents. Père et mère.

— Est-ce que vous savez qui est mon père ?

— J'aimerais pouvoir vous aider, dit-il, en lâchant sa main et en se levant.

Elle haussa les épaules et se leva à son tour.

— Je finirai par l'apprendre.

— Je l'espère, Alex. Du fond du cœur.

49

Vendredi 12 mars
20 h 45

Blottie sous une couverture dans un coin de son canapé, Alex ne parvenait pas à se réchauffer. Après avoir quitté Treven, elle avait récupéré sa voiture et conduit sans but, traversant de petites villes pittoresques au milieu des collines recouvertes de vignes endormies.

De temps en temps, la circulation ralentissait avant de repartir sans raison particulière.

Elle avait conduit fenêtre ouverte, comptant sur l'air frais pour se remettre de ses émotions et recouvrer ses esprits.

« Nous ne sommes pas responsables des actes de nos parents. »

« Tu veux savoir qui était ta mère ? Puisque tu tiens tellement à le savoir, je vais te montrer. »

« Ne vous approchez pas de mes fils ! »

Frissonnante, elle resserra la couverture autour d'elle. De retour au cottage, elle avait tenté de joindre Rita Welsh, d'abord chez elle, puis à la bibliothèque, pour apprendre finalement que cette dernière avait pris sa retraite et était partie s'installer dans l'Oregon pour se rapprocher de ses petits-enfants. La personne qui l'avait renseignée avait refusé de lui donner une adresse ou un numéro de téléphone.

Une nouvelle fois, les paroles de Wayne Reed traversèrent son esprit. « Ne vous approchez pas de mes fils. » Que dirait-il s'il apprenait qu'elle couchait avec Dan ?

Mais peut-être le savait-il. Ce qui expliquerait pourquoi il avait raconté cette histoire sordide sur sa mère et son attitude odieuse à son égard.

Dan ne l'avait pas rappelée. Mais alors même qu'elle avait espéré cet appel, elle ne pouvait s'empêcher de penser que c'était mieux ainsi. Il y avait trop de cadavres entre eux. Un passé trop lourd. Trop de secrets. Trop de souffrances.

Elle contempla la photo encadrée posée sur la table. Sa mère souriant à l'objectif, Dylan dans ses bras. Et elle à côté, qui levait son petit visage vers eux.

« Que me cachais-tu, maman ? demanda-t-elle silencieusement à la jeune femme du cliché. Racontent-ils la vérité à ton sujet ? Est-ce la raison pour laquelle tu ne voulais jamais me parler du passé ? »

La photo avait été prise chez les Sommer. Elle reconnaissait maintenant l'entrée des caves à l'arrière-plan.

Elle fixa la porte sombre, le cœur battant, et se rappela sa vision de l'après-midi. Les flammes qui la menaçaient, l'odeur d'encens et sa réaction, un mélange de peur et de panique.

Elle serra les poings, déterminée à ne céder ni à l'une ni à l'autre. Sa mère ne voulait pas qu'elle se souvienne. Mais de quoi aurait-elle pu se souvenir ? De leur vie ici ? De la disparition de son petit frère ?

Sa mère était-elle effrayée ? Pour elle-même ? Pour sa fille ?

Il s'était passé quelque chose dans ces caves. Une chose horrible et effrayante. Elle en était certaine à présent. Et elle savait quoi. Le souvenir cherchait à remonter à la surface, tandis qu'une force contraire, en elle, luttait pour qu'il demeure enfoui.

Avait-elle été victime ou témoin de cette chose ?

Etait-ce en rapport avec la disparition de Dylan ?

Son téléphone sonna et elle sursauta. C'était Dan. Entendre le son de sa voix lui fit un bien instantané.

— Salut, lui dit-il. J'avais dit que j'appellerais… Je suis devant ta porte avec une pizza et quelques bières. Si tu te sens d'humeur pour un peu de compagnie…

Elle repoussa la couverture et se précipita jusqu'à la porte, le téléphone à la main. Le passé, les secrets, tout cela s'évapora dès qu'elle ouvrit. Elle avait besoin de lui. Maintenant.

— J'ai choisi mon repas préféré : bière Boon Amber et pizza de chez Red Grape.

Sans un mot, elle prit le pack de bières et le carton de pizza et les posa sur la console de l'entrée. Puis elle poussa Dan contre la porte.

— Ne dis rien, murmura-t-elle, sa bouche contre ses lèvres. Aime-moi simplement…

Impatiente, elle tira sur ses vêtements, fit passer sa chemise par-dessus sa tête et dégrafa sa ceinture.

Il la souleva alors et, faisant un demi-tour sur lui-même, la plaqua à son tour contre la porte.

— Je viens, mon cœur, chuchota-t-il, avant de plonger en elle.

Elle se cambra sous la vague de plaisir qui montait en elle, un plaisir qui se mélangea dans sa tête aux événements de la journée. « Ne vous approchez pas de mes fils… » « Tu tiens tellement à le savoir, Alexandra… »

Des flammes qui se tendaient vers elle. L'odeur d'encens. Les hurlements de créatures.

Elle resserra ses jambes autour de la taille de Dan.

Non… Non… Je veux que…

Accroupie derrière les buissons. Cachée. La voix. Les paroles méchantes qu'elle ne comprenait pas…

Mais si. Elles résonnaient clairement dans sa tête. Les paroles de Clark. La voix de Clark.

« Puisque tu tiens tellement à le savoir, je vais te montrer. »

Un cri lui échappa et elle constata qu'elle pleurait.

— Alex! Alex, tu te sens bien?

Dan la regardait d'un air étrange, la respiration saccadée.

— Je t'ai fait mal?

— Non.

Elle se mit à trembler et appuya son front contre le sien.

— Serre-moi fort. Je t'en supplie, serre-moi très fort.

Il la porta jusqu'au salon où ils se glissèrent ensemble sous la couverture. Pendant un long moment, ils restèrent ainsi, sans parler. Les paroles de Clark tournaient dans la tête d'Alex. Comme une menace implicite.

Ces paroles lui revenaient-elles aussi du passé? Commençait-elle à mélanger le passé et le présent? S'agissait-il des prémices de la folie?

— Tu veux me parler? lui demanda Dan.

Que pouvait-elle lui répondre? Quelle serait sa réaction, si elle lui racontait ses visions, les voix qu'elle entendait? La considérerait-il aussi instable que sa mère?

L'estomac de Dan gargouilla, la tirant d'embarras.

— La pizza ! s'écria-t-elle. Je l'avais oubliée.

— Moi aussi.

— Menteur. Je vais la réchauffer.

— Inutile, dit-il, en la retenant par la main. Tu te sens prête à parler de ce qui te préoccupe ?

— Donne-moi un peu de temps, d'accord ?

Il lui adressa un sourire paresseux qui la fit fondre.

— Ce sont tes secrets, Alex. Prends tout le temps que tu veux.

Quelques minutes plus tard, assis par terre, ils savouraient leur pizza arrosée de bière tiède. Alex portait la chemise de Dan qui avait pour sa part simplement enfilé son jean.

— Très bonne pizza, fit-elle remarquer, en se resservant.

— La meilleure. J'ai eu une journée très instructive. La maison de Max Cragan a été incendiée.

— Quoi ?

— Quelqu'un y a mis le feu.

Des flammes qui l'entouraient. Leurs tentacules qui se tendaient vers elle, frôlant sa peau.

— Que se passe-t-il ?

— Rien. C'est tellement… choquant.

Il fronça les sourcils.

— C'est tout ?

— Oui… Qui a pu faire une chose pareille ? C'est vraiment cruel.

— Cruel, répéta-t-il. Voilà un mot bien étrange pour définir un tel acte.

— Je pensais à Angie. Elle doit être bouleversée. Perdre ainsi tous ses souvenirs.

— En effet. J'ai rencontré le médecin de Cragan aujourd'hui. Même s'il ne peut pas totalement éliminer la possibilité que le vieil homme se soit suicidé, il en doutait très sérieusement.

— Il a été assassiné, affirma-t-elle doucement. Et sa maison incendiée.

— Le médecin légiste a estimé l'heure de sa mort entre 20 h 30 et 22 h 30. Tu lui as parlé dans cet intervalle.

— Oui. Il m'a appelée vers 21 heures. Tu as pu vérifier l'heure sur mon portable.

— En effet. Où étais-tu cette nuit-là ? lui demanda-t-il, sans la quitter des yeux.

— Ici. Je te l'ai déjà dit.

— Seule ?

— Oui, seule, répondit-elle en rougissant. Toute la nuit.

— Pas d'autres appels de Cragan ? Pas de visiteur ?

Elle secoua la tête.

— Tu n'es pas ressortie ?

— Non.

A son tour, elle fronça les sourcils.

— Je ne comprends pas. Pourquoi est-ce que tu me poses toutes ces questions ?

— Il est possible que tu aies été la dernière personne à parler à Max.

— Pas la dernière, Dan. Il a raccroché parce que quelqu'un sonnait à sa porte. J'ai entendu la sonnette.

— C'est ce que tu dis.

Elle eut une exclamation incrédule.

— Mais je t'ai raconté ce qui s'était passé ! Nous avons pris rendez-vous pour le lendemain matin. Il m'a dit que quelqu'un sonnait à sa porte avant de raccrocher. Il croyait que c'était sa fille.

— Il se trompait.

— Ce pouvait être n'importe qui.

— En effet.

Elle comprit ce qu'il sous-entendait par là et se raidit.

— Pourquoi aurais-je voulu faire du mal à Max ? Je le connaissais à peine !

— Je n'ai pas dit que tu étais coupable, Alex. Je me contente de faire mon travail.

— Faisais-tu ton travail aussi, il y a une demi-heure ?

Elle se remit debout, s'enveloppa dans la couverture et ôta sa chemise qu'elle lui lança.

— Fiche le camp !

— Alex…

— Je me sentais en sécurité avec toi…

— Tu ne comprends donc pas que tu es au cœur de tous ces événements ? Tout ce qui arrive en ce moment nous ramène à toi.

— Pas tout. Au cas où tu l'aurais oublié, j'ai un alibi pour la nuit dernière. J'étais au lit avec toi. Je t'aidais à faire ton travail.

— Alex, tu pourrais être en…

— Sors d'ici. Quoi qu'il ait pu y avoir entre nous, inspecteur Reed, c'est terminé.

50

Samedi 13 mars
8 heures

Incapable de fermer l'œil, après le départ de Dan, Alex n'avait cessé de tourner dans son lit, ressassant tout ce qui s'était passé depuis son arrivée à Sonoma.

Tourmentée aussi par la façon dont Dan l'avait traitée, alors qu'elle avait été sur le point de se confier à lui.

Tandis que l'aube pointait, une certitude s'imposa à elle : elle ne pouvait compter que sur elle-même.

Et elle n'avait aucune intention de fuir ou de se cacher comme sa mère. Elle allait faire front.

Une chose terrible lui était arrivée et le souvenir de cet événement était en train de se frayer un chemin vers la lumière, du fond de son inconscient. Dylan avait été enlevé et tué. Tout comme l'homme au tatouage. Et maintenant Max Cragan était mort à son tour et sa maison avait été incendiée.

Pourquoi lui ? Elle ne voyait qu'une seule réponse possible : pour détruire ses dossiers et effacer ainsi le nom de la personne qui avait commandité la bague.

Les secrets du serpent autour du pied de vigne.

Et, d'une façon ou d'une autre, ces secrets la touchaient directement. Tout tournait autour d'elle, comme Dan l'avait très justement fait remarquer. Ses cauchemars n'avaient qu'un seul but : lui rappeler le frère qu'elle avait aimé et perdu.

Tim avait qualifié cela de refus d'acceptation — une perte de mémoire suite à un événement traumatisant. Un événement si terrifiant que son cerveau n'avait eu de cesse de le refouler.

Mais son souvenir résistait, cherchant à se manifester.

Par deux fois déjà, il avait bien failli réussir. Et chaque fois, quand elle se trouvait dans les caves.

Le traumatisme qu'elle avait subi trouvait donc très probablement son origine dans ces galeries. Et il était temps pour elle de découvrir ce qui lui était arrivé.

La visite guidée des caves Sommer débutait à 9 heures. Elle ferait partie du premier groupe.

A 8 h 50, elle se garait sur le parking destiné aux visiteurs. Elle fut heureuse de constater que plusieurs personnes l'avaient devancée, ce qui lui permettrait de se fondre dans la foule. Baissant le pare-soleil, elle vérifia sa tenue. En guise de camouflage, elle portait une casquette de base-ball et des lunettes de soleil. Ses cheveux remontés en queue-de-cheval ressortaient à l'arrière de sa casquette.

Elle espérait que le guide ne serait pas le même que la veille et que Clark ou n'importe quel Sommer ne viendrait pas traîner par là. D'ailleurs, elle avait bien l'intention de rester à distance du salon de dégustation.

Après avoir acheté son ticket, elle attendit à l'intérieur du musée, faisant semblant de regarder les photos. Le guide — une femme cette fois-ci — arriva.

— Suivez-moi, dit-elle, la visite va commencer.

Alex lui emboîta le pas avec le reste du groupe, prenant soin de rester assez près, apparemment captivée par ses explications. Mais les battements de son cœur s'accéléraient au fur et à mesure qu'ils avançaient dans les galeries. Elle avait de plus en plus de mal à respirer. Frottant ses mains moites le long de ses cuisses, elle s'efforça de contrôler son angoisse.

« Tu dois le faire, Alex. Il ne s'agit que d'un souvenir. Tu n'as rien à craindre. »

— La peau du raisin contient la plus forte concentration d'arômes, expliquait leur guide. D'où la grande différence entre la fermentation des raisins blancs et noirs. En effet, lors de la fermentation du raisin noir, la peau est conservée dans le jus, contrairement au raisin blanc.

Ils firent halte devant les grandes cuves en acier inoxydable.

— Chez Sommer, nous produisons deux très bons vins blancs, un chardonnay et un pinot grigio. Mais nous sommes surtout connus pour nos rouges riches et corsés.

Comme la veille, la femme expliqua pourquoi il fallait repousser le chapeau dans le jus en fermentation et les dangers que présentait cette manœuvre, mais cette fois Alex se garda d'intervenir. La guide montra ensuite le robinet et l'écoutille qui se trouvaient dans la partie inférieure des cuves et par lesquels le maître de chai vérifiait les progrès du vin, puis nettoyait les cuves, une fois le vin tiré.

Elle indiqua ensuite une rangée de quatre cuves beaucoup plus petites réservées à la production plus modeste des vins de la réserve.

— Nous les appelons les cuvettes, dit-elle, ce qui lui valut quelques rires.

Un couple se précipita pour prendre une photo, la femme posant devant les « cuvettes ».

— Oh, mon Dieu, celle-ci fuit! s'exclama-t-elle.

— Ces cuves sont vides pour l'instant, répondit la guide qui enchaîna avec ses explications. Le but principal de...

— Non, elle a raison, coupa le mari. Cette cuve est ouverte et elle fuit.

Le groupe s'arrêta et la guide s'approcha.

— Elle vient peut-être d'être lavée, dit-elle. Il doit s'agir de...

Elle s'arrêta brusquement.

Un liquide s'écoulait par l'écoutille entrouverte et une petite flaque s'était déjà formée sur le sol, en dessous.

— Je suis certaine qu'il s'agit du produit nettoyant, répéta la guide en s'approchant encore.

Elle ouvrit complètement la porte et un petit poing apparut au bout d'un bras. Puis une tête couverte d'un fin duvet de bébé.

Pas du liquide de nettoyage. Du sang.

Pendant quelques secondes, il régna un silence complet. Puis des cris fusèrent. La guide recula en trébuchant, le regard rempli d'horreur et la main couverte de sang.

Un véritable chaos s'ensuivit. Alex, pétrifiée, était incapable de détourner le regard du petit cadavre, tandis que l'hystérie grandissait autour d'elle.

— Il faut prévenir les propriétaires!

— Appelez le 911 ! Oh, mon Dieu, appelez-le…

— Non, attendez ! C'est une…

Alex tomba à genoux, cherchant sa respiration. C'était tellement affreux. Elle serra les bras autour d'elle et se balança. Treven arriva, à bout de souffle d'avoir couru.

— Oh, Seigneur Jésus !

Rachel le rejoignit.

— Mon Dieu ! Quelqu'un a-t-il appelé le 911 ?

— Le shérif est en route. L'ambulance aussi.

C'était Clark. Alex reconnut sa voix, les yeux fixés sur la petite main. Si petite et sans défense. Comme Dylan. Innocente.

La voix de Treven retentit.

— Gardez votre calme !

Puis, baissant la voix, il s'adressa à son fils :

— Clark, va fermer les caves. Et conduis ces personnes jusqu'au salon de dégustation. Donne-leur ce qu'il faut pour les calmer.

— Et s'ils veulent partir ?

— Tu les retiens. Je suis certain que la police va vouloir les interroger. Nous devons gérer au mieux cette situation. Appelle Dan Reed et explique-lui ce qui se passe. Je veux le meilleur et je veux un ami. Rachel, je ne tiens pas à ce que mon frère vienne par ici. Arrange-toi pour le tenir à l'écart.

— D'accord. Il a déjà suffisamment… Mon Dieu, Alex ? Alex ? C'est moi, Rachel. Regarde-moi…

Avec un effort surhumain, Alex détourna son regard de la petite main.

— Rachel, dit-elle faiblement.

— Tu vas bien ? Tu peux marcher ?

Elle hocha la tête et Rachel l'aida à se relever.

— Viens. Allons dans mon bureau.

51

Samedi 13 mars
10 h 50

Ce n'était pas un enfant. Ni un meurtre horrible.

Mais une plaisanterie morbide.

Dan Reed reconnut presque aussitôt le jouet, après quelques secondes pénibles tout de même, pendant lesquelles son cœur s'emballa dans sa poitrine.

— On dirait bien la même poupée que l'autre fois, dit-il à Barbara, qui enfilait ses gants d'examen.

— Probablement l'œuvre du même malade.

Elle trempa son doigt dans le liquide rouge et le frotta.

— C'est la même texture, en tout cas, conclut-elle.

Dan l'imita et renifla le produit. Une odeur très douce s'en dégageait.

Il se tourna vers Treven, Clark et Rachel qui ne les quittaient pas des yeux.

— Quelqu'un vous a joué un sale tour. Un très sale tour.

— Qu'est-ce que tu veux dire ?

— Il ne s'agit que d'une poupée et d'un liquide rouge imitant le sang.

— Une poupée Ashton-Drake, précisa Barbara. Très chère. Une poupée de collection réputée pour son air vivant, si je puis dire.

Le trio Sommer affichait la même expression incrédule.

— Mais pourquoi ? s'exclama Rachel. Pourquoi quelqu'un ferait-il ça ?

— Poupée ou non, s'écria Treven, tu parles d'une publicité !

C'est un véritable cauchemar. Il n'est pas question que le nom des Sommer soit associé à des enfants morts.

Des enfants morts. Deux enfants. D'abord Dylan et maintenant ceci.

Dan sentit le regard de Barbara sur lui et comprit qu'elle faisait le même rapprochement.

— Concentrons-nous sur la bonne nouvelle, oncle Treven, suggéra Rachel. Il y a cinq minutes, nous pensions avoir un bébé mort dans une de nos cuves. Maintenant, notre seul souci se résume à gérer cette mauvaise publicité.

— Elle a raison, papa, intervint Clark.

— J'ai une entreprise à faire tourner, fils. Et si tu comptes prendre ma place un jour, tu ferais bien de te montrer à la hauteur.

Reed décida d'intervenir avant que la situation ne s'envenime.

— Ce n'est pas une première, annonça-t-il. Il y a une quinzaine de jours, nous avons trouvé la même poupée mutilée et pendue dans le vignoble des Hilldale.

— Je n'en ai pas entendu parler, dit Treven, en se tournant vers Clark qui secoua la tête, puis Rachel.

— J'étais au courant, confirma cette dernière. Betsy Hilldale est une amie.

— Bien, lança Treven. A notre tour de faire en sorte que cette histoire passe inaperçue. Dan, je peux compter sur toi pour tenir la presse à l'écart ?

— Ça ne devrait pas poser de problème.

— D'accord pour moi, dit Barbara. Vous êtes les victimes.

A l'expression de Treven, Reed comprit qu'il n'appréciait pas ce qualificatif.

— Qui l'a découverte ?

— Un couple de l'Illinois en photographiant les cuves.

— Nous commencerons les interrogatoires par eux. Quelqu'un s'est donné beaucoup de mal pour préparer cette mise en scène. Cette poupée n'a pas été découverte par hasard.

— Un des agents est en train de dresser la liste des personnes qui assistaient à la visite, indiqua Barbara.

Treven consulta sa montre.

— Si vous voulez bien m'excuser, dit-il, je dois aller rassurer une douzaine de touristes. Clark, Rachel, j'ai besoin de vous.

— J'arrive tout de suite, répondit Rachel, la voix tendue. Donne-moi une minute.

Reed observa le père et le fils qui s'éloignaient, avant de se tourner vers la nièce.

— Tu peux parler en toute liberté, Rachel, lui dit-il. Dis-moi ce que tu as sur le cœur.

Elle poussa un soupir de frustration.

— Grand-père avait d'autres ambitions pour le vignoble. Treven n'occupe cette position que parce que…

Elle se mordit la lèvre et ne termina pas sa phrase.

— Ecoute, je voulais juste que tu saches qu'Alex se trouve dans mon bureau. Elle est drôlement secouée.

— Alex est ici ?

— Elle faisait la visite. Si vous avez besoin de moi, je serai dans le salon de dégustation à calmer les esprits.

Elle s'éloigna et Reed croisa le regard de Barbara.

— Intéressant, remarqua cette dernière. La belle Alexandra Clarkson. Toujours au cœur de l'action.

Reed se dirigeait à grands pas vers le bâtiment administratif. La présence d'Alex sur les lieux ne lui disait rien qui vaille. Cette prétendue visite des caves ne tenait pas vraiment la route. La jeune femme aurait pu bénéficier d'une visite privée avec Rachel ou tout autre membre de la famille.

Au lieu de cela, elle avait préféré acheter un billet et suivre la première visite de la journée, une visite qui avait débouché sur une découverte macabre.

« La belle Alexandra Clarkson. Toujours au cœur de l'action. »

Il aurait aimé contester le sous-entendu de cette réflexion, mais lui-même s'était formulé quelque chose d'analogue la nuit précédente.

Les bureaux étaient quasiment déserts. Tout le personnel se trouvait probablement dans la salle de dégustation à tenter de réparer les dégâts. La porte du bureau de Rachel était entrouverte et Dan aperçut Alex tassée sur une chaise.

Il frappa à la porte et constata qu'elle n'était pas seule. Krista, la secrétaire de Rachel, lui tenait compagnie.

— Dan ! s'écria Alex dès qu'elle l'aperçut, sautant sur ses pieds et courant se jeter dans ses bras. C'était tellement horrible ! Ce pauvre enfant… D'abord Dylan et maintenant…

— Tout va bien, Alex, dit-il, en l'enlaçant maladroitement. Il ne s'agit que d'une mauvaise plaisanterie.

Elle leva la tête vers lui.

— Une mauvaise plaisanterie ?

— Ce n'était qu'une poupée.

— Mais j'ai vu… Tout le monde a… Il avait l'air tellement…

— Vrai ?

Elle hocha la tête.

— Il s'agit d'une poupée très chère, extrêmement prisée pour son réalisme, justement.

Ses yeux se remplirent de larmes.

— Seigneur… Je n'arrêtais pas de penser à…

Elle se tut et, comme si elle se rappelait brusquement leur dispute, s'éloigna de lui.

— Qui a pu faire une chose pareille ? demanda-t-elle.

— Krista, pouvez-vous nous laisser un moment ?

La secrétaire sortie, Dan indiqua une chaise à Alex.

— Assieds-toi. Le même incident s'est déjà produit une fois. Il n'y a pas très longtemps. Nous avons trouvé une poupée semblable, poupée mutilée et pendue dans un vignoble.

— En croix ?

— Comment le sais-tu ?

— Je ne le sais pas. Je l'ai juste deviné.

— Qu'est-ce que tu faisais ici aujourd'hui ?

— Une visite comme les autres.

— Mais tu n'es pas comme les autres. Tu fais partie de cette famille. Il te suffisait de demander pour avoir une visite privée.

— Je ne voulais déranger personne. Il m'a paru beaucoup plus simple d'acheter un billet.

— J'ai du mal à te croire, Alex.

— Ça ne m'étonne pas.

Il vint se poster devant elle et elle dut lever la tête pour le regarder.

— Je trouve étrange que tu aies choisi justement cette visite.

— Que veux-tu dire ?

— La seule visite dans l'histoire de ce vignoble au cours de laquelle une poupée mutilée est découverte dans une cuve.

A cet instant, Rachel passa la tête à la porte.

— Comment te sens-tu, Alex ?

— Beaucoup mieux depuis que j'ai appris qu'il ne s'agissait que d'une poupée.

— Ne m'en parle pas !

Rachel tourna la tête vers Dan.

— Ta partenaire m'envoie te dire qu'elle souhaiterait te parler aussitôt que tu en auras fini ici.

— J'en ai fini, pour l'instant. Ça va aller ? demanda-t-il à Alex.

Rachel répondit à sa place.

— Tout ira bien. Je m'occupe d'elle.

52

Samedi 13 mars
11 h 55

Reed retrouva Barbara Tanner devant le salon de dégustation.

— Comment vont les touristes ? lui demanda-t-il.

— Joyeusement ivres. Et il n'est même pas midi.

— Personne n'a cherché à faire d'histoires ?

— Non. Ils sont tous horrifiés, mais ravis de cette aventure.

La nature humaine, pensa Reed. Ils allaient tous repartir avec une belle histoire de vacances à raconter et probablement, s'il connaissait bien Treven, une caisse de vin gratuite.

— Et en ce qui concerne la famille ou les employés ? Quelqu'un aurait-il pu pénétrer dans les caves cette nuit ?

— Les hommes du shérif sont en train de prendre les dépositions et de vérifier les antécédents des travailleurs saisonniers.

— Il faut bien en passer par là, mais à mon avis le coût et l'accès à de telles poupées limitent le champ des suspects.

— Tout à fait d'accord. Et pour Clarkson ?

Dan n'aima pas du tout le ton qu'elle avait pris pour lui poser la question, ni le seul emploi du nom de famille. Il ne fit cependant aucune remarque, se contentant de répondre :

— Très secouée, ce qui est compréhensible.

— Tu sais qu'elle avait déjà fait cette visite ?

Barbara marqua une pause avant de continuer :

— Hier. Le vigile l'a reconnue. C'est lui qui l'a retrouvée, errant seule dans les caves, séparée du groupe. Elle lui a dit qu'elle souffrait de claustrophobie et lui a demandé de la raccompagner jusqu'à la sortie.

Dan fronça les sourcils, se rappelant l'épisode chez ses parents. Alex n'avait pas parlé de claustrophobie cette nuit-là. Et pourquoi se remettre ainsi dans la même situation ?

— Il y a autre chose. Apparemment, elle a eu une prise de bec avec Clark. Il avait bu et s'en est pris à elle.

Aucune allusion à cela non plus. De plus en plus intéressant. Elle s'était indignée quand il l'avait interrogée, trouvant insultant qu'il la soupçonne, alors qu'en fait il avait toutes les raisons du monde de se montrer particulièrement soupçonneux.

— Et comment ça s'est terminé ?

— Treven est intervenu pour calmer le jeu. Ou, du moins, c'est ce qu'il a cru.

— Que veux-tu dire ?

— Elle a peut-être placé cette poupée dans la cuve pour se venger de lui et de toute la famille Sommer. Clark a confirmé cette histoire de dispute. Il n'était pas fier de lui. Il m'a expliqué qu'elle avait fait une remarque sur les photos dans le musée. Sur le fait qu'il n'y en avait aucune d'elle, de sa mère ou de Dylan.

« Résumons les faits, si tu le veux bien, Dan. Un agneau égorgé est retrouvé, caché dans le placard de sa salle de bains. Un autel recouvert de sang est découvert à Bart Park. Or Alex est justement une spécialiste des religions alternatives. Max Cragan se pend, et devine qui trouve le corps ? Une deuxième poupée mutilée est retrouvée…

— En présence d'Alex.

— Exactement.

— Et pour la première poupée ?

— Vérifie sur ton agenda. La première poupée a été découverte le 22 février, trois jours après la visite de Clarkson au bureau.

Elle avait raison.

— Tom Schwann est brutalement assassiné et, bizarrement, deux liens relient ce meurtre à Clarkson.

— Le tatouage et la bague pour une part. Quel est le deuxième ?

— Alberto Alvarez, assassiné de la même façon que Schwann…

— Il y a vingt-cinq ans. Tu n'es quand même pas en train de suggérer qu'une enfant de cinq ans…

— Aurait commis ce meurtre ? Non, bien sûr. Mais elle y est

connectée parce qu'elle habitait ici à ce moment-là et se trouvait dans la chambre en face de celle de son frère la nuit de sa disparition. Rien ne nous dit que ce n'est pas elle qui a mis le feu à la maison de Cragan.

— Non, elle n'y est pour rien.

— Comment peux-tu en être aussi sûr ?

— Parce qu'elle a un alibi pour cette nuit-là. De même que pour la nuit du meurtre de Schwann.

Barbara l'observa un long moment en silence.

— Je suggère que tu réexamines tes priorités, lui dit-elle finalement, en pesant ses mots. Et si j'étais toi, je ne perdrais pas de temps.

Ils finirent d'examiner la scène de crime et d'interroger les employés du vignoble. Puis ils visionnèrent les cassettes de vidéosurveillance. Pendant tout ce temps, la colère de Dan ne cessait de grandir, menaçant d'exploser.

Il retrouva Rachel dans son bureau.

— Alex est partie ?

— Depuis une bonne heure. Tout va bien ?

— Oui. J'avais juste une dernière question à lui poser.

— Elle m'a promis de rentrer directement chez elle.

Dan la remercia et regagna sa voiture. Comme tous les samedis, la circulation n'avançait pas sur les routes du comté, ce qui ne contribua pas à améliorer son humeur.

Lorsqu'il se gara enfin derrière la voiture d'Alex, il se sentait fin prêt pour la bagarre.

Il franchit au pas de course la distance qui le séparait de la porte d'entrée et sonna.

— Alex ? C'est Dan, cria-t-il, comme elle ne répondait pas.

Finalement, elle vint ouvrir, vêtue d'un pull trop large et d'un jean, les cheveux en désordre et les yeux rouges.

— Tu avais déjà fait la visite hier, s'écria-t-il d'emblée. Pourquoi ne m'en as-tu rien dit ?

Il l'avait prise au dépourvu — ce qui était le but recherché — et elle le regarda sans répondre.

— Pourquoi, Alex ?

Elle ouvrit alors la porte en grand et s'écarta pour le laisser entrer. Puis elle referma derrière lui et lui fit face.

— J'ai commencé à t'en parler hier soir…

— Je ne m'en souviens pas. Je me rappelle seulement comment tu m'as jeté dehors parce que j'avais osé te questionner.

— Je voulais tout te raconter…

— Mais tu ne l'as pas fait.

Elle releva le menton, d'un air de défi.

— Parce que je savais ce que tu penserais de moi…

— Que tu étais coupable ?

— Non. Folle. Hier, j'ai de nouveau vécu la même expérience que chez toi. En pire.

— Tu as paniqué ?

— Oui. Vraiment… J'étais terrifiée.

Elle tourna les talons pour aller s'asseoir sur le canapé, puis elle cacha son visage dans ses mains.

Au bout d'un moment, elle releva la tête.

— Quand tu m'as raconté toutes ces histoires sur ma mère, j'ai voulu me prouver que ce n'était pas vrai. J'ai appelé ta mère et…

— Ma mère ?

— Oui. Elle m'avait proposé de passer quand je voulais pour feuilleter vos albums de photos. Je me suis dit que je n'avais rien à perdre et que les photos ne mentaient pas. Chez toi, j'ai rencontré Ferris qui m'a dit qu'il y avait d'autres photos sur les murs du musée des Sommer. Ça m'a fait penser au tableau de ma mère accroché dans la salle de dégustation.

Dan se souvenait très bien de cette toile, mais il n'avait pas compris que Patsy en était l'auteur.

— Pourquoi ne pas demander à Rachel ou à Treven de te faire visiter ?

— Parce que je ne voulais pas avoir à expliquer les raisons de ma démarche.

— Et c'est tout ?

— Oui.

— Non, tu me caches encore des choses, Alex.

— Mais non ! Tu m'as posé une question et j'ai répondu.

— Tu as eu une altercation avec Clark.

— C'est exact.

— Pourquoi ne m'en as-tu pas parlé hier soir ?

— Le fait que nous couchions ensemble ne m'oblige pas à te faire part de mes moindres faits et gestes.

— C'est ce que nous faisons ? Ça se résume à ça, pour toi ? Nous « couchons ensemble » ?

Elle se détourna.

— J'étais sous le choc. Il a dit des choses sur ma mère… Il voulait savoir si… Il m'a plaquée contre le mur et, quand je me suis débattue, il a refusé de me lâcher.

— Ce fils de pute !

— Treven est arrivé et Clark a décampé. Treven a été très gentil avec moi.

— Rien d'autre ?

Elle prit une profonde inspiration.

— Voyons voir… Tu veux dire, à part le fait que ton père m'a ordonné de ne pas m'approcher de ses fils…

— Quoi !

— Eh oui. Il ne tient probablement pas à ce que la bâtarde de Patsy contamine sa précieuse progéniture. Pour en revenir à ma journée d'hier, n'oublions pas non plus de mentionner ma crise de larmes pendant que nous faisions l'amour et toi qui n'avais de cesse de m'interroger sur mes motivations. Je crois que j'ai fait le tour.

Il chercha son regard. Si elle disait bien la vérité, il se retrouvait dans le rôle du salaud avec ses accusations.

— Pourquoi y retourner aujourd'hui ?

— Parce que je veux connaître la vérité. Parce que j'ai besoin de savoir.

Soit elle se montrait honnête avec lui, soit elle était la plus formidable menteuse de la planète. Il l'attira dans ses bras où elle se blottit, tremblante.

Il ne pouvait s'empêcher de se reprocher sa confiance. D'être avec elle malgré les avertissements de sa partenaire. Malgré ses propres doutes.

Il ne s'était encore jamais laissé manipuler par une femme. Est-ce qu'il commençait aujourd'hui ?

Son téléphone sonna, le tirant de ses pensées.

— Reed à l'appareil…

— C'est Tanner. J'ai discuté avec le guide qui conduisait la première visite à laquelle Alex a participé.

— Et ?

— Il se souvient d'elle. Elle l'a questionné au sujet de la première femme d'Harlan et de son accident. Elle a également mentionné le kidnapping de Dylan.

— Merci. Autre chose ?

— Les appels de Schwann. Le numéro qu'il a appelé la nuit de sa mort était celui du vignoble Red Crest.

— Pas étonnant.

— C'est ce que je me suis dit. J'imagine qu'il a dû se fatiguer d'attendre et appeler chez toi dans l'espoir que quelqu'un passerait le prendre. Quelqu'un a décroché. La question est de savoir qui.

— Je vais m'en occuper. Je te remercie.

Il raccrocha.

— Je dois partir, dit-il.

— Que se passe-t-il ?

— Tu es certaine de m'avoir tout dit, Alex ?

— Qui t'a appelé ?

— Barbara Tanner.

— Elle a réuni de nouvelles preuves contre moi ?

— Elle a interrogé le guide que tu as eu lors de ta première visite. D'après lui, tu aurais fait allusion à la première femme d'Harlan et à Dylan.

— Et c'est un crime ?

— Non, mais pourquoi les avoir mentionnés ?

— Je l'ignore. J'étais en colère. Je n'avais trouvé aucune photo de ma mère ou de Dylan dans le musée. Tu ne peux pas comprendre.

— Alors explique-moi…

Il sentit qu'elle cherchait une réponse qui le convaincrait de son honnêteté. A moins qu'il ne soit tout simplement trop naïf. Un inspecteur de police manipulé. Perdant toute objectivité quand il s'agissait d'une femme. Il ne serait pas le premier.

— Tu ne peux pas comprendre, parce que tes racines sont profondément ancrées ici, déclara-t-elle. Tu sais qui tu es et d'où tu viens. Contrairement à moi. Pourtant, je me sens liée à ces lieux. D'un lien qui me terrifie. Que je sens chargé de malheur, de douleur, sans en avoir clairement conscience, du moins une conscience émotive, ressentie… C'est comme dans les caves. Cet endroit fait partie de mon passé. Je veux rassembler les pièces qui manquent.

Elle le regarda.

— Ai-je réussi le test, Dan ? Est-ce que tu me crois ?

Il prit son visage entre ses mains.

— Est-ce que tu te rends compte à quel point ton attitude paraît étrange ? Tu étais présente deux jours de suite, à poser des questions, à te disputer avec Clark…

— Je n'ai pas mis cette poupée dans la cuve ! Je suis retournée chez Sommer aujourd'hui, déterminée à faire la visite en entier, cette fois, et à découvrir pourquoi les caves suscitent en moi une telle réaction de panique. Et, avant que tu ne me le demandes, je n'ai pas non plus égorgé cet agneau et je ne l'ai pas caché dans ma salle de bains. De même que je n'ai pas édifié cet autel ou assassiné Max Cragan. Je suis peut-être folle, mais pas à ce point.

— Je ne crois pas que tu sois folle. Mais il est essentiel que tu me racontes tout. A partir de maintenant, ne me cache plus rien. Parce qu'en fait, Alex, que tu le veuilles ou non, tu es au cœur de tous ces événements.

53

Lundi 15 mars
4 h 25 du matin

Alex ouvrit les yeux, complètement réveillée, et demeura immobile, pétrifiée par la peur. Son regard fit lentement le tour de la pièce plongée dans l'obscurité. Un calme absolu régnait.

Mais il y avait quelqu'un dans la maison.

Elle s'assit lentement et tendit la main vers la table de chevet pour attraper son téléphone portable. Son poids la rassura et elle poussa un petit soupir de soulagement. Puis elle tendit l'oreille.

Le silence était assourdissant. Pas le moindre craquement ou gémissement familier, comme si la vieille maison retenait son souffle elle aussi.

Elle n'avait pas rêvé. Quelque chose ou quelqu'un l'avait tirée de son sommeil.

A moins que ce ne soit encore un de ses cauchemars. Est-ce qu'elle parviendrait un jour à dormir une nuit complète ? Elle jeta un coup d'œil au réveil : 4 h 30.

Margo se redressa et s'étira en la regardant.

— Oui, je sais, murmura Alex. Je suis mûre pour l'asile.

Ce qui lui rappela sa discussion avec Reed. Elle n'avait pas été totalement honnête avec lui, omettant de lui parler de ses visions ou de ses cauchemars. Mais elle n'en avait pas eu le courage, sachant qu'ils ne feraient que renforcer l'impression qu'elle était folle ou coupable. Ou les deux.

« Tu es au cœur de tous ces événements. »

Elle ferma les yeux.

« Ce ne sont que des souvenirs, Alex. Ils ne peuvent pas te faire de mal. »

Elle respira profondément, lentement, cherchant à se détendre. Puis elle se concentra sur les images que son subconscient lui avait déjà envoyées : les silhouettes en robe… les flammes… le bébé sans visage…

Les visions se précipitèrent bientôt. Les hommes vêtus de robe l'entouraient… des mains la maintenaient au sol… la terreur… des cris et des rires… un battement de plus en plus fort…

Cours… cours…

Alex sauta sur ses pieds et son cri se répercuta dans la maison vide. Elle fit un pas, puis s'arrêta, tremblante, terrifiée. Ce n'était qu'un souvenir. Ou une hallucination.

Il faisait froid. Une brise humide caressait ses pieds nus. Elle avait laissé sa fenêtre entrouverte. Elle attrapa sa robe de chambre et l'enfila, frissonnante, avant de refermer la fenêtre.

Mais elle sentait toujours de l'air frais. Pourtant, elle ne se souvenait pas d'avoir laissé une autre fenêtre ouverte.

Elle trouva la source du courant d'air dans la salle de bains où la petite fenêtre était ouverte et le rideau se soulevait.

Sans se préoccuper d'allumer, elle se précipita pour la fermer. Elle repartait vers la chambre quand son pied se posa sur une chose froide et molle. Une chose qui s'écrasa sous son poids et s'infiltra entre ses orteils.

La peur lui coupa le souffle et l'image de l'agneau égorgé traversa son esprit.

Avec un cri, elle alluma, momentanément aveuglée par la vive clarté. Puis elle vit rouge. Sur le sol, sous ses pieds et entre ses orteils. Le cœur au bord des lèvres, elle se rappela la poupée dans la cuve, l'autel avec le sang séché dessus.

Elle recula. Encore plus de rouge. Un cri monta dans sa gorge, puis mourut quand elle comprit brusquement de quoi il s'agissait.

D'un rouge à lèvres. Le rouge qu'elle avait acheté avec Rachel.

Comment avait-il atterri par terre ?

Elle eut un petit rire embarrassé. Dieu merci, personne n'avait assisté à la scène, à part Margo.

Elle se baissa pour ramasser la pâte, mais s'arrêta à mi-chemin.

Elle avait une tache rouge sur la main droite. Elle l'examina. La tache remontait le long de son index et sur la partie charnue de son pouce.

Se redressant, elle se tourna vers le miroir et découvrit les mots écrits dessus au rouge à lèvres : *Souviens-toi.*

54

Lundi 15 mars
4 h 50

Elle poussa un cri et tourna les talons pour courir jusqu'à son lit où elle alluma la lampe de chevet et rejeta les couvertures. C'est alors qu'elle découvrit des traces de rouge à lèvres sur les draps.

Incrédule, elle fixa les marques, tout en prenant lentement conscience de l'horreur de la situation. Seigneur ! Avait-elle vraiment fait ça ?

Elle eut un haut-le-cœur. Devenait-elle folle ? Oui, de toute évidence, puisqu'elle ne gardait aucun souvenir de ses actes. Comme ces personnes souffrant de personnalités multiples.

Elle se laissa tomber par terre et ramena les genoux contre sa poitrine. Ses pires craintes se réalisaient. Elle devenait folle comme sa mère.

Non, non, non. Elle s'était endormie en exhortant son esprit à se rappeler… Avait-elle rêvé ? Etait-elle somnambule ?

Sautant sur ses pieds, elle attrapa son téléphone portable et courut jusqu'au salon, allumant toutes les lumières au passage.

Aucun autre message à signaler. Pas d'autre fenêtre ouverte. Tout semblait en ordre.

« Appelle Reed.

» Non. Il ne doit pas savoir. Une folle… Il va me prendre pour une… »

Elle perdait la tête. Sa mère avait-elle vécu la même expérience ? Avait-elle détruit ses tableaux sans en garder le moindre souvenir ?

« Arrête, Alex. Et réfléchis. Reprends-toi. »

Elle s'assit sur le canapé et se concentra sur sa respiration pour recouvrer son calme.

La fenêtre, pensa-t-elle. Elle était ouverte. Quelqu'un l'avait peut-être enjambée pour venir écrire sur le miroir.

Mais dans quel but ? Et puis comment le rouge à lèvres aurait-il atterri sur ses draps et ses mains ?

« Envisage toutes les possibilités. Chaque événement et… »

Une liste. Elle devait établir une liste. Et tout reprendre depuis le début.

Elle se précipita vers le coin de la pièce transformé en bureau pour les besoins de sa thèse, thèse à laquelle elle n'avait pas touché depuis son arrivée à Sonoma.

S'emparant d'un bloc et d'un stylo, elle retourna s'asseoir sur le canapé.

En haut de la page, elle écrivit : vision pendant que je faisais l'amour avec Tim. Une silhouette vêtue d'une robe. Un bébé qui criait.

Elle nota ensuite sa panique dans les caves des Reed. L'odeur d'encens. La présence de personnes en train de faire la fête. Son cri.

Puis elle inscrivit l'épisode de l'agneau égorgé, l'autel et sa rencontre avec Max Cragan. Elle décrivit l'étrange réaction qu'il avait eue à la vue de sa bague et son coup de téléphone, le soir, plus étrange encore. Son supposé suicide. Le motif de sa bague tatoué sur le pied d'un homme assassiné. La maison de Max incendiée. A côté, elle ajouta : Alibi/Reed.

Et, au milieu de tout ça, ses rêves. Les buissons. Cette impression d'assister à une scène qu'elle ne comprenait pas.

La gorge serrée, elle poursuivit son énumération à laquelle elle ajouta : Deuxième vision dans les caves Sommer. Elle en décrivit tous les détails, la même odeur d'encens, les lumières qui sont en fait des feux, les flammes comme des tentacules qui cherchent à l'attirer.

Puis la poupée mutilée. Et enfin, ce matin, ces mots — Souviens-toi —, écrits sur le miroir de sa salle de bains. Les traces de rouge à lèvres sur ses mains et ses draps.

Elle relut sa liste, le cœur battant. C'était terrifiant. Une pleine page de faits bizarres, plus étranges et plus inquiétants les uns que les autres.

Que faisait-elle encore ici ? Elle aurait dû faire ses valises et rentrer chez elle depuis longtemps.

« Tu es liée d'une façon ou d'une autre à tous ces événements. »

D'une façon ou d'une autre ? Que voulait-il dire ? En était-elle le catalyseur ? Le point commun ? La victime… ou la coupable ?

Elle passa dans la cuisine pour se préparer du café, parcourant sa liste pendant qu'il passait. Puis elle remplit un mug et s'assit, notant la date de chaque événement, quand et comment elle les avait appris. Et ses réactions.

L'odeur de bois de santal qu'elle avait reconnue et qui avait été à l'origine du premier incident dans les caves. Elle s'était infiltrée dans ses rêves. Evidemment.

Elle se leva à la recherche d'un paquet de biscuits et d'un verre de lait.

Les êtres humains vivent des expériences au travers de leurs sens et les études ont prouvé que, de tous les sens, l'odorat s'avérait être le plus efficace pour retrouver la mémoire.

Pensive, elle trempa un biscuit dans son lait. Le bébé sans visage avait un nom. L'odeur était identifiée. De même que la voix en colère et les paroles qu'elle n'avait pu comprendre.

« Puisque tu tiens tellement à le savoir, je vais te montrer. »

La voix de Clark. Un frisson la parcourut, mais elle se ressaisit et se redressa, frustrée. Etait-ce bien la voix de Clark qu'elle avait entendue à l'époque ? Ou leur altercation, la veille, et ses menaces à peine voilées avaient-elles simplement ravivé sa mémoire ?

Elle l'ignorait et se retrouvait à son point de départ.

Quelle était sa part de responsabilité dans tous ces événements ?

Elle ne trouverait pas toute seule. Elle avait besoin d'aide. D'une personne proche, une personne qui la connaissait bien et qui ne la jugerait pas. Une personne qui pourrait l'aider à surmonter ses craintes et à trouver la vérité.

Tim.

Elle avait besoin de Tim.

Sans hésiter, elle composa son numéro. La sonnerie résonna une fois, deux fois. Quand il décrocha, elle poussa un soupir de soulagement.

— Tim, c'est moi.

— Salut, toi, dit-il en bâillant. Je me demandais si tu avais disparu de la surface de la planète.

— Il faut que je te parle.

Il bâilla de nouveau.

— Quelle heure est-il ?

— Très tôt. Mais c'est important, Tim.

Il dut percevoir la tension dans sa voix parce qu'il parut soudain complètement réveillé.

— Que se passe-t-il ?

— Je crois…

Un rire hystérique lui monta aux lèvres. Génial ! Maintenant, plus aucun doute. Elle se conduisait vraiment comment une folle.

— Tim, je crois que je suis en train de perdre la tête.

Il rit.

— Et tu viens seulement de t'en rendre compte ? Chérie, ça fait déjà longtemps que tu…

— Je ne plaisante pas, Tim. J'ai besoin de toi ici. Est-ce que tu peux venir ?

— Ça devrait pouvoir s'arranger. J'ai des cours jusqu'à…

— Ne pourrais-tu pas te faire remplacer et venir tout de suite ?

Son silence fut éloquent. Maintenant, il était vraiment inquiet.

— Je t'en prie, murmura-t-elle. Tu sais que je ne te le demanderais pas, si ce n'était pas important.

Un long silence accueillit cette déclaration.

— J'arrive aussi vite que possible, dit-il enfin. Tiens bon.

55

Lundi 15 mars
9 h 10

L'attente parut interminable à Alex. Elle prépara un autre pot de café, prit une douche et rangea un peu la maison. Mais les minutes s'étiraient et comptaient double. Quand finalement la voiture de Tim se gara devant chez elle, elle courut à sa rencontre.

— Mais tu trembles, constata-t-il, en la serrant dans ses bras.

— J'ai tellement de choses à te raconter… Je ne sais pas par où commencer.

— Calme-toi. Respire un grand coup et commence par cette nuit, dit-il, une fois dans la maison.

— Alors, je dois te montrer.

Elle le conduisit jusqu'à la salle de bains où elle alluma. Elle vit avec ses yeux les traces sur le sol et l'inscription sur le miroir. Elle n'eut aucun mal à deviner ses conclusions. Le travail d'une déséquilibrée en pleine crise.

— Merde, Alex. Que s'est-il passé ?

— Je l'ignore, mais j'ai bien peur… Il est fort possible que ce soit mon œuvre.

Pendant un long moment, il garda le silence.

— Je trouve cette affirmation bien audacieuse, dit-il finalement d'une voix calme.

Mais elle devinait son inquiétude.

— J'ai cru que quelqu'un se trouvait dans la maison. La fenêtre était ouverte et quelque chose m'a réveillée.

— Ou quelqu'un.

— C'est ce que j'ai cru, puis j'ai constaté… que ma main droite était couverte de rouge à lèvres.

Elle tendit la main.

— Je me suis douchée. Je n'aurais probablement pas dû, mais… Il y a aussi du rouge sur les draps. Je peux te montrer.

— Je te crois.

Il passa le doigt sur le rouge à lèvres et l'examina de près.

— Je ne t'ai jamais vue avec du rouge à lèvres.

— Rachel et moi en avons acheté un tube, l'autre jour, pour s'amuser.

— Qui est Rachel ?

— Ma demi-sœur. Je l'aime bien.

Elle frotta ses bras, frissonnante.

— J'ai besoin de la chaleur du soleil. Pas toi ?

Ils se retrouvèrent sur la balancelle sous le porche. En sortant, Alex avait attrapé son bloc qu'elle tendit à Tim.

— J'ai établi une liste de tous les événements survenus depuis mon arrivée. J'espérais que ça m'aiderait à comprendre un peu.

Tim commença à lire. Pendant ce temps, Alex pencha la tête en arrière, offrant son visage aux rayons du soleil. La matinée était lumineuse et douce. Dans le petit chêne, à côté de la maison, deux bouvreuils construisaient un nid.

Après avoir terminé sa lecture, Tim arrêta la balancelle et la regarda.

— Je veux que tu quittes cet endroit, Alex. Tout de suite !

Comme s'il anticipait ses protestations, il leva la main.

— Tu aurais dû prendre tes jambes à ton cou à la seconde où tu as trouvé cet agneau dans ta salle de bains. Franchement, je ne comprends pas ce qui t'a retenue.

— Je me suis posé la même question quand j'ai terminé ma liste, tout à l'heure.

— Et ?

— Ils ne réussiront pas à me chasser d'ici, Tim.

— Qui ?

— J'ignore de qui il s'agit, mais je ne partirai pas tant que je ne connaîtrai pas la vérité.

Il prit ses mains dans les siennes.

— Quelle vérité, Alex ?

— Ce qui s'est réellement passé, il y a vingt-cinq ans. Ce qui est arrivé à mon frère. Ce qui m'est arrivé. Pourquoi ma mère s'est enfuie ainsi et a fait tout son possible pour effacer de mon esprit les cinq premières années de ma vie. Tout ce qu'ils m'ont raconté jusqu'à aujourd'hui n'est qu'un tissu de mensonges.

— Que t'ont-ils raconté ?

— Ils affirment que ma mère aurait séduit les fils adolescents de leurs amis au cours de rituels… Qu'elle aurait créé un club dans lequel elle les aurait initiés au sexe. Ensuite, ils…

— Ils quoi ?

— Après l'initiation, ils la baisaient chacun leur tour.

— Qui t'a raconté ça ?

— Wayne Reed. Sa femme et lui étaient les meilleurs amis de ma mère et de mon beau-père. Son fils aîné faisait partie des garçons soi-disant séduits par ma mère. Après l'enlèvement de Dylan, il a craqué et tout avoué à son père. Wayne Reed a alors prévenu les autres pères. Ensemble, ils ont confronté ma mère, puis l'ont chassée de la ville.

— Et il a brusquement éprouvé le besoin de venir te raconter ça ?

— Non. Je posais des questions sur la bague que j'ai trouvée dans le coffre.

— Celle avec le serpent enroulé autour d'un cep de vigne ?

Elle hocha la tête.

— Je croyais que mon père la lui avait offerte. En fait, il s'avère que c'est elle qui l'a fait faire. Les garçons ont tous été tatoués du même motif.

— Et un de ces « initiés » a été assassiné…

— Oui. Du coup, ils ont eu peur que leur petit secret ne soit éventé. Ils n'en avaient parlé à personne, pas même aux mères des garçons. Ni à Harlan ; il avait déjà tant souffert. De plus, ils ne tenaient pas à ce que cette histoire revienne à la surface et embarrasse leurs fils.

— Comme c'est gentil de leur part, murmura Tim, en parcourant de nouveau la liste qu'il tapota.

— Sauf qu'il se passe vraiment beaucoup de choses étranges par ici. Pourquoi maintenant ?

Question purement rhétorique, elle le comprit. Les paroles de Reed tournaient dans sa tête.

« Que tu le veuilles ou non, tu es liée à tous ces événements. »

— Décris-moi ce que tu as ressenti dans les caves. Physiquement, je veux dire.

— J'ai paniqué. Les battements de mon cœur se sont accélérés. Ma respiration également et j'avais les mains moites. Puis les hallucinations ont commencé, mais différentes d'un épisode à l'autre. La première fois, j'ai senti une odeur d'encens et entendu des gens… J'ai cru que des invités étaient venus faire la fête dans les galeries. J'ai appelé, mais personne n'a répondu.

« J'ai aussi entendu des bruits… indéfinissables, venant de ce groupe. Comme des grognements d'animaux. J'ai crié, paraît-il, bien que je n'en garde aucun souvenir.

« La personne avec laquelle j'étais venue m'a retrouvée. J'étais tellement persuadée que des personnes s'amusaient dans les galeries que nous les avons parcourues ensemble. Mais les caves étaient vides.

— Ça n'a rien à voir avec ta mère, Alex.

— Non ?

— Non. Qui est l'agneau sacrificiel ?

— Je ne comprends pas ce que tu veux dire.

— L'animal égorgé que tu as trouvé sous ton lavabo était bien un agneau. La poupée mutilée représente son parallèle métaphorique. Qui est l'agneau, dans cette histoire ? La personne injustement accusée des actes d'un autre. Sacrifiée au nom d'une cause.

— Dylan vient tout de suite à l'esprit, murmura-t-elle. Il est le bébé sans visage de mes visions. Il crie. Les enfants sont souvent appelés des agneaux.

— Peut-être. Qui d'autre ?

— Ma mère.

— A moins que le bébé ne soit toi.

Elle le regarda, le cœur battant.

— Non. Je le saurais. Ce n'est pas possible. Je suis dans mes visions. Je le vois crier.

— Dans l'interprétation des rêves, chaque élément du songe représente une partie du moi.

— Mais ici, il ne s'agit pas de rêves, Tim. Je suis réveillée.

— Chérie, tout cela se rapporte à toi. Tu *es* l'agneau sacrificiel.

Elle secoua la tête, refusant de le croire.

— Quelque chose t'est arrivé, insista-t-il, probablement dans ces caves. Et tu en as été traumatisée. A partir de là, soit quelqu'un est au courant et cherche à te torturer, soit ton subconscient se démène comme un beau diable pour…

— Faire remonter mes souvenirs.

— Exactement.

Même si elle refusait d'y croire, ses explications se tenaient.

— C'est la raison pour laquelle j'ai oublié aussi facilement.

— Je le crois en effet.

— Je suis comme elle, n'est-ce pas ?

— Non, Alex. Tu étais une petite fille et tu as été blessée. Tu n'es pas une déséquilibrée.

Elle rit, les yeux pleins de larmes.

— C'est pourtant l'impression que ça donne.

— Parce qu'il reste encore beaucoup de points d'interrogation. Que vient faire l'enlèvement de ton frère dans cette histoire ? Y a-t-il seulement un rapport ? Et qu'en est-il de ces ragots sur ta mère ? Qui est ton père ?

— Mon père ? Tu le crois mêlé à tout ça ?

— Je l'ignore, mais c'est bien là le problème. Il est temps pour toi de rentrer à la maison.

« La maison, pensa-t-elle. Loin de toute cette folie. »

Mais comment échapper à la folie qui l'habitait ?

— Je ne peux pas partir. Et je n'ai pas peur.

— Moi, si, Alex. Terriblement. J'ai peur pour toi. Celui qui agit dans l'ombre ne plaisante pas. Une personne est morte. Une maison a été brûlée.

— Je ne peux pas partir. Tu le sais. Si je ne découvre pas la vérité, la vérité me trouvera.

— Tu n'as jamais entendu parler de thérapie ? demanda-t-il avec un sourire. Sur un petit canapé bien confortable, avec un psychanalyste ennuyeux, mais très intuitif, à raison de deux ou trois visites par semaine…

— Non, pas question !

— Promets-moi d'y réfléchir. S'il te plaît.

Elle ouvrit la bouche et revit en pensée la poupée mutilée, le sang de l'agneau, le visage congestionné de Max Cragan.

Elle devrait être effrayée. Terrifiée.

Et pourtant elle ne l'était pas. Pourquoi ?

— Très bien, dit-elle finalement. Je te promets d'y réfléchir.

56

Lundi 15 mars
19 h 40

Alex et Tim étaient installés à une table du Girl & The Fig. La jeune femme avait dormi presque tout l'après-midi, dans ses bras la plupart du temps, rassurée par sa présence.

— Comment te sens-tu ? lui demanda-t-il.

— Epuisée.

— Je suis content que tu aies pu dormir. Tu en avais besoin.

— Merci d'avoir veillé sur moi. Je ne suis pas un cadeau, n'est-ce pas ? Une vraie dingue.

— Ne dis pas ça. C'est complètement faux. Nous finirons bien par découvrir ce qui ne va pas.

— Alex ?

Relevant la tête, elle aperçut Rachel qui se dirigeait vers leur table. Elle se leva pour l'accueillir.

— Rachel, je te présente Tim Clarkson, mon ex-mari. Tim, ma demi-sœur Rachel.

Il se leva à son tour et lui serra la main.

— Le Tim des baguettes, dit-elle.

Ce dernier se tourna vers Alex pour une explication.

— Elle a admiré les baguettes que tu m'avais offertes.

— Oh, dit-il avec un sourire. Et je suppose que vous êtes la Rachel du rouge à lèvres.

— Dans le mille. Même si je préfère me considérer comme la Rachel de ce merveilleux vin rouge.

— C'est vrai. Vous êtes une Sommer.

— Est-ce que tu veux te joindre à nous ? lui proposa Alex.

— Ce serait avec plaisir, mais j'ai un rendez-vous.

Elle fit un signe en direction d'un très bel homme aux cheveux argentés assis au bar.

— C'est notre premier rendez-vous et vous savez comme c'est délicat. J'ai été ravie de faire votre connaissance, Tim. Appelle-moi, Alex. Nous déjeunerons ensemble.

Elle les quitta et ils se rassirent. Bien que Tim ne fasse aucun commentaire, Alex sentit qu'il n'aimait pas Rachel.

— C'est si évident que ça ? demanda-t-il, quand elle lui en fit la remarque.

— Pour moi, oui.

Il posa la main sur la sienne.

— Tu me connais un peu trop bien.

— C'est vrai.

Elle serra sa main avant de retirer la sienne et d'attraper son verre.

— Qu'est-ce qui te déplaît chez elle ?

— Trop autoritaire.

— Non, elle n'est pas comme ça.

— La vérité, c'est qu'elle ne m'aime pas. Et qu'elle n'a pas perdu de temps pour me faire savoir qui elle était et pourquoi elle était aussi importante. C'est très révélateur, Alex.

— Parce qu'elle a mentionné le vin ? Ici, tout tourne autour du vin. Si tu produis du vin, tu veux que les gens le sachent. Ensuite, c'est ta mauvaise conscience qui te fait croire qu'elle ne t'aime pas.

— Ma mauvaise conscience ?

— Tu t'inquiètes de ce que j'ai pu lui raconter.

Elle plaisantait, mais il rougit et elle comprit qu'elle avait touché juste.

— Elle se montre particulièrement possessive à ton égard. Je trouve ça bizarre.

— Ce n'est pas vrai.

— Comme si elle avait des droits sur toi. L'attitude typique de tous ces gosses des vignobles.

— Tu as trop bu. Gosses des vignobles, et puis quoi encore…

Brusquement, elle porta la main à sa bouche.

— Oh, mon Dieu ! Je sais ce que ça signifie !

— De quoi parles-tu ?

— Tu as dit « gosses des vignobles ». Mais ce ne sont pas les gosses. Ce sont les garçons. Voilà la signification des initiales GDV. « Garçons du vignoble ».

— Je ne comprends rien à ce que tu racontes, dit-il, en portant son verre à sa bouche.

— La bague de ma mère… l'inscription.

Soudain, elle se sentit mal et se leva.

— Je dois sortir… J'ai besoin d'air.

— Alex, attends…

Mais elle se précipita vers la sortie du restaurant et se retrouva dans la rue. Bien que ce soit lundi soir, il y avait encore beaucoup de monde dans le square.

Elle avança sans regarder où elle allait, perdue dans ses pensées. Sa mère… C'était donc vrai.

Elle avait l'impression de la perdre une seconde fois. Les quelques bons souvenirs qu'elle gardait d'elle, ses espoirs et ses rêves, tout venait de partir en fumée. Elle voulait la haïr parce que ce serait moins douloureux que cette trahison.

Comment as-tu pu faire une chose pareille, maman ? Comment as-tu pu descendre aussi bas ?

— Alex ?

Elle sursauta, la vue troublée par les larmes.

Reed arrivait, avec sa partenaire.

— Tu vas bien ? demanda-t-il.

— Non, je suis…

Elle s'approcha et se jeta dans ses bras, s'accrochant à lui.

Il l'enlaça et elle cacha son visage contre sa poitrine. Voulant à tout prix chasser de son esprit l'image de sa mère avec ces adolescents, elle se concentra sur la respiration de Reed et le sentiment de sécurité qu'il lui procurait.

Puis elle entendit Tim l'appeler. Il l'avait vue et elle prit brusquement conscience de l'impression qu'elle devait donner à tous ceux qui assistaient à la scène

— Alex, que se passe-t-il ? Cet homme t'importune ?

— Non, c'est…

Elle se redressa pour le regarder.

— L'inscription sur la bague de ma mère. Je sais ce qu'elle signifie. GDV veut dire les « garçons du vignoble ». Tout est vrai.

57

Lundi 15 mars
20 h 20

Dan regarda Alex et son ex-mari s'éloigner. GDV. Garçons du vignoble. Effectivement, ça concordait.

— A quoi est-ce que tu joues?

Surpris, il se tourna vers Tanner.

— Tu es un type bien, Reed. Solide comme un roc. Et je t'apprécie. Clarkson me paraît un peu désaxée. Elle m'inquiète.

Il s'inquiétait lui aussi. A plusieurs niveaux. Et le moindre n'était pas ce qu'il ressentait à la voir au bras de son ex-mari.

Un ex qui ne se comportait pas du tout comme un ex. Qui se montrait protecteur. Et possessif. Quand il s'était présenté, le ton de sa voix et son regard avaient été éloquents. C'étaient ceux d'un homme jaugeant un rival. Le défiant de la lui prendre.

Il avait reçu le message cinq sur cinq, étant donné qu'il avait usé du même ton et du même regard. Une joute qui de toute évidence n'avait pas échappé à Barbara Tanner.

— Ça ne t'ennuie pas si on remet le dîner? Je dois vérifier le sens de ces initiales auprès de quelques personnes.

— Tu veux que je t'accompagne?

— Pas cette fois.

Il s'éloignait quand elle le rappela :

— Tu as ton portable?

Il tapota sa poche en signe d'assentiment.

— Utilise-le, mon pote.

Ce qu'il fit immédiatement pour appeler son père et vérifier qu'il était bien à la maison. Son frère Joe également, constata-t-il un peu plus tard, en se garant derrière sa Mercedes.

Sa mère qui avait vu les phares vint l'accueillir sur le pas de la porte.

— Quelle bonne surprise, Dan, dit-elle en l'embrassant.

— Bonsoir, maman.

— Ton père et ton frère sont dans la bibliothèque à parler travail comme d'habitude. Tu as mangé ?

— Non. Et oui, je resterais volontiers à dîner.

Il se dirigea vers la bibliothèque et frappa à la porte entrouverte avant de passer la tête.

— Je ne vous dérange pas ?

— Pas du tout, fils, répondit son père, en lui faisant signe d'entrer. Assieds-toi avec nous.

A l'expression de Joe, Reed devina que leur père n'était pas en train de lui faire des compliments.

Chaque fois qu'il comparait la vie de ses frères à la sienne, il ne pouvait s'empêcher de se demander s'il n'avait pas fait le mauvais choix. A eux les voitures de luxe, les voyages dans des pays exotiques, les belles maisons et les vêtements de marque. Puis il se rappelait le prix que ses frères payaient pour cette vie de luxe et se félicitait de sa décision. Il préférait de loin conduire une vieille voiture que d'être la marionnette de son père.

Ce dernier lui offrit un verre de vin.

— Je suis particulièrement fier de ce cru, dit-il.

— Qu'est-ce qui t'amène ici, ce soir ? lui demanda Joe d'un air contrarié.

— Les garçons du vignoble, répondit Dan, sans le quitter des yeux.

Joe parut se figer.

— Qu'est-ce que tu as dit ?

— GDV. Les garçons du vignoble.

Le regard de Dan passa du visage livide de son frère à celui écarlate de son père, avant de revenir à son frère.

— Joe ? Tu sais à quoi je fais allusion, n'est-ce pas ?

Son frère lança à son père un regard d'animal traqué. Il avait l'air complètement perdu.

Dan ne s'était jamais très bien entendu avec son frère aîné, mais il ne put s'empêcher de le plaindre.

— Pour l'amour du ciel, Dan ! s'exclama son père. Ce n'est ni le moment ni l'endroit pour…

— Joe ? insista-t-il, ignorant l'interruption de son père. Tu sais de quoi je parle ?

— Oui, répondit Joe d'une voix étranglée. Les garçons du vignoble. C'était nous.

— Nous qui ?

— Notre bande. Clark, Terry, Tom, Spanky, quelques autres et moi.

— C'est tout ce que je voulais. Une confirmation.

— Le dîner est prêt, annonça Lyla.

— Je ne reste pas, dit Joe. J'ai promis à Cindi de rentrer tôt pour l'aider à faire ses devoirs.

— Mais je croyais…

— Désolé, maman.

Il l'embrassa et, sans un regard pour les deux hommes, s'en alla.

Lyla se tourna vers son mari, étonnée.

— Qu'est-ce qui lui prend ?

— Je l'ignore, ma chérie.

Wayne se frotta les mains.

— Mais c'est une bonne nouvelle. Il y en aura plus pour moi.

Pendant le dîner, Wayne Reed se comporta comme un autre homme. Rien dans son attitude ne trahissait la scène de la bibliothèque. Il n'était plus qu'un mari jovial et complaisant et un père affable.

Un vrai caméléon, pensa Dan, surpris de ne pas l'avoir remarqué plus tôt.

Sa mère interrompit le cours de ses pensées.

— Où en êtes-vous dans le meurtre de Tom ? J'ai rencontré Jill l'autre jour. La pauvre avait l'air complètement abattue.

— L'enquête continue, maman. Mais je suis content que tu en parles. La nuit où Tom a été tué, il a passé quatre appels dans les dix-sept minutes qui ont précédé sa mort. Et il a notamment téléphoné ici, à Red Crest.

Sa mère eut l'air choquée.

— Mon Dieu, c'est horrible.

— C'est toi qui as pris l'appel ?

— Non. Et toi, Wayne ? demanda-t-elle, en se tournant vers son mari.

— Non, ma chérie.

— Pourtant, quelqu'un a décroché. La communication a duré deux minutes et demie.

— Un employé peut-être, suggéra son père.

Quelque chose dans son expression alerta Dan.

— Possible. A ton avis, pourquoi aurait-il appelé ici ?

— Probablement pour voir si quelqu'un pouvait le raccompagner.

Cela avait été la conclusion de Dan. Jusqu'à ce soir.

— Si seulement j'avais répondu, se lamenta sa mère. Il serait peut-être encore en vie.

— Je vais interroger les employés.

— Et moi, j'appellerai le traiteur. On ne sait jamais.

On ne savait jamais en effet, pensait Dan, un peu plus tard, alors qu'il regagnait sa voiture, accompagné de son père. Le comportement de ce dernier lui avait paru pour le moins troublant, durant la soirée. Son changement d'attitude, son ton évasif. Sans parler du malaise de Joe et de son départ précipité.

— Je n'ai pas apprécié ce que tu as fait, Dan.

— C'est-à-dire ?

Son père alluma un cigare et contempla son fils à travers la fumée.

— Venir ici ce soir et interroger ton frère de cette façon. Puis nous questionner, ta mère et moi…

— Dommage. Mais, si je me souviens bien, c'est maman qui a mis le meurtre de Tom sur le tapis.

— Ne joue pas à ce petit jeu avec moi.

Reed se tourna pour le regarder bien en face.

— Jusqu'à ce soir, je n'avais pas remarqué quel bon acteur tu es, papa. Tu as vraiment tenu maman à l'écart de tout ?

— Où veux-tu en venir ?

— Est-ce que tu manipules tout le monde de cette façon ? Ta femme, tes enfants ? tes associés ? tes amis ? Où cela s'arrête-t-il ?

— Serais-tu en train de me traiter de menteur ?

— A toi de me le dire, papa. En es-tu un ?

— Fous le camp d'ici ! Personne ne me parle sur ce ton. Et surtout pas mon propre enfant.

Dan ouvrit la porte de sa voiture avant d'ajouter :

— La nuit de la disparition de Dylan, Patsy et Harlan dînaient avec maman et toi…

— Oui, répondit son père, l'air désarçonné par le changement de sujet.

— Où ?

— Ici.

— Tu en es sûr ?

— Oui. Je l'ai affirmé à l'époque et je le répète aujourd'hui.

— Et Patsy, quand rencontrait-elle les garçons du vignoble ?

— Quand ?

— Oui.

— Comment veux-tu que je le sache ?

— Joe ne te l'a pas dit ?

— Ça ne m'avait pas paru important à l'époque et je ne lui ai jamais posé la question. Après la sortie de l'école, je suppose. Quand nous étions tous au travail.

— Où se rencontraient-ils ?

— Je n'en sais… Quelle importance ?

— Combien de fois ?

— Suffisamment pour voler l'innocence de nos enfants.

— T'est-il venu à l'esprit que Dylan avait peut-être été enlevé par un des garçons ? Un garçon jaloux ? Ou même Harlan ?

— C'est ridicule. Ce n'étaient que des gamins.

— C'est toi qui as pris l'appel de Tom, n'est-ce pas ?

— Absolument pas. Je t'ai déjà dit…

— Quant aux garçons du vignoble, s'il ne s'agit pas d'un mensonge fabriqué de toutes pièces, je suis certain que les choses ne sont pas aussi simples. Que me caches-tu ?

— Fiche le camp d'ici ! Sors de ma propriété !

Sa voix tremblait.

— Tu n'es plus le bienvenu ici jusqu'à ce que tu me présentes tes excuses.

Dan monta dans sa voiture.

— Au fait, papa, je choisis moi-même mes relations. Alors ne t'avise plus jamais de menacer une de mes amies ! dit-il avant de démarrer.

58

Mardi 16 mars
2 h 30

En ouvrant les yeux, Alex découvrit Tim debout au pied de son lit. Elle en eut la chair de poule.

— Tim ? Qu'est-ce que tu fais là ?

— Je te regarde.

Elle aperçut derrière lui une des chaises de la cuisine.

— Tu es resté là toute la nuit ?

— Ce n'est pas encore le matin.

— Il faut que tu dormes un peu.

Il détourna les yeux, un instant, avant de la regarder de nouveau d'un air de chien battu.

— Je t'aime toujours, Alex.

— Tim, ce n'est pas le moment de…

— Il ne s'agit pas de sexe. De temps en temps, peut-être. Je suis un idiot, je le reconnais.

Il poussa un soupir avant de reprendre :

— Quand tu m'as appelé, j'ai ressenti un soulagement incroyable. Et un grand bonheur. Je croyais t'avoir perdue. Et puis ce soir, quand je t'ai vue te jeter dans les bras de cet homme, j'ai ressenti… ce qu'un homme dans cette situation ressent toujours. De la jalousie et de la rage. Des regrets. De la nostalgie. De la haine.

Elle s'assit et remonta la couverture sur elle.

— Tu me mets vraiment mal à l'aise.

— Ce n'est pas mon intention. Je suis juste…

Il s'agenouilla près du lit, attrapa l'une de ses mains qu'il porta à ses lèvres.

— Tu m'as tellement manqué.

Elle aurait voulu protester, lui rappeler toutes les raisons pour lesquelles leur couple n'avait pas marché, mais elle sentit qu'il valait mieux garder le silence.

— En te regardant dormir, j'ai compris une chose importante. J'étais à ma place. C'était mon rôle de veiller sur toi.

Elle ne l'avait jamais vu ainsi. Le désespoir et l'urgence qu'elle percevait dans sa voix la surprenaient et la perturbaient.

— Je ne sais pas quoi te dire, Tim.

— Ne dis rien pour l'instant. Mais sache que je suis ici pour toi. Quoi qu'il se passe. Tu n'es pas folle, Alex, et nous découvrirons ensemble le fin mot de toute cette histoire.

— Tu es épuisé. Tu as besoin de dormir. Et moi aussi. Nous reparlerons de tout ça au matin. D'accord ?

— Très bien.

Il se pencha et l'embrassa sur le front.

— Je serai sur le canapé.

Il s'arrêta sur le pas de la porte.

— Je t'aime vraiment.

— Je t'aime aussi.

Mais, en se glissant sous les couvertures, elle comprit qu'il y avait différentes sortes d'amour et que celui qui la liait à Tim était du genre compliqué.

Au matin, une bonne odeur de café la tira des bras de Morphée.

Quelques instants plus tard, débarbouillée, coiffée et vêtue d'un vieux jean délavé et d'un sweat-shirt de Cal State, elle pénétrait dans la cuisine. Tim venait de sortir des petits pains du four et les saupoudrait de cannelle.

— Bonjour, dit-il en la voyant.

Elle s'avança vers le pot de café et remplit son mug.

— Depuis combien de temps es-tu levé ?

— Suffisamment pour avoir eu le temps de courir jusqu'à l'épicerie du coin acheter le journal et préparer ces pâtisseries. Assieds-toi. Je te sers.

— Merci.

Il déposa une assiette devant elle avant de s'asseoir à son tour. Elle l'observa pendant qu'il commençait à manger.

— Qu'est-ce qui t'arrive ?

— Rien. Pourquoi ?

— Tu n'as jamais été du matin.

— Aujourd'hui, je le suis.

Il se leva pour remplir sa tasse.

— Je dois repartir, j'ai une réunion à la fac, ce matin.

Il s'en allait. Cette nouvelle la secoua.

— Tu es obligé ?

— Oui. C'est moi qui fais l'exposé.

— Qu'est-ce que je vais devenir ?

— Voilà ce que j'aime entendre, fit-il avec un grand sourire.

Elle était sincère. Qu'allait-elle faire ? Elle n'avait plus besoin de poser des questions sur sa mère… Elle en connaissait maintenant plus qu'elle ne l'avait souhaité.

Les garçons du Vvignoble.

Elle aurait préféré ne jamais savoir. Qu'était-elle venue faire ici au lieu de rester tranquillement à San Francisco, forte de son intime conviction que Dylan et sa mère n'avaient été que des victimes ?

— Je sais ce dont tu as besoin, dit Tim.

Elle haussa les sourcils et il éclata de rire.

— Non, je ne parlais pas de ça, encore que ça ne te ferait certainement pas de mal. Je pensais à une journée dans un Spa.

Elle éclata de rire à son tour.

— Une journée dans un Spa ?

— Au Kenwood Inn and Spa plus exactement, un établissement à proximité du Sonoma Highway. Ma première femme adorait cet endroit. Nous y avons passé un week-end pour la Saint-Valentin.

— C'est au-dessus de mes moyens.

— Je te l'offre.

— Je ne peux pas accepter.

— Trop tard, c'est déjà fait. J'ai déjà réservé la journée. Tout est payé. Considère ça comme mon cadeau d'anniversaire.

Anniversaire ? Elle s'aperçut brusquement que son anniversaire tombait effectivement le lendemain. Avec tous ces événements, elle l'avait complètement oublié.

— Je n'arrive pas à le croire. Quand as-tu manigancé ça ?

— Hier soir, au Girl & The Fig, pendant que tu étais aux toilettes.

— Quel cachottier tu fais.

Il se leva et posa les mains sur ses épaules.

— De cette façon, je sais que tu seras en sécurité. C'est très important pour moi. Je serai de retour ce soir, et nous essayerons d'y voir plus clair dans cette histoire.

Le fait est qu'elle éprouvait un certain soulagement à pouvoir se reposer sur lui. Il la connaissait bien et savait comment veiller sur elle sans l'étouffer. Elle lui faisait confiance.

Et, cerise sur le gâteau, il ne la croyait pas folle, ce qui, plus que tout le reste, lui procurait un soulagement inestimable.

Elle allait devoir s'y raccrocher parce que, au train où allaient les choses, la situation risquait bien de changer rapidement.

59

Mardi 16 mars
15 h 40

Dans le salon du Spa, Alex se reposait, allongée sur une chaise longue et enveloppée dans un peignoir. Après avoir été frottée, exfoliée, massée, hydratée et parfumée, elle flottait maintenant, parfaitement détendue, bercée par une musique douce new age et le léger clapotis d'une fontaine, les événements des derniers jours repoussés bien loin dans un coin de son cerveau.

Elle se remémora la déclaration de Tim au milieu de la nuit. Elle le connaissait suffisamment pour savoir qu'il ne le pensait pas vraiment. Du moins, pas dans le sens d'un amour à la vie à la mort. Pas dans le sens de je-veux-être-fidèle-à-une-seule-femme-jusqu'à-la-fin-de-mes-jours.

Tim était une sorte de Peter Pan qui refusait de vieillir et, comme tous les enfants, il ne voulait pas partager ses jouets. D'où sa réaction en présence de Reed.

Reed. Son visage emplit son esprit et elle s'abandonna un instant au souvenir de ses bras autour d'elle et au réconfort qu'ils lui apportaient.

Mais elle le chassa bien vite de ses pensées. Elle n'était pas prête à réfléchir à Reed ni aux sentiments qu'il lui inspirait. Comment le pourrait-elle alors qu'il l'accusait presque de toute cette folie qui se déchaînait actuellement dans la région ?

Son téléphone vibra soudain au fond de sa poche. Elle l'avait gardé malgré le règlement strict du Spa qui exigeait qu'ils soient laissés au vestiaire.

Elle regarda autour d'elle. A l'exception de l'employée qui allait et venait, elle était seule dans le salon. Elle sortit alors son appareil. C'était Tim.

— Allô ?

— Alex ?

— Tu n'as pas le droit de m'appeler ici. Dans un instant, Helga va surgir et protester.

— En fait, je croyais tomber sur ta boîte vocale.

— J'ai gardé mon téléphone.

Sa voix lui parut bizarre.

— Où es-tu ?

— Sur la route. Ecoute, Alex, il y a une chose que je dois t'avouer.

— Je t'écoute.

Elle attrapa le verre de vin posé sur la table près d'elle.

— Mais dépêche-toi. J'entends Helga.

— Une chose que ta mère m'avait confiée. A propos de ton père.

Alex reposa brusquement son verre, éclaboussant la table.

— Mon père ? Elle t'a parlé de mon père et tu ne m'en as jamais rien dit ?

— Ne t'énerve pas… C'était au cours d'une de ses crises. Tu te souviens comment c'était… Je n'ai pas cru qu'elle parlait sérieusement.

Sa voix lui parvenait hachée comme s'il avait baissé la capote de la voiture et que le vent emportait ses paroles.

— Qu'est-ce qu'elle t'a dit ?

— Madame, les téléphones sont interdits à l'intérieur de l'établissement.

Alex leva un doigt.

— Qu'as-tu dit…

— … l'a appelé un mauvais homme. Très mauvais…

— Madame, notre règlement est très strict. Les téléphones doivent rester au vestiaire.

— … elle a quitté Sonoma pour s'éloigner de lui… pour te mettre hors de sa portée… un menteur. Il a menti à son sujet. Je me demande si cette histoire avec les garçons… qui t'a dit…

— Tim, gare-toi. Je t'entends très mal.

— … l'accusait pour Dylan… Sa faute…

L'employée du Spa s'approcha et tendit la main comme si Alex était une enfant récalcitrante de deux ans qui s'amusait avec un jouet défendu.

Alex la regarda.

— Désolée, mais il s'agit d'une urgence. Et je ne dérange personne.

La femme afficha un air choqué avant de tourner les talons et de quitter la pièce. Alex devina qu'elle ne tarderait pas à revenir avec du renfort.

— Tu dois aller… Je t'en dirai plus ce soir…

— Non, attends…

— Je coupe mon téléphone.

— Non ! Tim…

— Ne t'inquiète pas, ma chérie. Nous en parlerons tout à l'heure.

Il raccrocha. Alex essaya aussitôt de le rappeler, mais, fidèle à sa parole, il avait éteint son appareil et elle tomba sur la boîte vocale.

Elle était en train de lui laisser un message bien senti quand l'employée revint accompagnée de la directrice, un sourire figé sur son visage lifté.

— Madame Clarkson, je dois vous demander de rapporter votre téléphone au vestiaire. Je suis désolée, mais notre but est d'offrir à notre clientèle une détente totale et confortable. J'espère que vous comprendrez.

Alex comprenait, mais elle avait quand même envie de hurler qu'après avoir attendu toute sa vie pour connaître le nom de son père, elle allait encore devoir patienter des heures à cause d'un règlement stupide.

Mais elle devina que la femme n'en aurait cure et qu'elle risquait de passer pour la folle qu'elle redoutait tant d'être.

— Bien sûr, dit-elle, en se levant. Je vais immédiatement le rapporter au vestiaire.

En chemin, elle rumina l'aveu de Tim. Il avait obtenu des informations sur son père. Depuis un certain temps déjà.

Et il n'avait pas jugé bon de lui en faire part.

Alors qu'il savait, lui plus que quiconque, combien cela comptait pour elle.

Pourquoi ?

Arrivée dans le vestiaire, elle ouvrit son casier et contempla ses vêtements bien pliés. La détente qu'elle avait éprouvée quelques minutes plus tôt s'était envolée.

« Elle l'accusait pour Dylan… »

Qu'avait-il voulu dire ? Sa mère insinuait-elle que son père avait enlevé Dylan ? Dans ce cas, elle serait sûrement allée à la police. Un homme mauvais, avait dit Tim. Très mauvais. Un menteur dont Alex devait être protégée.

Zut ! Elle n'avait aucun besoin de se relaxer. Attrapant ses vêtements, elle commença à s'habiller.

60

Mardi 16 mars
16 h 30

Tim l'avait devancée. Sa Chrysler Sebring rouge était garée devant la maison, la capote toujours baissée. Depuis son départ du Spa, Alex avait tenté par deux fois de le joindre, sans résultat. Elle n'avait pas laissé de nouveau message.

Abandonnant sa voiture derrière celle de Tim, elle courut jusqu'à la porte qu'elle ouvrit et franchit en coup de vent pour s'arrêter presque aussitôt, surprise. La table avait été dressée avec nappe blanche et argenterie et une bouteille de champagne refroidissait dans un seau, deux coupes posées à côté.

Je suis allé acheter à manger. Sers-toi à boire.
P.-S. : ne sois pas en colère. J'ai des nouvelles.

Déconcertée, Alex contempla la table. Aucun doute, cet homme savait y faire. Ayant anticipé son mécontentement, il avait concocté cette petite mise en scène destinée à l'amadouer.

Elle s'approcha de la bouteille de champagne et s'en servit une coupe. Il ne perdait cependant rien pour attendre. S'il croyait s'en tirer aussi facilement, il se trompait…

Elle sortit sous le porche, sa coupe à la main, déterminée à l'attendre de pied ferme. Les minutes s'écoulèrent. Dix, vingt. Une demi-heure.

Où diable était-il passé ? Les bons restaurants ne manquaient pas dans les environs. Elle tenta une nouvelle fois de l'appeler, toujours sans réponse, et poussa un soupir de frustration. A ce rythme, elle serait soûle avant son retour.

Il lui vint à l'esprit que c'était peut-être le plan justement. Tim détestait les scènes, d'où son appel. Il avait probablement espéré tout lui avouer par messagerie interposée et s'éviter ainsi les désagréments d'un face-à-face pénible.

Il aurait pourtant dû se douter que cela ne suffirait pas. Elle allait le harceler jusqu'à obtenir les moindres détails de sa conversation avec sa mère. Elle voulait tout savoir : le quand et le comment, toutes les circonstances.

Et, plus que tout, elle voulait comprendre pourquoi il ne lui en avait jamais rien dit.

Son verre vide, elle rentra pour le remplir de nouveau.

A cet instant, Margo sortit de la cuisine en miaulant.

— Bonjour, ma belle, dit-elle, en se baissant pour la prendre dans ses bras.

Ronronnant, le chat donna de petits coups de museau contre son épaule.

— Tu sais que Tim va avoir des problèmes ? C'est un sale traître.

Margo lui échappa et sauta sur la table.

— Non, Margo ! Descends…

Les mots moururent sur ses lèvres. Les pattes de la chatte avaient laissé des empreintes sur la nappe. Le regard de la jeune femme descendit sur le parquet où les mêmes traces marquaient le chemin suivi par l'animal depuis la cuisine. Baissant les yeux sur sa chemise, elle constata qu'elle était tachée de rouge.

Du sang.

Un sentiment d'horreur l'envahit lentement, en même temps que le déni. Non, ce n'était que du vin. Margo avait dû renverser une bouteille. Ça lui était déjà arrivé. Il ne s'agissait pas de sang. Mais de vin.

Du vin sanglant.

Une odeur de santal effleura ses narines. Son verre lui échappa et s'écrasa sur le sol. Un battement emplit sa tête. De la lumière… qui tremblait… Du sang…

Un cri monta, aigu et horrifié. Le sien. Elle courut jusqu'à la cuisine, poussa la porte et se retrouva à quatre pattes. Elle avait glissé sur une flaque de sang.

Tournant la tête, elle découvrit Tim qui gisait sur le dos, un objet brillant en travers de la gorge. Les baguettes. Celles qu'il lui avait offertes.

En pleurant, elle se traîna jusqu'à lui, priant pour qu'il ne soit pas trop tard. Elle posa la main sur son cœur. Rien. Elle pressa l'oreille contre sa poitrine, puis ses doigts sur son poignet.

Rien… Rien… Mon Dieu…

Sanglotant de façon hystérique, elle recula. Puis elle entendit sa propre voix. Elle était couverte de sang. Il y en avait partout. Sur ses mains, ses cheveux, ses vêtements.

Non… Non…

Elle tenta de l'essuyer, mais ne fit qu'aggraver la situation. C'était sa faute. Elle avait entraîné Tim dans cette histoire. Sans elle…

Que faire ? Elle récupéra le téléphone dans sa poche et composa le 911.

— Au secours, murmura-t-elle. Je vous en supplie. C'est Tim… Il a été… poignardé. Je crois qu'il est… Oh, mon Dieu, il est mort !

61

Mardi 16 mars
17 h 45

Quand Reed arriva, Alex était recroquevillée sur le sol, Margo serrée contre elle. Ses mains, son visage et ses vêtements étaient rouges de sang. Elle regardait le vide avec une fixité effrayante.

Un homme du shérif se tenait à côté d'elle. Reed croisa son regard et le salua d'un signe de tête avant de s'accroupir auprès d'elle.

— Alex, ma chérie. Comment te sens-tu ?

Son regard se posa sur lui comme si elle le voyait pour la première fois.

— Dan… Que fais-tu ici ?

— Tu as demandé après moi. Quand tu as appelé le 911.

Son regard se fixa sur un point derrière lui. La cuisine.

— Il est mort, dit-elle. Tim est mort.

— Oui, je sais. Tu te sens bien ?

— Que veux-tu dire ?

— Est-ce que tu es blessée ?

— Non.

— Veux-tu que je t'apporte quelque chose ?

— Non.

Il entendit Tanner et Cal arriver.

— Je dois aller travailler, dit-il. Mais je ne suis pas loin. Si tu souhaites me parler, demande à Jim, dit-il, en désignant l'agent. Il viendra me chercher.

Il se leva et d'un regard donna ordre policier de ne pas la quitter des yeux.

Cal examinait la victime, Tanner derrière lui.

— Ça devient compliqué pour toi, Dan, lui dit cette dernière quand il les rejoignit.

— Je sais ce que j'ai à faire.

Il regretta le ton défensif de sa voix.

— Vraiment ?

Elle soutint son regard et il dut faire un effort pour contrôler sa colère. Il ne savait même pas contre qui il en avait, sa partenaire qui doutait de son professionnalisme ou lui-même pour s'être mis dans ce bourbier.

— Oui, bon sang, je le sais ! Donne-moi juste le temps d'examiner la scène et de l'interroger et je m'en vais.

— D'accord.

Ils s'approchèrent du cadavre. La patrouille dépêchée après l'appel connaissait son travail : délimiter la scène de crime, établir un périmètre de sécurité intérieur et extérieur et isoler la suspecte.

Cal avait déjà photographié les lieux. L'enquêteur du légiste prendrait ses propres photos avant que le corps ne soit déplacé.

— Quelqu'un a prévenu le bureau du légiste ? demanda-t-il à l'agent de faction.

— Ils sont en route.

Dan hocha la tête et signa le registre de présence.

— Que pouvez-vous me dire pour l'instant ?

— Le nom de la femme est Alexandra Clarkson. La victime était son ex-mari. Nous l'avons trouvée hystérique à notre arrivée. Elle a dit l'avoir trouvé comme ça. Quand je l'ai interrogée sur les traces de sang sur elle, elle m'a répondu qu'elle s'était précipitée pour l'aider. C'est la seule chose dont elle se souvient.

— A-t-elle touché le corps ? demanda Tanner.

— Oui. Elle a posé son oreille sur sa poitrine et cherché son pouls.

— Au poignet ou à la gorge ?

— Au poignet.

Reed se tourna vers la victime. A en juger par la quantité de sang, celui ou celle qui l'avait tuée avait visé la carotide. Le sang avait dû jaillir comme un geyser et la mort survenir en moins de deux minutes.

La maison était vieille et le sol légèrement inégal. Le sang s'était accumulé près de la porte de la cuisine. Ce qui expliquait les traces humaines et félines. A première vue, le chat et Alex avaient tous les deux marché dedans. Près de la tête de Tim se trouvait une empreinte de main bien nette.

— Il n'était pas très grand, indiqua Tanner. Le coroner nous donnera sa taille exacte, mais je dirais un mètre soixante-dix à vue de nez. Soixante-quinze tout au plus.

Reed se rappela leur rencontre la veille. Il lui avait effectivement paru de la même taille qu'Alex.

— Je crois que tu as raison. Pourquoi ?

— Aucun signe de bagarre.

— Une bouteille de vin rouge ouverte sur le comptoir.

— Un bon cru, fit remarquer Cal. J'ai vérifié. Un Seghesio Rock Pile Zin. Dommage de le laisser perdre.

Ils l'ignorèrent et étudièrent la bouteille et les deux verres posés à côté. L'un plein, l'autre vide.

Tanner se pencha pour les examiner avec attention.

— On dirait qu'il a rempli celui-ci, mais ne l'a pas bu.

— Il venait probablement de se servir, quand son assaillant est arrivé par-derrière…

— Et a planté les baguettes dans sa gorge.

— Et de deux pour la belle à côté.

Reed ne répondit pas et se pencha pour examiner la plaie.

— Des baguettes en acier inoxydable. Ce n'est pas banal.

— Pas vraiment, en effet. Tu peux en trouver un peu partout et notamment à la boutique Sur la table.

Il la regarda et elle haussa les épaules.

— J'avais l'intention d'en acheter. Mais je crois que l'envie vient de me passer.

Ils regagnèrent le salon. Reed constata qu'Alex n'avait pas bougé. Ni Margo qui faisait tranquillement sa toilette.

La table avait été dressée pour un dîner romantique et il ressentit un drôle de pincement au cœur, qu'il préféra ne pas analyser.

— Regarde, dit Tanner. Du verre cassé.

Reed s'accroupit. Une coupe de champagne. Vide ou presque. Le sol autour était sec.

— Regarde ça, répéta Tanner, en montrant cette fois la petite note.

Je suis allé acheter à manger. Sers-toi à boire.
P.-S. : ne sois pas en colère. J'ai des nouvelles.

Reed croisa son regard. Un petit mot de Clarkson pour Alex? Ou l'inverse? L'un des deux était en colère.

Le moment était venu d'obtenir quelques réponses. Sans même se concerter, ils se séparèrent. Tanner allait étudier la scène de crime à la recherche de preuves pendant qu'il interrogeait Alex.

Il demanda au policier de prendre des notes. Il tenait à ce que la jeune femme soit détendue comme s'ils étaient seuls, tous les deux. S'il avait dû écrire, la situation aurait été différente. De plus, si le besoin s'en faisait sentir par la suite, il ne voulait pas que les informations obtenues soient entachées par sa relation avec elle.

Il s'assit sur le sol en face d'elle, les jambes croisées comme elle.

— Raconte-moi ce qui s'est passé, Alex.

Ses yeux se posèrent sur lui, l'air perdu.

— Comment ton mari a-t-il été tué?

— Quelqu'un l'a poignardé.

Elle toucha sa gorge.

— Là...

— L'as-tu tué?

Ses yeux s'écarquillèrent sous le choc.

— Non!

Elle secoua la tête avec énergie.

— Je n'aurais jamais... Je l'ai trouvé comme ça.

— Très bien, ma chérie. Respire un grand coup. J'ai besoin que tu me racontes exactement comment les choses se sont passées. Depuis le début.

— Il avait une réunion à la fac, ce matin. A l'université de San Francisco.

— Il était professeur?

— Oui. Il m'avait offert une journée au Spa... Je ne voulais pas accepter, mais c'était pour mon... anniversaire.

— C'est ton anniversaire aujourd'hui?

Ses yeux se remplirent de larmes. Reed attrapa la boîte de mouchoirs sur le sol, près d'elle, et la lui tendit. Alex en prit un et essuya ses yeux.

— Demain, dit-elle.

— De quel Spa s'agissait-il?

— Le Kenwood.

— Continue, dit-il gentiment.

— J'étais là-bas quand il a appelé. Je n'aurais pas dû avoir mon téléphone… Le règlement l'interdit… mais je l'avais glissé dans la poche de mon peignoir. Je ne sais pas pourquoi. L'habitude probablement.

Elle garda le silence un long moment. Si long qu'il faillit intervenir. Mais elle finit par reprendre la parole.

— Il a été surpris quand j'ai décroché. Il croyait tomber sur ma boîte vocale. Il a dit que…

Elle fit une boule du mouchoir entre ses mains.

— Il a dit qu'il savait quelque chose au sujet de mon… père. Une chose que ma mère lui aurait dite… un jour quand nous étions encore mariés.

— Que lui avait-elle dit ?

— J'avais du mal à l'entendre. Il conduisait et l'employée du Spa… Je n'arrivais pas à croire qu'il ne m'en ait jamais parlé… Après tout ce temps. J'aurais pu apprendre quelque chose, Reed.

Ses larmes jaillirent et coulèrent le long de ses joues. Reed résista non sans mal à l'impulsion de la serrer dans ses bras pour la réconforter.

— Il m'avait promis de tout me raconter ce soir… et maintenant… J'étais vraiment en colère. Alors je suis partie.

— Du Spa ?

— Oui.

— Et tu es venue ici. En colère ?

— Anxieuse, murmura-t-elle. Je veux dire, j'étais blessée et je lui en voulais d'avoir gardé ça pour lui… mais je ne parvenais pas à rester tranquille.

Elle se frotta les bras.

— J'avais tellement hâte qu'il arrive que je ne tenais pas en place.

— Que s'est-il passé ensuite ?

— En arrivant, j'ai vu sa voiture, puis découvert la table et son mot.

— Qu'as-tu pensé quand tu as vu le champagne et la table dressée ?

— Tim déteste les disputes, les scènes de ménage. Je me suis dit qu'il cherchait à se faire pardonner.

— Dans sa note, il dit qu'il a des nouvelles. A quel sujet ?

— Je l'ignore.

— Aucune idée, vraiment ?

— Avec Tim, ça pourrait être n'importe quoi. Qu'il avait pris une semaine de congé pour rester avec moi ou que le doyen de l'université l'avait remarqué pendant la réunion.

— Ces deux exemples le concernent, lui, Alex. Et toi ?

— Je ne comprends pas.

— Aurait-il pu avoir des nouvelles pour toi ? A propos de ton père ?

Elle le fixa comme si elle n'avait pas envisagé cette possibilité. Apparemment, Tim Clarkson était du genre à ne penser qu'à lui.

— Mon Dieu, je n'ai même pas… Tu crois que…

— Que s'est-il passé ensuite ?

— Je me suis servi une coupe du champagne et je suis sortie sous le porche pour l'attendre.

— Combien de temps ?

— Une demi-heure, peut-être plus. Ma coupe était vide et je suis rentrée pour la remplir de nouveau. A ce moment-là, Margo est sortie de la cuisine et m'a sauté dans les bras. Et c'est là que j'ai… Quand j'ai vu…

Elle se mit à trembler et ses yeux s'écarquillèrent. Il comprit qu'elle revivait cet instant.

— Tu peux y arriver, Alex, dit-il doucement. C'est important.

Elle lutta visiblement pour se ressaisir.

— J'ai paniqué. J'ai couru jusqu'à la cuisine et j'ai découvert Tim… J'ai glissé et je suis tombée.

Elle regarda ses mains, les paumes rougies, et ses yeux exprimèrent toute son horreur.

— Il y en avait partout. J'ai lavé mes mains, mais ça ne part pas.

— L'as-tu touché, Alex ?

— Oui. J'ai posé ma main sur son cœur… puis mon oreille. Je n'entendais rien. Alors j'ai cherché son pouls au poignet. Mais il n'y avait rien non plus.

— Et ensuite ?

— Je t'ai appelé, je crois. Je ne savais pas quoi faire.

— Tu as bien fait. Je n'ai plus qu'une ou deux questions. Quels étaient tes rapports avec ton ex-mari ?

— Nous étions amis.

— Tu ne l'aimais plus ?

— Non.

— N'étiez-vous pas en train de vous réconcilier ?

— Non. Nous étions amis, c'est tout. Je l'avais appelé.

— Pourquoi ?

Elle hésita et il se demanda pourquoi.

— Parce qu'avec tout ce qui arrivait je commençais à… m'inquiéter. Je savais qu'il m'aiderait à prendre du recul.

— Et c'est tout ?

— Oui.

Il ne la crut pas, mais n'insista pas.

— Très bien, dit-il. Voici ce qui va se passer. Nous allons devoir t'emmener au poste pour prendre ta déposition.

— M'emmener au poste ?

— Impossible de l'éviter dans un cas comme celui-ci.

Elle hocha la tête comme si elle comprenait, mais il vit qu'il n'en était rien. Elle donnait l'impression d'être sous pilote automatique.

— Est-ce que je peux me changer d'abord ? Me laver ?

— Non, désolé. Pas encore.

— Dois-je appeler un avocat ?

— Tu as le droit d'en avoir un. Mais il ne s'agit pas d'une arrestation. Tu es simplement suspecte en raison des circonstances.

— Suspecte ?

— Oui, dans le meurtre de ton ex-mari.

— Oh, mon Dieu ! Mais je n'ai pas… Je n'aurais jamais pu… faire ça.

— A cause de ma relation avec toi, je ne peux pas t'emmener moi-même au poste. Jim, ici présent, va s'en charger. N'est-ce pas, Jim ?

— Oui, inspecteur.

— Je vous suivrai. Je resterai avec toi jusqu'au bout. Tu comprends ce que je dis, Alex ?

— Oui. Et Margo ?

— Ne t'inquiète pas pour Margo. Barbara va s'assurer qu'elle a suffisamment à manger et à boire avant de partir. Tu ne devrais pas rester absente longtemps.

Il sourit, mais en vérité il ignorait ce qui allait se passer. En fait, la jeune femme pourrait tout aussi bien se retrouver mise en accusation et incarcérée le jour même.

— Tu es prête ? demanda-t-il en se levant.

— Je peux prendre des vêtements propres ?

— Bien sûr. Dis-moi où ils se trouvent.

Elle lui montra et il glissa quelques vêtements propres et confortables dans un sac. Dans le pire des cas, elle n'en aurait pas besoin et se verrait offrir à la place la tenue bleue des détenues.

Il posa sa veste sur ses épaules, autant pour la réchauffer que pour la protéger des regards curieux de la foule qui s'était probablement déjà rassemblée devant la maison : des voisins et des passants, mais aussi des touristes attirés par les lumières stroboscopiques des voitures de police, et des journalistes.

La photo d'une suspecte couverte de sang représentait la une rêvée de tout journal qui se respectait, mais, innocente ou pas, ruinerait sans nul doute ses chances d'un procès équitable, tant au tribunal que dans l'esprit de l'opinion publique.

Avant de sortir, il s'arrêta et la regarda.

— Une dernière chose, Alex. A partir d'ici, je ne pourrai plus t'aider. En raison de notre relation, je vais devoir me retirer de cette affaire. Et, à cause de mon badge, je ne pourrai plus te voir, ni même te parler. Tu comprends ?

Un éclair de panique traversa son regard, comme si elle venait juste de comprendre dans quel pétrin elle se trouvait… Un pétrin dont elle allait devoir se sortir toute seule.

Reed, pour sa part, haïssait cette situation.

62

Mardi 16 mars
21 h 20

Réunies autour de l'écran vidéo, une demi-douzaine de personnes assistaient à l'interrogatoire qui durait depuis un bon bout de temps. Alex semblait à bout de forces.

A leur arrivée à la Ferme, le policier l'avait installée dans une des salles, pendant que Reed frappait à la porte de son chef pour lui expliquer la situation et se retirer de l'enquête. Malheureusement, toutes les affaires en cours se recoupaient les unes les autres, avec Alex comme point commun apparent, et la tâche du nouvel inspecteur allait s'avérer difficile pour se familiariser avec tous les éléments.

Derrière la vitre sans tain, Dan se tourna vers son chef.

— Son histoire n'a pas varié d'un iota depuis le début, Mac, dit-il.

— Vous connaissez la procédure, les gars, déclara le procureur. On l'inculpe ou on la relâche.

— Très bien, dit le lieutenant Torres. Rappelez Saacks.

Pendant que Mac faisait sortir l'inspecteur en charge de l'interrogatoire, il poursuivit :

— Résumons les faits.

— Nous avons un mobile, assura Tanner, au moment où Mac et Saacks les rejoignaient. Elle a admis qu'elle était en colère contre lui.

— Les employés du Spa l'ont confirmé. Ils l'ont entendue laisser un message salé sur le portable de la victime…

— Nous en connaissons les termes, reprit Tanner. « Bon Dieu, Tim ! Décroche ! Je ne peux pas croire que tu… » C'est tout. Elle n'a pas terminé sa phrase. A mon avis, parce que les employés du Spa sont arrivés et lui ont demandé d'éteindre son téléphone.

— Elle avait l'air particulièrement bouleversée.

Le lieutenant Torres regarda le procureur.

— Elle est partie avant même d'en avoir fini avec toutes les prestations prépayées.

— Mais elle ne l'a pas menacé, murmura Reed. Et elle a reconnu elle-même qu'elle était en colère. Elle n'a jamais cherché à le cacher.

— A mon avis, elle a eu tout le temps nécessaire pour agir, renchérit Tanner. Nous pourrons le vérifier quand nous aurons établi un emploi du temps précis.

— Nous y travaillons, assura Saacks.

— Il n'était pas mort depuis longtemps à notre arrivée, leur indiqua Bob Ware, le légiste. La lividité s'installait juste et la rigidité cadavérique n'avait même pas commencé. A l'arrivée à la morgue, la température du corps n'avait baissé que de trois degrés. Si on combine le transport du corps et nos premières constatations, ça ne laisse pas grand-chose en termes de temps.

— Nous pourrons faire coller tout ça, affirma le procureur. J'en suis sûr.

— Un voisin a confirmé sa version des faits, dit Saacks. Il l'a vue sous le porche vers 16 h 45. Elle buvait. Ils ne se sont pas parlé. Peu de temps après, il l'a entendue crier et s'apprêtait à composer le 911 quand les sirènes de la première voiture de police ont retenti dans la rue.

— Aurait-il par hasard remarqué si elle était couverte de sang?

Cette réflexion fit rire le groupe.

A ce moment-là, Cal frappa à la porte et passa la tête dans l'embrasure.

— Tanner, Reed… Vous pouvez m'accorder une minute, s'il vous plaît?

Ils s'excusèrent et sortirent dans le couloir.

— Que se passe-t-il?

— Je me suis dit que ça pourrait vous intéresser, répondit-il, en leur tendant à chacun une paire de gants en latex. J'ai trouvé ceci dans la chambre de la suspecte. C'est une liste de tous les événements bizarres qui se sont produits depuis son arrivée à Sonoma.

Il montra le bloc jaune à Tanner.

— Elle a noté avoir un alibi pour l'un d'entre eux. Désolé, mec, ajouta-t-il à l'intention de Reed.

— Ce n'est pas ta faute, Cal. Mais merci.

Ils lurent la liste. Reed s'arrêta sur « la maison de Max a été incendiée. Alibi/Reed ». Son estomac se contracta. Cela ne présageait rien de bon.

— Que signifie ceci ? demanda Tanner, en indiquant le dernier tiret, « *Souviens-toi* écrit au rouge à lèvres sur le miroir de la salle de bains. Taches sur ma main et mes draps ».

— C'est la première fois que j'en entends parler, dit Reed.

— Dans ses déclarations, elle n'a jamais fait allusion à cette liste ou à ce « Souviens-toi ».

— Elle avait probablement autre chose en tête.

Tanner le regarda en fronçant les sourcils.

— Méfiez-vous, inspecteur. Votre loyauté transparaît.

— Je joue l'avocat du diable. Ecoute, cette liste ne m'étonne pas. Elle a dit avoir appelé son ex-mari pour l'aider à comprendre ce qui se passait et à prendre du recul. Cette liste était peut-être un moyen pour elle de relativiser.

— Montrons ça aux autres.

Ils s'exécutèrent et, quand tout le monde en eut pris connaissance, la discussion reprit.

— La liste est incomplète, fit remarquer le procureur. Les meurtres de Schwann ou de Clarkson n'y sont pas mentionnés.

Le lieutenant hocha la tête.

— A mon avis, cette liste colle avec sa version des faits.

— Je n'apprécie pas qu'elle ait mentionné son propre alibi, dit Mac.

— Que vaut le témoignage du voisin qui l'a vue sous le porche ? demanda le procureur à Saacks.

— Le type m'a paru crédible. Dans la soixantaine. Il porte des lunettes.

— Nous avons un mobile et, selon l'emploi du temps, une opportunité, résuma le procureur. Qu'en est-il des preuves ?

— L'examen de la scène de crime est en cours, répondit Tanner. Nous avons récupéré des échantillons de sang, des empreintes et d'autres éléments de preuves physiques qu'il va falloir analyser, mais rien qui permette d'établir la présence d'une tierce personne sur les lieux. Nous avons aussi une suspecte couverte du sang de la victime et une empreinte de main près du corps dont elle a reconnu qu'elle lui appartenait probablement.

— Et nous avons l'arme du crime, conclut Saacks. Des baguettes de bonne qualité, en acier inoxydable.

— Des empreintes dessus ?

— Effacées.

— C'est intéressant, dit Reed. Pourquoi aurait-elle pris la peine de nettoyer soigneusement l'arme du crime pour laisser ensuite une grosse empreinte de main sur le sol ?

— Il marque un point, reconnut le procureur. Le voisin m'ennuie. Sans ce témoin, je n'hésiterais pas à l'inculper, mais l'idée de Clarkson tranquillement assise sous le porche à siroter son champagne me dérange. Et dérangera probablement aussi un jury. Vous la connaissez bien, Reed. A votre avis, risque-t-elle de s'enfuir ?

Tout le monde se retourna vers lui et il se retrouva dans une situation particulièrement inconfortable.

— Elle ne partira pas.

— Elle n'a pas encore demandé d'avocat, mais ça ne va pas tarder. Nous pourrions la retenir pendant quarante-huit heures, mais, s'il n'y a aucun risque qu'elle s'enfuie, à quoi bon ?

Le lieutenant s'adressa à Reed :

— Je veux que vous l'interrogiez, Reed. Prenez la liste. Elle a confiance en vous. Profitez-en pour voir si elle peut nous en apprendre plus.

Reed hocha la tête et sortit. Dans le couloir, son téléphone sonna.

— Reed à l'appareil

— Dan, c'est Rachel. Que se passe-t-il ?

— Je ne peux pas te parler maintenant.

— Je suis passée devant chez Alex et… Je les ai vus sortir un corps…

— Je ne peux vraiment pas…

— C'était Alex ?

Sa voix avait pris un ton hystérique.

— Personne ne veut me répondre !

— Elle va bien, dit Reed en jetant un coup d'œil à sa montre, conscient de l'équipe qui attendait dans la pièce. Elle est ici. Nous sommes en train de l'interroger.

— Alors qui…

— Son ex-mari.

— Oh, mon Dieu ! J'arrive…

— Non ! Tu ne peux rien faire. Je dois raccrocher, Rachel.

Il mit fin à la communication et pénétra dans la salle d'interrogatoire. Il se prépara au choc de se retrouver face à elle et redouta de laisser paraître ses sentiments.

Elle n'a pas tué Clarkson. Quelles que soient les preuves, il en avait la conviction. Et il faisait confiance à son intuition… à tort ou à raison. Ce qui expliquait d'ailleurs pourquoi il n'était plus en charge de l'affaire.

— Alex…

Elle releva la tête et, à sa vue, une expression de soulagement illumina son visage, vite remplacée par un air malheureux.

— Comment peux-tu croire que j'aie fait ça ? demanda-t-elle d'une petite voix. Comment quelqu'un peut-il le croire ? Je ne pourrais jamais faire de mal à personne et encore moins à quelqu'un que j'aime…

Elle serra les poings.

— Sans oublier que j'ai attendu toute ma vie de découvrir qui était mon père. Et tu crois vraiment que j'aurais tué la seule personne capable de m'apprendre quelque chose à son sujet ?

— Non, Alex, je ne pense pas que tu aies tué ton ex-mari.

Il s'assit en face d'elle.

Son chef et les autres allaient sûrement croire qu'il s'agissait d'une tactique, mais il le pensait vraiment.

— Comment te sens-tu ?

— Ça va maintenant que tu es là.

Il imagina les ricanements dans la pièce voisine.

— J'ai besoin de ton aide pour découvrir qui a tué Tim et pour m'assurer qu'il ne s'en prendra pas à toi.

Elle hocha la tête et essuya les larmes sur ses joues.

— Pourquoi te laissent-ils me parler ?

Il choisit de se montrer au moins partiellement honnête.

— Parce qu'ils savent que, si quelqu'un peut t'aider, c'est moi. Et franchement tu as l'air d'en avoir besoin.

— Je me sens si fatiguée.

— Je sais.

— Je n'arrive pas à croire que Tim soit mort. C'est comme un mauvais rêve. Tout ce qui est arrivé depuis que je me suis installée ici.

— Il se passe en effet beaucoup d'événements bizarres qui tous nous ramènent vers toi.

Il posa le bloc-notes sur la table.

— Parle-moi de ça, dit-il.

— C'est une liste, répondit-elle, très pâle.

— En effet. Pourquoi l'as-tu faite ?

— J'essayais de faire le point.

— Je comprends. Mais pourquoi as-tu écrit « la maison de Max incendiée. Alibi/Reed » ?

— Parce que nous étions ensemble. Je sais donc que je ne peux pas être responsable de cet incendie.

— Tu crois être responsable des autres faits ?

— Oui. A cause du mot écrit sur le miroir, dit-elle dans un souffle.

— « Souviens-toi. »

— Oui. Dans la nuit de lundi, je me suis réveillée en sursaut. Il m'avait semblé sentir une présence dans la maison. Mais c'était si… calme. J'en ai conclu que ce devait être encore un cauchemar.

— Encore un cauchemar ?

— J'en ai toujours fait, mais ces derniers temps ils sont… très pénibles. C'est cet endroit. Je crois qu'il m'est arrivé quelque chose ici… Je ne sais pas quoi… Alors, j'essaye de toutes mes forces de me souvenir, de me concentrer… Et soudain cette vision emplit ma tête. Des hommes vêtus de robes me tiennent. Je sais qu'il faut que je me sauve. Alors, j'ai couru dans la salle de bains et c'est là que je l'ai vu.

— Le mot écrit sur le miroir ?

Elle hocha la tête.

— La fenêtre était ouverte. J'ai pensé que quelqu'un était entré, mais…

— Oui ?

— Mes mains. Elles portaient des traces de rouge à lèvres. Ça m'a fait peur. Je me suis demandé si j'avais pu écrire ça et ne pas… m'en souvenir. C'est pour ça que j'ai appelé Tim. Pour qu'il m'aide à comprendre.

— Pourquoi ne m'as-tu pas appelé ?

— Parce que… je ne voulais pas que… tu croies… que j'étais… folle.

— Qu'a pensé Tim ?

— Que quelqu'un jouait avec moi. Il voulait m'aider…

Elle se mordit la lèvre, les yeux pleins de larmes.

— A ton avis, pourquoi Tim m'a-t-il appelée ?

— Je ne comprends pas.

— Il connaissait le règlement du Spa et savait donc pertinemment que je ne pourrais pas répondre. Il espérait tomber sur ma boîte vocale. Il s'est même étonné quand j'ai décroché.

— Continue.

— Il voulait me révéler quelque chose au sujet de mon père. C'est tout ce qu'il a dit. Pourquoi ? Pourquoi maintenant ?

— Je l'ignore.

— Ma mère lui aurait dit que mon père était un homme mauvais. Qu'elle avait quitté Sonoma pour me protéger. Et qu'elle tenait mon père pour responsable de l'enlèvement de Dylan.

— Attends un peu. A-t-elle accusé ton père d'avoir tué Dylan Sommer ?

— Je n'en suis pas certaine.

Elle passa une main tremblante dans ses cheveux.

— Nous n'avons jamais eu la chance d'en reparler.

— Alors, qu'en penses-tu, Alex ?

— Elle se moquait qu'ils racontent des mensonges à son sujet. Qu'ils disent des horreurs sur elle après son départ.

Reed se remémora les propos de son père sur Patsy et son comportement la veille, la facilité avec laquelle il avait changé d'attitude.

— Les initiales sur la bague. GDV. Cette histoire sur ma mère. Peut-être a-t-il tué Tim.

— Qui ?

— Mon père. Peut-être qu'il est responsable de tout ça. A moins que ce ne soient eux. Les GDV, qui qu'ils soient vraiment. Ne comprends-tu pas ? Ce serait logique.

Reed la contempla, le cœur gros. Elle divaguait.

— Non, Alex, ce n'est pas logique. Je suis désolé.

Il fit un petit signe de tête à la caméra et se leva.

— Je vais voir ce que je peux faire pour te sortir d'ici. Tiens le coup encore un peu.

Elle attrapa sa main.

— J'ai raison, Dan. Je le sais.

Il ouvrit la bouche pour la raisonner, mais changea d'idée.

— Nous découvrirons ce qui se passe. Nous trouverons le coupable, je te le promets.

63

Mardi 16 mars
22 h 10

Ils la relâchèrent après l'avoir avertie de ne pas quitter la ville. Elle avait failli éclater de rire. Où pourrait-elle bien aller ? Les deux seules personnes qui composaient sa famille étaient mortes.

Les larmes lui montèrent aux yeux. Elle se retrouvait seule au monde, sans personne vers qui se tourner.

— Alex !

Rachel venait d'entrer dans le poste de police et se dirigeait vers elle à grandes enjambées. Elle courut à sa rencontre. Elle s'était trompée. Elle n'était pas seule au monde : il lui restait encore Rachel.

— J'ai eu tellement peur, dit cette dernière, en la serrant dans ses bras. Quand j'ai vu toutes ces voitures de police et le fourgon de la morgue… Ça aurait pu être toi !

— Mais c'était Tim, murmura Alex. J'aurais préféré que ce soit moi.

— Ne dis pas ça.

Rachel recula d'un pas pour la regarder.

— Seigneur. Ils ne t'ont même pas autorisée à te nettoyer ? J'aurais deux mots à dire à Reed.

Alex ne prit pas la peine de lui expliquer qu'après l'avoir photographiée, ils lui avaient permis de se changer afin de garder ses vêtements comme pièces à conviction.

— C'est ma faute s'il est mort. Je lui avais demandé de venir parce que…

— Parce que quoi ?

— Quelle importance maintenant ? Il est mort et ils me croient tous coupable.

— Non !

Les gens commençaient à les regarder. Alex prit la main de Rachel.

— Emmène-moi loin d'ici.

Rachel l'entraîna dehors jusqu'à sa voiture, un coupé Infiniti.

— Tu vas habiter chez moi, déclara-t-elle, en ouvrant la portière du passager. Et inutile de protester.

Comme si elle en avait l'intention…

Elle se laissa tomber sur le siège en cuir avec un soupir de soulagement.

— Et Margo ?

— Nous allons passer la chercher. Tu as besoin d'autre chose ?

— Je ne crois pas que je pourrai entrer de nouveau dans cette maison, dit Alex en frissonnant. Plus jamais.

— C'est moi qui entrerai. Je m'occupe de tout.

Et elle tint promesse. Tandis qu'Alex attendait dans la voiture, Rachel récupéra tout ce dont elle avait besoin, y compris Margo, complètement traumatisée. En moins de temps qu'il n'en faut pour le dire, elle avait installé Alex dans la chambre d'amis de sa petite maison sur la propriété familiale. De la fenêtre de sa chambre, Alex apercevait l'entrée des caves.

— Ta maison est très belle, Rachel…

Après s'être douchée et changée, la jeune femme se sentait presque vivante de nouveau.

— Merci. Je l'aime beaucoup.

— Tu ne t'en… lasses jamais ?

— De quoi ? demanda Rachel, en versant du vin dans un verre.

— Du vignoble. De ta famille. De vivre et de travailler ici. Tu n'as jamais éprouvé l'envie de partir ?

Rachel réfléchit un instant avant de secouer la tête.

— Franchement, non. Je n'arrive même pas à imaginer vivre ailleurs. Je suis attachée à cet endroit, aux vignes, au vin. Mes racines sont profondément ancrées dans ce sol.

— Comme un vieux cep de vigne.

Rachel rit et tendit un verre à Alex.

— Il ne s'agit pas d'un de mes vins, précisa-t-elle. Je passe mon temps à goûter d'autres crus. Celui-ci est un jus de style bordeaux que j'ai trouvé dans une boutique de Napa Valley. Le propriétaire est aussi viticulteur et ceci est son meilleur cru qu'il a appelé « passion ».

« Pas mauvais, commenta-t-elle, après l'avoir goûté. Un vin ample, équilibré. Du corps. Il va falloir que je le tienne à l'œil.

Alex sirota le sien sans faire de commentaires. Elle aurait pu tout aussi bien boire du vinaigre. Ses sens étaient complètement anesthésiés. Elle ne pouvait chasser de son esprit la vision de Tim étendu sur le sol de la cuisine, baignant dans son sang, ni les questions des inspecteurs.

— Je me suis dit que tu aurais peut-être faim, reprit Rachel. J'ai préparé des assiettes de fromage et de charcuterie. Je ne savais pas si ça suffirait, mais je craignais que quelque chose de plus lourd ne…

— C'est parfait, Rachel. Merci.

Elles transportèrent leur en-cas dans le salon où Alex s'assit à un bout du canapé pendant que Rachel allumait un feu dans la cheminée.

— Tu te sens le courage d'en parler ? lui demanda-t-elle finalement.

Alex secoua la tête.

— Je suis vraiment désolée pour Tim. Tu semblais très attachée à lui. Toutes les personnes divorcées que je connais danseraient de joie si… Enfin, tu vois…

— Il a toujours été là pour moi quand j'en avais besoin. Il… il me comprenait.

— Je n'ai jamais connu une telle relation. Pour être franche, quand tu me l'as présenté, je l'ai trouvé un peu… terne.

« Le Tim des baguettes. »

Elle se rappelait la réflexion de Rachel ce soir-là, ainsi que la réponse de Tim.

« La Rachel du rouge à lèvres. »

Les baguettes enfoncées dans la gorge de Tim. Le rouge à lèvres sur son miroir.

Un malaise l'envahit soudain, mélange de répulsion et de déni. Non. Cela ne signifiait rien. Rachel était son amie. La seule qui lui restait.

— Que se passe-t-il ?

Alex se rendit compte qu'elle la fixait et détourna le regard.

— Je ne veux plus parler de lui. Je… je ne peux pas.

Rachel s'excusa, l'air bouleversé.

— Que puis-je faire pour toi ?

Alex l'observa, troublée par les pensées qui lui venaient. Se pouvait-il que Rachel soit mêlée à tout ça ? Non. Impossible.

— Tu as déjà tant fait. Si tu n'étais pas arrivée ce soir... Au fait, comment as-tu su que tu pouvais venir me chercher ?

— Comment ? Parce que Dan m'a appelée.

Evidemment. C'était logique.

— J'espère que tu ne me trouveras pas trop ingrate, mais si ça ne t'ennuie pas je souhaiterais me coucher.

— Aucun problème, dit Rachel, en sautant sur ses pieds. Prends ton verre et une assiette de...

— Je n'ai pas faim.

— J'insiste. Et si tu le souhaites j'ai des somnifères...

— Non, merci.

— Juste au cas où, je vais te les chercher.

Obéissante, Alex porta son assiette et son verre dans sa chambre. Quelques minutes plus tard, Rachel frappait à la porte avec une fiole de pilules et un petit paquet.

— J'ai failli oublier. J'ai trouvé ceci devant ta porte.

Elle tendit le colis à Alex qui constata qu'il venait de Rita Welsh. Il avait été expédié à son appartement de San Francisco et la poste l'avait fait suivre.

— De qui est-ce ? demanda Rachel.

— Une amie de ma mère.

Rachel montra le flacon de somnifères.

— Les indications sont sur l'étiquette. Ils sont légers, donc aucun risque d'accoutumance. Alors, n'hésite pas, si tu n'arrives pas à dormir.

— Merci, Rachel. Tu ne peux pas savoir combien ta présence me réconforte.

Rachel la serra dans ses bras avant de reculer vers la porte.

— Si tu as besoin de quoi que ce soit, ma chambre est au bout du couloir.

Après son départ, Alex resta un moment immobile, éprouvant un terrible sentiment de solitude.

« Le Tim des baguettes. »

« La Rachel du rouge à lèvres. »

Non, pas Rachel ! Je vous en supplie, mon Dieu, pas Rachel !

Elle considéra le colis entre ses mains en se demandant ce que Rita avait bien pu lui envoyer. Déchirant l'emballage, elle souleva le couvercle de la boîte et découvrit à l'intérieur une lettre et un objet enveloppé dans un tissu.

Elle lut.

« Chère Alexandra,

» J'espère que tu vas bien. Lors de mon déménagement pour l'Oregon (je souhaitais me rapprocher de ma fille et de mes petits-enfants), j'ai retrouvé cette brosse à cheveux. Tu l'avais oubliée chez moi la dernière fois que je t'ai gardée. Je l'avais mise de côté, pensant que ta mère passerait la chercher, mais elle n'est jamais venue.

« Avec toute mon affection.

» Rita. »

Alex déplia le tissu et découvrit à l'intérieur une petite brosse de bébé en argent. Le métal s'était terni, mais pas autant qu'on aurait pu croire vu le nombre d'années écoulées.

Elle la contempla, la gorge nouée. Elle possédait si peu de souvenirs de ses premières années. Elle s'était toujours demandé pourquoi et en avait éprouvé un sentiment de rejet.

Au dos de la brosse, elle remarqua une inscription gravée. Elle la frotta avec son T-shirt.

« A ma bien-aimée Alexandra — gille du vignoble — le 17 mars 1980. »

Elle fixa l'inscription avec un mélange d'excitation et de dégoût. Et l'impression que son destin se concrétisait. Elle était comme eux... Rachel et Clark. Dylan. Une fille du vignoble. Sinon, pourquoi aurait-elle reçu cette brosse avec cette inscription ?

Son père avait appartenu à une des familles propriétaires d'un vignoble.

Mais était-il aussi un tueur ?

Frissonnant, elle ouvrit le lit et se glissa entre les draps, la brosse serrée contre sa poitrine. Elle se remémora les paroles de Tim à propos de son père. *C'était un homme mauvais. Ta mère a quitté Sonoma pour te protéger. Elle l'accusait pour Dylan...*

« Qu'as-tu fait, Tim ? demanda-t-elle, les larmes aux yeux. As-tu voulu jouer au héros ? As-tu cru pouvoir foncer et tenter de convaincre mon père de se rendre ? »

Se pouvait-il qu'il l'ait rencontré ? Son message disait qu'il avait des nouvelles. Et le champagne suggérait de bonnes nouvelles. Une célébration.

« Des nouvelles de mon père. Peut-être. »

En savait-il plus qu'il ne lui avait dit ? Probablement. Un nom ? Elle ferma les yeux, cherchant à se rappeler tout ce qu'il avait pu lui dire, les questions qu'il lui avait posées et ses réponses.

Elle se souvenait que Tim lui avait demandé d'où elle tenait l'explication des initiales GDV. Pourquoi ?

A cause de cette histoire sur sa mère et ces garçons. Evidemment. Sa mère l'avait prévenu qu'il racontait des mensonges à son sujet.

Wayne Reed.

Cette prise de conscience la choqua et elle s'assit. Wayne Reed avait raconté cette histoire à son fils. Il n'avait pas caché qu'il n'aimait pas Alex et qu'il voulait qu'elle parte.

« Restez loin de mes fils. »

Cet avertissement prenait brusquement un tout nouveau sens et elle porta la main à sa bouche. Reed était peut-être son frère !

Non. Inconsciemment, ils l'auraient sûrement senti.

Pourtant, cela expliquait tout. La haine du vieux Reed, l'histoire des GDV, son désir de la voir partir. Son inquiétude à la voir fréquenter un de ses fils.

Incapable de rester tranquille, elle se leva et se mit à arpenter la chambre. Reed, son frère ? L'horreur de la situation lui était insupportable. Il fallait qu'elle découvre si Wayne Reed était réellement son père. Et, dans l'affirmative, s'il avait tué pour protéger son secret.

En marchant, elle passait en revue tout ce qu'elle avait découvert, confrontant les faits avérés et ceux qu'elle soupçonnait. Les minutes s'écoulèrent, puis les heures et les mêmes questions revenaient sans cesse.

Comment le prouver ? Et vers qui se tourner ? Certainement pas vers Reed. Et Tim était mort.

Ne restait que Rachel.

« Le Tim des baguettes. »

Alex hésita, l'estomac retourné. Pouvait-elle lui faire confiance ?

Son cœur et son intuition lui disaient que oui.

D'ailleurs, elle n'avait pas d'autre solution.

« Vas-y. Maintenant. »

Alex s'approcha de la porte et hésita. Et si Rachel la croyait folle comme Reed ? Que ferait-elle alors ?

Elle ne pouvait pas s'inquiéter de cela maintenant.

Sans plus réfléchir, elle sortit de sa chambre et, après avoir traversé le couloir sans ralentir, frappa à la porte de Rachel.

— Rachel ? C'est moi. Je dois te parler.

Un rai de lumière apparut sous la porte et la voix ensommeillée de Rachel lui dit d'entrer.

— Que se passe-t-il ?

— J'ai besoin de ton aide. Je sais qui a tué Tim.

Rachel écarquilla les yeux.

— Mon Dieu. Qui ?

— Mon père. Wayne Reed.

Pendant un long moment, Rachel la fixa, muette.

— Tu te rends compte de ce que tu dis ? demanda-t-elle finalement.

— Oui, malheureusement.

— As-tu des preuves de ce que tu avances ?

Alex secoua la tête.

— Je suis à peu près sûre d'avoir raison. Tout concorde, mais…

— Mais tu n'as pas de preuves.

— Non.

— Alors, qu'est-ce qui te permet d'affirmer une chose pareille ?

64

Mercredi 17 mars
1 h 40

En rejoignant Rachel dans la cuisine, Alex vibrait comme une pile électrique. Bien sûr, elle n'avait aucune preuve de ce qu'elle affirmait, mais les pièces du puzzle lui semblaient se mettre en place toutes seules, et chacune parfaitement cette fois.

Toutes deux se servirent une tasse de café et s'installèrent à la table.

— Je t'écoute, dit Rachel.

Alex reprit alors toute l'histoire depuis son arrivée à Sonoma, sa rencontre avec Rita Welsh et ce que l'ancienne bibliothécaire lui avait appris sur sa mère, l'histoire des GDV, ses visions, ses cauchemars et sa panique dans les caves.

Rachel finit sa tasse et s'en resservit une nouvelle, sans l'interrompre.

Alex lui parla ensuite de l'odeur du bois de santal qui s'avérait être le parfum préféré de Lyla Reed, de l'agression de Clark dans la cave, agression qui la hantait maintenant jusque dans ses rêves.

— Comment ça ? Qu'est-ce que tu veux dire par « elle me hante » ?

— Sa voix. Ses paroles… « Puisque tu tiens tellement à le savoir, je vais te montrer. »

Décidée à ne rien lui cacher, elle la mit également au courant de sa relation avec Dan Reed.

Finalement, elle lui expliqua qu'elle avait demandé à Tim de venir parce qu'elle avait peur de devenir folle. Elle lui parla aussi de l'appel téléphonique de ce dernier, au Spa, et des choses qu'il avait dites sur son père, sans toutefois qu'elle parvienne à entendre son nom — peut-être Tim ne lui en avait-il d'ailleurs donné aucun de façon certaine —, pour conclure par son retour chez elle et la découverte du corps de Tim.

— Ce paquet que tu m'as remis ce soir venait de cette amie de ma mère, Rita. Il contenait ma brosse à cheveux d'enfant. Ma mère avait oublié de la reprendre, un jour où Rita m'avait gardée. Elle l'a retrouvée pendant son déménagement.

Rachel se tenait devant la machine à café, lui tournant le dos.

— Rachel ? Tout va bien ?

— Oui.

Elle lui fit face et Alex lui trouva l'air étrangement tendu, les traits tirés. Elle remarqua que ses mains tremblaient lorsqu'elle revint s'asseoir et posa sa tasse sur la table.

Elle prit la brosse qu'Alex lui tendait, la tourna entre ses mains, puis lut l'inscription au dos. Elle pâlit légèrement.

— Pourquoi Wayne Reed et pas un autre vigneron ? demanda-t-elle enfin.

— Principalement parce qu'il est à l'origine de cette histoire des GDV. Et puis tout le reste colle. Il voulait que je m'en aille, que je reste loin de ses fils. Il descend d'une des plus vieilles familles de la région. L'odeur que j'ai sentie dans les caves, lors de la soirée chez les Reed, était celle que Lyla met partout chez elle.

Epuisée, elle posa la tête sur ses bras pliés devant elle. Sans un mot, Rachel se leva et entreprit de leur préparer des toasts et du jus d'orange.

L'horizon s'éclaircit et elles finirent leur petit déjeuner en silence. La nourriture leur apporta un regain d'énergie.

— Dan ne me croit pas, avoua Alex. Il me prend pour une folle, j'en suis sûre, bien qu'il prétende le contraire.

— Je ne crois pas que tu sois folle. Non... Je *sais* que tu ne l'es pas.

— Comment le sais-tu ?

— Parce que le même cauchemar m'est venu...

Le même cauchemar... Alex en ressentit un soulagement immense. Elle n'était plus seule à se débattre avec des souvenirs vieux de vingt-cinq ans.

— Pourquoi est-ce qu'il te vient maintenant, ce cauchemar ? lui demanda Alex. Après toutes ces années...

— Je suppose que c'est parce qu'on a retrouvé le corps de Dylan...

C'est notre frère qu'ils ont sorti de ce vignoble. Notre frère qui a été jeté dans une caisse de vin et enterré.

— Je ne savais pas qu'il avait été complètement identifié.

— Mon père l'a identifié. Il a été catégorique.

Dan ne lui en avait rien dit.

— Et son assassin court toujours, Alex. Et ta présence le rend nerveux.

— Pourquoi ?

— Parce que tu sais qui il est. Tu as dû voir quelque chose cette nuit-là, une chose que tu as cachée dans un coin de ta mémoire.

Alex eut un geste de dénégation, bien qu'elle sache au fond d'elle-même que Rachel avait raison.

Rachel lui prit les mains.

— D'abord, dans les caves de Red Crest, puis plus tard, dans les nôtres. Tu as dû vivre une expérience terrible, cette nuit-là, Alex... Terrible... Et nous pouvons imaginer laquelle... La police avait trouvé du sang devant l'entrée des caves.

— Celui de Dylan ?

— Du même type, en tout cas. A l'époque, les recherches sur l'ADN n'en étaient qu'à leurs balbutiements, mais on a présumé que oui, c'était le sien.

— Après tout ce que je viens de te raconter, est-ce que tu crois que mon père a tué Tim ?

— Je ne sais pas. Mais qui d'autre aurait pu vouloir le tuer ?

— Il ne connaissait personne ici, à part moi. Il a été tué dans ma cuisine et rien n'a été dérobé, alors... Pas étonnant que la police me croie coupable. Je suis la suspecte idéale.

— Mais tu ne l'as pas tué. Et la dernière fois que tu lui as parlé, il avait des choses à t'apprendre sur ton père.

— Sans oublier le mot qu'il a laissé dans lequel il m'annonçait qu'il avait des nouvelles.

— Sauf si tu es en train de mentir, le problème est simple. La question est : Wayne Reed peut-il être ton père ?

Alex pensa à Dan, à ses sentiments pour lui, au temps qu'ils avaient passé ensemble. Comment tout cela...

— Oh! dit-elle soudain. Au cours de la soirée chez les Reed, Lyla m'a fait visiter la salle des trophées. Parmi les photos exposées sur le mur, il y en avait une de Wayne avec Robert Mondavi. Elle l'a d'ailleurs mentionné.

— Les établissements Robert Mondavi… C'est là que ta mère travaillait lorsqu'elle a connu ton père.

— Exact.

— Nous devons découvrir ce qui s'est passé exactement. Ensuite, nous appellerons la police.

Alex ferma les yeux. L'image des silhouettes vêtues de longues robes lui revint. Les hommes, leur excitation… Les mains qui la maintenaient au sol. Le feu. Les cris.

— Nous pouvons le faire, Alex.

— Comment ?

Elle se frappa le front du plat de la main.

— La réponse est là, complètement verrouillée ! C'est insupportable ! Comment faire pour qu'elle m'apparaisse, claire, évidente ?

— Tu connais déjà la réponse. Tu as déjà essayé.

Les caves !

Alex sentit immédiatement les battements de son cœur s'accélérer. La peur l'envahit, de nouveau, menaçant de l'étouffer. Aurait-elle la force d'affronter ces galeries étroites et sombres ?

Oui… Elle n'était venue que pour cela. Découvrir son passé. Combler ce vide en elle. Trouver l'identité de son père et démasquer l'assassin de son frère.

Elle frissonna et Rachel prit ses mains entre les siennes.

— Je serai près de toi. Je t'aiderai.

— Une reconstitution, murmura-t-elle. C'est ce que nous devons faire.

— Oui.

— Quand ?

— Ce soir. Tard. Je vais tout préparer. Essaye de dormir un peu en attendant.

65

Mercredi 17 mars
11 h 40

Assis derrière son bureau, Dan fixait l'écran de son ordinateur, incapable de penser à autre chose qu'à l'interrogatoire d'Alex. Les déclarations de la jeune femme à propos du dernier appel de Tim Clarkson et de ce qu'il lui avait dit sur son père repassaient en boucle dans sa tête.

« Mon père est peut-être mêlé à tout ça. Peut-être même au meurtre de Dylan. »

Pour tous les témoins de l'interrogatoire, lui comme le reste de l'équipe, Alex était apparue comme une personne désespérée et irrationnelle. Coupable de meurtre ou pas, ils l'avaient cataloguée comme une personne à la santé psychique chancelante.

Et c'était l'impression qu'elle donnait, il devait l'admettre, même si son intuition lui soufflait le contraire. A moins que ses sentiments personnels ne faussent son jugement professionnel. Sur ce dernier plan cependant, aucune importance puisqu'on lui avait retiré le dossier. Mais, sur le plan personnel, les choses s'avéraient beaucoup plus compliquées et plus perturbantes pour lui.

Il n'était pas comme certains policiers qui mélangeaient vie privée et vie professionnelle. Il ne s'impliquait pas personnellement dans les affaires qu'il avait à traiter et ne laissait jamais ses émotions affecter son jugement. Que lui arrivait-il donc, pour qu'il ait changé à ce point ?

« Mon père est peut-être mêlé à tout ça. Peut-être même au meurtre de Dylan. »

Ce père inconnu, la pièce manquante du puzzle… Une pièce à

laquelle les enquêteurs n'auraient jamais pensé, au moment de la disparition de l'enfant.

La seule personne qui aurait pu alors attirer leur attention sur ce point était Patsy. Mais elle avait préféré s'enfuir. D'après Harlan, parce qu'elle ne supportait plus la culpabilité et le désespoir.

La culpabilité s'expliquait parfaitement, surtout à la lumière des propos d'Alex. Elle avait soupçonné le père de sa fille, mais gardé le silence par peur. Peur pour elle, peur pour son enfant, peur des conséquences qu'une révélation aurait pu occasionner au sein de la communauté de Sonoma.

Mû par une impulsion, il attrapa le téléphone et demanda au service des renseignements le numéro de l'université de San Francisco. Le standard le dirigea vers le département des sciences du comportement où la secrétaire lui confirma ce qu'il pensait.

Tim Clarkson n'avait assisté à aucune réunion la veille.

Alors, où était-il allé ? Qu'avait-il fait ? Et pourquoi avait-il pris la peine de mettre Alex à l'écart pour toute la journée ?

Le père. Alex ne se trompait pas. Voilà pourquoi Tim avait téléphoné au Spa, espérant tomber sur sa messagerie. Pour la préparer à ce qu'il allait lui apprendre.

Il se remémora la note que l'universitaire avait laissée sur la table. *J'ai des nouvelles*. Son rendez-vous avec le père d'Alex avait donc bien eu lieu. Ou, du moins, c'est ce que Tim avait cru.

Pourquoi le tuer ensuite ?

La réponse lui vint instantanément. Pour l'empêcher de divulguer le secret. Son nom, mais peut-être quelque chose de plus grave, de plus menaçant…

— Tout va bien, Dan ?

Barbara Tanner se tenait à l'entrée du bureau de son collègue. Il lui fit signe d'entrer.

— Je vais bien et je voulais justement te parler.

Elle se laissa tomber sur la chaise.

— De quoi ?

— Je viens d'appeler la fac de San Francisco. Tim Clarkson n'avait pas de réunion hier.

— Donc, l'un des deux a menti.

— Je parierais sur lui.

— Ce qui ne me surprend pas.

— La question est : pourquoi ?

— Nous allons nous pencher là-dessus. Au fait, nous avons reçu des informations intéressantes des gens d'Ashton-Drake. Apparemment, chaque poupée est unique et sort avec un numéro de série et des papiers d'adoption.

Elle fit une pause pour s'assurer qu'il avait bien compris quelle conséquence cette information pouvait avoir.

— Tu peux adopter ton bébé. C'est tout ce qu'il y a de plus officiel. Et leurs documents d'adoption remontent jusqu'aux années 1970.

— Dis-moi que tu as un nom.

— Pas encore. Mais je l'aurai d'ici ce soir. Désolée que tu ne sois plus sur l'affaire, ajouta-t-elle, en se levant.

— Comment se débrouille Saacks ?

— Il se met à jour rapidement. Il tente de découvrir qui a pris l'appel de Schwann à Red Crest. Je te tiendrai au courant, de toute façon.

Le téléphone de Reed vibra et il constata que c'était son père. Ils ne s'étaient plus reparlé depuis le dîner, l'avant-veille. Il remercia sa collègue avant de décrocher.

— Bonjour, papa.

— Il faut que je te voie, Danny. Est-ce que tu peux venir ?

— Quand ?

— Maintenant.

— Où es-tu ?

— Dans mon bureau.

Son père avait l'air bouleversé.

— Qu'est-ce qui se passe, papa ?

— Je te le dirai quand tu seras là.

66

Mercredi 17 mars
12 h 45

A son arrivée, Dan trouva le bâtiment administratif désert, abandonné le temps de la pause-déjeuner. Il se dirigea vers le bureau de son père dont la porte était fermée.

Il frappa.

— C'est moi, papa…

Il fut invité à entrer et referma la porte derrière lui. Debout devant la fenêtre, Wayne Reed contemplait le vignoble.

— J'ai entendu parler du meurtre de cet universitaire, dit-il, en se retournant.

— Qu'as-tu entendu dire ?

— Qu'elle était probablement coupable.

— Elle ?

— La fille de Patsy.

Il ne pouvait même pas se résoudre à prononcer son nom. Pourquoi ?

— Tu veux dire Alexandra ?

— Evidemment.

— Alors, pourquoi ne prononces-tu pas son nom ?

Son père lui lança un regard torve, sans lui répondre.

— J'ai aussi entendu dire que tu l'avais relâchée.

— Nous n'avions pas assez de charges contre elle. Et ce n'est pas moi qui ai pris cette décision, mais le procureur.

— Sais-tu où elle est ?

— Peut-être. Pourquoi ?

— Elle n'a pas perdu de temps !

Il s'approcha de son bureau et prit une enveloppe qu'il tendit à son fils.

— Lis ça.

Dan s'empara du pli. A l'intérieur se trouvait une simple feuille de papier sur laquelle deux phrases avaient été tapées à la machine, dans une police des plus passe-partout : de l'Helvetica en corps 12. « Je connais vos secrets. Vous allez payer, vous et les autres. »

Dan relut deux fois le message.

— Et tu crois que c'est elle qui a envoyé cette lettre ?

— Qui d'autre ?

Il observa son père qui baissa la tête, incapable de soutenir son regard plus de quelques secondes.

— A quels secrets l'auteur de cette lettre fait-il allusion ? demanda Dan, en prenant bien garde à sa formulation, signifiant à son père que la responsabilité d'Alex n'était pas prouvée.

— Comment pourrais-je le savoir ? C'est une folle avec un F majuscule. Juste comme sa mère !

— Tu mens ! Nous le savons tous les deux. Alors épargne-moi la scène de l'indignation et dis-moi la vérité.

L'espace d'un instant, son père parut sur le point de protester, mais il garda le silence et s'assit lourdement. Puis il cacha son visage entre ses mains.

— Quels secrets, papa ?

Comme il n'obtenait toujours pas de réponse, il lui tendit une perche.

— C'est à propos de cette histoire de club secret ? C'était un mensonge, c'est ça ?

Son père hocha la tête.

— Pourquoi as-tu menti ?

— Pour cacher la vérité sur les GDV. En espérant qu'elle cesserait de poser des questions. Qu'elle repartirait pour San Francisco et oublierait le passé.

— Est-ce que tu es son père ?

Cette question le fit sursauter.

— Bien sûr que non ! Comment peux-tu me poser une question pareille ?

— Que signifie GDV, alors ?

— Les gardiens du vignoble.

Il poussa un profond soupir.

— Tout a commencé bien innocemment par une fête costumée pour célébrer l'équinoxe du printemps. Un simulacre de culte à Dionysos. Patsy avait tout organisé et invité la bande d'amis habituelle.

« Elle avait bien fait les choses et pris la peine d'étudier les mythes et les rituels consacrés aux dieux. Elle avait donc prévu un faux autel, des chandeliers, de l'encens. Et du vin. Beaucoup de vin.

« A l'époque, nous étions plutôt sauvages. Jeunes et ivres de notre succès. Le vin était en train de s'imposer comme la drogue préférée des Américains — en toute légalité — et la Californie en était le fournisseur principal. Nous étions vénérés. Nous étions riches. Nous étions intouchables. Ou du moins nous le croyions.

« La fête est finalement devenue un rite mensuel. Mais elle a évolué, prenant un caractère de plus en plus hédoniste. C'était comme si, partant d'un jeu, nous avions commencé vraiment à y croire.

La voix de son père se brisa et il passa la main sur son front, sans oser regarder son fils.

— Cette évolution débuta par hasard, par un geste qui aurait dû être interrompu, mais ne le fut pas. Un baiser d'ivrogne entre amis qui se fit moins platonique, un bout de sein ou de ventre entraperçu… Je ne me rappelle pas exactement à quel moment les choses ont changé, ni ce qui nous a poussés à franchir la ligne.

Dan fixait son père, refusant de croire ce qu'il entendait.

— Tu es en train de me parler d'orgies ?

— Essaye de comprendre… Nous vivions dans un microcosme. Nous étions jeunes et beaux. Nous étions les rois… C'est devenu comme une drogue, pour nous tous. Si l'un de nous y avait mis le holà, nous nous serions probablement arrêtés, mais…

— Personne n'est intervenu.

— C'était insidieux. L'interdit. Notre secret. Le sexe. Nous étions comme prisonniers d'une toile d'araignée que nous avions nous-mêmes tissée.

Dan se leva et tourna le dos à son père, incapable de le regarder plus longtemps.

— C'est ce que nous faisions la nuit de la disparition de Dylan. Nous étions tous dans les caves…

— Tu as menti à la police, au FBI !

— Tu ne comprends pas ! Nos réputations étaient en jeu. Si cela s'était su, nous aurions tous été ruinés !

— *Tu* ne comprends pas ! N'importe lequel d'entre vous pourrait être l'assassin de Dylan.

— Non. Nous étions tous ensemble dans les caves.

— Et personne n'aurait pu s'éclipser sans se faire remarquer ?

Le visage de son père prit une teinte livide et il s'affaissa sur la chaise.

— Sais-tu qui a tué Alberto Alvarez ?

— Qui ?

— L'employé des Sommer. Celui qui a été égorgé avec un sécateur.

— Non ! Comment pourrais-je sav…

— Qui participait à ces fêtes ? Quelles familles à part la tienne et les Sommer ?

Comme il ne répondait pas, Dan les énuméra.

— Les Schwann, les Townsend, les Bianche. Qui d'autre ?

— Max Cragan et sa femme. Pour des raisons évidentes, notre groupe était restreint.

Max Cragan. Celui qui avait dessiné la bague. Et qui avait été assassiné.

— Joe et ses amis ?

— Non ! Seigneur, non. Jamais je n'aurais…

— Alors pourquoi leurs tatouages ?

— Je l'ignore.

— Foutaises !

— Non ! Je n'en sais rien ! Je… Ils ont dû finir par tout découvrir, suggéra-t-il, tremblant sous le coup d'une émotion violente. Pas tout, pas le sexe… mais… Ils ont alors créé leur propre club. Qu'ils ont dissous après la disparition de Dylan.

— Je dois partir, maintenant. Donne-moi la lettre.

Son père hésita avant de la lui tendre.

— Est-ce que tu mens aussi à propos de cette lettre ?

— Non. Je te promets que non.

Sans rien ajouter, Dan se dirigea vers la porte.

— Danny… Elle sait. Je crois qu'elle veut ma peau.

— Ça m'étonnerait beaucoup. Mais tu sais quoi ? A cet instant, c'est moi qui pourrais bien te tuer !

— Que vas-tu faire ?

— Je n'en sais encore rien.

— Pense à ta mère, à tes frères. Je n'ai jamais voulu qu'on en arrive là.

Dan compta jusqu'à dix avant de reprendre la parole :

— Je dois reconnaître que tu étais très convaincant quand tu m'as raconté cette fable à propos de Patsy. Ton petit baratin sur ton écœurement chaque fois que tu y pensais. Une vraie performance d'acteur.

— Quand je pense à quoi j'ai exposé ma famille, comment j'ai introduit le mal dans nos vies, j'en suis malade. Si je pouvais tout effacer, je n'hésiterais pas.

— Nous n'avons pas toujours été d'accord, papa, mais je t'ai toujours respecté. Jusqu'à aujourd'hui.

Son père cacha son visage dans ses mains. Dan crut l'entendre sangloter. Il le contempla, impassible.

— Vous étiez tellement inquiets pour vos précieuses réputations que vous n'avez même pas compris que vous étiez déjà foutus et que seule la vérité pouvait vous racheter !

En sortant de la pièce, il aperçut son frère Joe devant la porte de son bureau, l'air bouleversé. Ils se regardèrent un moment, immobiles. Il allait devoir l'interroger, lui aussi, mais pas tout de suite. Il ne s'en sentait pas le courage.

Quelques secondes plus tard, il quittait le bâtiment sous un soleil éclatant. Il respira profondément et leva la tête vers le ciel, plissant les yeux sous la lumière. Serait-il un jour capable de regarder de nouveau ses parents en face ? Et leurs amis ? Parviendrait-il à oublier ?

Il sortit son téléphone et appela Alex. Tombant sur son répondeur, il laissa un message et composa le numéro de Rachel.

— Bonjour, Rachel, dit-il, quand elle décrocha. C'est Dan.

— Salut, Danny. Que puis-je pour toi ?

— Je cherche Alex. Est-elle avec toi ?

— Non. Je suis au travail. Elle a passé la nuit chez moi. Elle a appelé tout à l'heure pour me dire qu'elle comptait passer chez elle récupérer quelques affaires. Tu la trouveras peut-être là-bas.

— Merci.

— Attends, Danny ! Que se passe-t-il ?

— Rien. Je voulais seulement prendre de ses nouvelles.

Puis il raccrocha.

67

Mercredi 17 mars
16 h 55

Dan retrouva Barbara Tanner et Saacks dans la salle de repos. Il redoutait leur réaction car Alex s'était enfuie. Il se sentait responsable. A plusieurs reprises, il s'était rendu chez elle, sans succès : plus d'Alex, plus de Prius. Il lui avait laissé de nombreux messages et avait encore appelé Rachel deux fois, lui arrachant la promesse de le prévenir sitôt qu'elle aurait des nouvelles.

Barbara fut la première à l'apercevoir.

— Qu'est-ce qui se passe, Dan ?

— Alex s'est enfuie…

Saacks sauta sur ses pieds en jurant.

— Tu nous avais assuré qu'elle ne partirait pas !

— Apparemment, je me suis trompé.

— Tu en es certain ?

Il tendit à Barbara la lettre que son père avait reçue. Elle la lut avant de la passer à Saacks.

— Qu'est-ce que ça signifie ?

Reed leur raconta tout. Quand il eut terminé, il tira une chaise et s'assit à califourchon, puis les regarda à tour de rôle. Ses révélations les avaient temporairement assommés.

— Eh bien ! dit finalement Barbara. Des orgies ! Qui l'eût cru ?

— Quand as-tu appris tout ça ? lui demanda Saacks.

— En début d'après-midi. J'ai passé mon temps à chercher Alex depuis.

— Sans résultat, on dirait.

— Elle a dormi chez Rachel Sommer la nuit dernière. D'après cette dernière, Alex devait passer chez elle pour récupérer des affaires. Je m'y suis rendu à plusieurs reprises, mais aucune trace d'elle ou de sa voiture.

— Tu crois qu'elle est dangereuse ? s'inquiéta Saacks.

Reed eut un rire sans joie.

— C'est à moi que tu poses cette question ? A moi qui croyais qu'elle ne s'enfuirait pas ?

— Lançons une alerte sur sa plaque d'immatriculation. Si elle est toujours dans la Vallée, nous la retrouverons. Quant à toi, Dan, tu ferais bien de prévenir ton père de surveiller ses arrières.

68

Mercredi 17 mars
19 heures

— Alex ? C'est l'heure. Réveille-toi.

Complètement assommée, Alex émergea lentement du sommeil, clignant des yeux sous la lumière.

— Rachel ? Quelle heure est-il ?

— 19 heures. Tu as dormi toute la journée ?

Alex se leva péniblement, les jambes tremblantes. Elle portait encore le jean et le sweat-shirt qu'elle avait enfilés au milieu de la nuit.

— J'ai pris un de tes somnifères, finalement, dit-elle. J'ai pensé que ça ne me ferait pas de mal de dormir un peu en prévision de ce soir.

— Tu as eu raison… Pourquoi ne vas-tu pas te débarbouiller pendant que je prépare à manger ?

Elle s'arrêta sur le pas de la porte.

— Mets des vêtements chauds. Il fera froid dans les caves.

Dix minutes plus tard, Alex la rejoignait dans la cuisine. Rachel se tenait devant la cuisinière, occupée à préparer une omelette. Un bol de fraises et des croissants avaient été posés sur le comptoir. La bouteille de vin habituelle manquait au tableau.

— Ça sent merveilleusement bon ! dit Alex, en se hissant sur un tabouret.

— Merci. J'ai pensé que ça te ferait du bien de manger un peu.

— Si je n'étais pas aussi affamée, je crois que je serais incapable d'avaler quoi que ce soit. Pas de questions à mon sujet aujourd'hui ?

— Une bonne centaine au moins.

Rachel croisa son regard.

— Désolée.

A quoi s'était-elle attendue ?

Rachel fit glisser l'omelette dans l'assiette d'Alex et repartit vers la cuisinière.

— Ne m'attends pas pour commencer.

Alex s'exécuta du bout des lèvres.

— Tout est prêt, expliqua Rachel. J'ai prévenu que j'avais l'intention de vérifier quelques tonneaux, ce soir. Comme ça, si quelqu'un nous voit entrer dans les caves, il ne s'étonnera pas.

Son omelette cuite, elle s'assit à son tour.

— Tu te sens d'attaque ?

Alex reconnut que non.

— Mais je vais quand même le faire. Je ne peux pas fuir la vérité toute ma vie comme ma mère.

Elles terminèrent leur dîner en silence, puis elles rangèrent la cuisine et enfilèrent leurs vestes. Rachel tendit une lampe de poche à Alex et elles quittèrent la maison. Les nuages cachaient la lune et les étoiles et il faisait nuit noire. Rachel prit la tête en direction des caves.

Devinant l'angoisse d'Alex, Rachel lui prit la main, comme elle le faisait quand elles étaient enfants, et Alex s'y accrocha.

L'entrée était fermée par des grilles et une chaîne armée d'un cadenas que Rachel ouvrit. Elles se glissèrent à l'intérieur. Une fois entrée, Rachel alluma sa lampe, imitée par Alex qui lui attrapa de nouveau la main.

Elles s'enfoncèrent alors dans les galeries, et, très vite, Alex sentit la peur la gagner, malgré la présence rassurante à ses côtés. Elle avait l'impression que les murs et le plafond se resserraient autour d'elle, que l'obscurité augmentait, plus impénétrable que jamais. Son cœur battait la chamade et chaque fibre de son être lui hurlait de s'enfuir.

Au bout d'un moment, elle s'arrêta, incapable de continuer.

Mais Rachel resserra sa main sur la sienne, lui imprimant une pression d'encouragement.

— Nous y sommes presque.

— Je ne sais pas si… Je ne…

— Tu peux le faire ! Tu le dois, pour Dylan. Pour Tim.

« Et pour ma mère », pensa Alex. Non, elle ne pouvait pas fuir, ni chercher éternellement à combler ce vide en elle.

Elle allait enfin savoir.

Les deux femmes continuèrent leur progression dans les tunnels. De temps en temps, du lichen s'accrochait aux cheveux d'Alex ou touchait son visage et elle poussait un petit cri, serrant plus fort encore la main de Rachel. Elle avait conscience de lui faire mal et s'exhortait à la lâcher, mais ne s'en sentait pas capable.

— Parle-moi, Rachel. Je t'en supplie, parle-moi… Oh, mon Dieu ! Ça recommence. Je le sens ! Le bois de santal !

— Tout va bien, murmura Rachel. C'est la réalité. J'ai tout préparé. Nous y sommes presque.

Alex trébucha. L'odeur s'amplifia et un bourdonnement envahit sa tête, comme un chant. Elle voulait courir, mais était pétrifiée par la peur.

Rachel la tira par la main.

— Viens, Alex. Encore quelques pas…

Elle obéit et, après un dernier coude de galerie, aperçut un cercle de lumières. A chaque nouveau pas, son éclat augmentait.

— Tu as cinq ans, Alex… Tu ne voulais pas faire de mal… Tu voulais juste voir ce qui se passait…

Soudain, Alex comprit que Rachel occupait une grande place dans son cauchemar. Elle la fixa.

— Je t'ai suivie ? Cette nuit-là, je t'ai suivie dans la cave.

— Oui.

Les pièces du puzzle commençaient à trouver la bonne place.

— Tu détestais que je te suive partout. Mais je ne pouvais pas m'en empêcher. Je t'adorais.

Alex tenta d'imaginer ce qui s'était passé vingt-cinq ans plus tôt.

— Je t'ai entendue te lever et j'ai décidé de te suivre.

— Tu as emmené Dylan avec toi.

— Oui. Je devais savoir que je ne pouvais pas le laisser seul à la maison.

Alex s'imagina, plus qu'elle ne se revit, à cinq ans, debout sur la pointe des pieds pour prendre Dylan dans son berceau. Il devait être lourd pour elle. Elle devinait sa détermination. Sa peur de le laisser tomber.

— Tu es entrée dans les caves.

— Oui.

— Et je t'ai suivie malgré ma peur. Puis j'ai dû entendre des bruits, comme dans mes visions. Et j'ai dû voir les lumières vacillantes.

Des bougies, elle le comprenait maintenant.

Elle passa la langue sur ses lèvres sèches et constata qu'elle avait croisé les bras comme si elle portait un enfant. Elle s'avança vers les lumières, Rachel à côté d'elle.

Elle remarqua alors une ouverture dans le mur de la cave et s'approcha.

— Tu regardais dans ce trou, dit-elle.

— Tu m'as appelée. Quand je t'ai vue, je me suis mise en colère. Parce que j'avais peur. J'ai compris que je risquais d'avoir de gros ennuis. Je ne devais pas être là et toi non plus… Et Dylan s'est mis à pleurer.

Rachel tendit les bras comme pour prendre l'enfant.

— Je l'ai attrapé et j'ai essayé de le calmer. Et toi, qu'as-tu fait?

Alex fixa le trou dans le mur.

— Je voulais voir ce que tu regardais.

Elle s'avança vers l'ouverture. En pensée, elle se revit, attirée par les lumières qui se tendaient vers elle comme des tentacules.

Elle se pencha.

Alors, le passé remonta brusquement à la surface et sa mémoire se déchira, libérant tous ses souvenirs. Des hommes en robes longues à capuche. Des femmes aussi, certaines nues… Dansant langoureusement dans la lumière des bougies. Se touchant. Se laissant caresser. Les grognements de ses rêves. Non pas ceux d'animaux sauvages, mais les gémissements poussés pendant des rapports sexuels.

Le sexe. Alex se souvenait à présent. Sa mère. Nue. Etendue sur l'autel, un homme sur elle.

— Tu t'es mise à crier, expliqua Rachel derrière elle. Et j'ai mis ma main sur ta bouche, comme ça.

Rachel couvrit sa bouche et la tira en arrière.

— Retourne te coucher! Et si tu le dis à quelqu'un, je te frapperai! Je te promets que je le ferai. Je te ferai ce que les hommes font à ta mère!

Rachel la lâcha et Alex trébucha, s'éloignant du trou. Elle se laissa tomber sur le sol et porta les mains à son visage. Les bougies, l'encens, l'autel. Tous les ingrédients d'un rite religieux. Une orgie en cours. Elle n'avait alors aucun système de référence pour comprendre ce à quoi elle venait d'assister. Aucune case où le ranger. Elle avait dû être terrifiée.

Mais cela expliquait tant de choses sur elle. Ses études et ses relations. Pourquoi elle avait passé sa vie à tenter de comprendre.

— Alex, dit Rachel doucement. Finissons-en.

69

Mercredi 17 mars
21 h 05

Alex releva la tête et lut dans les yeux de Rachel une féroce détermination et des regrets.

— Je suis désolée de t'avoir dit ça, à ce moment-là… Je n'étais qu'une gamine, moi aussi, et j'avais peur de ce que mon père me ferait s'il découvrait que je les espionnais. Je suis tellement désolée !

Alex laissa échapper un profond soupir.

— Je ne suis pas certaine de pouvoir continuer.

— Si, tu le peux. Je veux me libérer. Pas toi ?

Si, bien sûr. Elle le souhaitait plus que tout au monde. Fermant les yeux, elle ouvrit la porte de son esprit. Un homme nu grognant, terriblement excité… sa mère écartelée sur l'autel, les corps se tordant ensemble… s'esquivant… La main de Rachel sur sa bouche, sa colère dans son oreille…

« Retourne te coucher ! Et si tu le dis à quelqu'un, je te frapperai ! Je te promets que je le ferai. Je te ferai ce que les hommes font à ta mère ! »

Elle ouvrit les yeux.

— Je me suis enfuie.

— Oui. Mais tu n'es pas retournée te coucher, n'est-ce pas ?

— Non. J'en avais l'intention, puis je me suis cachée derrière les tonneaux.

— Pourquoi ?

— Je ne sais pas. J'avais peur. Je voulais voir… T'attendre.

— Tu n'as pas attendu longtemps.

— Non. Tu portais Dylan. Tu te dépêchais.

Alex déglutit et frotta ses mains moites sur son jean.

— J'ai attendu une minute, puis je t'ai emboîté le pas. Je t'ai perdue de vue. Puis Dylan s'est remis à pleurer. Tu as crié. Alors, j'ai couru. Tu te trouvais devant l'entrée des caves. Un groupe d'hommes en robe t'entourait.

Alex porta la main à sa bouche.

— Ils ont pris Dylan et… Ils t'ont attrapée et t'ont entraînée plus loin. Je ne te voyais plus.

Elle s'aperçut qu'elle pleurait et essuya ses larmes du dos de la main.

— J'ai avancé… Ils t'avaient allongée par terre. Tu te débattais, mais ils étaient trop forts et trop nombreux… Ils ont remonté ton T-shirt par-dessus ton visage. J'étais incapable de bouger… D'émettre un son. Mais à l'intérieur de moi je hurlais…

Alex ne pouvait plus s'arrêter. Les mots sortaient de sa bouche dans un flot ininterrompu.

— Un des hommes t'a violée. Les autres… l'encourageaient… en riant.

Prononcer ces paroles lui faisait mal, mais elle devait le faire.

— Il n'a pas été le seul… Les autres aussi, après lui…

— Deux autres, rectifia Rachel dans un murmure.

— Oui. Puis tu n'as plus bougé. Je savais que ce qu'il faisait était mal. Je voulais courir chercher nos parents, mais j'avais peur. Je ne voulais pas retourner dans les caves… J'avais tellement peur !

Un sanglot lui échappa.

— Je suis désolée, Rachel.

— Combien, Alex ? Combien étaient-ils ?

Elle chercha dans ses souvenirs.

— Cinq, ils étaient cinq, je crois. L'un d'eux s'est enfui. Un autre s'est contenté de te tenir. Ils se sont moqués de lui, mais…

Elle regarda Rachel.

— Oh, mon Dieu ! Le premier, avant de te violer, a dit…

— *Puisque tu tiens tellement à savoir, je vais te montrer*, murmura Rachel. Tu as dit que c'était la voix de Clark dans ton rêve. C'est bien ça ?

— Je n'en suis pas certaine. Je venais juste de me disputer avec lui. C'est peut-être pour ça que j'ai mis ces paroles dans sa bouche, pendant mon rêve.

— Où était Dylan ?

— Par terre, pas très loin de l'entrée des caves. Il pleurait et…

— Et il s'est tu, brusquement. Pourquoi ?

— Je ne sais pas. Quelque chose… Soudain, ils sont tous partis, sauf un.

Ils se sont enfuis. Affolés. Ils n'étaient que des gamins. Des adolescents. Comme Clark.

— J'ai couru aussi. Puis je me suis arrêtée et j'ai regardé en arrière. Sa capuche était tombée…

Alex attrapa les mains de Rachel et les serra très fort.

— C'était Clark. Celui qui t'a violée en premier. C'était lui.

70

Mercredi 17 mars
22 h 10

Elles restèrent ainsi, immobiles, un long moment. Puis Rachel parut sortir de sa torpeur.

— Clark, dit-elle, d'une voix tremblante. Je me suis toujours demandé, mais…

— Je suis désolée, Rachel.

— Pas moi. Je suis ravie, au contraire…

Elle se leva d'un bond.

— Je vais immédiatement régler cette affaire.

Alex se leva à son tour.

— Que comptes-tu faire ?

— Le tuer, répondit Rachel sans hésiter.

Alex voulut rire, mais sans y parvenir.

— Tu plaisantes ?

— J'ai une arme, Alex. Je l'ai achetée spécialement pour cette occasion. Et j'ai bien l'intention de l'utiliser.

— Ne fais pas ça, Rachel. Il n'en vaut pas la peine.

— Non ? Toute ma vie, j'ai souffert en silence à cause de ce viol. Je l'ai caché au fond de moi, dans le coin le plus reculé de mon cerveau. Parce que j'ignorais qui était le coupable. Maintenant, je sais. Et il va payer.

— Attends ! cria Alex, comme elle se dirigeait vers la sortie. Que s'est-il passé avec Dylan ?

Rachel s'arrêta net, mais ne se retourna pas.

— Après avoir vu le visage de Clark, reprit Alex, j'ai couru et je suis allée me recoucher. Qu'est-il arrivé à Dylan ?

— Il avait disparu. Quand j'ai pu bouger, je me suis traînée jusqu'à l'endroit où je l'avais posé, mais il n'était plus là. Et il y avait du sang.

Le sang que la police et le FBI avaient trouvé.

— Pourquoi n'as-tu pas appelé au secours ? Pourquoi n'es-tu pas allée chercher ton père ou…

— Pour leur dire quoi ? Que je les espionnais ? Leur raconter ce que ces garçons m'avaient fait ? J'avais trop honte et j'avais peur… Je ne savais pas quoi faire. Je…

« J'ai cru… j'ai voulu me convaincre… que, d'une façon ou d'une autre, Dylan se trouvait dans son lit. Qui aurait voulu lui faire du mal ? C'était un si gentil bébé. Alors je suis rentrée à la maison et je me suis lavée. Je n'ai même pas regardé dans le berceau parce que… Je ne pouvais pas. J'ai prié pour le retrouver là le lendemain matin et je me suis endormie, presque convaincue. Mais, le lendemain, le berceau était vide.

« Je ne peux pas revenir sur le passé, Alex. Je vis avec depuis vingt-cinq ans. Mais je peux au moins réparer une partie des torts. Je ne suis plus impuissante aujourd'hui.

Elle se remit à marcher et de nouveau Alex cria.

— Attends ! Il faut que justice soit faite pour Dylan. Allons trouver la police…

— Je vais faire justice pour Dylan. Qui crois-tu qui l'a tué ? Qui as-tu vu debout près de lui ?

— Je ne peux pas te laisser faire ça.

— Tu ne pourras pas m'en empêcher.

Rachel lui fit face et Alex retint son souffle. Elle tenait une arme qu'elle pointait sur elle.

— Qu'est-ce que tu fais ?

— Je n'ai pas le choix.

— Tu vas me tirer dessus ?

— Seulement si tu m'y obliges.

— Nous sommes demi-sœurs. Des amies…

— Clark est mon cousin et ça ne l'a pas arrêté.

— Tu vaux mieux que lui ! Bon sang, Rachel…

— J'y vais maintenant. Ne me suis pas.

Alex la regarda s'éloigner. Il fallait pourtant qu'elle trouve un moyen de l'en empêcher.

— Et le vignoble ? demanda-t-elle. Que va-t-il devenir ?

Rachel ne répondit pas et bientôt le faisceau de sa lampe disparut. Alex compta jusqu'à dix avant de suivre le même chemin. Comme elle l'avait fait des années plus tôt.

Elle progressait aussi vite et silencieusement que possible, le cœur battant, mais plus de peur. De détermination, cette fois.

Elle ne laisserait pas Rachel détruire sa vie.

Plus loin devant elle, elle entendit le bruit de la chaîne et du cadenas à l'entrée des caves.

La grille avait été refermée, la bloquant à l'intérieur.

Elle se mit à courir, mais arriva trop tard pour pouvoir sortir. Rachel l'attendait devant l'entrée, l'air désolé.

— Ils viendront ouvrir demain matin, dit-elle. N'aie pas peur.

— Je t'en prie, Rachel. Réfléchis.

— J'ai passé ma vie à réfléchir à ce que je ferais.

— Rachel… Je ne veux pas te perdre.

— Il y a encore une chose que je dois te dire avant de partir. J'ai la même brosse à cheveux que la tienne. Celle que Rita t'a envoyée.

— Quoi ? Tu…

— Wayne Reed n'est pas ton père.

Rachel attrapa la main d'Alex à travers la grille et l'embrassa.

— Au revoir, lui dit-elle, avant de tourner les talons.

71

Mercredi 17 mars
22 h 30

La police avait assez rapidement localisé la voiture d'Alex sur le parking du Wal-Mart de Rohnert Park. La fouille du magasin n'avait rien donné et les policiers attendaient maintenant les cassettes de la vidéosurveillance.

Dan éclaira l'intérieur du véhicule avec sa lampe de poche. Aucun signe de lutte. Aucun objet abandonné suggérant un acte criminel. Aucun sac de provisions.

Il n'aimait pas cela. Il savait maintenant qu'Alex ne s'était pas enfuie. Depuis le début, il oscillait entre la soupçonner de tous les crimes commis depuis son arrivée et craindre pour sa vie.

Et le couperet venait de tomber. Il avait peur pour elle.

Il se tourna vers l'agent qui les avait appelés.

— Je vous écoute…

— Je faisais ma ronde, quand j'ai reconnu la voiture signalée dans l'avis de recherche. Après avoir vérifié la plaque, j'ai prévenu le QG.

Barbara Tanner et Saacks arrivèrent à ce moment-là. Ils descendirent de leur véhicule et vinrent le rejoindre.

— Tu as un visiteur, lui annonça Barbara. Ton frère Joe. Il est passé au bureau pour te voir. Il dit que c'est à propos de Clarkson, mais il ne veut parler qu'à toi.

Le cœur serré d'appréhension, Dan se dirigea vers la voiture et Joe descendit. Son frère, toujours tiré à quatre épingles, était aujourd'hui complètement débraillé. Ses mains tremblaient et il les enfonça dans ses poches pour tenter de dissimuler son trouble.

— Je ne veux pas qu'ils écoutent, dit-il, en indiquant les deux autres polciers. Toi seulement…

— Impossible, grand frère. Nous sommes inséparables.

— Alors, oublie. Je ne dirai rien.

Dan l'attrapa par le bras.

— Très bien. Dans ce cas, je t'embarque et je t'arrête pour obstruction, ce qui est un crime. Et tu parleras, mais dans une pièce sans fenêtre de deux mètres sur trois. Ne joue pas à ce petit jeu avec moi !

Joe pâlit et son regard s'attarda sur les deux autres inspecteurs. Il donnait l'impression d'être sur le point de perdre son contrôle.

— C'est au sujet de la nuit… Celle de la disparition de Dylan. Nous l'avons violée, Dan. Nous avons violé Rachel.

Le silence était tel, au milieu du parking, que Reed aurait pu entendre une aiguille tomber. Son frère se passa une main tremblante dans les cheveux.

— Pas moi, en fait… Je n'ai pas pu… Je me suis enfui. Mais les autres…

— Qui ? demanda Barbara.

— Clark et Tom. Spanky et Terry. Je me suis enfui, mais je n'ai rien fait pour les en empêcher. Pour l'aider. Rien.

— Où ça s'est passé ?

— Chez les Sommer. Devant l'entrée des caves.

— La nuit de la disparition de Dylan…

— Oui. Il était là. Rachel le portait. Il pleurait.

— Et Alex ?

— Je ne l'ai pas vue.

Le téléphone de Tanner sonna et elle s'éloigna pour prendre l'appel en s'excusant.

— Et tu es allé en parler à papa ?

Joe secoua la tête.

— Je n'en ai jamais parlé. Jusqu'à aujourd'hui.

Il commença à pleurer.

— Toutes ces années, je me suis haï de ne pas l'avoir défendue.

Il releva la tête et adressa un regard implorant à son frère.

— Mais elle s'en est bien tirée, n'est-ce pas, Dan ? Elle va bien.

— C'était Cal, déclara Barbara, en les rejoignant. Les gens

d'Ashton-Drake ont appelé. Les deux poupées appartenaient à Rachel Sommer.

Dan prit alors conscience de deux choses simultanément, une prise de conscience qui lui coupa le souffle : Rachel n'allait pas bien du tout et, pire encore, Alex se trouvait avec elle.

72

Mercredi 17 mars
22 h 55

— Non, Rachel ! Reviens ! A l'aide !

Alex se mit à secouer la grille frénétiquement en criant.

— Rachel !

Sa voix portait dans l'air nocturne et elle continua à crier jusqu'à ce que sa gorge s'enroue. Puis elle dirigea sa lampe vers la maison principale, l'allumant et l'éteignant, espérant attirer l'attention.

Finalement, elle vit quelqu'un courir vers elle sur le chemin.

— Treven ! cria-t-elle, soulagée, en le reconnaissant. Dieu soit loué !

— Alexandra, que fais-tu…

— Elle va tuer Clark ! Nous devons l'en empêcher !

— Tuer Clark ? Qui ? demanda-t-il, en s'acharnant sur le cadenas pour ouvrir à la jeune femme.

— Rachel. Elle a une arme.

Il vint à bout du cadenas et la délivra.

— C'est complètement fou. Pourquoi Rachel voudrait-…

— Parce qu'il l'a violée. La nuit où Dylan a disparu.

Treven la regarda, horrifié, non pas de l'acte commis par son fils, mais comme s'il prenait conscience tout à coup de l'état profond de la folie ou de la malveillance d'Alex.

— C'est ridicule ! Je ne sais pas ce que tu cherches à…

— A sauver la vie de votre fils !

— Je vais appeler la police.

— Très bien.

Elle l'attrapa par le bras, dans un geste convulsif.

— Mais le temps qu'ils arrivent, il sera peut-être trop tard. Où se trouve Clark ?

Il l'observait, indécis.

— Je me souviens de tout, Treven. De ce qui s'est passé cette nuit-là. J'étais là ! J'avais tout refoulé… Mais Rachel m'a aidée à me souvenir. C'est comme ça que j'ai découvert que Clark…

Il dégagea sa main.

— J'ai pris votre défense, Alex. Quand Reed et les autres vous traitaient de folle. Et maintenant vous prétendez que mon fils…

— Où est-il ? Tout ce qu'elle aura à faire, c'est l'appeler et lui demander de venir la rejoindre, en lui disant qu'il s'agit d'une urgence. Qu'avez-vous à perdre à me croire ?

— Il est ici. Dans son bureau.

Alex se mit alors à courir, Treven sur ses talons. La lumière brillait dans le bâtiment administratif. Sur le parking devant, la BMW de Treven et l'Infiniti de Rachel étaient garées, côte à côte.

En atteignant la porte, ils constatèrent qu'elle était ouverte.

— Par ici, dit Treven.

Alors qu'ils pénétraient dans le bâtiment, un coup de feu retentit.

— Non ! cria Alex, en se précipitant vers l'endroit d'où venait le coup.

Ils arrivèrent trop tard.

Clark gisait sur le sol et une tache de sang s'élargissait sous lui.

— Clark ! hurla Treven, en se précipitant vers son fils.

Il s'agenouilla près de lui, prit son pouls avant de relever la tête vers Rachel, immobile, le visage ravagé.

— Il est mort. Tu l'as tué.

— Je devais le faire, oncle Treven. Ne comprends-tu pas ?

— Donne-moi cette arme, Rachel.

Il se releva et s'approcha lentement d'elle, la main tendue.

— Il m'a violée ! Et ce soir il en riait. Il a dit…

— Donne-moi cette arme.

— Il m'a traitée d'idiote. Et de faible.

Treven s'empara de l'arme, sans que Rachel lui offre la moindre résistance. Au contraire, elle vint s'appuyer contre lui et se mit à pleurer doucement.

— Fermez la porte, demanda Treven à Alex.

Elle s'exécuta. Il lui désigna Clark d'un geste du bras.

— Vérifiez son pouls. Je crois que je viens de le voir bouger.

Alex se précipita et s'accroupit près de lui, posant un doigt contre son poignet. Rien. Elle leva les yeux vers Treven, s'attendant à croiser son regard, dans l'attente de son verdict. Mais il avait saisi Rachel à la gorge et pointait maintenant l'arme sur sa tête.

— Treven ? dit-elle en se relevant. Que faites-vous ?… Arrêtez !

— Vous ! Restez où vous êtes !

Elle se figea, le cœur au bord des lèvres, luttant pour garder les idées claires. Elle n'osait pas regarder Rachel de peur de sa réaction.

— Si tu savais à quel point j'en ai assez de toi et de ta foutue curiosité ! lui dit-il, passant brusquement au tutoiement.

Il réajusta sa prise autour du cou de Rachel, terrifiée.

— Je n'aurais jamais dû coucher avec ta mère. Evidemment, j'ignorais qu'elle était complètement dingue !

Treven ? Son père ? La ressemblance avec les Sommer que Tim avait remarquée sur certaines photos. La brosse de bébé.

Il sourit devant son expression d'horreur.

— Choquant, n'est-ce pas ? Notre plan était parfait. Elle épousait mon frère, puis lui brisait le cœur, tout en restant ma maîtresse.

— Pourquoi ? Qu'espériez-vous obtenir en…

— Lui faire du mal, dit-il simplement, comme si c'était tout à fait naturel.

Lui, Harlan… Il haïssait son frère, comprit-elle. Sa mère avait eu raison de s'enfuir.

— Le problème, c'est qu'elle est tombée amoureuse de ce crétin et qu'elle lui a donné un fils.

— Mais finalement tout s'est bien terminé…, parvint à articuler Rachel, la voix pleine de colère. Tu es parvenu à le détruire complètement, en tuant son fils !

— Toi, tu vas me manquer, lui dit-il d'un air de regret. Tu es un excellent vigneron. Clark, d'un autre côté, ne m'apportait pas grand-chose.

— Tu es complètement malade !

— Peut-être. Finissons-en.

— Attends ! cria Rachel. Cette nuit-là, Dylan. Comment…

— Je lui ai défoncé la tête, dit-il tranquillement.

Le sang d'Alex se figea.

— C'était tellement parfait. Ça me permettait de faire d'une pierre deux coups. Me débarrasser de lui et reprendre l'affaire des mains du pauvre Harlan, devenu désespéré et incapable d'assurer son poste de directeur général. Tout rentrait dans l'ordre.

Sa voix se durcit.

— Puisque tout aurait dû me revenir. J'étais l'aîné !

Rachel se débattit et il resserra son étreinte.

— C'est ce que je veux que tu fasses. Que tu te débattes. Tu as tué Clark. Tu as tué Alex. J'ai essayé de t'arrêter, mais…

— Personne ne croira jamais que…

— Tu es folle, Rachel. Le viol t'a traumatisée. Tu es parvenue à le refouler toutes ces années, mais quand on a retrouvé le pauvre petit Dylan…

Une sirène d'incendie retentit soudain, stridente, noyant le bruit du coup de feu. Alex sursauta quand une douleur fulgurante la transperça.

La porte du bureau s'ouvrit brusquement et Harlan entra, une bouteille de vin à la main.

Une bouteille de vin ? s'étonna Alex, alors que sa tête se mettait à tourner. Elle posa la main sur sa hanche et la retira mouillée. Elle tomba à genoux. Loin, très loin, elle entendait des sirènes.

— Alex ! Non !

Rachel. Elle la soutenait. Elle pleurait.

Des bruits de pas lourds. Des voix. Des cris.

— Mon Dieu ! Vite, appelez les secours…

— Ils arrivent.

— Tiens bon, ma chérie…

Dan. Elle ouvrit les yeux et essaya de parler. Mais sa voix ne lui obéissait plus.

— Tout ira bien. Je te le promets…

Elle le crut, sourit et ferma les yeux, envahie par une grande sérénité.

73

Jeudi 18 mars
11 h 10

Alex ouvrit les yeux, la bouche sèche et les membres lourds. Elle avait mal partout.

— Bonjour, mon petit. Bienvenue parmi les vivants…

Une infirmière. Une chambre d'hôpital. Des machines. Des fleurs.

— J'étais morte ?

La femme rit.

— Non, heureusement. Est-ce que vous avez soif?

— Oui, merci.

— Je m'en charge.

Alex tourna la tête et découvrit Rachel debout sur le pas de la porte, un bouquet de fleurs dans une main, une bouteille dans l'autre.

— Je ne peux pas boire tant que je suis sous calmants, lui fit-elle avec un sourire.

— Mais tu n'en prendras pas toujours !

Rachel entra et, d'un coup d'œil, renvoya l'infirmière.

— Tu n'auras qu'à la mettre de côté. Elle n'en sera que meilleure.

Alex sourit encore et prit conscience qu'elle l'aimait vraiment énormément. Il lui paraissait incroyable qu'elles soient cousines. Et, malgré tout ce qui lui était arrivé, elle trouvait cela formidable.

Elle poussa le bouton et le lit se redressa à quarante-cinq degrés.

— Treven m'a tiré dessus ?

— Oui.

Rachel approcha de sa bouche un verre avec une paille.

— Ça aurait pu être terrible sans la présence d'esprit de mon père. Je suis tellement fière de lui.

Alex but un peu, puis se laissa retomber contre les oreillers, épuisée.

— Dan l'a appelé et lui a demandé de se mettre à ma recherche.

Elle approcha la chaise du lit et s'assit.

— Il a vu la lumière dans les bureaux et est entré. Il a tout entendu, Alex…

Pendant un long moment, elles restèrent main dans la main, silencieuses et perdues dans leurs pensées, se réconfortant mutuellement de leur simple présence.

— Nous devons parler, Alex.

— Je ne sais pas si je suis prête.

— Je l'espère. J'ai fait des choses dont je ne suis pas très fière. J'espère que tu me pardonneras. Pas dans l'intention de te blesser, il faut me croire… Je voulais juste… faire bouger les choses. Inquiéter ceux qui m'avaient violée. Je voulais qu'ils sachent, eux et le meurtrier de Dylan, que leurs secrets allaient bientôt être divulgués.

— Et tu avais besoin de mon aide ?

— Oui. Et pour que tu m'aides, il fallait que tu te souviennes…

— C'est toi qui as écrit le message sur mon miroir ?

— Oui.

— Et qui a étripé ces malheureuses poupées ?

— Oui.

— Et l'agneau ?

— Ce n'est pas moi. Probablement Clark ou Treven, dans l'espoir de t'effrayer.

— Nous ne le saurons jamais avec certitude.

— Si, peut-être. Clark est vivant, ajouta-t-elle, devant l'air étonné d'Alex.

— Ce n'est pas possible… J'ai vérifié son pouls.

— Pas assez bien, apparemment. La mauvaise nouvelle, c'est que je ne suis pas un bon tireur. La bonne, c'est que je n'ai tué personne. L'avocat de la famille m'a présenté un excellent avocat pénaliste qui estime que, compte tenu des circonstances, aucune plainte ne devrait être retenue à mon encontre.

— Et Treven ?

— En prison. Pour le meurtre de Dylan Sommer.

— Je ne dérange pas ?

Harlan se tenait sur le pas de la porte, portant lui aussi des fleurs et du vin. Alex ne put s'empêcher de rire, malgré sa douleur.

Elle lui fit signe d'entrer.

— Bien sûr que non ! dit-elle.

Harlan posa ses cadeaux, puis serra sa fille dans ses bras.

— Je suis tellement heureux qu'il ne te soit rien arrivé, dit-il, avant de se tourner vers Alex. Et à toi non plus, Alex.

Elle vit qu'il avait les larmes aux yeux.

— Notre héros ! lança Rachel. Mais, papa, à quoi pensais-tu ? C'était une bouteille de la réserve. Un Stag de 2000. Et un magnum en plus ! Gâcher un vin pareil sur la tête de ton frère ! Il n'en valait pas la peine !

— Mais vous, vous le valiez largement toutes les deux…

Rachel sourit et l'embrassa.

— Assez de bêtises…

Harlan se pencha et déposa un baiser sur le front d'Alex.

— Merci, dit-il. Finalement, je sais… C'est insupportable quand j'y pense, mais au moins…

Sa voix s'étrangla et Alex lui prit la main.

— Je ressens la même chose, Harlan…

— Quand tu iras mieux, nous parlerons, toi et moi. J'aimerais que tu viennes travailler avec nous. Après tout, c'est une affaire de famille.

74

Lundi 3 mai
17 h 45

« Les hommes bien sont un don du ciel », pensa Alex, en retombant sur la poitrine de Dan, épuisée. Et elle avait certainement trouvé le meilleur !

Elle promena ses lèvres sur son cou, adorant sentir les battements de son cœur contre sa poitrine ou son souffle dans ses cheveux. Mais, plus que tout, elle adorait sa façon de se donner à elle. Entièrement et sans la moindre réserve.

Ils avaient tous les deux abandonné en chemin les regrets et les doutes.

Au cours des semaines écoulées, les blessures de la jeune femme avaient commencé à cicatriser, les physiques beaucoup plus facilement que les mentales. Son moral oscillait, un jour, sur le toit du monde et, le lendemain, au fond du trou, terrassée qu'elle était par ses souffrances.

Et les choses avaient été tout aussi difficiles pour Dan et Rachel.

Alex avait d'abord envisagé de refuser l'offre d'Harlan et de partir loin d'ici. Puis elle avait réfléchi. Toute sa vie, elle avait rêvé d'avoir une famille, une histoire et des racines. Elle ne pouvait pas tourner le dos maintenant qu'on les lui offrait.

Elle avait enfin compris qu'elle ne ressemblait pas à sa mère. Et, pour la première fois de sa vie, elle se sentait forte.

— A quoi est-ce que tu penses ? lui demanda Dan, promenant un doigt léger sur son dos.

— A toi… Combien tu me rends heureuse…

— Parfait !

En riant, il roula sur le côté, l'entraînant avec lui.

— J'ai quelque chose qui devrait te rendre plus heureuse encore, dit-il.

— J'adorerais ça. Mais donne-moi dix minutes pour récupérer d'abord.

Il éclata de rire.

— Non, je ne pensais pas à ça. Le procureur a négocié avec Clark une réduction de peine en échange d'informations. Et Clark chante comme un pinson !

Alex se redressa sur un coude.

— Je ne peux pas le croire. Après tout ce temps.

— Apparemment, la prison ne le tente guère. Comme, à l'époque du meurtre de Dylan, il était mineur et sous la responsabilité de son père, sa culpabilité s'en trouve réduite aux yeux de la loi. Il fera quand même de la prison, mais sa peine ne sera pas trop longue. Pour l'instant, il donne des tas de détails, notamment sur les meurtres de Tom Schwann et de ton ex-mari.

— Tim...

— D'après Clark, il avait appelé Treven pour lui poser des questions. En fait, ta mère lui avait raconté beaucoup de choses. Elle lui avait appris que ton père avait été le grand bénéficiaire de la disparition de Dylan.

Les larmes montèrent aux yeux d'Alex.

— Il voulait m'aider à retrouver mon père et ça lui a coûté la vie.

— Comme nous tous, il ignorait de quoi Treven était capable. Il imaginait probablement que ta mère avait exagéré quand elle l'avait qualifié de mauvais homme.

— Tim savait qu'il était mon père. C'était ça, la bonne nouvelle qu'il voulait m'annoncer. Je me sens tellement responsable !

— Non, ma chérie, dit-il en l'embrassant. Le seul coupable, c'est Treven. Il y a encore autre chose, ajouta-t-il après une hésitation.

— Quoi ?

— Treven a décidé de plaider coupable.

— Ce qui signifie qu'il n'y aura pas de procès...

— En effet. Seulement une sentence. Pour être franc, j'en suis soulagé.

Les enquêteurs étaient parvenus à garder secrets les détails les plus sordides de l'affaire. La corporation des vignerons de la région était un cercle très fermé et les membres impliqués dans cette histoire extrêmement influents et en vue. Mais, en cas de procès, aucune influence n'aurait pu empêcher la boue de se répandre et d'éclabousser même ceux qui n'y étaient pour rien.

— Malgré la colère que j'éprouve envers ma famille, je n'aurais pas aimé voir mon nom sali.

— Qu'as-tu décidé pour Red Crest ? lui demanda-t-elle, faisant allusion à la proposition de ses frères de venir travailler avec eux. Ton père prend sa retraite dans quelques jours…

— Je n'ai pas encore pris de décision.

— Tu as la vigne dans le sang, Dan. Tu ne pourras pas échapper à ton destin.

— C'est toi que j'ai dans la peau, Alexandra. Et je n'ai pas la moindre intention de m'échapper.

Remerciements

Le coup de foudre existe, je le sais pour être tombée amoureuse de ce pays de vin qu'est la Californie. Pour comprendre que j'en ferais le cadre de mon prochain roman, il m'a fallu quelques jours et le commentaire innocent de Bryan Fleury, un propriétaire viticole : « Au cours du processus de vinification, on pourrait tuer un type une bonne douzaine de fois. »

C'est donc toi, Bryan, que je remercie en tout premier, pour avoir enflammé mon imagination, pour le temps que tu as passé avec moi, pour tes patientes et précieuses explications. Et aussi pour ton fabuleux vin. www.fleurywinery.com.

Je dois tant à la police du comté de Sonoma que je ne sais par où commencer. Je commencerai donc par le shérif, noblesse oblige. Merci au shérif Bill Cogbill pour m'avoir ouvert les portes de son département de police. J'espère que ses hommes et lui se retrouveront un peu dans ce roman et qu'ils en seront fiers.

Un grand merci au capitaine Dave Edmonds pour les heures qu'il m'a consacrées et pour avoir patiemment répondu à mes questions. Et merci à l'adjoint Mike Mason qu'il a désigné pour sillonner avec moi la campagne, à la recherche des coins où « se débarrasser d'un corps ».

Merci à l'inspecteur de police Mitch Mana, pour l'idée de l'arme du crime. Un sécateur Red Rooster, quand l'action se déroule dans un vignoble, je n'aurais pas trouvé mieux. Merci aussi pour la visite de la morgue et de la salle d'autopsie, et pour les renseignements sur les différents états d'un cadavre *post mortem*.

Merci à Lisa Albertson, le plus merveilleux agent immobilier de toute la Californie. Lisa, je te suis infiniment reconnaissante pour tout. Pour ta disponibilité, pour ton professionnalisme, pour tes conseils, pour m'avoir accompagnée dans les vignes de Seghesio, pour ta bonne humeur. Tu reconnaîtras au passage notre dîner au restaurant The Girl & The Tig.

Ted Seghesio, un grand merci pour la balade dans votre propriété et pour votre excellent vin. Je n'ai pas pu m'empêcher de mentionner mon préféré dans ce roman.

Merci à tous les employés du vignoble de la famille Larson, et tout particulièrement à Carolyn Craig, pour avoir fait de mon stage d'initiation à la viticulture une journée riche en surprises et en émotions. C'était vraiment inoubliable ! Je peux désormais me vanter d'avoir grimpé sur des tonneaux de vin et escaladé une cuve de fermentation.

Vicky et John Faivre, merci de m'avoir présenté vos amis du vignoble Salvestrin qui m'ont si bien raconté les viticulteurs d'autrefois. Leurs histoires m'ont fascinée et inspirée. Et, en plus, nous avons ri et bu pas mal de bon vin !

Je remercie ma secrétaire, Evelyn Marshall, qui a prouvé une fois de plus qu'elle était irremplaçable, notre chauffeur dans les vignobles, Dennis Wulbrecht, mon agent, Evan Marshall, ma directrice de collection, Jennifer Weis, avec toute l'équipe de St. Martin.

Je remercie mon mari et mes enfants.

Et, enfin, je remercie humblement le Seigneur, sans qui rien de tout cela n'aurait été possible.

Composé et édité par les

éditions HARLEQUIN

Achevé d'imprimer en Allemagne
par GGP Media GmbH, Pößneck
en octobre 2011

Dépôt légal en novembre 2011